法/医/秦/明 系列

Voice
Of the Dead

第四季

清道夫

秦明 著

死亡

不是结束

而是

另一种

开始

湖南文艺出版社
HUNAN LITERATURE AND ART PUBLISHING HOUSE

博集天卷
CS-BOOKY

献给支持和热爱着法医工作的人

"一双鬼手，只为沉冤得雪；满怀佛心，唯愿天下太平。"

从2012年2月到2013年10月，我出乎自己意料地写完了三本书：《尸语者》《无声的证词》和《第十一根手指》。写作与出版，都是那么地不易，个中辛酸也只有我自己知道。但是不管怎样，我还是对自己的毅力无比佩服。

我是个常立志的人，从小到大，仿佛就没有完成过一件可以用"有毅力"来评价的事情。写书是第一次。

在《尸语者》出版之前，我收到了雷米的一本签名书，他在书上写着："做一个能写很久的作者。"除了这一句让我记忆深刻、备受鼓舞的话以外，促使我做成这么有毅力的一件事的原因，还有读者们殷切的期望。

我的工作很忙，很少在QQ或者微信上聊天，也就能在工作之暇、休憩之时刷一刷微博。刷微博已经成了我的习惯，也是唯一一个可以经常和读者们互动的方式。每天在微博上看到读者们的催促和鼓励，是我平淡生活中最为温暖的一幕。

蜘蛛说，每个作者都会有灵感枯竭的一天。在写完三本"法医秦明"系列的书之后，我仿佛也遇到了这样的苦恼。虽然我的故事来源于真实案例，但是让每一个推理细节都不重复，让读者们不觉得枯燥，也是很难的一件事情。

所以，在几天前，我还在质疑，"法医秦明"系列，到底还能撑多久？

我想过写一些新的系列，也做了一些准备。比如，我恳求我的父亲——一个经验丰富、故事颇多的老刑警把他的工作经历整理出来，我再在这些经历上做一些文学加工，我相信这就可以创造出一系列非常精彩的刑警故事。虽然新系列在准备，但"法医秦明"这个系列给了我许多收获，我还是不忍放下。

昨夜一梦，让我突然坚定了继续撰写"法医秦明"第四季的想法。我梦见了曾经办过的一个案子，这个案子作为第四部的主线，一定非常合适，所以我用这个案子的一个细节——"清道夫"——作为全书的名称。同时，我想起了雷米鼓励我坚持创作风格的话语，想起了读者们盼望"法医秦明"系列继续写下去的心情，还有我曾经和大家说过的话："哪怕只剩一个读者，我也会继续写下去。"

为了那个梦，也为了我的诺言，所以有了这篇"序"。

因为创作资源逐渐枯竭，我又不想粗制滥造，让细节出现重复，所以这本书估计会写得比较慢。但是从今天起，我会把这本书作为我的办案纪实，把法医的那些辛苦、卓越的贡献继续展现给书本前、屏幕前的你们。

只要坚持，总有一天会完成这本书，甚至能完成"法医秦明"系列的第五本、第六本、第七本……

我会加油的！相信我！继续鼓励、支持我吧！

照例申明：《清道夫》中每起案件的具体情节均系虚构，人名、地名都是化名。如有雷同，实属巧合，切勿对号入座，否则后果自负。所谓的真实，是指书中法医的专业知识和认真态度，是一个个巧妙推理的细节，是法医的睿智和明鉴。

不知道"法医秦明"系列的明天会怎么样，但它一定会有明天。

2013年11月16日

目 录 | Contents |

第一案　后窗血影

　　像往常一样，苗总家卧室的灯开着，把雪白的窗纱照得透亮。可是，在雪白的窗纱上，隐约却有一条斜行的斑影，一动不动的，一直没有变换形状。

● 1

　　"这起案件看起来可不简单。"我蹲在尸体的旁边，眯起眼睛看着地面。
　　"我也这样认为。诗羽，麻烦你帮我把这几处鞋印照下来。"林涛说，"奇怪的鞋印多半是有伪装，反侦查能力可见一斑。"
　　"你确定那个什么池子已经抓进去了吧？"大宝抬起胳膊擦了擦额头上的汗珠，说，"那个，不会又出来个什么缸子、罐子之类的，冒充法医报复你，为池子报仇吧？"

　　"六三专案"侦破后，全省仿佛安静了许多，发案量大幅减少，需要我们这个勘查小组出勤的疑难命案现场屈指可数。可是，即便命案少了，我们也一点儿都没觉得轻松。除了各种日常的鉴定工作之外，师父还给我们安排了两项课题。

师父最近可能是心情极佳，所以才思泉涌，一出手就申报成功了两项省级重点研究课题。挂了"重点"二字，我们的压力就大了不少，为了课题设计、数据收集什么的，大家都想破了脑袋跑断了腿。令人欣慰的是，在这大半年的安静日子里，课题研究成果的雏形已经浮现，成就感一点儿也不比破命案小。

大宝更是兴奋，遇见人就说："都说我们实战部门重经验、轻研究，现在咱可不同了，咱也是有课题的人了！"

甚至，在一次出差收集课题数据的时候，大宝半夜梦游的毛病又犯了。

那天大半夜，我看书正看得起劲儿，大宝突然从鼾睡中一跃而起，开了宾馆房间的门就走了出去。这次不像以前那次，我有了经验，知道这家伙又梦游了。于是，我合起书本追了出去，在走廊里一声不吭地把大宝往房间里拉。大宝一边挪步，一边嘟囔着说："别拉，别拉，我要去实验室里做实验。"

他说这话的那个节奏感，让我差点儿就跟着唱起来："在实验室里做实验，看看有没有不变的诺言……"

第二天一早，我和大宝说起他梦游的事，他依旧毅然决然地否认。

我说："不承认就不承认吧。怎么也比上次强，上次你梦游找解剖室，要是把我当成尸体，我岂不是得挨刀子了？"

"那可不一定，要是这次把你当成小白鼠，你更惨。"大宝说，"不过，还真没见过这么胖的小白鼠。"

一个小时前，师父召集我们勘查小组的成员开会。

走进师父的办公室，立即觉得眼前一亮。

师父的办公桌旁，不知何时站着一位短发女孩。这个女孩最多也就是二十出头的模样，脖子上挂着一台单反相机，正专注地翻看着桌上的一份文件。一小缕发丝从她耳后滑落，挡住了视线。她轻轻蹙眉，顺手撩起发丝，别在耳后。一瞬间想必所有人的脑海里都会闪现"明眸皓齿"四个字。身边的林涛不禁轻轻吸了一口气。就连我和大宝两个"名花有主"的人，也忍不住看到发呆。

"咳咳，我来介绍一下吧。"师父有些尴尬，站起来对那个女孩说，"这是我们总队法医科的秦科长，也是勘查一组的组长。"

女孩微微侧身，礼貌地点了一下头，脸上是波澜不惊的表情。

我一脸茫然。

"这位是痕迹检验科的林科长。"

林涛还在发呆，听到自己的名字，顿了几秒，才"啊"了一声算是应答。

"这位是法医科的李大宝。"师父对身边的女孩介绍完，又转过来看着我们，"这位呢，叫陈诗羽，是你们的新同事。"

"啊？！"

我和大宝同时叫了出来。

"新同事？我们科？"我第一个清醒过来，"师父，我们出现场的，最好还是要个男的吧？"

说老实话，在我的工作领域内，我确实有一点儿性别歧视。我知道，很多女孩都喜欢法医这一行，我们省也招录过很多女法医，但事实上，坚持到最后的人的确不多。原因当然有很多，也许是残忍血腥的现场，也许是恶臭腐烂的尸体，也许是巨大的心理压力……总之，能在法医现场勘查的工作上坚持下去的女性，的确是极少数。即便是再有魅力的美女，也不能改变我的这种看法。

我的质疑声刚落，那女孩便转过头来。她眉头微微蹙起，无声无息地盯着我。

"什……什么呀！"林涛立刻打起圆场，居然还有些结巴，"你看她背的这台相机，尼康D3X，这可不是初学者用的机器。她是痕检专业的吧？师父你这是给我配了个助手吗？"

我们三个人私底下曾经商量过，既然我们的职业是个男性化的职业，而且需要经常出差。如果上级这次满足我们录用新人的请求，就一定得坚持要个男同事，绝对不要女孩。因为如果来了个手脚不利索的女孩，还得跟着我们住宾馆，甚至风餐露宿的，会给我们的工作带来诸多不便。可是眼下林涛这家伙显然是要倒戈，我狠狠地用胳膊肘戳了他一下。

"她不是法医专业，也不是痕检专业。"师父说，"她是公安大学侦查系大四的学生。今年我们厅要招录大批人才，她已经和省厅签订了协议，毕业后来我们总队，从事侦查工作。现在是实习期了，所以，她先利用实习时间过来。"

"那就好。"我长舒一口气，迎着陈诗羽挑衅的眼神，问道，"你的实习期，久吗？"

"当然，总队领导班子已经研究过了。"师父接着说，"小陈同志实习期满后，可以继续留任你们勘查组。"

"不行。"我毅然回绝，"我们需要一个男同事，我们的工作是需要吃苦的，不是好玩的，而且我们已经很辛苦了，不想再去花精力照顾一个女士。"

陈诗羽终于转过身来，用身体的正面对着我们。她往前迈了一步，吓得我往后退了一步。我知道公安大学侦查系的人，即便是女人，动起手来也不是闹着玩的。

"我们认识吗？你是技术部门的，说话得有依据，疑罪还从无呢。"陈诗羽定定地看着我，一字一句地说道。

我有些接不下去，说："我这是经验总结。师父，请您重新考虑。"

"咳咳，我觉得吧。"林涛说，"师父的考虑还是很周全的。我们勘查组经常要下基层办案，但是和基层侦查部门之间的联络不够，沟通起来也没有那么通畅。如果有个懂侦查的同事加入我们，可以有效地解决这个问题。而且我看这位小陈同志的行头，是个摄影发烧友吧？正好可以帮助我完成刑事摄影的工作，我腾出手来还能更好地勘查现场呢。"

陈诗羽的表情有所缓和，向林涛友好地点了点头。

"这是组织上的决定，你有意见可以，但是必须保留。"师父话锋一转，语气从商量变成了命令，"去装备财务处申领办公桌，以后她和你们一个办公室。"

师父起身出去了，把我们几个人留在那里。我气鼓鼓地站着没动。

大宝见情况已无挽回之势，居然也迅速倒戈，拽着我说："那个，老秦你别犟了，这陈羽毛是公大侦查系的，你就当多个保镖好了。"

陈诗羽说："这位同志，第一，我不是保镖，我是有思想有知识的侦查员；第二，我叫陈诗羽，陈诗羽，记住了吧？不叫陈羽毛。"

办公室里的气氛从来没有这么尴尬过。大宝打圆场失败，陈诗羽却只是桀骜不驯地盯着我。我也毫不逊色地盯着她，林涛正要说点儿什么，那台好久没响的指令电话突然响了起来。

大宝一跃而起，抢过电话："喂？几具？"

电话那边被问得莫名其妙："哪儿跟哪儿啊？是勘查一组吗？"

"是啊是啊，几具？"

"几句？什么几句？我看看啊，没几句。"看来指挥中心来了个新手，他程式化地说，"啊，这样，你好，龙番市公安局刚才发来请示函。今天早晨七点钟，一名女士骑电动车经过东高架黄口段时，发现桥下一名流浪汉躺在那里睡觉。她远看流浪汉疑似身边有血迹，走近后发现该流浪汉已经死亡，身边有大量血迹，所以报警了。市局法医初步勘验现场之后，觉得案件有疑难，要求省厅给予支援。"

从大宝扭曲的五官和攥着话筒的青筋暴露的手来看，他对这个话痨似的新手痛恨至极。

"别把电话捏碎了，现在买个电话不好报销。"我被大宝的表情逗乐了。

"有命案了，咱们出发吧。"大宝恶狠狠地挂了电话。

"有命案那么兴奋干吗？"我说，"这可是一条命没了啊。"

"我这不是兴奋。"大宝又开始眉飞色舞起来，"我这是为我的身体着想！"

"身体？"我不知大宝所指。

大宝立即摆出招牌造型，竖起两个手指，说："出勘现场，不长痔疮！"

"咳咳。"林涛正色道，"现在有女生在了，说话要注意点儿。"

收拾好现场勘查箱后，我们叫上驾驶员韩亮，驾车往黄口方向赶。

"以后到现场，一定要严肃。"我在摇晃着的车厢里对大宝说，"要是被人拍到你在现场嬉皮笑脸的照片，发到网上，够你喝一壶的。"

"成天看尸体，总不能每天都哭丧着脸吧？多晦气啊。"副驾驶座上的陈诗羽，木然地盯着窗外，幽幽地说，"发就发，凡是通情达理的人都能理解，会站在我们这边的。"

法医大多都会经历这样一段心路历程：从对尸体的恐惧到对生命的悲悯，从思考人生到最终的淡然。这种淡然，不是情感的淡然，而是对生死的淡然。看破生死，才能轻松上阵，才能把自己的感官调到最佳状态，才能更加集中精力地侦破命案。有人会因为命案现场有法医露出了笑脸而义愤填膺，指责法医不懂得尊重死者。其实这个世上，还有哪个职业会比法医更懂得尊重死者呢？

不过，这个道理被一个大学女生说出来，我倒是有些吃惊，对陈诗羽的印象顿时好了许多。我偷偷打量了她几眼，对她的好奇更是愈来愈浓。车子仍在颠簸前行，林涛今天似乎特别积极，一路跟大宝聊着过往经手的案件，一边聊着一边不经意地瞄向副驾驶那边。可反光镜里，陈诗羽只是出神地望着路面，并没有太大的反应。我暗自偷乐，不知道当惯了万人迷的林涛，遇到这样的对手，会是什么心情？

车子终于停在路旁，现场已经围满了人。我们费了九牛二虎之力才从人群中挤过去，踏入被警戒线围着的中心现场。这个现场位于高架桥下，粗大的水泥墩旁，铺着一条破破烂烂的旧棉被。棉被上卧着一个光膀子的男尸。

"尸体被发现的时候，身上盖着一床旧棉被，覆盖了面部。因为死者大量出血，棉被的外面已经被血染透，所以才会被人发现异常。"民警上来介绍情况。

龙番市公安局法医科胡科长见我们走进警戒带，脱去手套，迎了过来，说："好久不见啊，想你们了，所以请你们过来，共同看看这个案子。"

大宝还惦记着我在车上说的话，赶紧道："别露笑脸，人群中有相机呢。"

"死者是什么人啊？"我问，"刚入春呢，气温还不高，睡觉就光着膀子了？"

"这个人的身份基本已经弄清楚了。"胡科长说，"三十多岁，是个流浪汉，有些智障。在这一带活动十几年了，大家都认识他，叫他傻四。整天疯疯癫癫的，看到陌生的女孩子经过，就喜欢跟过去龇牙咧嘴的，但也仅此而已，不会有太过分的动作。"

"他是怎么活下去的？"我问，"乞讨？"

"他倒是不主动乞讨。"胡科长说，"有时候路人见他可怜，就会丢个一块两块的。他有钱就去附近买馒头吃，没钱就在垃圾箱里找东西吃。有时候附近的住户也会给他一些剩饭剩菜。冬天他就在附近一个涵洞里睡觉，夏天就睡在这桥墩底下。收容所里关不住他，他每天除了睡觉，大多数时间都是在外闲逛。"

"什么人会杀这种人？"大宝挠了挠头，"一没钱、二不得罪人，你说会不会是丐帮香堂抢地盘，所以杀个人立立威风？"

"我看你是武侠小说看多了吧？我觉得凶手多半也是精神病。"我说。

"欸？"胡科长说，"老秦说的还真有可能对呢。龙番的确没有什么丐帮，也不存在抢地盘的纠纷问题。我们以前处理的流浪汉被杀案，破案后大都是精神病人作案——哦，对了，这位女士是？"

"哦，新人。"我看了看陈诗羽，她对胡科长点了点头。这姑娘胆子倒挺大，第一次到现场看尸体，她的情绪似乎也没有太大的变化。

胡科长递给我们几套勘查防护装备，等我们迅速穿戴完毕，便带我们走到桥墩旁，指着某处说："你们看。"

在我们换上装备的时候，盖着尸体的棉被已经被民警装进了物证袋里。为了防止围观群众拍照，民警们在傻四尸体的周围搭起了一个简易帐篷。只见傻四光着膀子，颈部和前胸都已经被血迹浸染，但他颈部的一处创口还是清晰可见。他身边有一件破旧的棉袄，或许是他唯一的衣物，无论春夏秋冬，全靠它来蔽体。

尸体旁边的桥墩上，可以看到扇形的喷溅状血迹，扇形的中点位于死者颈部上方的部位。可以看出，死者可能是处于坐位，被人割喉，然后直接仰面倒下死亡的。

但最为醒目的，是在那扇形喷溅状血迹的旁边，居然有三个用血写成的大字：

"清""道""夫"。

"清道夫？"大宝推了推眼镜，说，"什么意思？什么叫清道夫？和环卫工人有关系吗？"

"嗯，我知道的清道夫，是一种鱼，专门吃其他鱼的粪便。"韩亮在一旁插嘴说，"很多人在鱼缸里养这种鱼，可以省去很多清洗鱼缸的麻烦。我以前也养过，挺好养的。就是……有时候它们会把鱼卵一起吃掉，这就不怎么有趣了。"

韩亮是我们勘查一组的专职驾驶员，为了圆自己的制服梦，放弃了管理几千万资产的机会。在很多人眼中，他就是个任性的富二代。韩亮虽然学历不高，见识却很广，所以他总是被邀请参加我们的勘查工作，也帮了我们不少忙。大宝经常调侃韩亮是个无所不知的"活百度"，这次他果然又派上用场了。

一直凝神看着现场的陈诗羽，这时也侧头看了看韩亮，眼神有些闪烁。

"我明白了。"我若有所思，"这是一种签名行为。凶手可能把自己比成了清道夫。他觉得傻四是社会的垃圾，他杀了傻四，就是在为这个世界清理垃圾。"

"嗯！有道理。"林涛一边蹲在桥墩旁边用放大镜看字迹，一边说。

"这凶手神经病啊？"大宝说，"没事杀精神病人做什么？这些精神病人活在自己的世界里，其实是很痛苦的。而且，他也没做过什么坏事啊。"

"所以我刚才说你们分析得很对啊。"胡科长说，"这个凶手啊，我看多半也有精神障碍。一般杀智障者的人都是精神有问题的。"

"精神病人杀精神病人的案例确实不少。"我说，"但是现场留字的签名行为，却是极为少见。"

"而且现场的痕迹，也不支持凶手是个无责任能力的人。"林涛指着桥墩上的血字，说，"这三个字笔画均匀，肯定是软物形成的。我开始还觉得是用手指写上去的，但是这个桥墩的水泥面很光滑，我却看不到一点儿纱布纹路或者指纹纹线。"

"会不会是用毛笔什么的写上去的？"大宝凑过头来看。

"不会。"林涛说，"毛笔也会有毛的纹路啊。"

"那是用什么写上去的？"我问。

林涛沉吟了一下，说："用戴着橡胶手套的手指。"

"橡胶手套？"我吃了一惊，低头看了看自己手上的橡胶手套。

大宝连忙用手指蘸了蘸身边血泊里的血，在桥墩上画了一下，说："呀，果真是一样的。"

林涛说："带有反侦查意识的作案，能用精神病人作案来解释吗？"

陈诗羽摇了摇头。

"什么人作案的时候会戴橡胶手套？"我沉吟着。

林涛说："还有，现场有很多喷溅血迹、滴落血迹和血泊，尸体的周围几乎都有血染。但是，我却没有看到现场有鞋底花纹的血足迹。"

"没有脚印？"大宝说，"难不成是浮在空中的鬼干的？"

大宝的话还没落音，林涛就打了个哆嗦，吓道："别瞎说！想吓死我啊？"

陈诗羽鄙视地看了一眼林涛。

"那这是什么？"我指着地面上像是足迹轮廓一样的痕迹问林涛。

林涛说："这是没有花纹的足迹轮廓，我们穿着鞋套走进现场，踩到了血迹，再踩回地面的话，都会留下这样的足迹。"

"你是说这是我们民警穿戴鞋套进入现场留下的足迹？"大宝问。

"是。"林涛顿了一下，接着说，"不过，如果凶手也穿着这样的鞋套，也会留下这样的痕迹。"

陈诗羽忽然蹲下身，用手指蹭了一下尸体旁边地面上的血迹，说："凶手应该就是穿着鞋套进入现场的。"

"啊？"大宝吃了一惊，"陈羽毛你是怎么知道的？"

陈诗羽说："你们看，旁边有几个类似的足迹应该是民警留下的，因为时间不长，所以还没有完全干掉。而这几枚足迹，已经完全干掉了，说明足迹留下的时间很长。另外，我叫陈诗羽，不叫陈羽毛，谢谢。"

一个大学生能做出这样的推断，确实让我有些刮目相看。我赞许地点了点头，表示对她的论断予以支持。

"戴着橡胶手套，穿着鞋套进入现场杀人。"大宝说，"杀的还是精神病人。听上去好像那部美剧，叫什么《嗜血法医》里的情节啊。"

"难道是美剧迷学电视剧情节来杀人？"陈诗羽得到了我的认可，话多了起来。

我摇摇头，说："人家那是杀坏人，咱们遇见的是杀一个智障者。"

"那就是对警方的挑战？"林涛瞥了一眼陈诗羽，问。

我仍然摇了摇头，说"从凶手留下的这三个字看，仿佛不是为了挑衅。"

"会不会是行内人干的？"胡科长插话道，"鞋套、手套，装备挺齐全啊。"

大宝下意识地环顾了一下四周的几名法医。

我没有吱声。

"动机不明。"林涛说，"你们去尸检看看吧。我打电话叫文件检验科的吴科长帮忙看看这几个字迹的形态，有没有什么可以突破的地方。"

傻四躺在解剖台上，因为体位变动的缘故，颈部的创口还在咻咻地往外冒血。

为了考验陈诗羽的胆量，我特地让她来解剖室帮助我们进行尸检照相。我瞄了一眼陈诗羽，她居然很认真地在观察尸体的情况，完全看不出恐惧。看来这个傲傲的女生，还真有两把刷子。

傻四光着膀子，穿着一条宽大的薄棉裤，裤子上到处都是破口，脏兮兮的棉花从破口处冒出来。裤子的裤襻里穿着一根布带，是作为腰带使用的。从布带的折叠痕迹看，傻四平时把布带的两端打结，用以固定裤子。而他死亡的时候，布带是解开的。

"他的裤腰带是解开的。"大宝说，"是去解手吗？"

我说："不一定，说不定他睡觉的时候就是解开的。"

尸体全身，除了颈部的一处切创以外，没有再发现其他的损伤，他是被一刀致命的。

"你有没有觉得这个刀口特别细？"大宝按了按创口的两侧。

我没有说话，按照常规解剖术式打开死者的颈部皮肤，并且逐层分离了颈部肌肉。

"你们看，"我说，"这是一处切创，就是有人用刀在死者的颈动脉位置，一刀划开，直接导致颈部肌肉和颈部动静脉的同时断裂，血液会迅速从破口处喷溅出来，人也会因为急性大失血而死亡。"

"这一刀直接划在颈动脉处，虽然刀口不长，但是很准。"大宝说，"凶手一刀就取了死者的小命。"

"一般情况下，颈部切创多见于两种情况：一种是自杀；一种是凶手恐其不死，在杀完人后加固，确保死者死亡。"我接过话茬儿，"不过，这起案件中，应该是他杀。创口周围没有试切创。大部分自杀的人，切口的一端都会有几个划痕，叫作试切创，这反映了死者的心理。"

"会不会因为死者是智障者，所以没有试探的心理？"陈诗羽问。

我摇摇头，说："正因为是智障者，就更不可能找得到这么准确的位置，而且毫不犹豫地一刀毙命。更重要的是，现场并没有发现凶器，说明有人把凶器带离了现场。"

"确实，这怎么看也不会是自杀。"大宝突然瞪起了眼睛，"而且，你们发现没有，刀刃非常薄，半毫米都不到。"

"确实，刀口很深，但是创口裂开的程度并不大，说明这把刀很小、很快、很薄。"胡科长说，"凶手用这么不方便杀人的凶器来杀人，倒是奇怪。"

我哼了一声，说："看来凶手对自己能用这么小的刀去成功杀一个人非常有信心，因为他非常了解人体结构。"

"戴手套、鞋套。"我想了想，接着说，"关键是可以找准解剖位置一刀致命。你们说会不会是一个有强烈反侦查能力的屠夫？"

"有道理啊。"大宝龇着牙笑着说，"屠夫的可能性大，杀猪都是割脖子的。"

我皱了皱眉头，说："这个结论依据不足，咱们暂且不做定论。但是，还有一个问题，凶手是怎么做到悄无声息地接近死者，趁其不备，且可以顺利找到解剖位置下手的？"

大宝附议："颈部这个位置，不太好下手啊。你说你来摸我脖子，我会让你摸吗？"

"而且傻四当时并不在睡觉。"我说，"根据血迹喷溅的位置，当时傻四应该是坐在那里的。这样接近他也应该知道啊。看到一个戴着手套、鞋套，拿着刀的人，他再傻，也会反抗啊。"

"没有任何抵抗或者约束的痕迹。"一直在解剖死者四肢关节的胡科长补充道。

解剖进行得很顺利，但是通过解剖，我们没有发现任何有价值的线索。和开始一样，我们依旧不知道凶手的作案动机是什么，不知道凶手怎么能做到悄无声息、一刀致命。但我却被陈诗羽的淡定惊着了，这个女孩在一边默默地看完了整个解剖过程，毫无差池地完成了整台解剖手术的照相工作。初次面对血腥的解剖，我记得我都曾努力地克服自己内心的涌动，而这个非法医专业的女孩却面不改色心不跳。不知道她是真的在这方面比较粗线条呢，还是强压在心里不表现出来。

下午，我们又返回案发现场，对现场进行了进一步的勘查，依旧一无所获。

"凶手没有给我们留下一丁点儿线索或者物证。"我拖着疲惫的身躯，沮丧地说。

"不知道文检科的检验有没有什么线索。"大宝说。

"如果有线索，早就来信儿了。"我看了看周围，暮色已经降临，说，"今天先回去吧，这个案子我们一点儿头绪都没有，之前很少出现这种情况啊。"

话音还没落，胡科长的电话铃声就响了起来。接通电话后，胡科长的脸色变得更加凝重，他挂了电话，说："城东又发生了一起命案，真是雪上加霜。你们要不要和我们一起去看看？"

"当然去！"陈诗羽抢在我前头说道。

● 2

去城东的路上，陈诗羽接了一通师父的来电。从她的答话来看，师父应该是询问了一下案子的有关情况，也问了问陈诗羽第一次观看解剖的感受。可陈诗羽总是有一句没一句的，仿佛对师父的关心并不在意，回答观看解剖的感受时更是轻描淡写。我倒是有些上心了，师父居然给她打电话，而不给我打。难道师父是想试探一下我们？看看我们这些一开始反对她加入的人，有没有给陈诗羽小鞋穿？师父还真是煞费苦心啊。

到了城东，路变得窄了起来，房屋的排列也更加紧凑，看上去一点儿也没有省城的样子。在一片居民区里的小路上，停了好几辆警车，数十名警察也分成若干组，在询问着不同的人。

"我就觉得对面的苗总家里不太对劲儿。"一个中年妇女倚在墙边，对办案民警说。她穿着睡衣，一副惊魂未定的样子。

"别害怕，我们肯定会破案的，张大姐。"民警安慰道。

"她抖得那么明显，"大宝悄悄对我说，"肯定是吓得够呛。"

这个初春的夜晚，虽然不热，却也不寒冷。有了新的命案，我们努力甩掉一身疲惫，投入到新的战斗中。我们围在张大姐身边，开始听她叙述自己报案的过程。

半个小时前，张大姐在家里吃完饭后，舒服地躺在沙发上看电视。无意中，她瞥见阳台对面二楼的窗户似乎有点儿异常。

这是城郊一片还没有完全开发的地方，集中坐落着一些二层民居。因为附近很快就要修建高铁站，所以这儿也跟着变得寸土寸金，每一个住户都成了一个富豪坯子。为了在拆迁过程中获取更多的赔偿，房主们争相把自家的老房子装修得格外精致，相继在原先的院落里搭建了一些临时平房。远远看去，这一片民居，紧密相连，不分彼此。

省城的人都知道，这一带绝对是藏龙卧虎。很多有远见的人，不知从哪里打探到了高铁的发展规划，几年前就在这里收购了房子，坐等拆迁升值，然后大赚一笔。

张大姐是这里的原住民，对这里的每一户人家多多少少都比较熟悉。尤其是住在她家对面的那个苗总家，平时隔着阳台就能看到他们家的动静，因此对这一家四口的情况，张大姐更是了如指掌。有时候，苗总家卧室的灯光映出小两口卿卿我我、打情骂俏的场景，张大姐更是羡慕地指给自己的老公看。那一家人总是有说有笑、相亲相爱的样子，简直就像是和谐社会的典范。

可是今天晚上，她发现了异常。

像往常一样，苗总家卧室的灯开着，把雪白的窗纱照得透亮。可是，在雪白的窗纱上，隐约却有一条斜行的斑影，一动不动的，一直没有变换形状。张大姐起了疑心，赶紧走到阳台上，这么一近看，她才发现，那斑影竟是一道殷红的血迹！

　　大惊之下，张大姐拉上了自己的丈夫，绕到苗总家的门前。刚推开虚掩的大门，两具仰卧在客厅的尸体和一大摊血迹就映入他们的眼帘。张大姐吓得一屁股坐在地上，张大了嘴巴，说不出一句话。倒是张大姐的丈夫哆哆嗦嗦地拿出手机，拨通了110。

　　"那么好的一家人，怎么就没了呢？这杀手杀谁也不能杀他们啊！在我们那个年代，这就是'五好家庭'啊！"张大姐一脸沮丧，"人家都说婆媳关系不好处，这家的婆媳，比母亲和女儿还亲啊。天天挽着手走路，而且总是谈笑风生的。和小俞聊天，她还总说自己的命好，摊上了一个疼爱她的婆婆。多好啊，多让人羡慕啊！怎么都没了呢？对了，警察同志，他们家里，还有活口吗？"

　　民警垂着眼帘，摇了摇头，接着问："你和你的丈夫进入现场了吗？"

　　这是对报案人询问必备的一条，用以甄别现场痕迹。

　　"没有。"张大姐说。

　　"你们可以进去了。"林涛穿着一身勘查装备从现场走出来，"现场通道①已经打开了，进去的时候不要踩到白线区域。"

　　"几具？"大宝总是这个问题。

　　林涛说："挺惨的，五具。"

　　"有什么有价值的痕迹物证吗？"我问。

　　林涛点点头，说："有血鞋印，不过不典型，不能作为排查依据，但是可以作为认定凶手的证据。"

　　"那也是重要发现。"我心里踏实了一点儿，"案件性质，可有什么看法？"

　　"不确定。"林涛说，"不过现场有翻动，劫财的迹象还是存在的。"

　　"好。"我一边穿戴好现场勘查装备，一边招呼还在一旁听民警介绍前期情况的大宝和陈诗羽，一起走进了现场。

---

① 现场通道，就是指从现场外非保护区域通往有尸体的中心现场的通道。这需要痕迹检验技术人员对地面进行勘查，画出可能存在痕迹物证的地方，然后法医会在不踩踏被画出区域的情况下，进入中心现场，对尸体、现场进行初步检验。

现场是个独门的二层小楼，一楼是客厅和餐厅，二楼是卧室和卫生间。小楼外面还有一排作为厢房、厨房使用的小平房。主楼里装潢考究，符合一个私企中层领导的品味。听张大姐"苗总苗总"地称呼，看来这家的主人应该是个公司老总之类的人。

一楼客厅里仰面躺着两具女尸，衣着整齐，面部都被血液浸染，看不清楚。根据之前了解的情况，应该是户主苗正的母亲王秀黎和他们家的保姆齐传芝。苗正和他的妻子以及七岁的儿子都在二楼的卧室中被杀害。

苗正倒伏在卧室的大门口，他的妻子俞莉丽、儿子苗苗仰卧在卧室床的两侧。

大概看了一下尸体的方位，我和大宝重新下到现场一楼，开始逐一对尸体进行初步检验。虽然面对着五人死亡的血腥现场，但陈诗羽依旧没有露出丝毫胆怯，只是默默拿着那台单反"咔嚓咔嚓"地拍着。

"保姆距离大门最近，损伤位于头顶部。"我小心地扒开保姆头顶的头发，只见创口附近浸染着大量血液，"创口看不清，但不像是锐器伤。"

"王秀黎的损伤也在头部，主要位置是在枕部。"大宝说，"大量血染，同样没法分辨创口形态。"

既然现场看不清创口形态，我们就不继续翻动尸体了，免得破坏尸体的原始状态。到了解剖室，有的是时间仔细观察损伤。

我走到王秀黎尸体的附近，看见她脚边的瓷砖上好像有一些痕迹。我拿过勘查灯，用侧光观察，可以看见瓷砖上有一条拖擦状的痕迹。痕迹的尾端是鞋底花纹，和死者穿着的拖鞋花纹一致。这是一条死者形成的蹬擦状划痕。

"这条划痕的形态很有意思。"我蹲下来看了看，说，"有一条长的痕迹，还有一些小的痕迹，痕迹里貌似还能看见一些拖鞋的鞋底花纹。林涛，你怎么看？"

林涛眯起眼睛，说："我看啊，是死者在受伤的时候跌倒，然后脚在地面上蹬擦形成的。"

"赞同。"我说，"死者的损伤集中在枕部，我摸上去的时候，可以感觉到很多密集的创口。这么密集的创口应该说明死者是在一个相对固定的位置被打击的。所以，她肯定不是站着被打击的，因为站着的时候，身体会自由移动，体位就不固定了。所以，她应该是趴在地上被打击的，这样就可以解释这个蹬擦的痕迹了。死者被打击的时候，双腿在地面蹬擦，才形成了这样的划痕。"

"这个分析有什么意义呢？"陈诗羽问。

"有意义。这说明凶手杀完人后翻动了尸体。"我见陈诗羽虚心好学，就用亲切的语气说，"咱们发现的尸体是仰卧在地面的，和我们分析的她趴在地上被打击致死的体位不符。"

"凶手为什么要翻动尸体？"陈诗羽接着问。

我摇摇头，说："尸体头部都是血迹，所以我也不敢下什么结论，等尸检完了就知道了。"

说完，我沿着现场的数十个血足迹走了一圈。现场有很多密集的血足迹，方向各有不同。但是可以看出，鞋底花纹只有一种。

"一种鞋底花纹不能确定只有一个凶手吧？"我说，"会不会是两个或两个以上的凶手买了一样的鞋子来作案的？"

林涛摇头，说："只有一个凶手。这些鞋印我都看了，有一个鞋底磨损点的特征是完全一致的。凶手想伪造这个特征是不可能的。而且，现场那么多血，如果有两个人，另一个人肯定也会留下足迹。"

我点头认可。

仔细看去，血足迹从保姆头部的血泊开始，延伸到王秀黎尸体的头部旁边，然后汇成一趟，向楼梯口延伸。

"你们看，这人的步伐多大。"林涛一只脚站在血足迹旁，另一只脚使劲儿往前跨了一步，"我得这样跨步，才能完成他一步的步伐。"

"进击的巨人吗？"大宝推了推鼻梁上的眼镜。

"这说明了两个问题。"林涛白了大宝一眼，"第一，这个人杀完王秀黎后，是跑着上楼的。第二，这个人的个子应该很高。"

"个子高是肯定的。"我说，"我也有依据。"

"哦？"大宝抢着问，"什么依据？"

我没有回答大宝的问题，招呼大家再次走上了二楼。

二楼的血足迹更加凌乱，但是仍然可以分辨出，这是同一种鞋底形成的足迹。血足迹在二楼主卧室的门口开始互相叠加、破坏，说明凶手和被害人在这里有过一个打斗的过程。但是打斗随着手无寸铁的男主人苗正的倒地而终止。

看足迹的形态，凶手在杀死苗正后，直接进入屋内，把母子二人逼到了墙角后，将其杀死。在这个逼退的过程中，母子二人都有蹲下来的动作。头部受伤后，血迹还沿着头部、颈部滴落到了大腿和小腿处的衣物上。这些流注状血迹的走向，告诉我们母子二人当时都是蹲着被打击的。而且，母子二人没有任何抵抗。

尤其是俞莉丽的面部，除了遍布的血迹以外，隐约还可以看见泪痕。

因为现场地面光滑、干净，而且遍布血足迹，这给我们对这个现场进行重建提供了良好的条件。我们可以沿着血足迹的方向判断凶手在杀完人后的行走路线，从而判断他这些动作的目的和意义。

林涛沿着地面上的血足迹走着，说："凶手杀完人以后，就开始在屋里翻东西了。"

主卧室里的衣柜以及另一个卧室里的衣柜都被翻动了，凶手是用一种很暴力的手段翻动的，几乎衣柜里所有的东西都被凶手拽了出来，然后抛撒在地面。大衣柜的门上可以看到血手套印，说明凶手是戴着手套进入现场的。大衣柜里的物品上沾染的血迹，同样也提示凶手是在杀完人后，立即翻动了衣柜。

血足迹从主卧室出来后，开始通往次卧室的方向，凶手同样对次卧室的大衣柜进行了翻动。从次卧室里出来后，凶手径直进入了卫生间，然后我们就没有找到走出来的足迹了。

"这样的足迹现象，说明凶手进卫生间，是为了清洗自己身上的血迹。"林涛说，"而且清洗得很干净。"

"当然，凶手行凶的时候，可能天还没有黑，凶手总不能一身是血地走上大街吧？"大宝很能理解凶手的这个动作。

"凶手只翻动了死者家的衣柜吗？"我拉开床头柜的柜门，里面的物品很整齐。

"是啊。"大宝说，"电视柜啊、梳妆台啊什么的，都没有一点儿翻动的痕迹哦。"

"是。"林涛点了点头，然后又使劲儿摇头，"不不不，不只是这两个大衣柜。楼下的冰柜也被翻动了。"

"翻冰柜？"我甚是诧异。

林涛说："你们刚才在楼下没有注意到吗？楼下餐厅一角有一个冰柜，里面的东西，一些水饺啊、包子啊、冻肉啊什么的，都被拿了出来，说明冰柜里面肯定也被翻动过了。"

在楼下勘查的时候，因为注意力都集中在地面的足迹上，所以我还真没注意到餐厅一角有一个什么冰柜，更不会注意到这个冰柜里的东西被翻了出来。

"这个动作有点儿意思。"我低头沉思。

"而且冰柜附近没有血足迹。"林涛说，"应该是凶手在楼上清洗完以后，再下楼的。"

"看来这个案子，你们痕迹检验部门的工作很顺利啊。"我说，"至少现场重建是完成了。现在都七八点钟了，等殡仪馆的同志来运尸体吧。我们去专案组听听情况后，再去尸检。"

龙番市公安局在现场附近临时征用了一家住户搭建的平房作为专案指挥部，指挥部里除了专案组组长和几名侦查员在研究侦查措施以外，其他人都被派出去调查访问了。

主办侦查员知道我们进来，是想知道一些前期调查情况，于是他开门见山地说："死者苗正，三十八岁，名校毕业，是国临科技的技术部主管，是公司的核心管理层。刚才通过公安内部互联网，我们了解到，之前几天苗正因为涉嫌故意泄露商业秘密罪被我局经侦支队调查，但是没有像样的证据，所以没有抓人。"

"泄露商业秘密？"我摸了摸下巴。

"嗯。"侦查员说，"有人举报他在秘密出售公司的商业情报，所以进行了例行调查。苗正的母亲王秀黎，六十六岁，原来是区民政局副局长，退休十几年了，为人和善。群众反映，她和儿媳妇俞莉丽关系非常好，情同母女。俞莉丽，三十一岁，自己在网上开了一家淘宝店卖时装，除了出门进货，或是和婆婆一起逛街，其余时间一般都在家里待着。家里还有一个保姆，五十二岁，刚聘来一个月。还有就是一个七岁的孩子。你们那边情况怎么样？"

林涛说："现场条件很好，我们不仅提取到了物证，还重建了现场。凶手应该是敲门入室的，因为大门没有被撬压、损坏的痕迹，窗户也都是完好的。入室后，凶手先袭击了保姆和王秀黎。可能因为二人呼救，惊动了二楼的一家三口，凶手迅速从一楼跑到二楼，在主卧室门口遭遇苗正，二人发生了短暂的搏斗，但是体力、武器悬殊太大，苗正很快被打死。然后凶手把母子二人逼退到墙角，逐一杀害。杀完人后，凶手对两个房间的大衣柜进行了翻动，再去卫生间清洗血迹，然后到一楼翻动了冰柜，最后离开现场。"

"侵财可以定吗？"侦查员问。

我摇摇头，说："翻动的位置比较奇怪，大衣柜、冰柜，这不是存放财物的地方啊。一般的劫财案件，肯定首选床头柜、梳妆台什么的。可是这些地方都没有被翻动。"

"你的意思是说，凶手的这些翻动，是在伪装现场，转移警方的视线？"侦查员问。

我说："不能排除。"

"好的。"侦查员说，"我们同样也觉得凶手在现场停留的时间非常短，不像是侵财案件，更像是仇杀。我们会继续调查苗正的社会关系，尤其是举报他的那个人。"

"嗯。"我点头说，"我也要去检验尸体了。"

● 3

五具尸体如果逐一检验，至少需要十个小时的时间。此时已经是晚上八点多，岂不是得干到明天早晨？

好在省城新建的解剖中心有两间解剖室，每间解剖室里有两至三台解剖床。解剖室的门是相对而设的。这样的设计，可以同时开展数台解剖，大大提高了工作效率。而且，解剖的时候，几组法医只要走出门，就可以和其他解剖室里的法医交流。

我和大宝走进一号解剖室，负责对现场一楼的两具尸体进行检验，陈诗羽负责照相。而市局胡科长和韩法医则在二号解剖室，和我们同时开展工作，负责现场二楼的三具尸体，林涛负责照相。

王秀黎和齐传芝的致命伤都在头部。

我和大宝把躺在两张解剖台上的尸体的头发依次剃除，各自暴露出了头部的创口。两名死者的头部创口创角撕裂，创缘不整，创口里还可以看见没有完全断裂的组织间桥。数个创口纵横交错，但是可以看得出创口的边缘都有挫伤带。

"两名死者都死于钝器所致的颅脑损伤。"我触摸了死者的头颅，说，"我能感觉到，两名死者的颅骨都有很严重的粉碎性骨折。"

"先检验王秀黎的尸体吧。"大宝见照相人员已经固定了尸体的原始面貌，便按尸检常规，在尸体全身分段提取物证。

我剪了一块纱布，用水沾湿，开始清理王秀黎的面部血迹。血迹已经干掉，形成一块块血痂，和面部皮肤粘得很牢。

慢慢地，王秀黎的面容呈现了出来。同时，她额部皱纹里的一处创口也随着血迹的清除而暴露出来。

"咦？"大宝蹲下来看了看王秀黎后枕部密集的创口，说，"创口都在枕部，怎么额部也有一处？会不会是俯卧打击，额部衬垫在地面上形成的？"

我摇摇头，说："不，如果是衬垫伤的话，在那种瓷砖地面上，只会形成挫伤，不会形成创口，而且创口周围有挫伤带，说明这是一个有局限的接触面积的工具形成的损伤。"

大宝若有所思，点点头。

我接着说："而且，这是一处死后伤。生前伤和死后伤的判断，是法医必须具备的一项最基础的技能。损伤是生前形成还是死后形成，有的时候对案件的侦破起着至关重要的作用。法医判断生前、死后伤的主要方法就是观察创口有没有生活反应。生活反应就是只有机体存活的时候才有的反应，比如出血、充血、梗塞、吞咽、水肿、血栓等。创口的生活反应主要表现在创面有没有出血，以及创缘皮肤有没有卷缩。生前形成的创口，创面会呈现出红色，边缘有卷缩；而死后形成的创口，创面会呈现接近皮肤颜色的黄色，边缘也不会有卷缩。"

我说得这么烦琐，意在教授身边的新人陈诗羽。陈诗羽很聪明，理解我的意思，一边拍照，一边不忘认真地听着，时而点头。我们都在努力消除刚见面时产生的嫌隙。

王秀黎额部的创口，创面蜡黄，边缘哆开①，是一处典型的死后损伤。

"死了还要对着额头打一下？"大宝问。

我摸了摸创口，说："这一下还不轻呢，下面的骨折很重。看来，对着额头再来一下，就是凶手要把王秀黎的尸体翻转过来的原因。"之前对现场勘查时，我们曾经判断凶手在杀完人后，又把尸体翻转了过来。

"什么意思？"大宝对我的分析不太理解，一脸茫然。

我微微一笑，说："别急，回头再分析。"

打开王秀黎的头皮，可以看到她的枕部几乎已经完全碎裂，脑组织从骨折的缝隙里透了出来，一片阴森森的白色。

这样的颅骨几乎无法再用电动开颅锯锯开了，我们只能用手锯，将还没有断裂的颅骨部分锯开，然后拿下了一块边缘凸凹不平的颅盖骨。

颅腔内的脑组织已经挫碎，形态不清。硬脑膜被骨折了的颅骨的尖锐端戳裂了好几个破口，因为巨大的打击作用，颅内尽是出血和血肿。

"好惨啊。"大宝皱着眉头叹道。

我说："是啊。凶手力气不小，而且使用的工具也应该是坚硬、质量重的金属钝器。"

"这么大岁数了，还是不得善终，唉。"大宝又开始了他的感悟人生。

按照常规的解剖术式，我们继续解剖了死者的胸腔、腹腔和背部，没有发现什么异常。根据死者的胃内容物判断，她应该是在晚餐后不久死亡的。

"我觉得这个案子的死亡时间比较容易定得精确。"我说，"我们到现场的时候是七点，此时已经是张大姐发现后半个小时了。而死者已经吃完了晚饭，一般人晚饭都在五点到六点之间吃，这说明死者是在五点到六点半之间死亡的。结合我们去现场的时候，尸体的尸僵和尸斑都还没有形成，可以肯定死者是六点左右死亡的。凶手胆大妄为啊，这个时间天也就刚黑，就敢入室杀人。"

---

① 哆开，法医术语。是指皮肤裂开后，连续性丧失，因为张力作用而导致创口张开。

"如果不是很熟悉的人，这个时间通过敲门可以入室的概率比晚上大多了。"陈诗羽说。

"有道理。"我赞许道。侦查专业学生的思维和技术专业不同，有时候确实可以起到优势互补的作用。

"也就是说，张大姐早半个小时看一下死者家里，说不准就能透过窗户看到凶手杀人的背影了？"大宝看着解剖室的天花板，臆想着。

我说："杀人过程很短暂，能被看到的话就是巧合了。"

解剖完后，我重新观察死者的头皮。

"致伤工具可以定吗？"我说。

大宝说："铁质钝器可以定。"

我指着头皮上一些弧形的创口说："还记得吗？这些创口下面的颅骨骨折都是类圆形的。圆形的铁质钝器，就是锤类的工具了。"

"拿锤子来杀人，当自己是李元霸啊？"大宝说。

检验完王秀黎的尸体，我们继续检验齐传芝的尸体。

和王秀黎一样，她同样死于金属钝器打击，导致颅脑损伤死亡。颅脑损伤的程度也非常严重，颅骨大面积粉碎性骨折，脑组织挫碎。和王秀黎不同的是，齐传芝的损伤集中在头顶，同样十分密集。

"作案手段完全一致嘛。"大宝说。

我没有说话，拿起放大镜在齐传芝的胸口看了起来。

"发现了什么吗？"大宝凑过头来看。

我微微笑了下，说："死者胸口有几处小片状的表皮擦伤，很浅，不仔细观察肯定看不到。但是这几处擦伤很新鲜。"

"这有什么用吗？"大宝说。

"刚才我说过，凶手个子很高，你们记得吧？"我问。

大宝说："对对对，我都忘记问你怎么回事了。"

我说："二楼的母子头部损伤也在顶部，但是说明不了问题，因为我们通过血迹判断他们是蹲着的。既然是蹲着，凶手打击他们肯定打在头顶部。但是齐传芝的不一样。根据她死亡的位置，她应该是去开门的人。她不仅开了门，还把凶手往客厅里引了几米，然后才遇袭的。当然，在这个过程中，她不可能蹲下来，凶手也不会让她蹲下来。但是你们注意到没有，齐传芝身高一米六五，比较健壮，凶手如果没有足够高的身高，是不可能打击到她的头顶部的。"

"你是说凶手没有对齐传芝进行控制，而是直接打击？"大宝质疑，"可是齐传芝头顶部的创口也是非常密集的，说明她处于一个相对固定的体位，这个固定的体位是怎么做到的？"

我说："这几处表皮擦伤就可以说明问题了。从损伤来看，这些擦伤是指甲抓的。也就是说，凶手进入家门后，突然抓起保姆的衣领，然后用锤子打击她的头部。因为凶手力气大，所以被抓住衣领的保姆没法过多反抗，体位就会相对固定，创口也就密集了。"

"有道理。"陈诗羽说。

我接着说："当然，这几处表皮擦伤，还有别的用处，等回到专案组再说。"

解剖完，我们走到二号解剖室，见胡科长他们的工作也基本完成了。

"我们两具刚完成，你们三具都快完成啦？"我说，"工作效率真高。"

"小孩的尸体检验得快。"林涛说，"就是太惨了，对心理影响比较大。真不该跟他们一组。你们有了美女，就想抛弃我吗？"

省厅法医主要跑一些疑难命案现场，而市局法医则要承担大量的普通命案以及一些非正常死亡的尸体的解剖检验，解剖量比省厅法医大得多。所以论解剖功底，还是这些市局法医更加娴熟。更何况胡科长和韩法医都是工作十几、二十年的熟手了，解剖速度自然要比我们快很多。

"怎么样？"我突然觉得林涛像是在向陈诗羽献媚，所以岔开话题问道。

胡科长说："三具尸体的损伤基本一致，都是头部被金属钝器打击所致颅脑损伤死亡。苗正的头部损伤凌乱一些，可以看得出是在运动中被打击的。女人和小孩的损伤比较集中，应该和我们之前分析的一样，是在墙角蹲着没有反抗的情况下被打击的。"

"就这些？"我追问。

"还有，就是三个人的胃内容充盈，应该是刚吃完晚饭。"胡科长侧头看了看旁边解剖台上的尸体，说，"哦，对了，女人的额头上有一处死后损伤。"

"哦?"我来了兴趣,"会不会是女人在被打击的过程中死亡,但凶手连续攻击,所以导致了一处死后伤呢?"

胡科长摇摇头,说:"女人的头部遭重创,但这个死亡是需要几分钟时间的,所以不会是连续打击所致,而且这一处损伤很孤立。应该是凶手把女人打倒后,再去翻找钱财,最后又回到女人身边打击了一下已经处于仰卧位的女人的额头。这个时候,女人已经完全死亡了,所以才会表现出无生活反应的迹象。"

"太好了!"我说,"去专案组吧!我对这个案子的侦破有信心了。"

● 4

不知不觉六个小时已经过去了,此时已经是深夜两点半。

有很多传言说,深夜两点半是个诡异的时间,很多诡异的事情都会在这个时间点发生。我倒是经常写书写到深夜两点半,此时一般都会灵感突发,倒是没见过什么诡异的事情。但此时此刻,我有一种预感,这个深夜两点半,或许就是案件转折的关键点。

专案组依旧是那样烟雾缭绕。

我们走进专案组,林涛关切地问陈诗羽:"呛人不?"

陈诗羽淡淡地摇了摇头。

主办侦查员见我们进门,急巴巴地说:"经过几个小时的调查,没有发现苗正有什么仇人。那个举报人因为是写匿名信举报的,所以也找不到。从目前的调查情况看,仇杀的迹象不是很明显。"

"哦?"我的脑子里一直在想着破案的捷径,对于案件性质的问题倒是没有思考太多,所以一进专案组的大门,听到这么一句,一时间不知如何接过话茬儿。

好在侦查员还有话说:"但是经过调查,我们听到了一些传言,说是最近有别的公司计划推出和国临科技公司的一款高端产品极其相似的产品。然后有传言说这项技术机密是被苗正窃取贩卖出去的。"

"都是传言吗？"我问。

侦查员点点头，说："没有证据，只是闲言碎语。还有人说，这项高端技术，价值两百万人民币呢。"

"两百万？"我瞪了瞪眼睛，脑子里飞快地计算了一下我得干多少年才能挣到这么多钱，然后突然有所顿悟。

我说："这样吧，我们先介绍一下尸体检验的情况，我再说说我对这个案子的看法。"

我和胡科长分别代表两组参与尸检的法医介绍了尸体损伤的情况后，我说："我觉得本案的性质很明确，是劫财。之所以只翻找衣柜和冰柜，是因为凶手可能认为死者家里藏有大捆的现金。凶手的目标就是大捆的现金，这些现金床头柜之类的物件是放不下的。至于翻找冰柜，我认为在我们这个区域，尤其是现在这种初春多雨的天气，很多不敢把现金存进银行的人，为了防止钞票发霉，都会把钱放在冰柜里。"

"这个观点我同意。"龙番市公安局副局长赵其国说，"如果苗正真的卖机密换了两百万现金，或者有人认为他有两百万现金，这些现金是黑钱，存进银行太容易被查出来了。那么，这些钱就只会被放在苗正家里，或者凶手认为他只会藏在家里。"

"那可不太好。"侦查员说，"因财杀人比因仇杀人要难破得多。"

"不难破，你等我说完。"我说，"第二，我觉得这个案子范围不大。一来他确信死者家里有大捆现金，二来他应该认识王秀黎和俞莉丽。"

"哦？"赵局长和其他侦查员都来了力气，坐直身体听我的分析。

我说："我们法医经常会说一个专业术语，叫作加固行为。加固行为就是指凶手在杀完人以后，怕死者不死，而施加的一个确保死者会死的行为。采取这种行为的人，通常和死者熟识。在袭击死者之后，恐其不死，怕死者恢复意识后立即报案，自己就难逃法网。在这个案子中的两具尸体上，我们都发现了加固行为。"

"说说看。"赵局长的兴趣更加浓厚了。

我不慌不忙地喝了一口水，打开幻灯片，一边播放死者的照片，一边说：

"死者王秀黎、俞莉丽的额头部位都有死后形成的、非常孤立的损伤。从现场重建的角度看，凶手在依次杀死齐传芝、王秀黎、苗正、俞莉丽、苗苗后，对现场进行了翻找，对自身黏附的血迹进行了清洗，然后又返回俞莉丽、王秀黎的身边，进行了加固行为。值得一提的是，凶手还特地把王秀黎翻了个身，一是为了看看她的面部表情或者探探她的鼻息，二来是为了对她的额头再来一锤子。"

"这个很有意思。"赵局长说，"那就是说凶手认识这一家人？"

"不。"我说，"如果这时候我说凶手和这一家人认识，对侦查部门的帮助并不是很大。因为认识他们的人太多，一样需要很多时间去排查。"

"还有更好的线索？"赵局长问。

我说："有的！我刚才说的是，凶手在这五个死者中，只认识王秀黎和俞莉丽。"

"啊？为什么？"赵局长接着问。

"一般凶手实施加固行为时，会对每一个死者都下手。"我说，"但是，凶手并没有对其他三名死者实施加固。而是二楼挑一个加固，一楼挑一个加固。为什么他会有选择性地实施加固行为？这样的行为只说明，他确信，只有王秀黎和俞莉丽认识他。其他人即使没有死，也不会认出他。"

"有道理！"主办侦查员说，"有了这个线索，我们就好摸排多了！一个媳妇和婆婆都认识的人，交叉面太有限了。"

"我还没有说完，"我说，"根据尸体上损伤情况的分析，以及对现场血足迹步伐距离的判断，我们法医部门和林涛的痕迹检验部门的意见非常统一，凶手应该是一个身体健硕的男子，身高可能在一米八五左右。在南方的省份里，这种身高的人也不多吧，应该很好摸排吧？"

"不仅好摸排，而且好甄别。"林涛笑着说，"现场血足迹反映出只有一个人作案，而且这双鞋子有很多比对特征。只要你们找到凶手，翻出他所有的鞋子，我就可以进行比对鉴定！"

"凶手不会把鞋子扔了吧？"侦查员说。

林涛说："凶手既然有清洗的动作，加之一般鞋子都比较好清洗，我认为他没有必要扔鞋子了。"

会议室里开始议论纷纷。

主办侦查员若有所思地说："俞莉丽有个好朋友就有这么高。这人叫什么刘峰亚，一米八五。我们在调查俞莉丽的几个朋友的时候，找到了他。不过据说这人和俞莉丽有过一段感情经历，现在还藕断丝连，属于地下关系。所以俞莉丽不可能把这个人介绍给自己的婆婆认识啊，这可不符合常理。"

坐在角落里的一个侦查员突然涨红了脸，说："等……等……等等，叫……叫什么来着？"

"刘峰亚。"主办侦查员说。

"就是他了。"角落里的侦查员克制住自己的结巴，"我是负责调查王秀黎生前社会关系的侦查组组长。我们也调查出了这个叫刘峰亚的人。王秀黎退休十几年没有找过单位什么麻烦，但是半年前，她回单位说给单位推荐一名驾驶员。现任的局长不敢驳老领导的面子，就把这人聘了，这个人就叫刘峰亚。"

"啊？"大宝叫出了声，"什么？王秀黎帮自己儿媳妇的姘头找工作？帮忙给自己的儿子戴绿帽子啊？这是亲妈吗？"

"现在不是讨论这是不是亲妈的问题。"陈诗羽插话说，"这个人的条件这么符合，无论如何，要作为现在的重点嫌疑对象。"

"那现在可以抓人吗？"侦查员有些蠢蠢欲动了。

赵局长倒是有些犹豫。毕竟抓错人的话，麻烦很多。

我说："刚才我还有一句话没有说完。根据死亡时间的推断，凶手是在六点左右进门行凶的。这个时间不是去一个热闹的居民区杀人的好时间，但是是一个容易敲开不熟悉的人家的门的时间。我说的不熟悉是指和这个屋子里大部分人不是很熟悉。这和刘峰亚具备的条件很相似，他只和俞莉丽熟悉，和王秀黎也只是数面之缘。这个时间点，他可以轻松进入死者家里。另外，凶手进门后，抓住保姆的衣领对保姆施加伤害，这个时候，保姆虽然没有回天之力，但是抓人之力还是有的。所以我分析，如果凶手是右利手[①]，那么他的左手可能会有一些抓痕。这些抓痕在三天内就会消除，但现在不会

---

① 右利手，指的是习惯用右手从事主要活动的人。

消除。"

"我明白你的意思。"赵局长看了我一眼，笑着说，"你这是在给我信心，同时也给了侦查员甄别的办法。"

"我说的是可能有抓痕。"我说，"如果保姆太凶，或者凶手皮太厚，也可能没有抓痕。"

"不管怎样，"赵局长说，"赌一把，去抓人吧。"

才过去一个钟头，主办侦查员就拎着一双鞋兴高采烈地跑进了专案组。

"狗日的，刘峰亚左手有许多抓痕，我看他怎么解释。"侦查员说，"这是他还穿在脚上的鞋子，林科长你要不要看一眼？"

林涛拿过鞋子，拿起放大镜看了一眼，说："是他。"

林涛早就把那个富有特征性的磨损痕迹熟记于心，和实物鞋子做比对，对他来说只是小菜一碟。

苗正虽然在省内著名企业担任重要职务，但是他依旧不满足现状，千方百计想获取不义之财。为了获取巨额报酬，他做了商业间谍。

苗正和另一家企业达成协议，以一百万元的价格出卖了企业的核心技术。但是在把这一百万现金拿回家后不久，他就遭到了经侦支队的调查。因为苗正做得滴水不漏，经侦部门经过调查并没有拿到什么有价值的证据，但这还是让苗家一家人乱了阵脚。

刘峰亚是俞莉丽的"男闺密"，从小一起长大，据说以前还和俞莉丽突破了朋友的防线，处过一段时间的男女朋友。刘峰亚从小学习就不好，初中就辍学去做生意，可是生意一败再败，也只有靠帮人开开出租车来维持生计，有的时候甚至填不饱肚子。原本雄心壮志的刘峰亚被现实打击得支离破碎，他每天都唉声叹气，感叹自己生不逢时，虎落平阳被犬欺。

刘峰亚喜欢俞莉丽的温柔体贴，俞莉丽也喜欢刘峰亚的高大威猛。但是，俞莉丽头脑很清醒，她知道在这个经济型社会里，高大威猛一文不值。虽然嫁给了条件不错的苗正，但俞莉丽和刘峰亚一直保持着藕断丝连的关系。俞莉丽经常接济刘峰亚，但这种接济毕竟不是长久之计，她就想给刘峰亚找个工作。

作为一个宅女，俞莉丽除了那几个从小玩到大的朋友以外，几乎不再认识什么有钱有地位的人，当然她也不会傻到去找自己的老公。

俞莉丽突然想到了自己的婆婆王秀黎。王秀黎非常疼爱她，把她当成自己的亲女儿看待，而且非常信任她。王秀黎认为一个足不出户的大家闺秀，绝对不可能在外面有什么外遇、情人。所以，在俞莉丽告诉王秀黎她有个"远房表哥"现在穷困潦倒，想帮他一把的时候，王秀黎义不容辞地担下了这个任务。作为区民政局的老局长，王秀黎不费吹灰之力就把这个儿媳妇的"远房表哥"介绍到了民政局车队，让他当了一名驾驶员。

小事一桩，王秀黎并没有当成一回事，也从未和苗正提起。时间就这样过了半年多。

传言不假，苗正确实当了商业间谍，确实出卖了公司的核心技术，也确实往家里拿回一百万。近日来，苗正被调查后，俞莉丽慌了手脚，又不知道找谁帮忙，就去找了刘峰亚。

在一家咖啡厅的卡座里，刘峰亚静静地听完俞莉丽的倾诉，轻声地安慰她。而此时，刘峰亚并没有想着怎么帮苗正，而是琢磨着："苗正肯定不会把这一百万现金存进银行，那这么多钱，肯定还在他的家里！一百万啊！我的成功梦！"

为了这一百万，什么老情人，什么恩人，都变得一文不值了。只可惜，俞莉丽并没有提及一百万的藏匿地点。不管能不能找到这一百万现金，刘峰亚还是决定铤而走险。他带着铁锤走进了俞莉丽的家里，残忍地把一家五口都杀害了。

杀人杀红了眼，即便最后把流着泪的俞莉丽逼到了墙角，即便俞莉丽抱着儿子央求他放过她和孩子，刘峰亚依旧没有停止自己杀戮的步伐。他的脑子里只有三个字：一百万。

刚杀完人，他就后悔自己杀人杀得太急，没有逼俞莉丽说出钱在哪里。于是他翻找了衣柜，无果后，又愤恨地打了俞莉丽一锤。走到一楼，他看见了冰柜，于是又翻找了冰柜，依旧没有找到那让他几晚上睡不着觉的一百万。

"人为财死，鸟为食亡。"大宝叹道，"还有，什么人都不能轻易相信啊！"

　　"不过，这一百万到底去哪里了呢？"林涛一脸痴相。

　　我拍了一下他的脑袋，说："这不是你该关心的事情，你是不是该告诉我，文检科有没有在'清道夫'三个字中，找出点儿什么端倪来？"

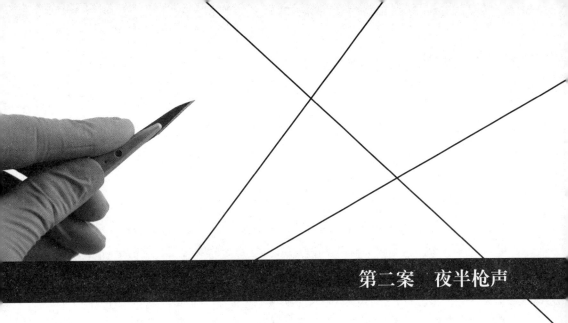

第二案　夜半枪声

　　虽然被师父挂了电话，但是我一点儿也没觉得自己说的是废话。人体本身就很奇怪。有时候，看起来很轻的伤会要了小命；看起来很重的伤，反而还能活下来。

● 1

　　即便林涛不谈女朋友，我也一直认为他是个喜新厌旧的人，前天还在翻看苏眉的照片，今天就开始主动给陈诗羽剥橘子。当然，他对案件也是这样，遇见了新案子，就把旧案子给忘了。虽然我们迅速破获了这一起杀死多人的案件，但是那起丝毫没有线索的"怪案"依然悬在我的心里，激起了心底那一丝不祥的预感。

　　"完蛋，我把这事儿都给忘了。"林涛说完，不好意思地笑了笑。随即摸出手机，拨了一个号码。

"等等，等等。"我拉住了林涛，"你也不看看现在才几点，你给谁打电话？"

"赌一顿早饭，吴老大已经起床了。"林涛没有停止手上的动作，"信不信？信不信？"

电话很快接通了，林涛在电话这边"嗯嗯啊啊"地讲了半天，才挂断了电话。

"走，去厅里吧。"林涛眯着眼睛说，"路上你请客。"

"还不到七点，吴老大就到办公室了？"我一脸惊讶。在我的印象中，我们省厅机关的文件检验部门应该是比较清闲的单位，没想到这么一大清早，人家就去上班了，真是始料未及啊。

吴亢，今年四十五岁，是省厅文件检验科的科长。他虽然官阶不高，但是在国内享有盛誉。他说自己只适合做业务，不适合当官，于是每天就躲在实验室里摆弄那一堆文件材料。他在文件检验领域研究出的课题成果，甚至比刑警学院文件检验系的教授还多。

学术研究也分两种，从事理论性学术研究的人常常给人一种古板老套的感觉，但是从事实践性学术研究的人通常很单纯。吴亢就是这么一个"老顽童"。

虽然四十五岁不能算老，但是他作为一个中年人，一有空就打电话约我们上线玩魔兽世界或是英雄联盟，这样的举动，怕是只有用"童心未泯"来形容了。

因为他经常和我们这些二十多岁、三十出头的小伙子一起玩，所以大家都尊称他为"吴老大"。无论从学术上，还是从人品上，他都是我们的老大。

"这你们就不懂了。"韩亮眯着眼睛开着车，说，"微博上有一种说法：你早晨几点钟自然醒，就说明你是几零后的人。比如吧，如果可劲儿让我睡，我八点多肯定自然醒，这说明我是八零后；像吴老大这样的老年人，六点多就起床了。"

"乱讲！吴老大还是很年轻的，外表和内心都和我们差不多。"我知道韩亮的段子多，打断他说，"这顿早餐变成你请了，不然我去吴老大那里告你黑状。还有，我觉得现在要让我碰上枕头，我就能睡到下午，你说我是几零后？"

"这条定律，不适用于夜猫子。"韩亮说。

"我这是被迫变成夜猫子的好不好？"我打了个哈欠，"谁不想准点回家，陪老婆睡觉？"

我炫耀似的把"老婆"两个字着重了一下，引得林涛一阵鄙夷，然后他斜眼看了看在后排发呆的陈诗羽。

实验室里，摆放着好几台不同用途的文检仪：高分辨率的扫描仪、书写时间分析仪、印章检测仪……当然，最醒目的还是实验室中央台上摆放的那台45英寸的高清晰度液晶显示器。我们曾经在午休时间，把PS2接在这台超大的显示器上玩过实况足球，后来因为被师父抓了现行，才没敢再这样"公器私用"。

此时，显示器上展示的，是那幅一直萦绕在我心里的画面。

血字"清道夫"。

"来啦？"吴老大翘着二郎腿，指着显示器说，"这照片照得不行啊，有点儿虚。"

我鄙视地瞥了一眼林涛。

陈诗羽插话说："我这儿也有照片。"说完她把自己的相机接上了吴老大的电脑。

吴老大眼睛一亮，说："嗯，专业水平！这个清楚。"

"那你看出什么端倪没有？"我急切地问道。

吴老大拿起桌上的豆浆，吸了一口，慢悠悠地说："这三个字，写得比较潦草。但是从字迹来看，是非常娟秀的。这可以提示写字的人应该具有不低的文化程度。"

"等等，你用'娟秀'这个词是什么意思？"我瞪大眼睛，"能不能判断写字的人的性别？"

吴老大摇摇头："通过文字来判断性别，这事儿我一直不太看好。虽然也有这方面的课题，但研究的都是写在纸上的字，因为下笔力度也是一个印证。写在墙上的字，拿来判断性别，大部分是不准的。这个案子，只能说明凶手有一定的文化程度。我还要提醒你们的是，从书写的姿态来看，这个人写这三个字的时候，很从容。"

"从容？"我皱皱眉头，"说明凶手心理素质好？杀了人不慌？"

"嗯，这是一个方面。"吴老大说，"还有一个方面，凶手不是弯着腰写的，也不是蹲在地上写的，也不是踮着脚够着写的。"

"咦？"我眼睛一亮，"这个推断好，可以大致判断一下凶手的身高。"

我拿出手机，翻了翻尸检结束后翻拍的尸检笔录和现场勘查笔录。

"一般人以站立姿势平视书写，字体中央的位置的高度，大约是在鼻、唇之间。"吴老大补充道，"这三个字离地面多高？"

"一米五。"

"那大约要再加上二十厘米，就是凶手的大概身高。"吴老大说。

大宝摸着下巴上的胡楂儿，说："一米七，那得是个高个子的女人。"

"女人？"我转头看着大宝，"你怎么知道是女人？"

大宝摇摇头没说话。

林涛说："这种身高，如果是男人的话，矮了点儿，是女人的话，高了点儿。所以，这个推断貌似对目前还没有发现任何可能嫌疑人的我们来说，没多大用。"

"其他呢？"我问，"其他方面还有没有什么推断？"

吴老大说："因为是用血迹写在墙壁上的，笔画交叉部分的血迹互相印染，不像写在纸上有纸面凹陷，所以无法从笔顺上判断出什么书写习惯。但是对于笔画的书写习惯，还是有点儿规律可循的。"

"什么意思？"我感到很惊喜。

吴老大笑着拍拍我的肩，说："没什么意思。我觉得，如果你们可以拿到嫌疑人的书写材料，说不定具有比对价值。"

这个消息，如果是在侦查后期，会是个很好的消息，因为文检鉴定可以给法庭提供直接证据。但是在侦查前期，就没有多大惊喜了。我们现在好比瞎猫满街游荡，得有多好的运气才能碰见个死耗子啊。现在的侦查毫无方向，更别说有什么嫌疑人了。而且，从吴老大的口气可以听出，即便是有了嫌疑人的字迹，也未必一定能比对认定同一。

"我现在更关注的不是证据。"我说，"如果能给侦查提供一点儿方向就好了。"

吴老大摇摇头，说："这个人写字挺潦草的，我还没有发现什么非常显著的特征可以直接用来排查的。当然，每个人写字时都有自己的显著特征，只是现在我们掌握的信息太少了，就三个字。三个字！你们当我是神啊？"

"大神级别的人物，就要做出一些大神级别的事情来嘛。"林涛说。

吴老大说："如果再发生一起连环案件，再拿这三个字来，说不准我就有什么发现了呢。"

"拜托！拜托！"我差点儿没给吴老大跪下，"求您封上您的金口吧，阿弥陀佛！"

"哪有那么邪门儿？！"吴老大一脸不屑，"要是我说两句就能有命案，那我才真是大神级的人物呢。"

"哎，你还别说，老大。"林涛严肃地说，"这事儿可就是这么邪门儿，比如我们的秦大科长，每次一说闲啊、轻松啊、无聊啊，必有命案。这就叫作乌鸦嘴。"

"哦？"吴老大笑得前仰后合，"那我倒要看看我是不是乌鸦嘴：有命案！有命案！"

"不和你们玩了，你们这是玩火。"我瞪了他们俩一眼，说，"我们五个人昨晚一晚上没睡，破了个案子。现在瞌睡虫来找我们麻烦了，我们要回去睡觉。"

"哈哈哈哈。如果我也是乌鸦嘴，那你们岂不是又睡不成了？"吴老大还在自娱自乐。

"丁零丁零……"

随着我手机铃声的响起，所有人都收起了笑容。

"不是吧？！"吴老大瞪大了眼睛。

"还行不？"师父说话总是这么简洁。但是我听到这三个字的时候，就知道我再次中了乌鸦嘴的招儿。

"呃……行。"我迟疑了一下，说。

即使警力严重不足，省厅法医科、痕迹检验科也会勉强凑出两套人马，防止同时发案时应付不过来。如果我回家睡觉的话，另一组肖法医和方法医也可以立即赶赴现场。但在接到电话后的短暂的三秒钟里，我的脑海里展开了激烈的思想斗争。最后，破案的诱惑还是压过了睡觉的诱惑，于是一口应承了下来。

师父说："程城市发生一起枪案，你们现在出发，两小时内赶到现场。"

"枪案？"我说，"人死了没有？"

"废话。"师父挂断了电话。

虽然被师父挂了电话，但是我一点儿也没觉得自己说的是废话。人体本身就很奇怪。有时候，看起来很轻的伤会要了小命；看起来很重的伤，反而还能活下来。我在老家实习的时候，就碰见过一个这样的案例。

那天我正在法医门诊当班，当时父亲身为分管刑侦的副局长，他给我打了个电话，说检察院正在办一个案子，枪伤，他已经联系好了，让我跟着去学习学习。

我接完电话后蹦起老高，枪伤可真不多见，就连我们大学的法医老师也见得很少。当然，这得益于我国对枪支的有力管控。我当时想都没想就打了个车赶往市人民医院。当时打车的起步价是三块，法医门诊和医院的距离也就在起步价之内。下车的时候，我潇洒地掏出了一张五元的纸币给司机师傅，又潇洒地说了一句："拿着，不用找了，别客气。"

原本以为检察院的法医同志会直接带我赶赴太平间，没想到他们却带我走进了病房。

病房的走廊里靠着一个人，头上缠着绷带，咋咋呼呼地对医生说："我告诉你啊，老子是被枪打的，你们不帮老子把子弹从老子的脑子里取出来，老子跟你们急！"

这句话乍听起来像是一句绕口令，我仔细回味过来后，心情很复杂。如果用现在的语言来描述我当时的心情，那就是"我和我的小伙伴们都惊呆了"！惊呆了！！！

看过X片后，才知道这个人是被跳弹击伤的。因为子弹打在石头上，失去了旋转力，所以就失去了"弹后空腔效应"，这样的子弹的杀伤力已降低数百倍。跳弹从石头上弹起后，正好击中了这个人的脑袋。虽然子弹打破了他的头皮和颅骨，进入颅腔，但此时的子弹已如强弩之末，毫无杀伤力可言了。没了力气的子弹钻进他的脑袋后，在大脑实质内停下，没有伤到中枢，也没有打破大血管。所以，这个中弹的人并没有发生脑出血，也没有出现任何神经系统的症状体征，因此，他还可以在这里咋呼。

作为法医，对于这样的枪伤，没有什么好检验的，根据当时的伤情鉴定标准，依据开放性颅脑损伤的事实给他定了个重伤害。后来我也关注了他的治疗情况，医生很轻松地从他颅骨的洞里把子弹弄了出来，颅骨都没锯开。

因为有过这样的经历，所以我才会问出刚才的那句话。

虽然大宝和林涛对我这句话的用意不是很清楚，但是师父规定的时限很紧张，我们连批评吴老大的时间都没有，就赶到了楼下的车队里。

韩亮还没有到，我们焦急地等待着。林涛倒是很悠闲地整理着自己的头发，问陈诗羽："困吗？"

陈诗羽居然没有搭理他。这让我很是意外，眼前的这个姑娘，真的是女人吗？居然有女人不搭理林涛！

我们焦急地等待了二十分钟，才看见一辆奥迪TT风驰电掣般开进车队，韩亮来了。

"有没有搞错？不知道要随叫随到吗？"我有些生气。

韩亮一脸委屈地说："你上楼的时候，说了让我回去休息的好吧？谁知道又来案子，你们是不是该去庙里拜一拜了？这二十四小时里，就出了三起案件。"

"大清早的，你不会是去泡妞了吧？"大宝一脸神秘，"又换女朋友了？"

韩亮耸耸肩膀："我就是送一个刚认识的妹子上班而已。反正昨晚你们尸检，我睡得挺舒服。"

"这种时候，女人居然比睡觉的诱惑还大？"虽然知道韩亮这个富二代的无数情史，我仍不能理解他的所作所为。

车辆的颠簸很快把我们催入了梦乡，我仿佛梦见那个中弹的人在活蹦乱跳地高声指责我们出警慢了。

随着车子颠过高速公路的减速带，我们依次醒来，看见了收费站顶上的"程城"两个大字。

我们到了。

睡了两个小时后，清醒了许多，顾不上全身的酸痛，我们直接赶往现场，开始了侦破新案件的征程。

● 2

我们的警车在当地警车的指引下，向程城市西郊的方向开去。不一会儿，就到了一个村落。这是一个挺大的村落，看起来人丁兴旺。

现场位于村落中央一条大路的旁边，警戒带的外面早已站满了大量的围观群众。

我揉了揉惺忪的双眼，伸了个懒腰，拎着勘查箱走下了车。

作为村子里的主干道，现场的这条水泥路显得很宽敞。因为现场在室外，为了保护周围的痕迹物证，先期赶到的民警已经在中心现场两边各一百米处设立了路障和警戒带。我们三个人戴好勘查证，越过警戒带，向中心现场走去。

这次的枪伤，死人了。

一个三四十岁的男子躺在路边的一棵树下，身边有大量的血迹。从中心现场向北十米处，可以看到成趟的血足迹，步行方向是朝中心现场来的。

作为一个痕迹检验技术员，林涛对足迹是喜闻乐见的。我们还在观察现场周边的环境，林涛已经跑到足迹旁边俯下身子查看了。观察了一会儿，他又走到尸体旁，看了看尸体的鞋底，说："哦，这趟血足迹是死者自己的。"

"有没有别人的？"我问。

林涛摇摇头，说："没有，从血足迹的特征看，只有一双鞋子，就是穿在死者脚上的这双。"

"那这附近找不到其他人的足迹吗？"陈诗羽问。

"没有意义，你别忘了，这可是大路！足迹有的是，林林总总、各式各样。不过你敢说哪一枚是凶手留下的吗？"林涛很失望。

我沿着血足迹走到足迹的起始端，看了看地面。地面上有一小块新鲜的擦蹭泥土的痕迹，旁边有一大摊血泊。血足迹的源头就是这里。我指着血泊，说："死者应该是在这里受伤，然后走到中心现场，倒地死亡的。"

"被枪打了，还能走这么远啊？"陈诗羽问。

大宝抢着说："陈羽毛，这你就不懂了。首先，我们还不知道死者的致命伤在哪里，以及致命伤严重不严重。其次，单就受致命伤后的行为能力来看，个体的差异也非常大。一般人被一把刀刺破了心脏就会导致心跳骤停、迅速死亡，但是也有心脏被刺破后，狂奔一百米才倒地死亡的案例。仅从痕迹看，死者在这里受伤，走出十米开外倒地死亡，是很正常的。"

陈诗羽点了点头，随即又皱起眉头说："拜托，我叫陈诗羽好不好？多好听的名字，被你叫成那样！"

尸体的旁边放着一支枪，枪上沾的血迹不多。这是一支自制的猎枪，单管。为了保证远距离射击时子弹不变道，枪管做得很长，足有八十厘米，加上枪身和枪托，整支枪的总长度有一米二。

我国对枪支的管控是非常严格的，除了对制式枪支实施管控以外，对自制枪支也是一旦发现立即收缴，还要对藏枪人进行严格的处理或处罚。但可能是历史遗留问题，程城这个地方的自制枪支还是比较多的。虽然公安局治安部门经常会组织行动大规模收缴枪支、大规模处理当事人，但是制枪、贩枪的现象依旧存在。尤其是自己在家制造的枪支，平时藏在自己家里，没办法打绝。即便是有人举报，公安民警去搜查，也很难顺利地从地广人稀的农村找到藏枪的地方。

虽然在程城看到枪支并不奇怪，但是当地派出所的工作人员还是非常紧张，毕竟是没有管控到的枪支伤了人命，派出所所长是要负责任的。

"这个位置不是杀人的好地方啊。"我直起身子，说，"现场周围非常空旷，没有遮挡物。虽然最近的人家也在两百米开外，但是只要有人站在门口，就可以清楚地看到这里发生的一切。在我的印象里，用枪杀人的，通常是经过谋划的。谋划在这里杀人不合常理。"

大宝听我一说，也直起身子向四周看。

"我们前期的调查情况是这样的。"派出所刘所长凑过头来，主动说，"死者叫胡奇，三十七岁，就是这个胡家村的。务农。他品行不好，有小偷小摸的前科劣迹。而且，这个人最大的毛病就是嗜酒如命。酒喝多了打老婆、打老娘，出门对小女孩动手动脚，和别人争执吵架，这些情况都发生过。反正村子里的人都很厌烦他，听见他的名字都皱眉头。这应该算是个恶霸了吧，老百姓都说这种渣滓死有余辜。"

我知道派出所所长的言外之意，他想从死者生前的劣迹入手，减轻自己的责任。但即便有这种想法，我相信他也不敢杜撰情节，死者生前应该是劣迹斑斑的。

"还有，"派出所所长补充道，"这支枪我们已经看过了，也核实过了，是他自己的枪。一个月前，不知道他从哪里弄来了钢管，就开始在自己家里做枪，大概是在两星期前做好的。这个，胡奇的妻子张越和他的母亲赵秀莲都可以做证。我们也在他们家的地窖里，找到了制作枪支的剩余材料，还有一些自制的弹丸。"

"现在派出所初步认定，死者胡奇是半夜带枪出门，不慎枪支走火，打伤自己，导致失血过多死亡。"程城市的杨法医说，"尸体还没有开始检验，所以我们还没有认可他们的观点。"

自己的枪伤了自己的命，这是派出所所长给自己减责的最好借口。

"你们动了这支枪？"林涛听说他们已经辨认过现场的枪支了，急着问。

我和林涛的担心一样，怕这个急于免责的所长，破坏了枪支上的痕迹。

"没有，没有。"所长说，"我们是带着证人来现场进行辨认的。这点儿现场物证保护意识还是有的。"

"剩余材料在哪儿？"林涛皱了皱眉，"我要进行整体分离比对。"

整体分离比对技术是痕迹检验专业的一项撒手锏。具体的方法是：通过对比显微镜，对两个物体的断端进行检测、拼接，观察拼接口的微小特征，从而判断两者是否曾经为一体，后被人为分为两部分。

"我去叫人提取。"所长说完，给派出所的技术员打了个电话。

"是谁报的案呢？"我问。

所长朝远处的人群中扫了一眼，指着一个年轻人，喊道："胡黎苗，你来你来，给省厅领导说一下你发现和报案的经过。"

听到"省厅"这两个字，围观的人群顿时炸了锅，大家突然议论纷纷，可能认为省公安厅都派人下来查案了，这一定是一起大案，和他们之前猜测的走火有所不符。

　　我尴尬地挠了挠头，瞪了所长一眼，心想你的嗓门儿能不能不要这么大？围观群众一定还不知道，我们省厅法医科其实就是一个基层单位啊。除了一些简单、普通的命案以外，只要够人手、能跑得过来，我们都得去出勘现场，为基层解决一些问题，也算是帮基层法医搭把手、助把力。

　　胡黎苗跟着一个民警跨进警戒带，朝我们走了过来。他长得贼眉鼠眼，一路上东张西望的。

　　"说说吧，是怎么回事？"我站在胡黎苗的前面，遮住了他的视线，不让他看见尸体，同时摘下沾染了血迹的手套。

　　胡黎苗缩着头说："是这样的，昨天晚上我在我哥家打麻将，大概打到晚上十点多的时候，突然听见'乓'的一声，像是哪家在放炮一样。哦，不，比放炮还要响。我们四个人就跑到屋外面看，也没见到火光什么的。"

　　"等等，你哥家住在哪里？"我问。

　　胡黎苗和所长一起指向现场的东面，说："东面三百米，就是我哥家了。"

　　"是这条大路的路边吗？"

　　胡黎苗点点头。

　　"那你们看见什么了没有？"

　　"当时有月亮，我们看见一个人影在往西走。"胡黎苗说，"看背影好像是他。"说完，胡黎苗指了指地上胡奇的尸体。

　　我转头看向派出所所长求证。

　　所长点点头，说："这个口供我们都做了，几个打麻将的人都印证了这一事实。"

　　"你确定只有一个人影？"我问。

　　胡黎苗坚定地点了点头。

　　"就根据这个线索，我们基本确定死者是枪支走火打伤了自己。"所长说。

　　我摆摆手："结论别下得太早，胡奇家住在哪里？"

　　派出所所长往西边指了指，说："往西走一百米，过了警戒带，左拐，再右拐，就到了。"

　　我顺着所长的手指往西边看了看，只能看得到拐弯处，拐过弯去，视线就被一个公共厕所挡住了。

"你们听见枪声后，大概多久出门的？"陈诗羽问。她问出了我想问的问题。

胡黎苗低头想了想，说："我们在后院，开了门，穿过院子，打开大门就出来了。我估计也就二十秒吧。"

我"哦"了一声，说："你接着说，刚才你说到看见一个人影。"

"啊，对。"胡黎苗清了清嗓子，"我们看见胡奇摇摇晃晃地往西走，也就是往他家走。因为胡奇这半蹶子①就爱喝酒，喝多了喜欢出来瞎晃，所以我们也没在意，都转身回去继续搓麻将了。这一搓就搓到天亮，我赢了三千多，嘿嘿。"

说完他感到不妥，偷偷瞥了一眼所长，见所长并没有追究他们赌博的意思，接着说："大清早，我就从我哥家往西走，顺着这条路走到头儿就是我家了。没想到走到这里的时候，就看见他躺在地上，一大摊血，吓死我了。"

所长给胡黎苗使了个眼色，胡黎苗紧接着说："不过这种人渣，死了最好。"

我反感地摇摇手，说："人都死了，不用这么恶毒，即便他道德败坏，也有生存的权利。"

"那还有要问的吗？"胡黎苗问。

"你哥家距离现场只有三百米，大半夜的，夜深人静，你们就没听见什么叫喊、厮打、搏斗、求救的声音？毕竟他不是当场死亡，而是走出十几步才死的。"大宝问道。

这个问题确实很重要。

胡黎苗摇摇头，说："肯定没有，肯定没有。"

"他自己的枪走了火，加上喝多了，不一定会叫啊。"所长解释道。

我听所长说得也有道理，就没多说话，重新戴上手套对尸体表面进行初步检验。

死者上身穿了一件长袖T恤，下身是一条休闲裤，休闲裤的右裤筒几乎全

---

① 半蹶子，方言，指十六岁至二十五岁之间的未婚男孩。有时是同辈老者之间作为调侃的戏称。

部血染，而上衣并没有黏附血迹。大宝伸手要去摸死者的裤子，被我制止了："别动，你看，裤子上有个枪口印痕。"

枪口印痕是接触射击的特征。接触射击是枪口和目标之间距离表述的一种。

对军事器材感兴趣的朋友都知道，枪支主要分为两种：膛线枪和滑膛枪。

膛线枪是指枪膛里有螺旋的膛线，这样子弹在发射出去的时候，会发生旋转，从而加强子弹的抛射距离、精度和杀伤力。这样的枪支如果接触射击，会在皮肤上留下枪口印痕；如果在小于一米的距离内射击（近距离射击），由于弹头高速旋转进入皮肤，会在皮肤上留下挫伤轮、擦拭轮、烟晕和火药颗粒灼伤；如果在大于一米的距离内射击（远距离射击），会在皮肤上留下带有擦伤圈和污垢环的弹孔，看不到烟晕和火药颗粒灼伤。

但是，膛线枪有着较高的制作工艺要求，所以，在民间的自制枪种类中，还是以滑膛枪为主流。滑膛枪又叫作霰弹枪，枪支配用一定规格口径的子弹，子弹内填满火药和弹丸，在触动扳机后，弹丸呈锥形发射。所以，判断滑膛枪的射击距离，主要是看子弹在体表分布的面积。如果只是一个大的射入口，说明距离较近；如果是一片小孔状的射入口，则说明距离较远。滑膛枪的射程有限，通常是在近距离射击时具有较大的杀伤力。当然，和膛线枪一样，滑膛枪接触射击，也会在皮肤上留下枪口印痕。

"枪口印痕有什么稀奇古怪的，林涛来拍个照。"大宝白了我一眼，"接触射击比较多见的是走火或者自杀，这就印证了所长的话。"

林涛在现场的一旁拿着民警从死者家里提取的材料，和现场提取的已经用塑料薄膜保护起来的枪支进行了比对，认为是同一种材料。也就是说，这支枪应该是死者自己制作的。

林涛走过来和我们说了一下他的比对结果，但是这个结果是从工具材料上推断出来的。如果要进一步确证整体分离的话，还需要相关实验室的检验。

林涛拍完照，从痕迹检验专业的角度观察了一会儿枪口印痕以及现场枪支的枪口，微微一笑，说："不过，从枪口印痕看，致伤的枪支，就是现场的这一支枪。"

● 3

确实，这不需要专业人员也可以判断出来。枪口因为制作粗糙，压成了椭圆形，而死者裤子上的枪口印痕也呈现出椭圆形，直径和枪口完全一致。

看完枪口印痕，我和大宝合力把尸体的裤子小心翼翼地脱了下来，放进物证袋里保存。裤子一脱下来，就看见死者膝盖上方有一个椭圆形的、黑洞洞的创口。创口周围发黑，是火药的灼伤。尸体体位发生一点儿变化，就有鲜血从这个黑洞洞的创口里流淌出来。

"打中腿了。"我说。说完，皱起眉头开始思考。

"哟，我知道你们法医学上有一种说法叫什么弹后空腔效应。"陈诗羽说，"但没想到弹后空腔效应这么厉害啊，打中腿都能打死人。"

大宝炫耀一般地发问："你知道弹后空腔效应的形成机理是什么吗？弹后空腔效应是因为子弹旋转而产生的，那只有膛线枪才能形成，这自制枪可是滑膛枪，滑膛枪怎么转？怎么空腔？"

大宝说得没错，弹后空腔效应是子弹致伤的主要机制，但是这种效应只有在膛线枪发射子弹后才会产生，这也是膛线枪比滑膛枪杀伤力大的原因。采用X射线胶片高速摄影技术，可以观察到模拟体被弹头击中后，在弹头通过的组织中会形成一个弹后空腔。这一空腔出现得快，消失得也快，因此弹头在机体中穿行时，不仅会使软组织撕裂，更重要的是会将弹头上的旋转动能释放给周围组织，使软组织以弹道为中心向四周放射状移位，从而形成比弹头体积大数倍的空腔。弹后瞬时空腔虽然持续时间短，但可以造成创道周围的软组织向外伸展、撕裂以及血管撕裂。组织常会因为移位超出了弹性极限而发生破裂，呈现爆炸样改变，在机体上留下严重、复杂的复合性损伤。空腔经过扩展、收缩、再扩展、再收缩等反复多次的改变后，逐渐消失，最后留下一个容积比空腔小得多的创腔，就是我们法医最后可以发现的枪弹创创道。

滑膛枪形成损伤的主要机制就是弹头的损伤。弹头打破血管就会导致失血死亡；弹头打破器官，就会导致器官失血、衰竭死亡。接触射击的滑膛枪，因为弹丸还处于密集阶段，所以形成的创道只有一条，这条创道是所有弹丸共同作用形成的。

"我告诉你吧。"大宝对陈诗羽说，"其实这一枪并没有多大杀伤力，看死者的下肢没有畸形，就知道他的腿骨都没折。之所以会流出这么多血，是因为人的大腿内侧有一条非常重要、非常粗大的动脉——股动脉。如果弹丸打进腿里，打断了股动脉，那可不得了。这么粗的动脉是无法自凝住的，如果没有及时按压住，让血这样哗哗地流，很快就会出现休克症状，造成昏迷，再不立即抢救，就会死亡了。死者应该就是这样死的。"

"酒精过量，血管扩张，加速了血液循环，也会加速死者的死亡。"杨法医在一旁补充道。

他们说话间，我已经从勘查箱里拿出了一根钝头探针。

探针的主要作用，是探测创道的长度和走向的。死者的致命伤是一条创道，很显然，这条创道打断了股动脉，但是创道的走向，我们却不得而知，只有靠这根细细的探针了。

我小心地把探针的一端插进创口，然后向着各个方面探寻，很快，我就找到了创道。创道是从膝盖上的创口往上，最终到达会阴部下方约五厘米处的大腿内部。我沿着创道把探针插进了死者的大腿里，留了个探针柄在外，招呼陈诗羽前来照相。

这样，从照片上就可以很清楚地看出创道的走行方向了。

"你们看出什么问题了吗？"我看着大宝和林涛。

两人一脸茫然。

我对派出所所长说："麻烦联络殡仪馆的同志，去解剖室进行尸体解剖。"

如果通过调查、尸检，可以确定死者是走火导致死亡，属于意外，属于非正常死亡事件，尸体解剖是要经过家属同意的。但如果有命案的可能，公安机关就可以强行解剖。

"家属不同意解剖啊。"所长为难道。

"开具解剖通知书，强行解剖。"我说，"因为这是一起命案。"

"命案？"这出乎所长的意料，他的头发都要竖起来了。

我微微一笑，说："你们看，创道是从下往上的。你们再看看这支枪，有一米二长。加之这是接触射击，现在我们来还原一下现场。"

说完，我拿过透明物证袋里的枪，把枪口顶在死者膝盖上方的创口处，说："子弹往上，那么枪托就应该在膝盖下面。你说，这样怎么走火？"

如果是走火，这么长的枪，应该打中死者的腰部以上，或者弹道是往下的。如果是打中膝盖，而且创道往上，这样摆放枪支不合理，而且死者是够不着扳机的。即便是死者坐在地上，用枪顶住膝盖，扳机的位置也在他的脚尖以外，柔韧性再好，也够不到扳机。

"有道理！"在场几人异口同声地说。

"所以，只有可能是别人拿着枪，对着他的膝盖开了一枪。"我说，"现在我们需要对尸体进行解剖。"

程城市公安局法医学尸体解剖室里，陈诗羽仍然默默地站在一边。这是她在两天内看到的第三个现场、第七具尸体解剖，真可谓是填鸭式教育。她现在不仅完全适应了尸检工作，而且已经可以清楚地说出尸体的解剖位置，这让我们不禁感叹她适应能力、接受能力的强大。我也尽自己所能进行规范化操作，好让这个白纸一样的女大学生，对法医的工作有个规范性的认识。

我们对尸体进行了全面的尸表检验，死者除了左侧膝盖上的一处枪创以外，我们还在他的后枕部摸到了一块不小的血肿。血肿的表面还有一些浅淡的擦伤。头皮没有创口，只有血肿和擦伤，用法医的眼光看，这是一个具有一定平面、一定质量、表面粗糙的钝性物体形成的损伤。可能是摔跌倒在地面，也可能是工具形成的。

"你看，果真还有其他外伤吧。"我兴高采烈地说。

大宝拿出手术刀，准备剃除死者的头发。我说："等等。"

我们把尸体翻了个身，暴露出枕部，然后细细地拨动死者的头发，很快，找到了几个黄色的小颗粒。

我用镊子把小颗粒钳出来放进物证袋，说："致伤工具已经清楚了，是砖头。"

大宝赞许地点点头，说："开颅看看，防止是他中枪后摔跌，跌倒在砖头上形成的损伤。"

摔跌导致的损伤，会在颅脑内形成对冲伤^①，而直接打击所致的损伤不会有对冲伤。

打开死者的颅骨，他的枕部果真有一小块脑挫伤，而对侧的额部则没有发现。

"没有对冲伤，可以肯定是有人用砖头袭击了他。这一处损伤有生活反应，说明他是在中枪前被打的。"我说，"这么小的一块脑挫伤，不足以致死也不足以致晕，但是为我们提供了一个方向，寻找可能存在的物证的方向。"

开完颅，大宝和杨法医按常规对死者的尸体进行了全面、系统地解剖检验。大宝动刀的时候，可能是因为疲劳，一不小心用手术刀戳破了死者的胸腔。

"哎呀，小心点儿。"杨法医说，"尸检过程是要录像的，别给当事人家属看见了，非说这一处创口是凶手形成的就完蛋了。"

大宝用手抹了抹被他用手术刀刺出的小创口，说："没事的，这创口这么小，这么薄，看不出来啦。而且没有生活反应，检验前我们也拍了尸体照片，不碍事，不碍事。"

我笑着说："杨哥，你现在被信访案件闹得草木皆兵啦。法医在尸检过程中不慎对尸体造成损伤是常有的事情，不用大惊小怪的。"

杨法医尴尬地笑了笑，继续和大宝对尸体进行系统解剖。除了在打开死者胃部的时候，一股呛人的酒精味扑出来以外，并没有其他特殊的发现。

在他们进行解剖的时候，我拿起死者的双手，仔细观察了一下，没有说话。

检验完尸体后，我提出要去现场村落附近的小店吃牛肉面。除了这是我的嗜好以外，我还有别的意图。路过现场的时候，警戒带已经撤去，只留下路面上的片片血迹。我叫韩亮停了车，下车在现场周围转了一圈。不一会儿，我就用物证袋拎了一块砖头上了车。

---

① 对冲伤，指的是头颅在高速运动过程中突然发生减速，导致着地点的头皮、颅骨、脑组织损伤出血，同时着地点对侧位置的脑组织也因惯性作用和颅骨内壁发生撞击，形成了损伤出血，但是相应位置的头皮不会有损伤。

"林涛，一会儿你去看看这块砖头。"我说，"这是凶器。"

大宝好奇地朝车窗外张望了一下，说："你看这路边好多砖头，你怎么知道这是凶器？"

我哈哈一笑，说："因为这块砖头上黏附着血迹、毛发。"

熬夜加之旅途的疲劳突然袭来，我们在吃完中午饭后，找了个宾馆美美地睡了一觉，等待着其他实验室的检查结果出炉。

下午四点，我们一起来到了专案组，汇报工作的同时，也听取其他刑事技术专业的检验结果。

"死者系被霰弹枪打中了大腿，导致股动脉破裂。因为没有得到及时救治，失血过多死亡。"我说，"除此之外，死者的枕部还有一处钝器伤，是凶手在开枪前被打击所致。这是一起命案。"

"有点儿奇怪。"侦查员说，"经过我们的调查，死者昨天晚上和几个狐朋狗友喝酒喝到九点多，有人骑摩托车带他到现场附近，他下了车。九点半左右，死者回到家里，问他老婆要钱，他老婆不给，他踹了他老婆几脚，然后硬抢了几百块钱离开家。过了大约二十分钟，死者重新回到家里，摇摇晃晃、骂骂咧咧的，从地窖里拿出枪就离开家了。然后十点钟就出事了。"

"嗯，是这样的，在他的裤子里发现了四百六十块钱。不过，他这不就是要去和人约架吗，怎么奇怪了？"大宝说，"肯定是他和谁吵架了，然后去打架，结果打不过人家，所以被人抢了枪，打死了呗。"

侦查员摇摇头，说："这个人平时喝多了酒，就喜欢寻衅滋事，这是事实。但是每次都是带着棍子带着刀，吵着喊着要去打架，一旦真的和人家遇上了，又怂了。而且，附近有人打麻将，并没有听见吵架打架的声音啊。"

"你们说，会不会是这样，"我说，"死者喝多酒以后，想去和他们一起打麻将，所以去家里要钱。打麻将的时候，发生了纠纷，死者就回家里去取枪，在重新往打麻将的地方走的时候，遭到了袭击。因为是这几个打麻将的人干的，他们当然不会说听见什么声音了。"

专案组沉寂下来，都在思考这一可能性。

不一会儿，专案组组长拍了桌子，说："这是最有可能的！你们去抓人吧！其他专业继续介绍情况。"

几名侦查员应声出门。

理化室的负责人清了清嗓子，说："我来介绍一下理化检验的情况。死者的心血中，每100毫升血液的酒精浓度高达280毫克，达到80毫克就算醉酒了，他这个数值都接近致死量了。这说明死者是严重醉酒。在这个酒精浓度下，死者的自控能力和身体协调能力应该都非常差了。如果真的是打架，他没有多少反抗能力。"

"严重醉酒，也是加速他失血死亡的一个因素。"大宝补充道。

"另外，"理化室的负责人接着说，"从死者头发里提取的微量颗粒，和现场提取的砖头，认定同一。"

"可惜，"林涛一脸惋惜，"砖头上太粗糙了，只有指印痕，没有指纹，没有获取证据、线索的条件。"

"那枪支检验怎么样呢？"我问。

林涛说："我进行了整体分离比对，死者家的残余材料和枪支认定整体，也就是说，这把枪确实就是他自己做的那把枪。另外，就是对枪支表面进行了检验，因为表面不光滑等原因，没有发现有比对鉴定价值的指纹。"

这着实是个不好的消息。既然是谋杀，射击的人很有可能在枪支上留下指纹，可惜，没有条件。我接着问："那枪弹射击实验做了吗？"

这是涉枪案件中必须进行的实验，在实验室中进行。把枪放在枪托上，用线牵引扳机射击，射击固定目标。进行枪弹射击实验，可以了解枪支的性能，从而对枪支射击进行比对认定，是法庭判案的一个依据。

"枪里没子弹，我让派出所所长去家里搜了。"林涛说。

所长接过话茬儿："死者家里人情绪很激动，开始很不配合，后来我做了很多工作，才对地窖进行了搜查，找到了几枚做好的弹药。喏，在这里。"

说完，他从警服口袋里摸出了几枚自制枪弹。

"那我现在就去做实验。"林涛说。

"明早再说吧。"我说，"一方面，看看今晚对那四个打麻将的人的审讯结果。另一方面，你赶紧先陪我去看看那块砖头。"

● 4

我们走出专案组会议室的时候，听见公安局大厅里一片嘈杂。仔细辨听，是有人在喊冤。可想而知，那四个打麻将的人被抓进来了。

我们径直走进刑警大队的小楼，走到物证室里。杨法医从物证存放柜里取出了那块被装在透明物证袋里的砖头。

砖头没有沾血的那一面和两个侧面都已经被熏黑了，这是林涛在检验指纹的时候熏现的。在这一片黑的砖头表面，隐约可以看出几个指印。

指印很小，虽然看不出指纹，但是可以看出指节的印痕。砖头的一侧有一个小小的痕迹，应该是拇指留下的，但是连半个指节都不足；另一侧有三个指印，应该是中指、环指和食指留下的，最多也只有半个指节。

"奇怪，这个问题你考虑了没有？"我转脸问林涛，"我们拿砖头，通常都会留下一个半到两个指节的印痕，但这个印痕不仅细小，而且少。用指尖拿着砖头多不方便？"

林涛皱眉不语。

我也皱眉不语。

想了一会儿，我说："既然看不出什么指纹，我们就放弃吧。那几个打麻将的，赌资不少，可以治安处罚了。抓他们进来估计也是这个借口，等着审讯结果吧。我们，睡觉去。"

林涛说："你回去睡吧，我去把枪弹实验做完再睡。"

"好。"

回到宾馆，案件的一幕幕在眼前浮现，我的直觉告诉我，这个案件距离侦破已经不远了。而且，很显然，这样的案件都是因为仇恨或者激情，范围也不会太大。还是"清道夫"案件比较棘手，那会是什么人干的呢？杀那些无辜的人，还用了那么复杂的反侦查方式。既然用了复杂的反侦查方式，为什么又要在墙上写字，给我们留下线索呢？

连续几天的疲劳重重压来，我想着想着，很快就进入了梦乡。林涛什么时候回到宾馆，我全然不知。

第二天早晨八点，我准时醒了过来，拿起床头柜上的手机看了看时间。屏幕上显示的数字，让我突然想起韩亮说过的笑话。几零后的人，早晨就会在几点钟自然醒，看来一点儿没错，这个理论是经过实践验证的。

我推了推另一张床上的林涛，他睡眼惺忪地醒了过来。

"嗯……几点了，猪？"林涛说。

"你才是猪。"我注意到他对我称呼的改变。

"昨晚回来我想叫醒你来着，结果你连着打呼，都停不下来。不是猪，是什么？"林涛嬉笑着说。

"昨晚有什么发现没有？"

"没有什么。"林涛说，"就是普通的自制霰弹枪。"

他在我失望的表情中顿了顿，说："不过他的技术不过关，枪没有做好。"

"什么意思？"我燃起了希望。

"这支枪的扳机盒和枪膛之间有缝隙。"林涛说，"击发后，有很多火药从扳机这里出来。我打完以后，看看枪托，都是火药残渣。"

"太好了！"我从床上跳了起来，"这还叫没发现？这是大发现！重大发现！"

林涛一脸茫然。

"我在检验尸体的时候，仔细看了看死者手上的皮肤，没有任何火药颗粒附着。"我说。

"唉，"林涛一阵失望，"咱们不早就判断出死者并非死于自己扣动扳机吗？"

"是啊。"我说，"但是凶手手上肯定会遗留火药颗粒啊！这是线索，也是证据啊！"

"这个问题我也想到了。"林涛说，"可是，毕竟是前天晚上的事情，即便凶手手上粘有火药颗粒，现在也被洗掉了吧？"

"这就不是你的专业了。哈哈。"我喜笑颜开，说，"枪支射击的时候，一般都会有火药冒出，黏附在射击者的手上。但是这在短枪案件中比较多见。在这么长的枪导致的伤亡案件中，火药很难黏附到射击者的手上，所以我让你进行枪弹实验。没想到枪支制作有漏洞，也可以冒出火药。"

"你没说到重点。"林涛关心的是火药颗粒能不能被洗掉。

我说："火药之所以可以从枪口冒出，是因为击发后的爆炸所致，这时候的火药是灼热的。一旦黏附到手上，虽然这么点儿热量不足以引起人的痛觉，但是会在皮肤表面，尤其是在手掌的角质层留下一个很小的小坑。这个小坑就足以把火药给'藏'起来。洗手可以洗掉一些黏附的火药残渣，但是不可能把这些被藏起来的火药全部洗掉。我们只需要用放大镜观察，然后用黏附仪提取就可以了。既是线索，又是证据！"

"不重要吧，"林涛说，"说不定胡黎苗他们几个已经招了呢。"

"不，不会是他们干的。"我斩钉截铁地说。

来到专案组，看到侦查员们垂头丧气、一脸疲惫，我就知道我的猜测没错。

"虽然问出了点儿情况，但是没有多大的价值。"侦查员见我和大宝走进门，说。

"哦？说说看。"

"胡黎苗几个人的口供开始都很一致，和报案的时候说的一样。"侦查员说，"但我们经过摸排，当天晚上全村打麻将的就他们家，胡奇回家拿钱又出门，肯定就是去他们家赌博。用这个撒手锏，我们进行了进一步审讯。审讯的结果是，几个人的供词一致：胡奇晚上九点多经过他们家门口，进门看到他们在打麻将，就离开了。过了二十多分钟，胡奇又回到他们家，要求胡黎苗把位置让给他打。几个人都知道胡奇是属于赢了就跑、输了赖账的人，所以都不愿意和他打。他拿出身上的几百块钱，说这次不赖账。他们还是不同意，胡奇就气鼓鼓地跑了。他们害怕胡奇的死和他们几个扯上关系，所以才约定了攻守同盟。"

"然后呢？"我问。

"然后他们过了一会儿就听见枪响。"侦查员说，"出门后看见远处胡奇摇摇晃晃的，也没在意。几个人都是这样说的。"

"看来他们没说谎。"林涛从门外走了进来。之前我让他去审讯室看看几个人的手，有没有遗留火药痕迹。

"既然这样，我觉得我有一点儿思路了。"我揉了揉太阳穴，像一休一样，想让智慧赐予我力量。

"说说看吧。"一夜没睡的主办侦查员疲惫地说。

我说："首先，我认为凶手是女人。"

"女人？"主办侦查员的嘴角露出一丝不信任的笑容，"这怎么能看得出来？"

"第一，从这块砖头看，"我一边打开幻灯机，一边说，"砖头的两侧都只有指尖的痕迹，没有指腹的痕迹。用指尖拿砖头太累人了，除非这个人手小，不得已而为之。"

我顿了顿，说："标准尺寸的砖头，宽度是十二厘米。一般男人的手都是可以拿起来的，用指腹捏住砖头两侧。但是女人的手小，只能用指尖捏住。"

有人点头，有人存疑。

我接着说："第二，用砖头打击头部，会造成比较严重的伤害，但是死者只有头皮和头皮下有个血肿，颅骨没有骨折，硬膜下没有出血，脑组织的挫伤也很轻微，这说明行凶者的力气很小。综合这两点，我认为凶手应该是个女人。"

"那什么女人会杀他？"主办侦查员接着问，"调查中没有发现他有什么不正当男女关系啊？"

我说："这就是我要说的第二个问题。凶手应该和死者熟识，关系非常亲近。我们可以把现场重建一下：死者被人用砖头打中枕部，然后倒地，他拿着的枪也就掉落在一旁。凶手捡起枪，对着他的腿部打了一枪。"

"死者是处于躺着的体位被打的？"大宝插话道。

"当然，也可能是坐在地上。"我说，"弹道和腿骨几乎平行的，方向从下往上。枪有这么长，除非死者的双下肢是平放的，不然创道。"

"有道理。"大宝像是在和我说相声，"没有不正亲近？"

我接着说："既然在这个过程中，那几个已经被扣动静，说明死者并不惧怕凶手，他认为她不敢开枪，他不需要叫喊呼救。中枪后，因为高度惊恐、大量失血以及酒精作用，他也没能发出叫喊声。"

我见大家都在奋笔疾书，记录我的分析，便喝了口茶，顿了顿，留出他们写字的时间，然后说："第三个问题，我认为凶手的住址，应该是在现场往西一百米左拐弯的那个巷道。结合现场环境，如果凶手往东走，必然要经过胡黎苗的哥哥家，而且走到离现场三百米外，至少需要一分多钟。那么听见枪声后二十秒就出门的几个人，肯定可以看见。如果凶手往西跑，二十秒的时间，能跑一百多米，如果经过那个巷口继续往西，她同样会被东边数百米的几个人看到身影。所以，凶手应该在这二十秒的时间内，恰巧拐到巷道里。我看了现场，因为公共厕所的阻隔，几个打麻将的人看不见那里。"

"那个巷道里住了七八户人家呢。"侦查员说，"包括死者自己家。"

我笑了笑，说："第四个问题，你们有没有想过，凶手为什么要打死者呢？我说的是打，不是杀。当时死者躺在地上，由于酒精作用，并没有多少反抗能力，如果凶手想杀人，随便打哪里都可以杀人。为什么她要选择最不可能死人的地方——腿部呢？当然，打断股动脉这个结果，是出乎凶手意料的。结合你们的调查，死者喝多酒之后，就会用脚踹他的老婆，还会满村到处跑，惹是生非。那么最恨他这条腿、最讨厌他满村跑的人，因为这事儿最没有面子的人，肯定是他老婆。"

"他遇害前，还踹了他老婆。"大宝继续补充。

"所以，这应该是一起激情伤害引发的死亡案件。"我说。

"有一定的道理。"主办侦查员说，"不过，我们没有证据，没法甄别他老婆张越是不是凶手，没法定案啊。"

"有办法。"我笑眯眯地从包里摸出一个放大镜。

这是个金属边、红色木柄、造工精细的放大镜，是我的一个叫作包包的好朋友送给我的生日礼物。看来这个时候它要派上用场了。

我说："死者制作的这支枪有一个缺陷，就是扳机盒没密封，会有火药从扳机附近漏出来，黏附在扣动扳机的人的手上。这种黏附因为有烧灼作用参□□□□所以不易被洗掉。你们只需要用这个放大镜看看张越的手上有没有火药残□□□□□了。"

"好。"这个意外的惊喜，让侦查员们信心倍增，拿了我的放大镜就走出了公安局。

可能是由于巨大的恐惧和内疚吧，当侦查人员再次走进张越家的时候，张越乖乖地伸出双手，戴上了手铐。甚至连我的放大镜都没有发挥作用，这起案件就破了。

在押解张越回公安局的路上，技术人员用黏附仪，获取了她手上残留的火药作为呈堂证供。这个风韵犹存的女人，走进审讯室后就哭着交代了她的全部罪行。

张越十八岁的时候，就嫁到了胡家村，成为胡奇的妻子。因为外表出众，胡奇曾经非常非常爱她。但结婚时间长了，胡奇的本质也就渐渐暴露出来了。吃、喝、嫖、赌、偷，无恶不作，还经常惹是生非。她连和胡奇一起走在街上，都能感觉到乡亲四邻的指指点点。

最让她受不了的，是胡奇的酒疯，她挨胡奇暴打是常事。她想到过离婚，可胡奇一哭二闹三上吊，屡次让她心软。绝望时，她想到过自杀，可是又舍不得还在上小学的儿子。儿子很乖巧，即使自己和妈妈一起被爸爸打，也都会忍住伤痛安慰妈妈。

好在婆婆不错，总是站在张越这边。可是，两个弱女人和一个小孩子，怎么也斗不过一个身强体壮的大男人。

前天晚上，胡奇酗酒后再次打了她，然后拎着枪走出了家门。这次和以往不同，他拿着的是枪！以前他每次都只是逞逞英雄，过过嘴瘾，从来不敢和别人打架。但是这次，他有枪，而且喝了这么多，谁知道会发生什么事情？

张越越想越怕，就追了出去，她想喊住胡奇，可是此时的胡奇根本不愿意下这个台阶，反而把子弹装进枪膛继续前行。张越从路边操起一块砖头，想打晕胡奇。可惜，她的力道不足。胡奇虽然倒地，但是他吹胡子瞪眼的，又要爬起来打她。她赶紧捡起枪，对准了胡奇。

胡奇微微笑道："来啊，你敢谋杀亲夫吗？开枪啊。"

张越百感交集，她一时冲动，扣动了扳机。即便是一时冲动，女人的懦弱，还是让她把枪口下移到了他的腿上。她想，打伤他一次，让他接受接受教训，短时间内不会出去祸害人，也算是积德了。枪的杀伤力不大，马上背他回去救治，应该没事。

可是随着枪声响起，血液喷涌而出，是那种剧烈的喷溅，根本就没有止住的可能。这一幕把张越吓坏了，她转身就跑，跑回了家里。婆婆赵秀莲知道此事后，和张越一起回到现场。而此时，胡奇早已气绝身亡。

虽然是自己的儿子，这种丧子之痛无以言表。但是赵秀莲很清楚地意识到，留着这个孽子，恐怕会有更不可预料的结局。

"我们就说他是枪支走火，自己打死了自己吧。以后你不是我的儿媳妇，你是我的女儿。"赵秀莲叹道。

张越哭跪在地："妈……"

"你说咱们是不是不该查清事实，应该按走火意外事件了事？"陈诗羽的眼圈有些红。

我知道这是所有刑警必须经历的心理历程。我摇摇头，用安慰的语气说："人情是人情，法律是法律，法不容情，真相也不容情。"

"你真的那么心狠啊？"大宝说，"这女人多可怜，还有他们的儿子怎么办？"

我知道自己不是心狠，因为此时我的心也在隐隐作痛，因为恻隐之心而产生的阵痛，让我甚至开始怀疑自己工作的意义。

我说："我们分析这是一起伤害致死案件，而不是故意杀人案件。这一条，要写进现场分析报告里。我们能帮她的，也就这么多了。"

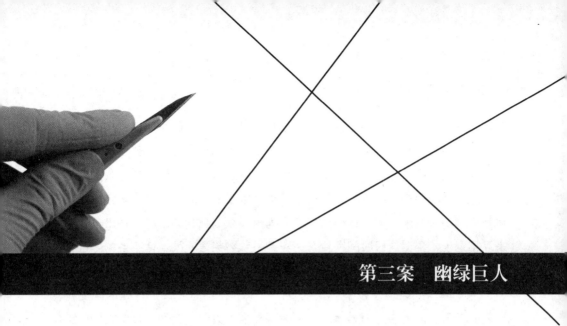

、　"河漂""海漂""路倒"，分别代表在河里、海里和路边发现的无名尸体。这样的尸体，每个市的法医每年都能见到几十具。

● 1

半个多月，相安无事，天也开始热了起来。

这段时间里，我们五个人都下意识地对上一起枪案缄口不提。张越含泪的眼睛，让我们无不恻隐，甚至有些内疚。查清真相是我们的职责，而真相却给那个可怜的人带来了牢狱之灾。内疚归内疚，在内心深处，我们都知道，为真相所做的一切都没有错。就像法律上的"疑罪从无"，看似在保护犯罪分子，其实是在保护每一名公民的合法权益。不过话虽如此，法医的心也是肉长的，要从低谷里走出来，还是需要一个过程。

也许是共同背负的悲伤，让我们这个小团体有了更多努力制造欢乐的理由。一下班，我们就会叫上铃铛、宝嫂和韩亮不断更换的女朋友出来聚会。与以前不同的是，现在我们的聚会多了一个记录者，每个眉飞色舞的瞬间，都会被"专业摄影师"陈诗羽的相机镜头捕捉。随着时间一天天过去，我们越来越习惯陈诗羽的存在。尽管不出差的日子里，繁重的行政工作和信访复核一样压得我们喘不过气来，但是在处理琐事的间隙，我们都搜肠刮肚，找出一些笑话来互相逗乐，弄得这段时间勘查一组里满是欢声笑语。就连话不多的陈诗羽，也会主动加入讲笑话的行列。

说实话，如果不是舍不得让挺着大肚子的铃铛忍受孤独，我的确更喜欢出差的日子。因为在外面办案时，只需要把精力集中在案件上，而在厅里工作时，琐事繁多，反而经常感觉自己的脑子都不够用了。

这一天，林涛在我们办公室里翻阅一本《法医精神病学》。

"你们法医也要研究神经病？"陈诗羽好奇地问。

"羽毛啊，这个我得给你科普一下，省得以后你丢我们的脸。"大宝说，"精神病鉴定也属于法医鉴定的分支学科。"

"就是那个讲什么全部责任能力、限制责任能力和无责任能力的？"陈诗羽接着问。这次她没有纠正大宝称呼上的错误，可能已经习惯了。

大宝点点头。

林涛说："我以前看过一个电影，名字叫《夜叉》，说的就是很多鉴定人作假，给那些犯了罪的有钱人鉴定为无责任能力，最后不追究刑事责任。一个警察看不惯，就专门利用晚上的时间去鞭杀这些坏人，看得人老过瘾了。你们做鉴定别作假啊，省得被鞭杀。"

大宝"哼"了一声，说："林涛说得对，我觉得最应该被杀的就是这些作假的鉴定人，比犯罪分子还坏。不过，我们公安机关的法医不做精神病鉴定，这种鉴定事关重大，是需要有精神病鉴定资质的精神病医院里的专家组成的鉴定委员会来鉴定的。这也算是保证了鉴定的真实客观。"

陈诗羽问："你们参与的案件中，神经病杀人的案件，多不多？"

大宝想了想，说："嗯，不少，而且这样的案件不好破啊，不好找证据，也别指望有口供。但老秦你还记得吧？以前我们办过一个智障者杀了一对夫妻的案件①，就是根据尸体身上的多余损伤，通过行为分析判断出凶手心智不全的。"

"等等，"我一边写着一份报告，一边插话，"我纠正一下陈诗羽的一个错误。"

"你一直在说神经病，其实你要表达的意思是精神病。"我边写边说。在我看来，写报告这种事情，是最不需要用脑子的，固定格式、固定称谓、固定内容，无须思考，手到擒来。"在医学上，神经病和精神病可是两个不同的概念。精神病就是指严重的心理障碍，患者的认识、情感、意志、动作行为等均可出现持久的、明显的异常，不能正常地学习、工作、生活，动作行为难以被一般人理解。在病态心理的支配下，精神病人会有自杀或攻击、伤害他人的动作行为。而神经病指的是神经系统发生的器质性疾病。虽然两者有的时候可以并存，但确实是两个不同的概念。"

"哦。"陈诗羽若有所思，"精神病归精神病医院管，可以做精神病鉴定。那神经病呢？神经病归谁管？能做鉴定吗？"

"如果是外伤导致的神经病，由我们来进行法医学人体损伤程度鉴定。"我说，"治疗的话，是归医院神经内科的医生管。"

"去去去，什么跟什么啊。"大宝突然翻了脸，"不和你们掰扯了。"

我们几人一头雾水。

"怎么了这是？"我转念一想，大宝的老婆好像就是神经内科的医生，接着说，"你听错了吧？我没说神经内科的医生不好呀。我这是在给陈诗羽科普，神经病归神经内科医生管，没错啊。"

大宝抬眼看了我们一下，随即低下头去，搓着衣角说："哼，我归我老婆管。"

在我们笑得前仰后合的时候，电话铃骤然响起。

"怎么，最近闲得慌了？"师父的声音，"笑得那么开心？"

肯定是我接电话的时候，林涛还没收住自己的笑声。我白了林涛一眼，林涛吐了吐舌头。

---

① 参见第一季《尸语者》"狂乱之刃"一章。

"有活儿了？"我赶紧岔开话题。

"峰岭市。有个工厂，门口小河里有个河漂，现在当地法医不敢确定案件性质，让你们去看看。"师父说。

"河漂""海漂""路倒"，分别代表在河里、海里和路边发现的无名尸体。这样的尸体，每个市的法医每年都能见到几十具。为了表达简洁，就采取了这样可以意会也方便言传的方式。

"河……河漂？"我看了看窗外，艳阳似火，对着大宝和林涛捏了捏鼻子。

大宝赶紧起身打开柜子，找出了我们三个人的防毒面具。

"这案子不着急。"师父说，"是昨天上午发现的，昨天下午当地法医就进行了尸检，今天他们讨论意见不一致，所以求助我们。你们在午饭之前赶到就可以了。"

我抬腕看看手表，心想这还不着急？现在都九点多了，峰岭市离省城还有两百多公里的路程，这还不着急吗？

废话不敢多说，我们五个人拎着勘查箱就开车出发了。

峰岭市是长江之滨的一个小城，虽然位于三省交界的位置，但是人口较少、生活富足，因此，恶性命案极为罕见。我上班这些年来，还没有来峰岭市出过差。

车子驶下高速后，横穿了整个市区，我们一路欣赏着这座山美水美的小城的风景，心里犯着嘀咕，不知这次会是一起什么案件，尸体会腐败到什么程度。只有陈诗羽，还有心情隔着车窗不停地拍照。

尸体的腐败会导致一些推理条件的丧失，同时也会丢失很多证据，这不仅会给法医工作带来极大的困难，也会给法医的推断增添很多风险。当然，这也是陈诗羽第一次接触腐败尸体，我倒是很想看看她过不过得了这一关。

在当地警车的引导下，窗外的繁华喧嚣逐渐消失，车辆驶入了市郊的经济开发区。小城的人口本来就非常稀少，这一带更是人迹罕至。警车闪着警灯，不一会儿便开到了一个工厂的大门前。

"这是我们市的一个支柱企业，员工多达数千人。"市局刑警支队赵支队长跳下车，对我们说，"这一大片厂区里有生活区域，平时的工作日，工人们几乎都住在厂区里，只有周末的时候才会各自回家。"

我环顾了一下周围的环境，问："这里交通便利吗？"

赵支队长摇摇头，说："如果自己没有交通工具，只能步行五百米，到那边一个公交车站坐车去市里。这边工厂里的员工，大部分都有自己的私家车，没有车的，厂里会在周末、星期一的时候安排班车接送。"

"现场就在这里吗？"我看见工厂大门前方有一条小河，流水淙淙、清澈见底。这条小河就像是一条护城河，环绕着整个厂区，只在几个入口的大门处，架上了宽桥供人出入。我们的车辆停在一处宽桥上，往河床上望去，一两件蓝色的一次性手术衣和几双乳胶手套格外扎眼。

我皱着眉摇了摇头，心想现在省里这么重视勘查垃圾的治理，你们这里倒是一点儿也没有贯彻。手术衣和乳胶手套都是难以降解的物质，会给环境带来污染，也会影响城市形象。所以，省厅要求各地警务人员在现场勘查完毕后，统一收集勘查垃圾，并集中处理。

赵支队长点点头，说："平时大门这里也没有什么人，星期一员工上班的时候，有人发现桥底有异物，工厂的保安下到桥底，发现是一具尸体，就报了案。"

"那作案时间就是周末了？"大宝问。

我摇头，说："不会，听说尸体已经高度腐败了，肯定不会是两三天之内的事情。尸体腐败后才漂浮上来的，而且河水是流动的，只不过尸体漂到桥底，被桥墩阻挡，才会在这里被发现，我觉得抛尸地点肯定不是这里。"

赵支队长点点头，说："确实，工厂几个大门的监控我们都调取了，没有什么发现。"

我们走过宽桥，沿着工厂的围墙走了一段。陈诗羽说："我看工厂的墙头上，隔个几百米就有一个监控摄像头？"

赵支队长说："是的，其实外人看起来，厂区附近监控摄像头林立，不应该是抛尸的好地方，但是工厂保卫部门的人都知道，其实这些监控摄像头只能监控到墙头区域，河岸对面的情况是看不到的，也就是说在河岸对面抛尸，不可能被监控摄像头录下。"

"您是在怀疑保卫部门的人？"陈诗羽问。

赵支队长没有说话。

我接着说："厂区内有监控摄像头就不说了，但是厂区周围都是旷野，找个地方埋了也是很容易的事情，为什么非要抛在河里呢？虽然监控摄像头只能看到墙头，但是压着监控摄像头死角的边缘抛尸，也是一件很冒险的事情。即使是了解厂区监控摄像头的保安，按常理也不会冒这个险。"

赵支队长打断了我的思考，说："要不咱们先吃饭吧，你也别先入为主，因为我们的法医中有人认为这不过是一起自杀或者意外事故。"

大宝拍了一下脑袋，说："是啊，我们是来帮助指导案件定性的，怎么这么快就先入为主了呢？"

法医也是人，看到腐败尸体，在视觉和嗅觉的双重刺激下，要说一点儿不适感都没有，肯定是骗人的。记得很多法医说，如果我有鼻炎就好了，就闻不到臭味了。其实不然，鼻炎和咽炎经常联合存在，而咽炎的症状常常会有恶心干呕。有咽炎的法医，在有腐败尸体的现场勘查时，要抑制住干呕的感觉，是很不容易的一件事情。我就是如此。作为一个法医，在现场干呕毕竟是一件很没有面子的事情，而且难免会让领导对你的工作能力产生质疑。所以，像陈诗羽这样第一次接触腐败尸体的侦查专业的学生，她即便吐得不成人形，我也能理解。

刚刚在峰岭市殡仪馆法医学尸体解剖室的门口跳下车，我就闻见了那股熟悉而厌恶的味道。在装有完善的排风设施的解剖室里，还能够顶着风头臭八里地的尸体，可想而知会是什么样子。

在更衣间里，透过联排玻璃，只能看见解剖台上放着一个鼓鼓囊囊的尸袋。我们知道这不是因为死者太胖，而是因为巨人观已经形成了。所谓巨人观，就是尸体高度腐败后，受到腐败菌群的作用，体内会产生大量的气体，并逐渐扩散到全身，使之看上去膨胀如巨人。这时候的尸体，全身的表皮湿润、易于脱落，眼球、舌头都会因为膨胀作用而膨隆出来，面貌丧失。

很多朋友在网络上看过巨人观的照片后，都会受到强烈的视觉冲击，纷纷感叹法医的不易。其实如果仅仅只有视觉冲击倒没有什么，更要命的是嗅觉和触觉。恶臭不必多说，检验尸体时的触觉也会让人很不适。因为呈巨人观的尸体全身湿润，表皮稍一用力便会脱落，所以戴着乳胶手套的法医连抓住尸体的四肢都很艰难，更别提给尸体翻身了。

但是，为了找到真相，给逝者主持公道，受这些罪也都值了。

我们很快穿戴完毕，走进解剖室。峰岭市公安局法医科科长周智慢慢地把尸袋拉开，一具墨绿色的巨人观尸体暴露在大家面前。随之而来的，还有一股扑鼻的恶臭。

我扭头看了看陈诗羽，她显然也被熏到了，忍不住皱了皱鼻子。但第一次面对这样的景象，她居然没有呕吐的迹象，这不禁让我大感意外。

有了先进仪器的辅助，法医告别了狗鼻子的时代。先前我们靠戴口罩来阻隔一些臭气，现在的条件好了，法医都会配备防毒面具，防止腐尸产生的有毒气体侵害法医的身体。防毒面具里的活性炭盒的确可以吸附一些有毒气体，但阻隔臭气的能力比口罩也高不了多少。这个时候，臭气穿过防毒面具，钻进了我们的鼻孔。我皱了皱眉头，戴了这个玩意儿，我连习惯性的揉鼻子的动作也做不了了。

尸体吐着舌头，瞪着我们。

● 2

"我的天啊！"见到了尸体的面貌，陈诗羽终于忍不住惊呼了一声。

确实，这具巨人观尸体膨胀得非常厉害，是比较少见的。

"绿巨人啊，这是。"大宝说。

因为腐败的进展，尸体的舌头都已经成了墨绿色，阴森森地露在口外。面部皮肤因为气体膨胀而变得很紧，眼睑已经绷成了一条线，已经半塌陷的眼球露在眼眶之外，就像是随时会掉下来一样。尸体的衣服在初检的时候就已经被剪开取下，峰岭市公安局的刘法医正在解剖室一角的操作台上逐件把衣物拼凑还原。

死者是一名男性，看不出年龄。尸体的胸腹部都高高地隆起，全身墨绿，其间还有错综复杂的黑红色的静脉网。头发全部脱落，手脚掌的表皮皱皱巴巴的，已经变形，只需要轻轻一拽就可以把表皮完整地剥落下来。

"尸体还没有解剖？"我见尸体的表面很完整，没有缝线，问道。

周科长点点头，说："我们对死者头面部的损伤争议很大，没有定论，就决定暂不解剖，等你们来了，共同商量着办。"

"尸源呢？"我问。

"DNA已经取了检材送实验室进行了，结果估计现在已经出来了。"周科长说，"不过因为还没解剖，所以对尸体的特征刻画没有办法进行。是不是本地人，是不是现场周围住户，这些都没法确认。调查失踪人口的工作正在进行。"

"指纹也没有取吗？"林涛戴着面具，瓮声瓮气地说。

一般已经经过初次尸检的尸体，手指都是黑的，因为需要进行常规的尸体指纹捺印。就是给尸体的手指指腹抹上油墨，然后在指纹卡上捺印。获取的指纹可以作为寻找尸源、排除现场指纹的一项依据。对于高度腐败而且未必是命案的尸体，对这方面的要求并不是十分严格。

周科长摇摇头，说："死者手指的皮肤因为腐败和长时间被水浸泡，没法进行捺印。"

"谁说没法捺印？"大宝小心翼翼地拿起死者的手，看了看，说，"好捺印得很啊。"

大宝说完，用手术刀在死者右手拇指指根部划了一圈，然后像是脱手套一样，把大拇指的皮肤就这样整个儿脱了下来，然后把自己的手指小心翼翼地伸进皮肤套里，说："快拿捺印卡！"

就这样，大宝把死者的十根手指的皮肤依次取了下来，套在自己的手指上，完成了死者指纹的捺印。陈诗羽看得目瞪口呆。

这种取指纹的方法不是常规方法，但是我们也会经常使用。峰岭市是一个稳定和谐的小城，命案本身就不多，腐败尸体的命案更是凤毛麟角。所以当地法医并没有学会这种让人有些毛骨悚然的办法。

当然，这种办法也不是每次都会有效的。如果尸体腐败程度还没有达到手部皮肤手套样剥离，或者腐败程度严重到手指皮肤已经破碎，都是不能用这种办法进行指纹捺印的。所以，在这起案件中，大宝成功地获取了死者的十指指纹，也有运气的成分在里面。

"你们对什么有争议？"我没有多看大宝取指纹的过程，而是专心致志地看着死者面部的几处交错的伤口。毕竟取不取得到指纹不是案件能否准确定性的关键。

死者的面部颅骨没有塌陷，用指压也没有感觉出有明显的骨擦音[①]，可见并没有明显严重的骨折存在。但是，在墨绿色的面部，可以看到几条边缘不整齐、互相交叉的皮肤裂口。因为高度腐败，创口周围都已经变得不清晰而且圆钝了，根本无法判断出致伤工具，更别说判断有没有生活反应了。

"无法判断有无生活反应。"周科长说，"除此之外，尸体全身没有发现什么致命性的损伤。毒物检验也做了，没有中毒的迹象。所以现在不太好确认死者是溺死，还是被打死以后抛尸入水。尸体腐败成这个样子，我们担心解剖了也无法确认，所以就等你们来了。"

"确实看不出有没有生活反应。"我屏住呼吸，用放大镜照着，凑得更近一些看了看创口，说道。

周科长说："现场的环厂河是和我们峰岭市的母亲河——峰河相连着的，里面有很多鱼。所以，有些人认为这是死后被鱼啃噬所致的创口，不然怎么会有这么多创口，但其下颅骨没有骨折呢？不过也有些人认为鱼毕竟不是野兽，啃不出这么多、这么大的创口。"

所有的法医都知道在野外的尸体可能会被野兽啃噬，但确实不是所有的法医都知道，其实鱼类的啃噬也可以在已经腐败了的尸体上形成创口。

我曾经出勘过一个现场，法医从河里捞出一具尸体后，发现他额头的正中部位有一块皮肤缺损，而在这块皮肤缺损的下方颅骨上，看到一条裂纹。

学过医学基础的人都知道，人的颅骨顶部有一条横行和一条纵行的骨缝，

---

① 骨擦音，是法医按动尸体可能存在骨折的部位时，感受到内部有骨质断段相互摩擦产生的声音和感觉，称之为骨擦音（骨擦感），是初步诊断死者是否存在骨折的一个方法。

分别叫作冠状缝和矢状缝。另外，在枕部有一个"人"行的骨缝，称之为人字缝。除此之外，颅骨应该是完整、平滑的，不应该有裂纹。既然额部正常不应该有骨缝，那么发现的这条裂纹应该就是骨折线。法医以此来推断这可能是一起命案，凶手用钝器打击死者额部，导致颅骨骨折、脑挫伤而死亡。在通知家属要进行尸体解剖的时候，家属一致反对。因为家属都清楚死者有抑郁症，多次自杀未果，这次离家出走前也写了遗书说自己要投河自尽。

法医觉得家属反对解剖的行为有些蹊跷，于是要求侦查部门对死者的家属进行了调查，并且获取局长的同意，强行对尸体进行了解剖。解剖后，不知道如何下结论，于是申请省厅支援。

我们到达现场后，对尸体进行了复检，发现死者额部皮肤缺损下方的裂痕曲折，显然不是骨折线，而应该是骨缝。这就涉及冷门知识了。其实在每六百个人中，就会有一个人是这种先天变异，额骨的正中有一条没有愈合好的骨缝，称之为"先天性额缝不愈"。在法医尸检中，时常可以发现先天性额缝不愈的人，但是只要颅骨没有损伤，法医有时候不会注意到额部异常的骨缝。

后来，这起案件定性为自杀案件。因为尸体腐败后，额部被鱼类啃噬，导致皮肤缺损，恰巧露出了其先天性变异的骨缝，引起了法医的误会。

"确实不像是鱼啃噬的。"我皱了皱眉头，说。

"肯定不会是锐器创，因为边缘不整齐。"周科长说，"但如果是钝器创的话，形成这么多创口，肯定是多次打击，那下颅骨不会骨折吗？"

"我们解剖吧。"我说，"我和周科长检验头面部，大宝和刘法医检验胸腹部。"

我的话还没有说完，大宝的手术刀就划了下去。划开尸体腹腔的时候，只听见"噗"的一声，尸体腹部膨隆迅速消失。我赶紧屏住呼吸，招了招手，示意我们一起暂时离开解剖室。没想到林涛的速度比我还快，早已拉着陈诗羽躲到了更衣间隔离玻璃的后面。

走进了更衣间，我说："大宝，你下刀之前能不能说一声？"

大宝嬉笑着说："那我总不能喊，预备，划！"

"这具尸体体内积聚了大量气体，尸体上一旦有了破口，气体就会迅速从破口处涌出来。第一，这气味受不了；第二，这一下会释放很多有毒气体，对健康不利；第三，这和爆炸原理相同，气体会携带着体内的腐败液体往外崩溅。"我说，"大宝你的衣服不用你自己洗吗？"

我们几个人躲在更衣间的隔离玻璃后面，看着尸体逐渐"变瘦"。周科长把排风系统开到了最大风量。过了五分钟，我们才陆续回到解剖台前开始工作。

尸体的软组织由于腐败已经非常酥松，手术刀划过的地方，立即一分为二，暴露出同样是墨绿色的皮下组织。我拿着手术刀，沿着死者的下颌骨的走向，划开了死者的面部皮肤，然后逐渐向鼻骨位置分离。周科长也用和我一样的方式对死者的另一侧面部进行解剖。

"死者面部的皮下组织的绿色显得更深，说明这里曾经有血液聚集。"我说，"血液从血管渗到了软组织，说明这里的血管有破裂啊。"

"你是说这是生前损伤？"周科长问。

我点点头，说："没有充分的依据，但是凭经验，我觉得这里是有异常的。"

说话间，我们已经把尸体的面部皮肤掀了下来，暴露出面部颅骨。这个还和身体连接、有着头皮和耳朵的"骷髅"看起来格外恐怖。

我顺着尸体的鼻骨摸了摸，说："呀，鼻骨有骨折。"

仔细分离了尸体鼻骨附近的软组织，鼻骨的碎片就暴露了出来。鼻骨是面颅骨中最容易骨折的骨头。因为鼻骨相对于面颅骨较为突出，而且非常薄，所以面部受伤的时候，最容易造成鼻骨的骨折。

我用止血钳钳出骨折的碎片，在显微镜下观察，说："骨折的断端骨质里有渗入的血迹！"

由于腐败的作用，血液会逐渐变成腐败液体，导致无法判断尸体有无出血。但血液在尸体腐败之前渗透进了骨质的断端，会在骨小梁之间被保存起来。通过这一点，可以肯定死者在生前就发生了鼻骨骨折。

"面部皮肤挫裂伤，鼻骨粉碎性骨折，但颅骨却没有骨折，这是因为凶手的力气小，还是因为工具轻？"周科长说。

"显然是因为工具轻。"我说，"如果工具质量较重，凶手力气小到只能把鼻骨打骨折，那么也不可能在面部皮肤形成这么多挫裂伤。只有当工具质量轻时，尽管凶手用力击打，却只能打破皮肤、打碎鼻骨，而不能对坚厚的颅骨造成损伤。"

"工具较轻……"周科长沉吟起来。

我说："死者面部皮肤的破口周围圆钝，不规则，说明工具没有尖锐的棱边，应该是个圆滑的工具。因为较轻，所以肯定不是金属的。另外，之所以可以形成不规则的创口，工具接触面肯定不是平面或者弧面，而应该有圆滑的条状突起物。"

林涛在一旁翻了翻眼睛："那会是个什么东西？"

"不知道。"我摇摇头，说，"但它至少不是个杀人的利器。凶手为什么要选择这样的工具杀人？这不是在给自己找麻烦吗？"

"面部损伤是不是致命伤还不好说。"周科长说，"我们开颅看看。"

在开颅锯的轰鸣声中，大宝突然尖锐地叫道："死者的甲状软骨上角骨折了！"

甲状软骨是颈部前面的方形软骨，左右各一，在颈部的正前方连接在一起。甲状软骨的上角的位置，就在颈部正中的两侧。虽然尸体颈部的皮肤都已经腐败了，无法看到皮肤损伤，但是从软骨的骨折，可以判断死者的颈部在生前遭受到了暴力。因为两侧均有骨折，那么这样的暴力肯定是掐扼所致的。当然，勒颈也可以形成这样的骨折，但是肯定会在颈部留下索沟，而这里并没有。

"扼死？"我停下开颅锯，说，"尸体有窒息征象吗？"

大宝摇摇头，说："眼球都突出来了，可以看到没有出血点，刚才我们进行胸腹部检验的时候，也没有发现死者的主要脏器有出血点或者有淤血的征象。"

"有扼颈动作，但不是机械性窒息死亡。"周科长说，"那说明了什么呢？"

"呵呵。"我笑了笑，继续打开开颅锯，说，"说明这个扼的动作，只是一个约束性动作。很简单，凶手用一只手掐住死者的脖子，让其不能活动。"

随着锯线的交错，尸体的颅盖骨应声掉落，暴露出了粉红色的硬脑膜。

　　机体死亡后，组织细胞失去生活机能，因为酶的作用，会发生组织溶解的现象，也就是自溶。脑组织是最先也是最容易发生自溶的组织，所以，在我们剪开硬脑膜后，一坨脑组织就像面糊一样流淌了出来。

　　"快，照相、录像！"我一边用颅盖骨接住流出来的脑组织，一边对林涛说。

　　"我们可以看到，额部脑组织的颜色比其他部位脑组织的颜色要深很多。"我说，"正常脑组织自溶后，呈现淡粉红色，但是额部脑组织却是暗褐色，说明之前这个部位有大量出血。"

　　"真的是命案哦！"大宝一只手用止血钳钳着尸体的胃组织，另一只手用汤勺舀出一勺胃内容物，说，"死者的胃里没有溺液①！"

● 3

　　没有发现死者有明显的窒息征象，胃内也没有溺液，所以即便是内脏器官腐败，也可以判断出死因不是溺死。也就是说，他肯定是死后被人抛尸入水的。结合死者的面部有挫裂创，以及脑组织有出血，可以判断死者是被钝器反复打击面部，导致脑组织挫伤出血而死亡的。

　　"匪夷所思。"我低声说道，"一般重度颅脑损伤导致死亡，都是头面部有较为严重的损伤和骨折。而这个死者的颅骨没有骨折，我们刚才推断的工具也是个质量较轻的工具，这只有一种解释，就是凶手拿了个不顺手的、质轻的工具，用很大的力量反复打击死者面部。因为是面部而不是头部，所以力量会有传导减弱，那么造成这种程度的颅脑损伤，必须是频繁多次打击，可能是几十次，也可能是上百次打击。"

　　"这说明了什么呢？"林涛问。

　　我摇摇头。

　　大宝说："深仇大恨？预谋作案？"

---

① 溺液，就是导致人溺死的液体，如水、油等等。

"不会。"周科长说，"哪有预谋好了作案，却带个不顺手的工具呢？"

"是啊。"我深思了一会儿，说，"这种圆弧形的、质量轻的工具会是个什么东西呢？是事先准备的？还是随身携带的？"

"即便是激情作案，用随身携带的工具，也不应该打击面部啊。"周科长说，"打击面部这么多次，才能把人打死，多费事儿啊。哪怕从路边捡块砖头，拍一下脑袋也比这省事儿多了。"

"确实，不合常理。"我说，"咱们没有什么头绪，还是先找一些尸体上的特征，把尸源找到了再说。"

"嗯，毕竟是个抛尸案件，倾向于熟人作案。"周科长说，"先找尸源，说不准就能破案。"

"大宝，你去把胃内容物筛一下，看看死者生前吃了些什么东西。"我说，"我们看看死者的年龄、身高。"

筛检胃内容物的工作很重要。因为食物进入胃部进行消化以后，会变成食糜。食糜融合在一起，无法判断食物形态。法医会把胃内容物放在一个筛子上，用清水冲洗。食糜状物体会被水冲掉，剩下一些不容易被消化掉形态的粗纤维，以此来判断死者最后一顿的食物。不过这项工作很艰苦，令人恶心的胃内容物和刺鼻的气味，对法医的感官刺激强烈。尤其是当你吃饭的时候，想到胃内容物，可想而知还有没有食欲。

因为死者的会阴部已经腐败殆尽，我们很轻松就锯下了死者的耻骨联合，放进蒸煮锅里煮熟，这样就可以轻松地剔下软组织，暴露出骨骼的特征面了。

等我们通过观察耻骨联合面的特征，确定死者五十岁左右以后，发现大宝一手拿着筛子，一手拿着汤勺，在水池前面发呆。

"怎么样，看出来他吃了什么吗？"我问。

大宝回过头来，一脸茫然："没有，这……这……这什么也筛不出来啊。"

原来死者的胃内容物，被水一冲就消失了，大宝筛了一两个小时，几乎没有筛出任何可以作为判断依据的东西。

"没什么好奇怪的。"我看着大宝呆萌的表情，笑道，"说明死者只吃了面食，比如馒头、面疙瘩之类的，没有吃任何肉类和蔬菜、水果。"

"好艰苦啊。"大宝说。

我点点头，说："这告诉我们死者的生活水平很低。"

说完，我仿佛想起了什么，说："死者的衣服整理好了吧？"

衣服被刘法医整齐地摆放在解剖室一角的操作台上，原先剪开的断端都对合了。我走到操作台前，看了看，说："死者上身就穿了一件陈旧的广告衫，下身是一条很旧的布裤，还有就是蓝帆布的内裤，这些也都可以判断出：死者很贫穷。"

说完，我把死者裤子的口袋翻了出来，说："里面还有四十多块钱，而且口袋肯定没有被人翻找过。"

"是啊，凶手反复打击死者的面部，造成面部皮肤破裂出血，他的手上肯定黏附了血迹。这时候他若翻找死者的口袋，肯定会在口袋内侧留下擦拭状血痕。"大宝说。

我说："侵害对象是个贫困的中老年男性，且没有侵财迹象，说明这起案件是一起谋人的案件。可能是仇杀，但我更倾向于激情杀人。"

"是因为工具不顺手吗？"周科长问。

我点点头，说："为什么用轻质工具，为什么打击面部，为什么不去旷野抛尸反而抛在可能被监控摄像头拍到的小河里，这都是问题，我一时还想不明白。现在只有寄希望于侦查部门，但愿他们通过我们提供的死者生活环境、体态特征可以迅速找到尸源。"

"我觉得希望很大。"周科长说，"厂区附近只有一些散户居住，但他们都因为拆迁变得有钱了。要说生活条件艰苦的住户，就只有一些拾荒者了，他们都住在附近的一些破房子里。如果死者是拾荒者，肯定很快可以找到的。"

我期盼地点了点头。

说话间，林涛走出解剖室外，摘下防毒面具接了个电话，一会儿又返了回来："云泰市发生了一起命案，现在初步勘查，还没有结果，请求省厅支援。"

我看看面前的解剖台："我们这不是正忙着吗？肖兵他们组有空吗？"

林涛摇摇头："肖法医他们组去洋宫了，一个信访事项的核查。"

我说："那我们也是分身乏术啊，总不能把峰岭这个案子丢了吧。"

林涛说："云泰市发生的，是一起流浪汉被杀案。"

我叹气："最近还真是邪门儿了，被害的怎么都是弱势群体？你看那个'清道夫'的案子，凶手杀的就是智障人员，这一起，死者又很有可能是拾荒者，怎么云泰市也发生了类似的案子？"

"咳咳。"林涛眯着眼睛，说，"峰岭市的这一起案件和'清道夫'案件显然关系不大，但是云泰市的那起案子，可和'清道夫'案件很有关系了。"

"哦？"我立马来了精神，说，"什么关系？"

"因为云泰市的那起，凶手也在墙上用死者的血迹写了'清道夫'三个字。"林涛轻描淡写地说道。

我一蹦三尺高。

一起半个多月未破、丝毫线索都没有发现的案件，简直太让人牵肠挂肚了。这时候凶手又犯了一起案件，势必留下一些新的线索，也就意味着这可能为案件的侦破带来了一丝曙光。

"收拾东西，赶紧去云泰。"我说。

云泰距离峰岭不远，只有六十多公里的路程。

"你刚才不还说自己分身乏术，不能丢下手上的案子不管吗？"林涛嘲笑道。

我脱下解剖服和手套，看了一眼周科长，挠了挠脑袋，尴尬地说："这起案件不还需要时间找尸源吗？我们先去云泰穿插着多干点儿活，也贯彻了全心全意为人民服务的宗旨嘛。"

周科长被我逗乐了，笑着说："你们赶紧过去吧，尸检的收尾工作，交给我们好了。"

尸臭的黏附能力非常强，加之夏天汗液的分泌蒸发，虽然我们闻不到自己身上的味道，但是对外面的人来说，我们已然成了臭味发散体。为了不把没进解剖室的韩亮给熏倒，我们四人匆匆回到宾馆，洗了个澡，又把衣服换洗了，装进塑料袋里，下楼乘车出发。

整个解剖过程，陈诗羽只干呕过两次。她的表现，让我对自己曾有过的性别歧视，感到愧疚和自责。

警车拉着警报，没多久就赶到了云泰市。

我对云泰还是很熟悉的，问到了现场的具体地址后，就引导韩亮直接把车开到了位于云泰市某偏僻批发市场的一个角落里。

这个批发市场我知道，白天人来人往、熙熙攘攘的，晚上却门可罗雀。除了晚上七八点钟会有清洁车来这里把垃圾清运走之外，几乎过了下午五点，这个区域就鲜有人迹了。当然，那些无家可归的流浪汉不在此列。

我沿路看了看那些门店，想象着夜幕降临之后，这些紧闭的店门口的棚子下面，确实是挡风遮雨的好地方。

黄支队长一见我们下车，就匆匆走到我身边，拉住我的手问："师弟，据说，这又是一起跨市的系列杀人案？"

我无奈地点了点头。我知道那一年，黄支队长被"云泰案"①折腾了大半年，没睡过一个踏实觉，接着"云泰案"又引出了"六三专案"，让其内疚不已。现在他一听说可能是系列大案，不禁杯弓蛇影了。

"之前的那起是龙番市的那起，对吗？"黄支队长急切地问。

我点点头，说："师兄少安毋躁。第一起确实发生在省城，而且这案子能不能归为串并案，依据很容易辨认，这三个字就说明了一切。"

我用手机把墙上的字拍摄了下来，通过微信发送给吴老大。

"老大，帮忙看看这三个字和上次那个，能不能确定系一人所写？"

"怎么？又发案了？"

"嗯。"

"稍等。"

我转头和黄支队长说："开始我也没有想到，这起案件会跨市，而且距离这么远。"

"唉，你看龙番，去年刚发生了系列案，今年又来了一个。"黄支队长摇摇头，说，"我得让他们的胡科长去九华山烧烧香了。"

"你们前年发生了一个系列案，今年也被龙番的这个给拖进去了，我看你也得烧烧香了吧？"大宝在一旁嬉笑着。

---

① "云泰案"和"六三专案"，分别见第二季《无声的证词》与第三季《第十一根手指》。

"请注意你的表情。"我环顾了四周围观的群众，对大宝正色道。

"尸体是被一个店主发现的。"黄支队长重新戴上手套，把我们引到一家店铺门口的大棚下面，说，"早晨六点，这家店的店主来开门，发现门口的棚子下面躺着一个人。今天天气不好，当时光线比较暗，因为经常有流浪汉在附近寄居，所以他也没在意，就绕过躺着的人去开门。但是总觉得有一股血腥味，凑近那人一看，周围全是血，就大喊了起来。"

"然后周围的店主就全跑过来围观，把现场踩得一塌糊涂，是吧？"林涛皱着眉头看了看地面上凌乱的血足迹。

"是啊。"黄支队长说，"现场大量不同的血足迹，估计都是周围的人踩踏的，没什么价值了。唉，刑侦剧播了这么多，还是没有培养起市民们的现场保护意识。"

大棚下的墙角处，有一床铺开的棉被，显然是死者睡的。棉被上方的墙壁上，有几束喷溅状血迹，地面有一大摊血泊，那床棉被也已经被血泊浸湿了。

"尸体已经运走了。"黄支队长说，"我们看到墙上那'清道夫'三个字，就觉得这案子不同寻常，立即通报省厅了。这才知道，你们半个月前，刚出过一个现场，也是写了这三个字。更要命的是，你们还没把那起案子给破了。"

"唉！"我叹了口气，说，"要是破了，就没这起了。那起案子，凶手动作简单，下手狠毒，一刀致命。因为戴了手套和鞋套，所以没有在现场留下任何痕迹物证。"

"这一起案件，凶手也是戴了乳胶手套！"大宝蹲在"清道夫"三个血字下面叫道。

根据傻四被杀案，我们归纳出了乳胶手套蘸血在墙上写字的特点，所以大宝在细细观察后，断定这一起命案的凶手也是戴了乳胶手套。

"哦？怎么看出来是乳胶手套？"黄支队长也凑过来看。

大宝指着墙上的三个字，逐点给黄支队长讲解，黄支队长在一边频繁地点着头。

我摘下手套，掏出手机，见吴老大的微信已经发了过来。

"经比对，确定是一种书写习惯，应该是一人所写。"

"能不能联合两案现场留下的字迹，找出凶手的特异性书写习惯？"

特异性书写习惯是一个人不同于其他人的书写习惯，有的是习惯性连笔，有的是习惯性倒笔画，有的是习惯性的错字。总之，只要能找出特异性书写习惯，就能通过笔迹来比对嫌疑人的笔迹，从而认定凶手。

"有一点儿感觉，但是不能确定。我再看看，你们回来详说。"

听吴老大的意思，笔迹鉴定上仿佛有了突破的可能。但是，这并不能让我们兴奋。因为笔迹鉴定虽然可以作为甄别犯罪嫌疑人的依据，但是却不能作为排查范围的依据。如果我们无法缩小侦查范围，全省七千万人口，如何去逐一比对笔迹？

现场虽然血迹凌乱，但林涛并没有放弃对现场的勘查工作。他蹲在地上，仔细地观察着每一处的足迹，仿佛想找出那枚与众不同的足迹来。云泰市的女痕检员张嫣蹲在林涛旁边，按照林涛的指点对每一枚足迹拍照。很显然，这个小女孩有些心猿意马。可能是因为林涛的外表，也可能是因为我们身上还没有散去的尸臭吧。我这样想着。

因为尸体已经运走，中心现场也经过了勘查，我一时不知道我在现场还应该干些什么。于是，就在大棚下东看看、西看看。

突然，我看见墙角中心现场棉被的一端，有一顶安全帽。我赶紧快步走了过去，拿起来翻来覆去地看。

黄支队长看我对这顶安全帽产生了兴趣，就走到我身边，介绍说："死者是个流浪汉，五十岁，本地人，精神时好时坏，周围的人都喊他老李头。因为死者是秃顶，所以他生前被别人看到的时候，总是戴着这顶安全帽的。估计睡觉的时候就扔在一边了。这顶安全帽我们家痕检员张嫣已经看过了，帽顶有喷溅状血迹，说明凶手杀人的时候，帽子是放在尸体附近的。帽子上没有新鲜指纹，也没有其他有价值的痕迹物证。"

"哦。"我点点头，一脸兴奋，说，"即便它对侦破本案没有什么意义，我也很开心哪。"

"为什么？"陈诗羽一脸茫然。

"保密，哈哈。"我卖了个关子，说，"至少这个老李头没白死，死了，也算做了件好事。"

"快看！"林涛突然叫了起来，把正蹲在他身边出神的张嫣吓了一跳。

我没理睬陈诗羽的疑问，跑到林涛旁边，问："怎么了？"

"狗日的凶手，也戴了鞋套！"林涛说。

林涛指着一个血迹的轮廓，可以看出这个轮廓已经发黑，显然比其他的血足迹要干得早，而这个轮廓中央没有任何花纹，这是现场勘查使用的鞋套留下来的痕迹。

"这……不会是我们勘查的时候留下来的吧？"张嫣说，"在命案现场，我们经常可以看到这样的痕迹啊，都是我们的痕检员和法医勘查现场的时候留下来的。"

"不会。"林涛说，"这个痕迹的周围有很多血足迹，都是围观的人留下的。我们可以对比一下看，这个痕迹的颜色明显较周围血足迹的颜色深，是因为它干得早，说明它只可能是凶手留下的！"

"你好厉害啊。"张嫣挑了挑眉毛，"这都能看出来。"

"正常。"我淡淡地说，"这两起案件是一个人做的，吴老大已经确认了。既然是一个人做的，手段方法自然也是一样的，一样的乳胶手套、一样的鞋套、一样的字迹。"

黄支队长张了张嘴，没说话，我知道他心里一定是各种担忧。而大宝则不断地吸着鼻子，甚至拿起死者那血染的棉被放到鼻下闻了闻。

"没啥好看的了，去殡仪馆吧。"现场仍然没有发现有价值的线索，我垂头丧气地说，心里暗暗鼓劲，希望可以在尸体上发现一点儿什么。

● 4

尸表检验工作有条不紊地进行着，黄支队长一脸担忧。

老李头确实是个秃顶，但是由于长期戴安全帽的缘故，顶部头皮的颜色很白，和长期暴露在烈日下的面部皮肤形成了鲜明的对比。尸体全身黝黑黝黑的，由于大量急性出血，造成尸斑浅淡，以至于在他黝黑的皮肤上完全看不到尸斑的存在。

尸体上身穿着一件破旧的衬衫，前袖卷起，胸前的纽扣全部敞开，露出稀疏的胸毛。下身穿着一条解放裤，裤脚还沾着些许泥巴。

"他平时就这么敞怀穿着衣服吗？"陈诗羽问。

黄支队长摇摇头，说："这个调查中没有反馈，大家对他衣着情况的印象不是很深。毕竟他天天戴着个安全帽，跟刚从工地下来似的，人们的注意力都被吸引到安全帽上去了。"

尸体的前襟敞开，所以整个胸壁、腹壁皮肤都沾满了血迹，已经凝结成血痂。在对尸体进行整体照相的时候，我们粗略地看了看尸体表面的皮肤。

"不会吧！出这么多血，怎么会没有伤？"大宝叫道。

我们确实没有发现尸体表面有明显的外伤。

"别急。"我见照相完毕，找了块毛巾蘸湿，慢慢地清理尸体身上黏附的血痂。

随着血痂一点儿一点儿地被清理干净，尸体胸口的皮肤纹理逐渐清晰起来。可以看出，死者一般是不敞怀穿衣服的，因为他胸口的皮肤颜色和手臂的颜色同样也有天壤之别。

"难道他只有在睡觉的时候敞怀吗？"我低语道。

"哟，这里果真有一处创口。"大宝又叫了一声，"很小。"

果真，尸体的胸骨左侧第三、四肋间，有一处小小的刺切创。所谓的刺切创就是刺器刺入人体后，拔刀的时候有个切的动作。这样的创口难以准确地判断出凶器的刃宽。

这处创口很窄，而且即使有切的动作，也能看出凶器的刃宽很窄。

大家都在低头思考，我拿起手术刀麻利地切开了死者胸部的皮肤，分离开肌肉，切断肋软骨，然后把胸骨和切断的肋软骨取了下来，暴露出了黄色的心包①、纵隔和黑黑的肺。

"他生前抽烟吗？"陈诗羽问。

黄支队长摇摇头。

---

① 心包，是包在心脏外面的一层薄膜，心包和心脏壁的中间有浆液，能润滑心肌，使心脏活动时不跟胸腔摩擦而受伤。

我说："抽不抽烟很难通过肺脏的颜色看出来，这方面，空气污染的程度比吸烟厉害多了。"

说话间，我们已经取出了尸体的心脏。左心室上有一个破裂的小口，心包对应位置因为刺切，破裂口比心脏上的大得多，所以血液可以直接从这么小的创口里喷溅出来，没有受到心包的阻隔。而滞留在心包里的血液，则造成了心包填塞。

"创口贯穿心室壁，贯穿室间隔，但是并没有贯穿整个心脏。"我说，"这把刀可不短啊。"

"而且你看，"大宝翻过死者胸部的皮肤说，"从皮肤的创口看，凶器很薄，和上一起案件一样。"

傻四被杀案中，凶手是用切颈的方法来杀人的，和刺心有所不同，但是从两起案件中不同的损伤看，似乎可以指向同一种凶器。

"凶器不是很长，但是也可以刺到心脏了，至少有个七八厘米吧。"我说。

大宝说："而且胸部皮肤创口复原后，可以看到创角有撕裂的征象。"

我微微一抖，赶紧用纱布擦干净创口周围，说："确实，有撕裂。"

"有撕裂怎么了？"林涛在一旁好奇地问。

黄支队长说："如果是锐器创，至少有一个创角是锐利的，就是被切开的，而不是被撕开的。如果像这个创口，边缘整齐，创角又有撕裂征象，只能说明凶器的前面有刃，后面没刃。"

黄支队长的话音落定，我们不约而同地看向我手中的那把手术刀。

手术刀的前段是刀片，有刃，而后段是刀柄，无刃。手术刀很薄，但是很锋利。手术刀比一般小水果刀要长。手术刀的刃宽很窄。

一切征象，都指向凶手使用的凶器是手术刀！

"手术刀是工作的利器，却不是杀人的利器。"黄支队长说，"若不是凶手找的位置很准，不可能一击致命。"

"但是，手术刀像是一种象征。"我幽幽地说。

"戴我们的乳胶手套、穿我们的勘查鞋套、用我们用的手术刀。"林涛说，"凶手是想告诉我们什么呢？"

"还有'清道夫'那三个字。"大宝说。

大宝一语让我从沉思中惊醒，我说："赶紧把这边的事情料理清楚，赶回去看看峰岭市的案子怎么样，我们要回去找吴老大谈谈笔迹的问题。"

专案会议室里，黄支队长首先宣读了一条省厅的命令，说是鉴于两起案件的作案手段、侵害对象等问题高度统一，所以决定并案侦查。专案组指挥长由省公安厅刑警总队总队长亲自担任，两地的支队长担任副指挥长，两地分别抽调若干警力专门进行该案的侦查。这起案件被命名为"清道夫专案"。

我语速飞快地分析道："本案和龙番市的案件可以串并，凶手使用了乳胶手套、勘查鞋套作为掩护，用手术刀杀人。两个受害者身上都没有抵抗伤，是在没有防备的情况下遭毒手的。这说明凶手可以很轻易地让人失去警惕心，但是这种本事是靠欺骗，而不是药物或者暴力，因为两个死者都没有中毒，头部也没有遭受打击。还有个问题我没有想清楚，若想找到准确的位置，在那种黑灯瞎火的情况下，必须去摸，摸到三四肋骨间隙才可以下刀，所以如果被害人是在睡梦中遇害，这一点就没法解释。尤其是，老李头的衣服是敞开的，有可能是凶手为了方便下刀才把他的衣服解开的，如果受害人当时很清醒，为什么会一点儿提防都没有呢？"

"戴手套、鞋套，被害人还会没有提防？"黄支队长问。

我说："究竟是用了什么办法，我们也不得而知，只能猜测，在当时的光线条件下，被害人看不清楚。凶手挑衅警方的目的很明显，可能是在炫耀，也可能是变态。但是之所以用有象征意义的手术刀作为凶器，说明凶手很有可能是医生或是公安人员。"

"结合起来就是法医了吧。"陈诗羽说。

我没接话茬儿："介于两起案件分别在两地，下一步要排查这几天云泰市的住宿记录，看有没有医生或公安人员。"

"这工作量可就大了。"黄支队长说，"这几天的住宿记录怕是得有几万条，如果逐一把身份信息输入户籍系统再查职业，更是没边没际了。而且现在的户籍信息里也未必有准确的职业信息。"

"死马当活马医吧。"我叹了口气，"凶手没有给我们留下任何可以突破的线索，受害人又是毫不相干的流浪汉，一般不会有什么矛盾纠纷，更不是为了劫财。所以，我也不知道下一步该从何查起。"

"我插一句，"大宝慢慢地说，"刚才你说医生，最好改成医护人员。因为，我觉得凶手可能是个女性。"

"女性？"我有点儿诧异，"下刀狠、准，而且力度可不小。刚才尸检的时候，我分离了创口周围肋骨的肋间肌和骨膜，可以看到三肋上有手术刀柄的压痕，这说明凶手的力度很大，不然很难形成。"

"可是，我在现场闻见了一股香水味。"大宝说。

"香水味？你们闻见了吗？"我转头问张嫣等几个最先到达现场的勘查员。

大家纷纷摇头。

我指了指张嫣和陈诗羽说："会不会是她们身上的？"

两名女警异口同声："我们不用香水的好吧？"

我笑了笑，说："这个问题不影响案件的下一步侦查。下一步除了排查周围监控、继续寻找可疑人员之外，再努力去找一找在云泰市开房住宿的人员。我知道这就像是大海捞针，但是我们在什么抓手①都没有的情况下，再大的海，也得捞一捞。"

回峰岭市的车上，窗外夜幕降临，我们四人都昏昏欲睡。

突然，陈诗羽仿佛在梦中惊醒一样，捅了捅我，说："对了，你今天不是对那个安全帽什么的超感兴趣吗？怎么刚才在专案组，压根儿就没提安全帽什么事儿啊？"

我说："这安全帽跟'清道夫专案'压根儿就没啥关系，我有什么好提的？"

"哼。"陈诗羽撇了撇嘴巴，说，"看你那如获至宝的样儿，我还以为有什么重大发现呢。"

我闭着眼睛笑了笑，没搭话。

---

① 抓手，行内通用语言，形象的比喻，是指破案的依据和方法，或者是指可以直接甄别犯罪嫌疑人的重要物证。

一夜无话。第二天一大早，我们就赶到了专案组会议室，赶早上八点半的的专案碰头会。

事隔十几个小时，死者的身源已经找到了。

"死者是在距离厂区一公里外居住的一个拾荒者。"侦查员说，"特征和你们说的相符，DNA正在确证。我们去这人家里看了，显然是几天没有回来了，所以基本可以断定死者就是他。经过搜查，死者家里除了一些破烂，没有其他什么可疑的东西，一切都很正常。所以凶手肯定不是在死者家里或者家附近杀人的。"

"果真是拾荒者。"我说，"这人生前有什么矛盾吗？难道真是激情杀人？"

"没有。"侦查员说，"死者的社会交往非常简单，除了和废品收购站的人打交道以外，连周围的拾荒者都不太认识他。废品收购站的老板看他最近没有来卖废品，我们又去调查，所以才提供信息找到了身源。废品收购站的几个人都查了，没有疑点。"

"这个工厂有多少员工？"我问。

"三千多人。"侦查员说。

"有多少是要戴安全帽上班的？"我问。

陈诗羽看着我，露出恍然大悟的神情。而其他侦查员则是一头雾水，支支吾吾地翻着笔记本说："这个……这个……没问。"

"何出此言？"赵支队长这一句文绉绉的话，在粗人遍地的刑警专案组里显得格格不入。

我笑了笑，说："我们尸检的时候，发现凶器是一个表面光滑、有弧度、有平面、质量较轻的钝器，而且应该易于携带。这个工具我想了很久，都没有想出来是什么东西，直到我去云泰市出了个现场，看到了这个。"

我把从云泰市拍摄的安全帽的照片接到投影仪上，说："安全帽——符合了所有的条件。"

侦查员插话说："哦，我看到了，这个工厂没有哪个部门是需要戴安全帽的。"

"周围有建筑工地之类的吗？"这个答案有些出乎我的意料，我的如意算盘也打空了。

侦查员摇了摇头。

大宝说："也不一定是安全帽吧。也有可能是摩托车头盔。"

"对啊！"大宝一语挽救了我的推断，我说，"我之前还忘了，之所以能造成死者面部出现那样的创口，是因为工具有突起的棱边。如果是摩托车头盔的话，比安全帽更加符合条件了。因为摩托车头盔上有可以活动的面罩，面罩掀起时，就会给头盔顶部的平面增加一条棱边！"

"你是说，凶手是个骑摩托车的人？"赵支队长问。

我坚定地点点头。

侦查员说："可是，骑摩托车的人可不少啊，工厂里有不少员工是骑摩托车的，周围也有拾荒者平时是骑摩托车的。"

"这就是我要说的另外一个问题了。"我说，"这个案子，有五点和其他的命案是不同的，显得特别奇怪。其一，作案地点。一般命案，杀人的地点可能是暴露的，而抛尸的地点是隐蔽的；但是这起案件，杀人的地点我们还不得而知，但是抛尸的地点却非常暴露，这不是一个正常的现象。之前我们也怀疑过工厂的保安，但是保安没有必要压着监控摄像头的边缘去抛尸，太冒险了。其二，作案工具。一般命案都会使用更加容易造成侵害的工具，而本案选用的却是很难造成人死亡的工具。如果作案地点是在室内，可以取到菜刀、斧锤这样的工具；如果作案地点是在室外，工厂周围都是荒地，砖石处处可见。为什么要用一个那么不顺手的工具打击那么多下，白费那么多力气去杀人呢？"

我顿了顿，喝了口水，整理了一下思路，接着说："其三，作案手段。一般杀人都会速战速决，而本案的凶手却不惜花费大量的时间和力气去杀一个人，这是一个过度作案的典型例子。所谓的过度作案，就是明明花一成力气就可以杀人，他却花了十成。其四，侵害对象。我们知道，拾荒者是弱势群体，这个拾荒者更是和他人没有什么矛盾纠葛，侵害一个拾荒者，这本身就不是一件正常的事情。我们现在在办的'清道夫专案'，我也认为凶手是个精神不正常，或者说是个人格不健全的人。其五，侵害部位。我们知道，要用暴力致使一个人死亡，一定要攻击他的要害部位。但是本案被害人被攻击的是面部，有点儿常识的人都会知道，攻击面部导致死亡是很困难的。这也是很奇怪的一点。"

"你说了这么多，是想表达什么意思呢？"赵支队长问。

我看了一眼林涛，说："你说。"

林涛点点头，说："依据很充分。我们昨天早上还在讨论精神病杀人的一些特点，我觉得这个案子就很符合。从作案手段、作案工具、抛尸地点、侵害对象和侵害部位来看，都不符合一个正常人杀人的思维。既然用正常人的思维解释不了，就只有用精神病人的思维去解释。"

"精神病人？"赵支队长沉吟道。

我说："既然是精神病人，工厂自然不会聘用。而且侵害对象是拾荒者，我总觉得作案动机可能和拾荒有关。你们刚才说有些拾荒者就骑摩托车，所以，我觉得你们侦查的重点应该放在那些骑摩托车的拾荒者身上，而且这个人有精神病。"

"可是，精神病人也会骑摩托车吗？精神病人骑摩托车还会戴头盔？"侦查员不解。

我说："首先，我说的精神病可能和你们想象的那种完全没有思维的病人不同，可能是间歇性的病人，也可能是平时症状表现得不是很明显的躁狂症，受到刺激才会发作。其次，精神病人和骑摩托车、戴头盔并不冲突，比如我们在云泰办的那起案件，死者的精神就不是很正常，但是他天天戴着安全帽。"

"也就是说，不能把精神病作为排查依据来进行排查，对吗？"侦查员问。

我说："是的。但是可以作为参考条件，说不准就有人觉得某个人不太正常，这就是线索。骑摩托车的拾荒者，不多吧？"

大宝说："我插一句，凶手应该是个人高马大的人，因为他单手掐颈就可以把被害人控制住，而且可以连打几十下、上百下，这需要很强劲的力量。"

"对。"我感激地看了一眼大宝。大宝的这个补充很重要，体态特征可以作为排查时最简易、最直接的依据。

为了加快排查效率，我们几个人也跟了个侦查组，对工厂附近的拾荒者进行了侦查。

从上午一直摸排到黄昏，我们的注意力被一个拾荒者吸引了。

这个拾荒者人称猛哥，据说是有天生神力。别人需要两个人抬的破烂，他一只手就可以提溜走。猛哥平时乐于助人，但是脾气暴躁。虽然没有人敢说他有躁狂症，但是这些调查足以让我们高度怀疑他。

猛哥每天晚上都会去废品收购站出售自己一天的成果，我们趁他走进收购站里的时候，悄悄地取了他挂在摩托车后视镜上的头盔。

在收购站外的角落里，我们用勘查灯照射着头盔的每一个死角，果真发现了头盔面罩边缘上的红色斑迹。大宝迫不及待地取出四甲基联苯胺试剂，对斑迹进行了血迹确证检验。

阳性结果逐渐显现，我们却听见了一声怒喝。

"谁偷了我的帽子！"

原来猛哥走出了收购站，发现他的头盔不见了。

两名侦查员从角落里走出，出示了警官证。没想到猛哥突然发狂，朝两名侦查员扑来。三个人打在一起，侦查员却始终不能将猛哥扑倒。突如其来的变故，让收购站里的员工不知所措。

只见陈诗羽突然从我们身边蹿了出去，像一道蓝色的闪电一样闪到了猛哥的身旁，只是一脚，猛哥就捂着下体倒在了地上。两名侦查员终于用手铐铐住了猛哥的手腕。

陈诗羽这一招，快、准、狠，把仍然躲在角落里的我、大宝和林涛惊得目瞪口呆。

"这羽毛，以后谁敢娶啊？"大宝张大嘴巴说。

"为什么不敢娶？多酷啊。"林涛说。

我笑着说："我算是看出来了，林涛喜欢这种类型的女汉子啊。怎么，终于有目标取代你心中的苏眉了？"

林涛的脸微微一红。

被带回审讯室的猛哥，已经过了躁狂期，在审讯室里无精打采地耷拉着脑袋。在铁证面前，猛哥自知没有抵赖的必要，过不多时就彻底交代了自己的罪行。

好在猛哥并不是精神分裂症，还能记得起自己杀人的经过。

猛哥并不认识死者，杀人的原因只是因为一些破烂。猛哥力气很大，很多工地都想招聘他，但是他一一拒绝，用他的话说，他对捡破烂有着特殊的兴趣。他认为捡破烂对他来说，不仅是一份工作，更是一项事业。猛哥很勤快，平时早出晚归地去捡一些垃圾，回来分拣后，他会把一些自己比较青睐的垃圾挑出来，堆放在自己住处门口的小房子里。可是前不久的一天，他从外面捡了破烂回来，却发现有人正在他家门口的小房子里翻找。可想而知，这个人是来顺手牵羊的。

就在那一瞬间，猛哥的躁狂症犯了，他抄起头盔就冲了过去。对方看到他的来势，直接吓得坐在了地上。猛哥上去掐住他的脖子，用头盔朝他脸上打了一下。这一下，就让死者的鼻子出血了，死者也昏迷了过去。当然，多半是吓昏的。这时候的猛哥，已经不能靠理智来控制自己了，便一下一下地打击，直到死者彻底没有了呼吸。

人死了，猛哥的躁狂症状仍没有消失，他知道尸体泡在水里会烂，就直接扛起尸体，走了两公里路到了那条小河，恶狠狠地把尸体抛进了水里。

想象着尸体被泡烂的模样，猛哥满足地笑了。

在审讯室外旁听完真相的我，匆匆合起笔记本，说："走，回去找吴老大。我就不信了，这个'清道夫'还能躲多久！"

"咱也别怕社会影响有多恶劣，毕竟案子已经发生了。我们要做的，还是尽快破案，这样坏事就会变好事了。"转念一想，我接着问，"现场很血腥吗？有多血腥？"

● 1

"说吧，你怎么补偿我们？"我把一沓案件照片摔在吴老大的办公桌上，装作气鼓鼓的样子说。

"补偿？为啥要补偿你们？"吴老大满脸堆笑。

"你真是老年痴呆了吧？自己说过的话，这么快就忘了？"我说，"我说你是乌鸦嘴吧，你自己还不信。上次你一说有命案，马上就来命案；上次你说什么'如果再发一起连环案件，再拿这三个字来，说不准我就有什么发现了呢'。你看，还真来了个连环案件。您这金口玉言啊，还真是灵验。我充其量就是个乌鸦，但您老，能赶得上精卫啊。"

吴老大和我们关系甚好，玩笑即便开得过分，他也不会生气。

"精卫？"吴老大嬉皮笑脸地说，"你说的是填海的那个吗？那你就一知半解了。精卫可不是乌鸦，精卫是太阳神的小女儿，化作的是一种花脑袋、白嘴壳、红色爪子的鸟，栖息在发鸠山。之所以叫精卫，是因为它的叫声是这样的，是一种比较凄惨的悲鸣。"

对于这个文理兼通的老学究，我是肯定说不过他的，于是，我翻了翻眼睛，说："是啊，悲鸣啊，您老这不是悲鸣吗？"

"我和你说啊，我觉得你们今年这么忙还遇上系列案件的主要原因，在于你们的那副对联。"吴老大龇着牙说。

为了提升民警的文化修养，今年春节的时候，厅里办了春联大赛，要求各科室都要结合自己的工作，创作一副春联。

我们勘查一组创作的春联是这样的：

上联：刀光锯影　织起千重法网

下联：开胸剖腹　洗尽万桩沉冤

横批：鬼手佛心

我们找了个喜欢书法的退休老法医，用霸气的字体写出了这副春联。一贴上墙，就受到了各方赞扬，所以我们也顺理成章地获得了一等奖，奖品是一瓶洗发膏。

这个成绩可不容易，虽然我们每年都忙得脚后跟打后脑勺，但不知道为什么，绩效考核总是比不过其他的机关科室。所以，这副宝贵的获奖春联，我们在墙上挂了两个多月，这都春夏之交了，还没撕去。

"万桩沉冤啊！哈哈！每年需要你们出勤现场的案件，也就二三十起。"吴老大说，"你这得五百多年，才能把万桩沉冤给洗了啊。你以为你是孙猴子啊？肯定是老天怕你们完成不了任务，给你们上上发条。"

我被气得一时说不出话来。

林涛笑着说："行了，你俩都是为老不尊，别瞎扯了，能说说正事儿吗？"

林涛一语，把我们从拌嘴中拉了出来。

"对了，能看出有什么特异性书写特征吗？"我铺开照片，放在吴老大面前。

吴老大说："照片林涛传给我了，我也做了仔细比对。从书写习惯和字体的细微特征看，确认是同一个人写的肯定没问题。"

"我们也知道是一个人。"我说，"作案手段、侵害对象等方面，几乎是一模一样的。"

吴老大说："毕竟是在两地作案，首先有证据确证是一个人作案，可以排除一个组织或团体作案的可能性。至少，我们知道了这个嫌疑人的行走轨迹。"

我点点头，认可了吴老大的说法。

吴老大接着说："至于特异性特征，确实不好找。一来毕竟两起案件都只有这么三个字，二来书写载体是墙壁，这样丧失了很多鉴定条件。所以，我开始是抱着死马当活马医的态度来看的。但是，不看不知道，这一看下去，还真是有惊喜。"

"哦？"我和林涛异口同声地说。

吴老大把两案的照片在电脑桌面上放在一起，说："你们可以看出什么端倪吗？不要在书写习惯上浪费工夫，毕竟那个不算是什么特异性。我提示一下，有没有可能有错字？"

"一共就三个字，而且你不说了吗，凶手有一定的文化程度，怎么会有错字？"我说。

"文化程度和错字的出现概率不一定成正比。"吴老大说，"很多有广博学识的人，也会习惯性地写错字，不然怎么会有通假字之说？而且有些错字，因为连笔的缘故，并不一定会被人发现。"

我和林涛仔细地看了看照片，还是一无所获。

吴老大微微笑了笑，说："看，'清'字因为是起笔，所以写得都比较工整；'夫'字笔画简单，所以也没啥问题；唯独是这个'道'字。"

"两起案件，这个'道'字写得都不太清楚。"林涛说。

"不清楚不是特征。"吴老大说，"现在不清楚，放大了给你们看。"说完，吴老大把照片放大到只能看到"道"字。

"我们写'道'时，走之底里，是一个'首领'的'首'。'首'字下面是个'自'字，框内应该是两横，但凶手却习惯性地写成了三横，这是个错字。可能他知道应该是两横，但是写的时候，会因为惯性错误造成偏差。"吴老大说。

我和林涛皱起眉头，目不转睛地盯着屏幕。屏幕上的血字由于放大的缘故，显得像素不足，模模糊糊的，加之凶手本身在写这个字的时候，就因为笔画多、写得也较为潦草，显得更加不清楚了。但是在那个淡淡红色的"自"字里，我们确实能看见三横。

"这个，靠谱吗？"我把照片转来转去。

吴老大点起一根烟，深深吸了一口，说："不一定靠谱。不过，在两个现场中，都发现了同样的特征，虽然不甚清楚，但还是很可疑的。"

"这个能算是特异性特征吗？"陈诗羽插话问。

吴老大说："错字千千万，但同样一个字写错在同一个地方的人，并不多。所以，我觉得没有排查价值，但是至少有甄别价值。"

排查价值的意思就是可以利用这一特征，对所有有疑点的人进行筛查。因为需要获取人的真实笔迹，就要搜寻他以前的手书，在这个电脑普及的时代，这样做的工作量极大，所以不太可行。一般有排查价值的特征就是年龄、身高、性别、体貌特征等，因为这些因素排查起来简便易行，在访问中可以直接辨别，所以可以作为排查的依据。而甄别价值，指的是警方有重点嫌疑人了，可以对这个特殊的人进行重点甄别。

"如果真能有甄别价值，那也已经很不错了。我们可以让侦查员多找一些符合条件的人来秘密获取笔迹。"陈诗羽说。

"不过，我可把丑话说在前头啊。"吴老大说，"我这是死马当活马医找出的特征，究竟准不准可不好说。你们也看到了，两起案件中，这个'道'字都不太清楚的。别到时候用于甄别的时候，发现这个特征是凶手两次巧合造成的，我可担不起这个责任。"

"说得也是。"我说，"这究竟是习惯性错字，还是连笔造成的视觉误差，还真不好说。我们会谨慎对待的。"

"至少从文检这一块，我们大概能推算出凶手的身高吧。"吴老大说，

"一米七左右，这个可以作为排查条件。"

"一米七的人太多了。"我摇了摇头。

大宝说："性别呢？吴老大，你能看得出性别吗？"

看来大宝对上次在现场闻见的香水味是深信不疑了，这时候又纠缠起性别的问题了。

"首先，我们现在没有充分的依据证实凶手的性别。"我打断大宝的话，说，"其次，我看肋骨损伤，觉得女人下手应该没那么有力量。"

吴老大捏了捏鼻子，皱着眉头说："上次我们说了，从墙壁上的字判断性别，肯定不科学。但是，我觉得这几个字字体娟秀，也不排除是女性写的。"

"你看，你看，"大宝说，"吴老大支持我了。"

"吴老大说的是不排除，好吧？'不排除'和'就是'是两个概念。"我说。

"还不是因为样本量少嘛。"吴老大说，"如果能让凶手再写几次这个词组，我觉得暴露出的特征就会更明显、更有助于我们判断了。"

"老大！"我做拜倒状，说，"收起你的精卫嘴吧！"

这一次，吴老大的精卫嘴没有马上显灵，我们又在无聊的行政工作中度过了整整一个星期。和之前一样，科室的聚会依旧举行了两次。

当然，命案也不能放下。在这个星期当中，我们经常打电话询问龙番市公安局和云泰市公安局"清道夫专案"的调查情况。

通过一周的调查来看，侦查几乎全部做了无用功。侦查部门从流浪人员下手，考虑了争抢地盘的因素，考虑了精神病患者作案的因素，甚至出动大量警力，对现场周边的所有监控录像都进行了研判，但是依旧找不出任何线索。案件侦查不仅仅是陷入僵局那么简单，而是完全迷失了方向。侦查员的信心受挫，不知道该如何调查才好。

当然，每天思索，依旧无法让我们从刑事技术专业方面获得突破。这两起案件变成了悬案，即便省厅已经将此系列案件挂牌督办，但作为具体实施的基层单位，仍旧是毫无头绪。

我们也让吴老大在日常文件检验的过程中，别忘记辨别凶手写的那个

"道"字会不会出现。一来是看看这样写错字的人多不多，二来也想大海捞针、守株待兔，看看凶手会不会牵涉到其他犯罪，正好送来笔迹进行鉴定。当然，那只有极端巧合，才会破案。不过，这两起案件到了这种地步，也只有指望出现巧合了。

星期一，我来得早，翻看着陈诗羽电脑里我们聚会时候的照片，越看越有意思，铃铛的大肚子，大宝和宝嫂的交杯酒，韩亮的新女友……突然，电话铃匆匆响起。从来电显示看，是师父的电话，我心头一紧，知道又有活儿来了。

"现在是七点五十九。"师父说，"我看看你们迟到不迟到。"

我心里琢磨着，原来您老是来查岗啊，好在我今天来得早。

师父像是揣摩到了我的心思，接着说："当然，我这通电话不是单单为了查岗的，是来给你们找麻烦的。刚才接到指挥中心通报，庆华县发生了一起两人死亡的案件，初步勘查确定是他杀，需要我们去指导、支援，你们准备准备就出发吧。"

"不麻烦，不麻烦！"我有些激动。从苗正家被灭门案以后，就再也没有两人或两人以上被杀案发生了，总算又让我们等来了一次大显身手的机会。当然，是机会也就有风险，如果案件破不掉，就会像"清道夫专案"一样，让人沮丧和尴尬。

我放下电话，大宝、林涛和陈诗羽才走进办公室。

我贼贼地看了他们三个一眼，说："师父查岗了。"

林涛没理我，转身去卫生间，整理他被风吹乱的头发。陈诗羽则警惕地看着被我打开的电脑窗口。只有大宝一脸惊恐："啊？不……不会吧？问……问我了吗？"

大宝一紧张就会结巴，我被他逗得哈哈大笑，说："走吧！庆华县命案。"

大宝习惯性地问："几具？"

我竖起两个指头，拎起勘查箱，快步下楼。

庆华县属于青乡市辖区，位于我省北方，三省交界处。

和其他边缘县城相比，庆华县的治安算是比较好的。我工作数年，也就来过两三次。但是，在我的印象中，这个县城，无案则已，一案惊人。虽然发案量不大，但是破案率却不高，不乏一些疑难命案的出现。想到这里，我不禁有些担心。

高速路口，庆华县分管刑侦的副局长赵文正满头大汗地等着我们。他是一个老刑警，虽然不到五十岁，却已经有近三十年的刑警经验了。而且他做事果敢，雷厉风行，得到了省内同行的尊敬。

"赵局长亲自来啦？"我下车寒暄。

赵局长说："奶奶的，真是太倒霉了。不知道哪个记者正好经过现场，溜进警戒带，在现场后面的小窗中照了一张现场照片发网上了。现在市局、省厅都朝我这儿发火呢。"

"被偷拍了？"我嬉笑着说，"没什么大事儿吧，被偷拍这种事儿还少吗？只要不被加上个狗血的标题就好了。上次有个备受新闻关注的事件，我们的法医去医院病房对伤者进行伤情检验的时候，被某个记者偷偷地拍了照。本来这不是挺正常的事情吗？法医天天都得干这活儿啊。可是这个记者可比单纯的我们聪明多了，他给照片配了个标题，然后说什么病房外有警察二十四小时把守，不让伤者与外界有信息沟通。这多狗血啊，一个挺简单的案件，就被炒作成有巨大黑幕了。哈哈！"

"哦？还有这种事儿啊。"赵局长顿时心理平衡了些，说，"不过这次现场比较血腥，死者的死状比较惨。所以这照片一上网，就引来了无数关注，社会影响挺恶劣的。"

"咱也别怕社会影响有多恶劣，毕竟案子已经发生了。我们要做的，还是尽快破案，这样坏事就会变好事了。"转念一想，我接着问，"现场很血腥吗？有多血腥？"

赵局长点了点头，脸上有掩不住的悲怆："唉。两个老人，脸都没了。"

"啊？"大宝吃了一惊，"脸……脸没了？"

赵局长摇了摇头，叹息了一声，没再回答，转身钻进车里，引着我们向命案现场疾驰。

● 2

车辆沿着村村通公路一直向东行驶，出了县城后，视野里是一片平原。这里仿佛没有集中的村落，家家户户都在公路的两侧建起房屋，屋后则是自家的宅基地。

在颠簸的车上，我打开赵局长之前给的卷宗，翻阅着两名受害人的资料。男死者叫郑庆华，土生土长的庆华县人，今年已经八十一岁了。从调查情况看，老人身体非常好，自家的农活还可以胜任。女死者是郑庆华的妻子郑金氏，今年七十九岁，是五十多年前从邻省嫁来郑家的。郑金氏身体也很健康，这么大岁数，几乎都没有去过医院。

"如果不是惨遭命案，估计他们再活个十年都行。"大宝说。

"生死有命，富贵在天啊。"我叹息一声。

很快，我们到达了目的地，警车在赵局长的车的引导下，下了村村通公路，在路旁的一户人家门口停了下来。这是警方临时租用的停车场，七七八八停了几辆警车。在这户人家的路对面，是一个四周被警戒带围绕的房屋，那应该就是现场了。

可能是因为之前现场保护出现过失误，现在这个现场的外围防护明显加强了，警戒带的每个角都有两名身着警服的警察在看守，或是民警，或是戴着学员肩章的协警。

赵局长站在公路旁边，指着下方的现场房屋，说："今天是星期一，两位老人的二儿子郑闲福，每逢星期一都会来看看他们，这在古时候就算是请安吧。今天早晨，郑闲福看老人家的时候，发现大门是开着的，走进现场后，就发现两名老人双双遇害，于是报警了。我们的法医刚才通过简单的尸表检验，确定两名老人是昨天晚上遇害的。"

现场房屋位于路北，地势比路基要低，大门离路边有十多米的距离。门前的地面是石子地面，可能是作为一个前院使用的。站在路边，可以俯瞰到房屋的整体结构。这是一个独门独院的小院落，从大门进去，左边是猪圈和鸡窝；正对面是一间比较大的客厅；右边是一个小间，听侦查员介绍说，这是卧室和厨房共用的房间，门口是灶台，屋内是床。

"这老两口为人怎么样？"陈诗羽问侦查员。我知道，了解一些前期调查情况，会更有益于勘查发现和现场分析。

"嗯。"侦查员皱了皱眉头，说，"您这个问题还真不太好回答。如果综合我们的调查看，就是普通人吧。"

"什么意思？"

"一般调查一个人的性格、为人和处事，大部分情况都是普通人的情况。"侦查员说，"就是有人说好，有人说不好。很少有群众一致反映这是个老好人，或者反映这是个大恶人的。人嘛，活在世上，总会有比较亲近的人，也会有比较疏远的人。"

"有道理。"我感叹道，"怪不得有人说，虽然侦查和刑事技术是同一部门，但研究的内容大相径庭。我们是自然科学，而侦查却是社会科学。"

侦查员接着说："唯一比较统一的，就是这老夫妻俩感情非常好。这么多年来，几乎没有人看见他们争吵过。这一点，他们是全村人的榜样。"

"也就是说，不可能因为情仇杀人，对吗？"陈诗羽问。

"这么大岁数，本身也就不会有什么情仇了吧？"林涛说，"当然，你这个问题还是问得很好。"

大宝说："哦，那可不一定。我上次那个案子……"

"那，有没有明显的矛盾关系呢？"我打断了大宝的旁征博引，"性质确定了吗？"

"请你们来，怕是主要解决性质问题。"赵局长插话道，"明显的矛盾关系肯定是没有，但有没有隐形的矛盾不好说。截至目前，我们还丝毫没有头绪，侦查仍没确定方向。"

隐形矛盾导致杀人的案例并不少见。可能是因为作案人的性格问题，因为鸡毛蒜皮的小事杀人；或者因为不可公布于众的秘密，矛盾隐藏在凶手和被害人的肚子里；又或是刚刚产生矛盾，就立即发案，没人知道矛盾的存在，这些情况时有发生。

我点点头，招呼林涛和大宝，一起沿着石子路向下走到现场屋门口。

几名技术员正在门上刷指纹。

"有发现吗？"林涛问。

技术员摇摇头，说："这种门是老式的对开门，在里面是靠门闩锁闭的。但门闩正好是木头锯开的毛糙面，载体不好，遗留指纹的可能性也就小。"

"可是门是木头的光面制作的，也没有吗？"林涛问。

技术员说："没有。不仅没有指纹，连血迹也没有。"

这个时候，我已经走进了院落，在各个房间门口转了一圈。为了怕再次被拍照上传，尸体已经被运走，但可以看到作为厨房兼卧室的那间房屋里有大量血迹，触目惊心。

"现场有大量血迹，可以推测死者是失血死亡的。"我说，"那样，凶手的身上、手上肯定黏附了大量血迹，如果他要开门离开，可能不会在条件不好的门闩上留下指纹，但一定会在门上留下血迹。既然没有，只能说明门是开着的，他无须开门。"

"你的意思是说，凶手是熟人，敲门入室，并且没有关门吗？"林涛说。

我说："这个还不好说，但肯定不是撬门入室，因为门闩上没有从外面拨动的痕迹。要么就是敲门入室，要么就是溜门入室。这就要看作案时间，死者家是不是已经关门睡觉了。"

"中心现场是厨房卧室。"赵局长的声音隔着口罩，有些含混不清，"院落大门和厨房卧室的门紧邻，进了大门右拐，就进入中心现场的门了。"

说完，赵局长拉着我，走进了中心现场。他指着中心现场门口的一个小方桌，说："女性死者的尸体就是躺在这个方桌上的，你们可以看到，周围有大量的喷溅状血迹。"

说完，他又转身指着方桌对面的灶台，说："男性死者倒伏在灶台旁边的柴火堆上，灶台上也有大量喷溅状血迹。另外，整个中心现场都有喷溅、抛甩、滴落、擦拭状血迹，可以推测，被害人和凶手有一个搏斗的过程。"

我看了看门口的小方桌，又看了看中心现场门外的大门、院墙，说："不对啊。女死者是在中心现场门口被害的，从现场血迹看，有大量喷溅。喷溅血迹不会只朝屋内喷溅，也会向门外喷溅。可是，为什么门外一丁点儿血迹都没有呢？这道门的位置就像是条分界线，门内大量血，门外没血，可门是开着的，这不合理啊。"

赵局长皱着眉头，摸了摸下巴，说："有道理，我们之前还真没发现这个问题。这样吧，我派人调查。不过，这个问题怎么调查呢？"

我笑着说："很简单，血迹在门的位置，有东西阻隔，才不会喷溅到门外。当然，如果是凶手的身躯，是不可能阻隔得这么完全的，所以我觉得，会不会是门帘之类的东西？"

赵局长点了点头，转身离开。

中心现场的小方桌上，有大片血迹。我从勘查箱里拿出一个止血钳，在血泊中翻找。很快，我从血泊中找出了一些碎头发和一些骨片状的东西。很显然，这是死者的头发和颅骨的碎片，我渐渐地明白了赵局长为何说两个老人脸都没了。

林涛在小方桌上方的电灯开关上左左右右地看着，说："这个电灯开关上，也没有血指纹。开关已经被喷溅血迹污染，所以汗液指纹也提不到了。"

我抬头看了一眼房间屋顶正中的节能灯，说："灯是开着的，说明两个问题。一是作案时间是昨晚，二是被害人开灯的可能性大。既然凶手在作案后没有关灯，那么也不会留下他的血指纹。"

"郑金氏就仰卧在这个小方桌上，臀部在方桌边缘外面。"一个熟悉现场情况的技术员应我们的要求简要介绍现场初勘时候的状态，"也就是说上半身被人按在桌子上致伤的，而郑庆华是右侧卧位蜷缩在灶台边的。"

"你是说女死者是固定体位被袭击，男死者是经过搏斗后死亡，是吧？"我说。

"对。"技术员说，"我就是这个意思。"

"现场有翻动吗？"陈诗羽问。

"没有，整个现场没有丝毫翻动。"技术员说。

"可以排除侵财案件吗？"我问。

技术员说："好像还排除不掉。专案组那边好像有一点儿什么线索，等你们尸检完后，再去问问就好了。听说，他们认为，如果是很熟悉的人作案，就知道值钱的东西放在哪里了，没必要翻找，直接去拿就可以了。你们也看到了，老两口家徒四壁，估计也不会有什么大笔钱财。"

"哦。"我见中心现场血迹虽然凌乱，但是根据死者的体位和血迹，可以判断凶手按住女死者砍杀后，又在屋内和男死者有个短暂的搏斗，因为实力悬殊，所以男死者也重伤不治。中心现场重建几乎可以敲定，但是就算敲定了，也不能对案犯的刻画和案件的分析有什么突破性的帮助。

"现在大家都确定凶手的出入口在大门了吗？"我问技术员。

技术员斩钉截铁地点点头，说："这个绝对可以确定。四周的院墙两米多高，如果有人攀爬，我们可以很轻易地在墙壁上找到攀爬痕迹。之前我们刚到现场的时候，首先是对四周的墙壁进行了勘查，四周的窗户都有铁栏杆，没人能钻得进来，院墙的墙顶也都完好，没有发现任何攀爬、踩踏的痕迹。"

"如果有人攀爬墙壁还不被我们发现，只有三种情况：一是勘查时间和案发时间隔太久，痕迹消失；二是下大雨，把痕迹冲刷干净；三是墙壁低矮，凶手可以直接跳越。这三种情况，都不符合本案，所以可以肯定凶手是门进门出的。"林涛给我做了个痕迹检验专业知识的科普。

"而且通过我们调查，"一名侦查员在一旁说，"老两口的警惕意识特别强。十年前，他们家有个小偷翻墙入室，偷走了一百多块钱，从那以后，老两口处处防人，还花钱加高了院墙。所以我个人倾向凶手是熟人。"

"熟人。"我沉吟道，"好的，我去外面看看。"

我走出中心现场，踱到位于死者家院落北侧的客厅门口。客厅里很整齐，没有任何翻动的痕迹。因为客厅不像有人进来过的样子，所以现场勘查人员并没有把这里当成重点，所有的勘查箱和勘查设备都堆放在客厅的中央。

我绕着客厅四周摆放的家具走着，突然发现了一处异样。从表面上看，客厅里的家具都摆放整齐，柜子里存放的物品也都错落有致，没有异常。客厅的东南角放着一些农具，有铁锹、铁耙、大扫帚等。现在是四月份，还没有开始农忙，所以这些工具上都落有一些灰尘，摆放工具的地面上也有不少灰尘。可是在这些灰尘中间，有一处干净的空白区，可想而知，这里原来应该是摆放着一个东西的。

我小心地把几个工具逐一拿开，每拿开一个工具，都可以看到工具摆放位置地面上有个灰尘空白区，唯独大扫帚所在的位置，地面上是均匀的灰尘。

我连忙喊来了林涛，把我的发现指给他看。

"这说明扫帚被人动过。"林涛说，"不过这扫帚把上，检不出新鲜指纹。"

"怎么会呢？被人动过怎么会没指纹？难道戴了手套？"陈诗羽问。

林涛笑了笑，说："指纹和DNA一样，被人碰过的东西，就有可能留下指纹，但这不代表被人碰过的东西就一定会留下指纹。不留下指纹，或者留下无法鉴别的指纹的可能性是非常大的，造成这个情况的因素也非常多。"

"哦，这样。"陈诗羽看了看扫帚，扫帚末端很脏，黏附了各种不明物体，还有一些烧灼痕迹，唯独没有看见类似血迹的斑迹。

"扫帚把和扫帚上都没有血迹，说明它和案件的关系不大。"我一边说，一边仰头思考。突然，我被眼前的一道白光吸引了，叫道："小羽毛，快叫技术员来。"

因为大宝总记不住陈诗羽的名字，所以陈诗羽现在有了个新外号：小羽毛。陈诗羽转头走出房间去找技术员。

● 3

"是你们打开了这个房间的灯吗？"我指着天花板上闪着微弱光芒的日光灯说道。

技术员摇摇头，说："不会，我们不会去动这个灯的。我们来到现场的时候，天早就大亮了，没必要开灯。不过，我们也没注意到这盏灯是亮着的。"

"那个偷拍的记者也不会开灯吧？"我问。

技术员说："不可能，他是在屋外从窗户往里拍的，没有进现场。"

"那报案人呢？"我问，"报案人来客厅了吗？"

"没有。"侦查员说，"报案人在院子大门口就可以看到中心现场门口小方桌上躺着的郑金氏了，没必要走到最里面的客厅来。"

另一名在电灯开关上刷指纹的技术员说："这里的指纹我看了，和我们刚才在尸体上采集的指纹一致，应该是男死者自己开的。"

"哦。"我有些失望，"看来凶手进现场的时候，死者还没睡觉呢。说不准还来客厅聊了会儿。不过，为什么不在客厅杀人，而去卧室杀人呢？如果凶手和死者一起离开客厅，为啥死者不关闭客厅的灯呢？"

"这可就不好说了。"大宝说，"说不定，是死者睡觉忘了关灯呢？说不准是习惯性不关客厅的灯呢？说不准死者还没睡觉的时候，凶手就进来了呢？我觉得这个对案件分析的作用不一定有多大。"

我点点头，说："那现场就没什么看的了，现在就是多取一些血，希望凶手自己受伤，在现场流血了，而我们正好又取到了他的血，就好了。"

我知道这项工作就是大海捞针，所以也没抱有多大希望，只是按照惯例做一遍罢了。

"对了，屋外有个关联现场，秦科长你们不如去看看？"庆华县的后法医说。

"哦？关联现场？"我眼睛一亮，跟随后法医快速走出院大门外，沿着院墙外的小路，走到了房屋北侧的院墙外。这个位置，因为有整个房屋的阻隔，所以站在屋南侧的公路上是看不见的。

墙根底下有一堆灰烬。

"这是什么？"我蹲下身来，用手中的止血钳翻动着灰烬。

后法医说："我们到达现场后，对现场的外围进行了搜索，最先就找到了这一处灰烬。我们觉得很可疑，就找侦查人员进行了调查，同时也对整堆灰烬进行了筛查。侦查人员调查到了两点。第一，这个位置，是老两口堆放秸秆的地方，因为老两口还是烧柴火做饭，所以用得到秸秆。院内狭小，没地方堆放，这里有屋檐遮挡不容易被雨淋，所以就堆在这里，常年都有不少秸秆堆放。第二，昨天晚上七点半，死者家再往北几百米的一户人家，看到这里有火光。"

"能确定是七点半吗？"我问。

"确定。"后法医说，"因为那家人正好看完新闻联播。"

"肯定是杀人后，想烧房子毁尸灭迹啊。"大宝说，"这是很多入室盗窃杀人案犯，为了毁灭证据做的事情啊。"

"是啊。"林涛说，"七点半，老两口应该还没睡觉吧？"

"刚才我问了，调查显示，老两口作息很规律。"陈诗羽说，"一般是六点钟吃饭，然后在家里做做家务，七点半左右上床看电视，九点钟睡觉。"

"如果是七点半起火，那么杀人估计是七点钟左右。"林涛说，"这个时候，老人在家里做家务，那么就可以解释堂屋的灯为什么还是亮着的了。"

"不。"我说，"你们不记得了吗？男死者旁边就是灶台，灶台旁边就堆放着许多秸秆。如果想毁尸灭迹，为什么不在厨房点火？跑屋外来，想用这一小堆秸秆引燃整个房子，不是痴人说梦吗？那凶手也太没常识了。"

"对。"后法医认可道，"我们开始也以为是毁尸灭迹，但转念一想，他在屋内随便点哪里，都容易起火，比屋外强多了。"

"有没有可能是想焚烧什么东西？"我说，"比如凶器？血衣？"

"这个我们也考虑了。"后法医说，"不论是烧什么，包括衣服，都有金属环扣，那么我们就应该会在这堆灰烬中筛出来，但什么都没有筛出来。所以我们觉得，凶手就是单纯地在烧这堆秸秆。"

"那是为什么？"我陷入沉思。

后法医说："也有可能与死者被杀案没有关联，或许是凶手智商有问题吧。"

"我们就别浪费时间了。"大宝说，"现在去殡仪馆吧？你们先上车，我去找个厕所，早饭好像吃坏了肚子。"

看着大宝捂着肚子跑开的窘相，我笑着说："懒驴上磨屎尿多。"

前期到达殡仪馆的法医已经做好了准备工作。郑金氏的尸体已经被放在了解剖台上，而郑庆华的尸体则被摆放在一架运尸车上，停在解剖台一侧。

我看了一眼尸体，心头一揪。

我经常说，法医会经历比医生更多的心理考验。虽然同样是面对死亡，但我们面对的死亡更震撼人心。有的是死状甚惨，有的是腐败不堪，有的是本不该死亡的花季生命突然陨灭。即便是看惯了各种残忍的死亡方式，但是眼前这个老人的死状还是让我揪心了一下。

和赵局长说的一样，老人已经没有脸了。

尸体仰卧在解剖台上，颈部以上一片血肉模糊。从耳屏前的皮肤褶皱还可以看得出，这是一个古稀老人。但是从两侧颧骨开始，中间的面容已经不复存在了，取而代之的，是鲜红的皮下组织、黄色的脂肪和惨白的颅骨。血肉模糊中，还有一些白色的脑组织嵌在其中。

我麻利地穿上手术衣，戴上手套，走到尸体旁边，拉扯了一下脸部四周的皮肤，想把死者的面容还原。显然，那是徒劳。在这一片挫碎了的面部组织中，我甚至无法分辨哪一块是鼻子，哪一块是眼睑。甚至眼球都已经爆裂，在眼眶里还看得见已经塌陷了的黑白相间的眼球壁组织。乍一眼看上去，这确实是一个没有面孔的尸体。

"这记者够缺德的，"大宝说，"这么血腥也往网上挂。"

"这是什么工具形成的？"林涛的提问把我从揪心的思绪中扯了出来。

我用止血钳把面部缺损部位周围的皮肤拼了拼，说："可以在还没有缺失的面周皮肤上看到条状的创口，工具倒是没什么问题，是砍器，很锋利。而且，刃长应该接近于死者面部的长度，所以，应该就是普通的菜刀吧。"

"菜刀能把人砍成这样？"林涛问。

我点点头，说："这样的损伤不是一次形成的，而是数十次形成的。死者处于一个固定的位置，被反复砍击面部，多处创口融合，皮肤等软组织挫碎，就变成现在这样了。"

林涛可能是想到了峰岭市的案件，说："砍击这么多次，难道又是精神病人作案不成？"

我从头到脚看了一遍尸体，说："损伤、工具什么的，对于这个案件应该不难。至于是不是精神病人作案，没有太多依据。上次的案件是多个不合理的点结合在一起，可以推断是精神病人作案，这个案件则不行。我感兴趣的，倒是死者的衣着。"

郑金氏下身穿着一条棉毛裤，光着脚，脚上还有一双没有提起后跟的布鞋。上身穿着一件棉毛衫，外面套了一件旧时的马褂儿，马褂儿在腋下的位置系了个扣子，其他的扣子都没有扣。

"死者的衣着，我们一眼就能看得出，是入睡时的衣着。"我说，"可能是听见有动静，披了一件外套、趿拉着布鞋就出门了。"

"对。"大宝说，"这个衣着反映的就是这个情况。"

"那老头儿的衣着呢？"林涛问。

我和大宝走到运尸车旁，拉开尸袋，暴露出郑庆华的尸体。

最先映入眼帘的，是郑庆华的一张血肉模糊的面孔。和郑金氏不同，郑庆华的面部皮肤并没有破碎，但是也一样无法辨别面容。除了黏附大量鲜血外，那青紫肿胀的眼眶和完全塌陷的鼻子、上颌骨，让一张脸变得面目全非、扭曲丑陋。

我们检验了郑庆华的衣着。他下身穿着一条布外裤，里面是一条棉毛裤，两侧棉毛裤的裤腿卷到膝盖，只有脱掉外面的布裤才能看见。布裤的裤带没有系，拉链也是开的，只有纽扣扣住了裤腰。郑庆华也是光着一双脚，没有穿鞋子，但是据技术员反映，死者的一双鞋都脱落在尸体原始位置周围。上身穿着一件棉毛衫，外面披着一件没有扣扣子的衬衫。

"他也是睡眠衣着，听见动静起床的。"大宝说。

我点点头，说："准确地说，他正在洗脚，然后套了一件外褂和外裤。"

大家看了看郑庆华卷起的棉毛裤腿，都点头认可。

解剖室里突然沉寂了，大家都在暗自思考整个现场过程。

沉默了一会儿，我说："先常规尸检吧。"

大家又都默不作声地开始尸检，可能是因为死者的惨状震撼了大家的心灵，也可能是因为大家都和我一样，总觉得在案件过程中，有一些解释不过去的地方。所以，整个解剖室里除了器械碰撞的声音，再也没有其他的声响。

解剖工作进行了五个小时。

两名死者都死于重度颅脑损伤。郑金氏是面部遭砍器多次砍击，导致面颅崩裂，脑组织挫碎而死亡。郑庆华虽然头部、肩部有一些砍创，但是这些砍创不足以致死，他的致死原因是左侧面部遭钝性物体反复打击，导致全颅崩裂。

两名死者的肢体都没有约束伤和抵抗伤，可以看得出凶手和死者的体力悬殊很大。我们之前看现场多处血迹认为有搏斗过程，也经过尸检否定了。其实，只是郑庆华在屋子里逃避、躲闪，凶手追在身后砍击而已。郑金氏全身没有其他损伤，她应该是直接被砍倒在小方桌后，凶手连续砍击导致她迅速死亡。

最后，我们打开了死者的胃部。

"胃内容物的形态已经不是很清楚了，应该是消化了两小时以上了。"大宝说，"要不，我们打开看看死者的肠内容物？"

常规解剖是不需要打开肠腔进行检验的，尤其是对这两具尸体，我们的解剖工作已经持续五个多小时了。这时候的我们，早已精疲力尽。

我点点头，说："死亡时间还是能再准确一些比较好。而且老两口生活很规律，每天晚上六点吃饭，有了固定的末次进餐时间，通过胃肠内容物判断死亡时间才是最准确的办法。"

人的小肠有五到七米，我们需要把整个小肠从肠系膜上慢慢剪下来，然后平铺在解剖台上，再把整个肠管剪开。这项工作，又持续了近两个小时。

通过胃肠内容物迁移的距离，我们判断死者是末次进餐后两个半小时内死亡的。

"八点半才死亡？"我说。

"不对啊。"后法医说，"七点半就起火了，八点半才死亡？不应该是先死亡，再点火吗？难道这一堆火，和死者的死亡真的没有关系？"

"还有，还有，我一直在思考一个问题。"大宝说，"为什么要用锐器杀老太太，又用钝器杀老头儿？有锐器为啥要费劲儿用钝器？还有，那个钝器应该是什么？"

"工具没问题。"后法医说，"我记得男死者倒伏位置的旁边有个水桶，水桶里有块砖头，我们开始就认为这块砖头可能就是第二种工具。"

"我的脑袋也已经一片糨糊了。"我看了看窗外越来越浓的夜色，说，"不如我们先吃饭，再去专案组捋一捋思路？"

● 4

"鉴于刚才秦科长他们法医组的介绍，现在初步可以排除溜门入室盗窃的可能性。依据是时间太晚了。"赵局长说，"如果是溜门入室，那凶手必须是在死者习惯的关门时间前进入，这个时间经过调查是五点半。那么他没必要一直等到八点多才动手。"

刚才，我们拖着疲惫的身躯，赶到了专案组，对死者的死因、致伤工具、死亡时间和致伤方式进行了介绍。

这时候的我，坐在专案组里，脑子里仍然是一团糨糊。但我知道，很多时候，即便自己没有理出思路，和别人多说多谈，思路也会清晰一些。我知道由于网上炒作的缘故，已经不可能给我们留下整理思路的时间，我们必须第一时间确定侦查方向和侦查范围。

"那么，现在大家都有什么看法？"赵局长组织起讨论。

后法医率先发言："我觉得这是一起因仇杀人的案件，凶手和死者是熟人。凶手半夜敲门入室，见人就砍，杀完人后离开。"

"那门口的火堆呢？"一名侦查员说，"我们调查的时间和你们法医推断的时间对不上啊。怎么会先起火，后死人呢？会不会是你们法医推断错了？"

"技术工作和侦查工作是相辅相成的。"我插话道，"即便调查的证据确凿，但是我们也必须坚持自己的技术所见。如果被侦查结果绑架，势必会造成技术推断的错误。"

大家都默不作声了。

陈诗羽说："火堆可以和案件无关。但是现场客厅的灯是开着的，如果是寻仇杀人，只需要进入中心现场就可以了，没必要走到院落最里面的客厅去开灯啊。"

"对，我也认为这一点解释不过去。"赵局长说，"客厅的灯是一个疑点。如果这样分析呢？凶手和死者是熟人，知道死者家钱财的位置所在。所以凶手敲门入室后，直接杀人，然后戴手套进客厅，在客厅的某个地方拿走了钱财。"

"如果是这样，那么凶手肯定是去找特定位置的钱财。"我说，"因为现场没有任何翻动的痕迹，怎么看都不是侵财现场。"

"如果我的分析不错，那么凶手只有可能是死者的二儿子。"赵局长说，"贼喊抓贼的事情多了去了。这个二儿子很可疑，你还记得门帘吗？"

之前，我们通过中心现场门外没有血迹，判断中心现场房间应该是有个门帘的，看来赵局长发现了什么。

赵局长接着说："我们拐弯抹角地问了死者的二儿子情况，没有反映出任何情况。后来，我们在中心现场的猪圈里找到了门帘。这个门帘应该是挂在中心现场门上的，门帘是被随意抛甩在猪圈里的。门帘是塑料布做成的，上面有死者二儿子的指纹。"

"血指纹吗？"林涛问。

赵局长摇摇头，说："汗液指纹。"

"汗液指纹很正常啊。"林涛说，"因为是他最先发现的，是他报案的，他肯定要掀起门帘进门，才能看得见尸体啊。"

"他取下了门帘，扔进猪圈，用意何在？"赵局长说。

大宝说："说不定是他看到尸体后，慌乱中取下门帘，扔进猪圈呢？"

"我也觉得不太像是亲人作案。"我说，"一般亲人作案，案后都会有明显的愧疚行为。比如在尸体上盖被子，用毛巾盖脸什么的，这都是愧疚行为。但这起案件有明显不同，凶手不仅没有愧疚行为，反而通过行为反映出他的仇恨心理。毕竟尸体毁坏严重啊，尤其是面部，砍击面部一般都出于仇恨心理，儿子和母亲有那么大仇恨吗？"

全场沉默。

我接着说："而且我思来想去，总觉得案件现场有一些问题，但问题何在，我还说不好。不如你们先审查一下他的二儿子，我们回去捋一捋思路？"

"那个门帘在哪儿？"林涛不用在解剖台上干体力活，所以这个时候比我们精神多了，"我们去做做潜血实验①看看，说不准能发现点儿什么呢？"

躺在宾馆的床上，现场在我脑海里一一浮现：门外的火堆、菜刀、砖头、死者的衣着……我试着将这些碎片组合在一起，想把整个案件现场还原。

时钟还在"嘀嘀嗒嗒"地走着，我脑海里的碎片慢慢地拼接了起来。

第二天一早，我带着自信的微笑，精神抖擞地走进了专案组会议室。

可能是审讯经历了一夜毫无收获，侦查员们的脸上都是沮丧的表情。

---

① 潜血实验是为了观察是否有潜血反应。当现场黏附的血迹量极少时，肉眼无法观察得到，但通过鲁米诺、四甲基联苯胺等化学药剂可以显现出来极微量的血迹形态，称之为潜血反应。

我开门见山："昨晚整理了一下思路，现在主要有两种意见。一种是熟人敲门入室，杀人后，取财。第二种是熟人敲门入室，因仇杀人。这两种可能性的共同点是敲门入室，因为大家认为那个时间点不可能溜门入室，对吧？"

大家纷纷点头。

我说："但是大家忽略了一个非常重要的问题，这两种可能性都不能解释。"

大家又都露出好奇的眼神。

我说："两名老人都是在中心现场就寝，对吧？凶手不管怎么进入中心现场，杀人都要有先后顺序，对吧？狭小的空间里，不可能来两个凶手，对吧？"

大家又纷纷点头。

我接着说："根据法医检验，两名死者的头部都处于固定位置，被连续打击。这样打击，是需要一定时间的。那么凶手在杀甲的时候，乙在做什么？"

大家开始议论纷纷。

我说："郑金氏死于锐器砍击，郑庆华死于钝器打击，但是郑庆华身上也有锐器伤。为什么凶手把郑庆华砍倒后，换了并不顺手的砖头呢？为什么不用锐器直接砍击呢？只有一种可能，他的锐器出现了问题，卷刃了，或者刀刃和刀把儿脱离了。既然工具出现了问题，他就不方便再用锐器杀人，所以我们推断凶手是先杀女，再杀男。刃柄分离的可能性还是很大的，因为我们判断郑庆华并没有和凶手进行正面冲突，也就是说，没有搏斗，只有逃避。在追逐砍击的过程中，因为有大力的挥舞动作，菜刀的刃柄是很容易分离的。而且，我们在尸体上，也没有发现卷刃刀形成的砍痕。"

大家点头认可，赵局长拿起电话，走出门去。

我清了清嗓子，等赵局长重新返回会议室后，接着说："既然在门口砍击了郑金氏，而且是连续砍击，几十刀啊，那么长时间，郑庆华在做什么呢？从郑庆华的衣着情况看，郑庆华应该是正在洗脚的时候，穿了外衣、外裤。那么，难道他看到自己的妻子在被砍击的时候，还能从容地穿衣服吗？你们调查不是说两人感情极好吗？这种危难时候，郑庆华会坐视不管？"

"有道理啊！"赵局长恍然大悟，"我们确实没有考虑到这个问题。"

"不管凶手是为了什么杀人。"我说，"开始我们都先入为主地认为凶手敲门入室，进了门帘后杀人。现在怕是要推翻这个推断了。"

"那么，你是什么意见呢？"赵局长问。

我说："开始我也是百思不得其解，但是我联想到了屋外的火堆，客厅的灯光，现在总算是想通了。"

我喝了口水，接着说："根据我们发现的各种痕迹、情况，综合起来，只有如下一种可能，能解释现场的所有现象。凶手在七点半的时候，点燃了屋后的秸秆堆。点燃后，火堆应该有火光、有烟味。或者凶手也可以喊叫着火了。那么，两名老人会是什么反应？"

"起床灭火。"大宝说。

我说："两名老人都是处于已经上床了的衣着状态，郑金氏披了件外衣，郑庆华正在洗脚，穿了外衣外裤。为什么会出现这样的情况？"

大家都摇头。

我说："女人可能是披了外衣出门确认着火的情况，而男人正在洗脚，因为火在屋外，也不至于十万火急，所以他有时间穿好外衣外裤，去灭火。那么，去灭火需要工具吧？灶台旁边有水桶，当然，水桶肯定不够，还需要扫帚之类的东西。大家忘了客厅里的工具吗？那里面的扫帚就有被移动的痕迹，而且有少量被烧灼的痕迹。"

"你是说郑庆华去客厅拿了扫帚去灭火？"赵局长说。

我点头说："两名老人感情很好，肯定会互相帮助。郑庆华拿着扫帚在屋后灭火，而郑金氏拎水灭火。郑金氏泼完水后，肯定要回到中心现场取水，那么这个时候，大门肯定是开着的。凶手就是这个时候进入了现场，在中心现场直接砍击郑金氏，郑金氏倒在小方桌上后，凶手连续砍击她的面部，导致她死亡。"

"对啊。"大宝说，"解释不了同时杀害，就应该用逐个击破来解释。"

"那一小堆秸秆烧不了多少时间。"我接着说，"郑庆华扑灭火焰后，肯定还在纳闷郑金氏为何没再拎一桶水出来。他回到家，把扫帚放到原处。这个时候，他可能听见了异响。所以，他连灯也没关，就来到了中心现场。凶手可能此时还在砍击郑金氏，也可能潜伏在中心现场。所以郑庆华进入中心现场后，凶手继续追砍郑庆华，直到郑庆华被砍倒在灶台附近，而此时郑庆华并没有死，凶手的刀刃可能脱离了刀柄。所以凶手操起灶台旁边的一块砖头，打击郑庆华的头部，导致他死亡。然后，凶手把砖头扔进还有小半桶水的水桶里，离开现场。"

"漂亮！"赵局长叹道，"这个分析，就把之前我们的很多疑惑全部解释了，那么，通过现场重建，能不能框定一下侦查范围呢？"

"既然不选择敲门入室，而预谋了这种计策来骗开死者家门，肯定不会是很熟悉的熟人了。之前你们调查没有明显的矛盾，那么就应该是隐形矛盾。"我说，"这不太好调查，但是有个问题，如果死者屋后着火，连几百米外的村民都有所发现，他的邻居就一点儿都没有发觉吗？"

"有道理！"赵局长说，"郑家只有一家邻居，两家房子不远，按理说，他们应该知道着火的情节啊，可是邻居的老两口双双否认知道隔壁着火。"

"否认的话，就很可疑了。"陈诗羽说。

林涛摇头，说："之前那个门帘，后来调查死者二儿子的时候，他承认是他发现现场的时候，激动惊慌之下碰掉落了，后来就随手扔在对面的猪圈里。这个应该是事实。我们昨晚对整个门帘进行潜血观察，发现了一枚血指纹。"

"有证据？"我惊讶道，"那你不早说？有指纹还怕破不了案吗？"

"你有所不知。"林涛说，"前期调查，侦查人员取了所有可能和死者有关的，有作案时间的人的指纹，包括他的邻居那老两口的指纹。但是通过昨晚的通宵比对，全部排除。"

"但是既然有潜血指纹，肯定是凶手留下的呀。"我说。

"我觉得邻居很可疑。"大宝说。

"哦？"我说，"为什么可疑？说说看。"

大宝说："你还记得昨天看完现场后，我突然肚子疼去找厕所吗？现场的厕所肯定是不能用的，所以我就准备在屋外就地解决。不过，我走到屋侧的时候，看到有个厕所，看砖头的成色，应该是新建的。准确地说，不是什么厕所，就是用砖头垒了半个人高，三面墙，是个临时的厕所吧。"

"现场的院子里好像没有厕所，那么这个简易厕所应该就是死者家的厕所。"我说。

大宝点点头，说："我也这么认为。但是我蹲在那儿上厕所的时候，抬眼就能看得见邻居家的厨房。"

"厕所对着厨房？"我说，"看来这死者也不是什么善茬儿啊，把厕所建在人家厨房旁边，太不厚道了吧？"

"就是啦。"大宝说，"这一举动，肯定是有挑衅意味的，而调查并没有发现死者和邻居有什么矛盾。那么肯定是有隐形矛盾存在喽。"

话刚落音，赵局长的电话突然振动了起来。

赵局长一把抓起电话，说："喂？嗯！好！找到他。"

我们一起好奇地盯着满脸欣喜的赵局长。

赵局长笑着说："怕是要破案了。刚才秦科长说的那个刀刃和刀把儿脱离，我觉得很有道理。当时我就怀疑到了你们之后说的邻居，所以我打电话让派出所民警以例行调查的借口，再去邻居家，重点看他家的菜刀。当然，菜刀上即便是有血，也已经被清洗掉了，我让他们看那菜刀，是不是很容易刃柄分离。"

后面的话不用说也知道，邻居家的菜刀果真是很容易刃柄分离的。

赵局长说："虽然指纹排除了邻居家的老两口，但是指纹并没有排除我们仍没有找到的、邻居家老两口的儿子。他们的儿子在北京上大学，之前我们访问调查的时候，并没有找到他们的儿子，所以也没在意。"

"上大学？"陈诗羽点点头，说，"这符合精心预谋作案的知识层次。"

专案组很快联系了北京市公安局，当地派出所立即对学校进行了调查。这个叫作郑风的大三男生被学校证实于三天前请假回家，理由是父亲生病。对周边卫生院的调查也很顺利，郑风的父亲确实在四天前因为情绪反复激动导致的高血压去医院就诊。

郑风是在返回北京的火车上，被乘警抓获的。

带进审讯室后十分钟，他就交代了自己的罪行。

三天前，他接到母亲的电话，哭诉隔壁郑氏夫妇倚老卖老，总是欺负他们。郑风的父亲是个出了名的老好人，即便人家把厕所建在了自家厨房门口，但他惧于郑氏夫妇在村里辈分高，也只是隐忍不发。虽是表面隐忍，但他总是咽不下这口气，在家里总发脾气。这一天，郑风的父亲突然晕倒，他的母亲费了九牛二虎之力才把他的父亲送到乡镇卫生院住院。

郑风听闻此事，立即向学校请了假，乘火车赶回老家。

火车行驶了二十个小时，郑风在这二十个小时中，唯一想的，就是怎么杀掉这两个欺负他父母的老人。

郑风回到家里时，他的母亲正在厨房做饭。郑风安慰他母亲的时候，还看得见窗外正在上厕所的郑庆华挑衅的笑容。

母亲去医院送饭，郑风却没有跟去。他策划了如何逐个杀死两名老人的办法，并且在他的母亲从医院归来之前全部完成。

郑风一身的血迹，把他的母亲惊得失魂落魄。他的母亲在灶台里烧掉了他身上的血衣，并让他赶紧赶回学校。毕竟，警方怀疑到一个正在千里之外上大学的青年，可能性不大。

然而，殊不知天网恢恢疏而不漏，郑风在青乡市火车站躲避了一夜，清晨终于登上火车，以为总算可以逃脱罪罚。没想到正在做着白日梦的他，在自己的卧铺上被乘警死死按住。

"上大学不代表什么。"林涛说，"人格修养比知识储备重要得多。"

大宝却有不同意见："我觉得这老两口也确实是欺人太甚了，只是这郑风的孝心，用的方法不对罢了。"

"是啊。"我说，"人与人之间，有什么矛盾调和不了呢？最终要演变成这样的悲剧。两名老人不得善终，一名栋梁之材就此陨灭。可悲啊，可悲。"

"天哪！"大宝叫道，"怎么你说得好像你不是人类一样，难道你成仙了？"

"超自然显然是做不到的。"我看着远处正在帮助韩亮整理勘查车坐垫的陈诗羽，说，"那么多的奥秘我都还没参透呢，大到我现在还分析不出那个'清道夫'是谁，小到我都看不懂小羽毛照的照片。"

"照片？什么照片？"大宝来了兴趣，一脸好奇。

　　我坏笑着说："出发前，我看了陈诗羽给我们拍的聚会照片。有些照片的取景很不自然，这不是一个摄影发烧友应该犯的错误。比如，一张照片的中央没有内容，照片的一角是韩亮，而韩亮的女友却没有照进去。"

　　"韩亮？"大宝仍是一脸茫然，"什么意思？"

　　"咸吃萝卜淡操心。"林涛说完，悻悻地走开了。

　　我走到两个小孩的尸体一侧，用勘查灯照射了一下尸体的面孔。大一些的小孩是个女孩，满脸灰尘，但是可以清楚地看到脸颊两侧有两条清晰的泪痕。

1

　　"我看啊，法医上辈子一定非匪即盗，这辈子全用来还债了。"大宝站在勘查车旁边，裹紧了衣服，瑟瑟发抖。

　　我说："看看看，你不是挺爱出现场的吗？怎么这会儿开始发起牢骚来了？"

　　"我刚才在车上想啊，今天晚上还不知道要冒多少险、遭多少罪呢。想到基层法医天天都这样，都在这种艰苦的环境中工作，一个月就两千多块的工资，就感觉他们真是不值当。"大宝说。

　　"怎么是不值当？"我僵着脖子，笑眯眯地说，"我们一年两百天不着家，一个月不也就拿三千多块吗？我之前也没听你这么大牢骚啊。我觉得吧，咱们都是一腔热血。我说过，能在法医岗位上坚持下去的，一定都是热爱这一岗位的。"

"你们要是这么说，一定有人要说：哎呀，别装清高、装伟大了，除了当法医，你们还能做什么啊？没有选择才说热爱，就是作秀。还有人说：哎呀，你们的灰色收入算进去了吗？"林涛从路边站起来，用餐巾纸擦了擦嘴角，说。

"你吐完了？"我嘲笑地看着林涛，说，"我觉得大部分群众是理解我们的，那些少数人也是不了解情况。我们法医怎么没有选择？我们可以去殡仪馆工作，工资是现在的三倍；我们还可以去社会司法鉴定所工作，每天做做伤残鉴定，工资是现在的四倍。只是因为在公安机关干法医，才能接触到命案，工作才有挑战性，才会体会到成就感，才能体现我们的人生价值。至于灰色收入，你们谁见到过那玩意儿长什么样吗？"

大宝说："话是这样说，但中国的法医的付出和回报不成正比，还要被别人冤枉，说三道四的。你们说，这不是这辈子来还债的吗？我说得没错吧？"

林涛说："知足吧，你们要是说干法医的上辈子都是非匪即盗，那像山区的法医上辈子肯定都是杀人放火的了。这辈子，加……加倍偿还……不行，我还得去吐会儿。"

"你不是不晕车吗？"靠在车侧玩手机的韩亮看着林涛说，"你别走太远，小羽毛在车上没下来，没人嫌弃你。你不用过分注意形象，别给野狼叼走了。"

"你不在车上陪小羽毛吗？她会害怕的。"我对韩亮说。

韩亮耸耸肩膀，没动。

"这山路，不晕车的也得晕。"大宝说，"刚才和专案组联系，听他们说咱们后面警犬队的车，刚进山不久，里面的警犬吐得一车都是。林涛这已经算是省心的了。"

五米开外蹲在地上的林涛艰难地发出声音："大宝，我是你大爷。"

这本来应该是一个美丽的周末。铃铛八月份就要生了，身为妇产科医生的丈母娘早已经告诉我铃铛肚子里怀的是男孩。虽然我更喜欢女孩，但是作为三代单传的家中独子，怀个男孩当然没有什么坏处。眼看还有三个月就要当爸爸了，我准备这个周末陪铃铛去公园里散散步，晒晒太阳。我对她说："补钙，要从胎儿开始。"

我们甚至准备好了野营的行头。可是当我把背包拉链拉上的那一刻，电话铃声响了。我下意识地浑身抖了三抖，皱紧了眉头。

晚上十点响起的电话，而且手机屏幕上还显示着"师父"二字。这通电话的内容，也就可想而知了。和铃铛在一起的这些年，这种事情不知道发生过多少次，所以我已经从开始的惶恐担忧发展到现在的坦然面对了。

师父告诉我，位于我省西部山区的绵山市棉北县，发生了一起四人死亡的案件。

从师父的话语中，我做了简单的分析。一般明确是杀人案件的，师父会说"四人被杀案件"，而如果是不确定性质的，或者是自产自销①的，师父一般会比较严谨地说："四人死亡案件。"当然，同时死亡四人，又需要省厅法医前往处置的，一般都是自产自销案件。因为不论是容易造成多人死亡的交通事故还是灾害，都不需要我们出马。

铃铛挺着大肚子，默默地把背包里的物件重新拿出来放好，一句话都没说。我感觉自己的鼻子酸酸的，满心愧疚。

我经常自责，并不是自己没时间顾家，而是每当我踏上了出勘现场的路途，那种想侦破案件的冲动会瞬间压制住心底对家人的内疚。所以每当铃铛说"男人都没良心"的时候，我从来不予反驳。

就像这一次，虽然大家都在担心晚上睡不了觉，我却一直想象着现场的情形。

勘查车在高速路上行驶了两个多小时，我也被心底对破案的渴望刺激了两个多小时，即便听得见大宝的鼾声，也丝毫没有勾起我小睡一会儿的兴趣。林涛也和我一样。

当表针指向十二点半，睡意开始袭头的时候，勘查车在绵山市公安局勘查

---

① 自产自销，是内部常用的俚语，意思就是杀完人，然后自杀。

车的引领下，驶入了盘山道。

　　贫困山区的盘山道可不像那些景区，其颠簸程度远远超出了我们的想象。坐在车上的我们，随着车辆的离心力左摇右晃，又随着车辆的颠簸上下起伏。这种高频率、高强度的四向运动，极度挑战着我们全身的关节和前庭神经。

　　因为专案组决定，等我们省厅技术组到达后，才对现场进行勘查，所以韩亮把车子开得飞快。深更半夜，我们能感觉到四周的崇山峻岭，却看不到身边的万丈悬崖，所以也没有过多的惧怕，只有周身的不适。

　　勘查车在山路上行驶了一个多小时后，林涛终于无法忍耐第一次晕车的感觉，伸手示意韩亮停车，然后跑出车外剧烈呕吐。我们虽然没有晕车，但是四肢关节酸痛无比，所以也跳下车做做伸展运动，然后躲到老远，在山道边撒了一泡野尿。这就是有女同志加入勘查组的弊端。

　　山里静悄悄的，偶尔可以听见几声类似野兽的叫声。即便陈诗羽没敢下车，我们依旧走到拐了个弯的山道边。放眼望去，才知道我们一直是在悬崖一侧快速行驶。在对韩亮超凡的驾驶技术佩服得五体投地的同时，也在心底捏了一把冷汗。林涛绝对不会在陈诗羽面前表现出不堪，所以不知道他跑去哪里吐了，只能听见他痛苦的呕吐声。大宝一听不见他的呕吐声就会喊他一声，生怕他被野兽袭击了而我们还不知道。

　　现在已经是四月天了，白天气温回升到了二十七八度，我们猜想到山区会冷，所以出发前在衬衫外面套了一件外套。可是进了山以后，我们才知道自己是多没常识。山洼里的夜晚，居然只有一两度。而且因为车内空气不流通，我们刚下车时还大赞山区空气的清新，可站了几分钟后就有些瑟瑟发抖了。

　　那么，接下来几个小时的现场勘查时间，我们该如何度过？

　　市局领路的勘查车开出去一段后，发现我们没有跟来，拨打我们的电话又没有信号。市局技术科科长彭大伟吓出了一身冷汗，以为我们葬身悬崖了，一边责骂引路的驾驶员开得太快，一边赶紧掉头来找。见到我们安然无恙后，才长舒了一口气。

　　林涛清理完他自己的胃内容物后，从口袋里拿出手帕擦拭着嘴角。

　　"你应该带点儿避晕药来，真耽误时间。"我们刚上车，陈诗羽就淡淡地说。

我们都愣了一下，还是我最先反应过来，大笑道说："什么呀，那个叫晕车药！"

大家在继续四向运动的车里哈哈大笑。大宝说："我说你一个小丫头，怎么会知道有避孕药这种东西呢？"

陈诗羽双颊绯红，说："别笑了，我说错了还不行吗？"

笑声渐息，我想起大宝刚才的牢骚，不禁有些心酸。我几乎每次进山区，都会对山区的同行们敬佩万分又同情万分。他们的工作确实太辛苦了，而我却从来没听见过他们发一句牢骚。很多警察的心中都是有理想的，而这种理想正是支持我们克服困难、忍受清贫、无视艰苦的精神支柱。不管你信不信，反正我是深信不疑。

韩亮以六七十码的速度，又驾车行驶了两个半小时的山路，经过了几个村民住户集中区，在翻过了不知几座大山后，我们终于看见了远方的星星点点。

这是一个小山坳，里面有一个小村落，只有二十几户人家。毕竟是在山里，所以，这二十几户人家也不聚集在一起，而是三三两两地分散在山坳的四周。坐在副驾驶位置的我发现眼前的山路越来越窄、越来越窄，最后在停放着一堆警车的一个空地上停了下来。

我们跳下车，审视着眼前的几栋两层建筑，都开着灯，门口三三两两地站着警察。

"连现场保护措施都没做？"我见几栋房屋都没有拉起警戒带。

彭大伟说："这还没到呢。往上，车子就开不进去了，得爬山。三点多了，咱们吃碗面再走吧，山里好冷。"

说完，他下意识地裹了裹身上的警服，然后从一栋房屋的门口前的纸箱里拿出了几桶方便面。这栋房屋是当地百姓支持公安机关的工作，给我们做临时专案指挥部的。

"先看看现场再说吧。"我转身欲走，却看见大宝吞着口水没有挪步。

确实，熬到现在，肚子真有些饿了。

"周围的村民都很支持我们。"彭大伟说，"方便面都是他们家的存货，还一直张罗着烧水泡茶，都是山里新采的野茶。"

"吃点儿面吧，有劲儿干活。"我说，"茶就算了，山里老百姓的主要收入就是茶叶。我看这么多警车，至少来了一百多名警察吧？你们这样，得把老百姓一年的收成都吃喝完了。"

彭大伟说："我们知道，我们是付钱的。县里从来没有遇见过这样的大案子，全县特警、刑警、派出所民警出动了不少，加起来怕是真有一百人。"

棉北县位处山区，全县只有二十万人口，每年的尸体检验量虽然有一百具，但是命案却只有一两起。而且这些命案多半都是伤害致死案件，很快告破。对于这种一次死亡四人，现场状况不明了的案件，确实是极为罕见的。

"说得也是。"大宝先往嘴里塞了一根火腿肠，说，"绝对不会有什么人到交通如此不便利的地方来抢劫杀人，我看多半就是寻仇杀人，或者，自产自销？"

"嗯。"彭大伟说，"我们之前问了县里的法医，他们说看现场，就是一个自产自销的现场。只是我们觉得现在还没有确凿的证据，所以不好和你们汇报。"

"啊？自产自销啊？"大宝费劲儿地吞下火腿肠，说，"那我们这样熬夜多不值得。"

"怎么不值得？"我说，"四条人命啊，即便是自产自销，我们也得这样熬。彭科长，我们吃泡面的时间也很宝贵，不如你找个了解情况的派出所民警给我们介绍介绍？"

不一会儿，一个戴着一杠一星①的年轻警察缩着脖子走进指挥部。可能是第一次见到省厅的同志，他紧张得有些语无伦次："四具尸体还没有动，但初步看，可以确定是住在凹山村第一组的两户人家。占魁的老婆卢桂花，死了。另外还有个死者，是占魁的邻居，叫占理想，这是个单身汉。还有占魁的两个孩子，一个六岁，一个一岁半，都死了。"

两个幼小的孩子死亡，当然不可能是自杀，我顿时觉得心里一阵隐痛，说："那是谁报案的？"

民警说："占魁报的案，占魁今天下午在山里采茶，然后去隔壁组的一户人家打牌。"

_____

① 一杠一星，是三级警司。

"等等，这个信息可以印证吗？"我问。

民警被我打断后，吞了口唾沫，说："你是说占魁吗？他一个人采完茶叶，六点多去隔壁组打牌，打牌的人都可以证明的。"

我点点头，示意民警继续说。民警说："晚上八点多，占魁回到家里后，发现自己的妻子在家里客厅，吊在窗户栏上，两个孩子都不见了。于是他就在四周寻找，在隔壁邻居占理想家后门外，发现两个孩子都仰卧在地上死了。于是他就报案了。我们派出所到这里开车要二十分钟，然后还要爬十几分钟山路。所以我们确定警情时，已经是九点多了。我们在外围搜索的时候，进了占理想家，发现占理想在自家客厅上吊死亡了。"

"上吊？"我一边搅着桶面，一边问。

民警点点头，说："挺吓人的，吐着老长的舌头，我们刚进门时都吓了一跳。后来调查时，附近有村民反映说，占魁一般在外地打工，只有在采茶的季节才回来。卢桂花和占理想可能有私情。所以我们的分析是占理想纠缠卢桂花未果，一气之下杀死了卢桂花等三人，然后自杀了。"

"你们判断是自产自销？"我吹着烫手的桶面。

民警说："肯定是的，我们这里没啥命案的。"

● 2

吃完泡面，我们有了力气，开始在泥泞的山中小路上行走。因为生活缺乏规律，平时也没时间锻炼，所以等我爬到位于半山腰的现场后，已经觉得双腿发软，全身无力了。

现场已经被特警围得水泄不通。死亡四人，共有两个现场。这两栋房屋是并排而建的，看起来都是祖上留下来的陈年老宅。两栋房屋已经用警戒带和外界隔开，警戒带外，每一米都站着一名全副武装的特警。因为穿着防弹衣，他们并不像那些在警戒带内的现场勘查员一样，冻得嘴唇青紫。警戒带外最东侧靠近山体的地方，黑暗的角落里传出一个男人的哭泣声。

"山里的村民住得都比较散。"彭科长指指点点，给我介绍着方位，"他们这里一个村子得分十几个聚集区。我们刚才停车的地方是一个聚集区，现场又是另一个。现场是村子的第一组，这个组是按以前的生产队演变过来的，因为位于村子的最高点，所以是第一组。这一组总共才四户人家，十个人。这回一下死了四个。"

"调查那剩下的六个人了吗？"我问，"没有人目击过程？"

彭大伟看了看身旁的民警。这位民警从山上被叫回指挥部介绍情况，此刻又和我们一同回到山上，这样折返一次，丝毫也没有看出他的疲倦。山区民警的体能确实比我们好了不止一点点。

民警说："剩下六个，一个是报案人占魁，现在正在那边哭呢。还有三个男人外出打工，没有回来。另外是一个在家带小孩、干农活的妇女和她两岁半的孩子。这对平时在家的妇孺，住得比较远，说昨天下午和晚上都在家看电视，没有看见什么，也没有听见什么。"

我点点头，打开勘查箱，拿出鞋套，往累得哆哆嗦嗦的脚上套。爬山的时候，我真想把这个超重的箱子给扔了。

东侧的房屋是占魁家的房屋，从大门走进院子后，可以看到院子的角落里堆着几个箩筐，箩筐里还有未烘焙的新鲜茶叶。穿过院落，就进了门洞大开的客厅，客厅的地面上已经由先期抵达的现场勘查员铺好了勘查踏板，但依然看得清地面上的斑斑血迹。

死者卢桂花的脖子上系着一根塑料绳，吊在客厅窗户的下沿窗栏上。尸体上半身和地面呈四十五度角，下半身半跪在地面上，双手下垂。尸体的头发有部分血染，其缢吊的部位下方，有一小块血泊，可见她的头部有开放性损伤。死者穿着一件薄外套，敞怀，里面穿着一件紫红色的棉毛衫，下身的外裤很正常。

"山里的昼夜温差巨大，别看现在只有一两度，但这个季节，中午可以达到二十七八度。而且山里的人都不怕冷，因此她才会穿得这么少。"彭科长走到尸体旁边，摸了摸死者下垂的衣角，说。

林涛蹲在勘查踏板上，观察着地面，说："地上有些血迹，但是量很少，估计损伤不重。"

我和大宝走近尸体，看了看她脖子上的绳索。几股绳索相交着，夹杂在她的长发里，看不真切绳结。我用手指触碰了一下尸体，发现尸体全身僵硬，现在应该是尸僵最硬的时候。

室内的血迹因为量少，所以没有什么连续性，也没办法利用血迹的走向和方向来对凶手的行动轨迹进行推断。在尸体的周围可以看见一些滴落状和擦拭状的血迹，此外，周围环境的线索就断了。我们穿过客厅的门，走到卢桂花家的后院，后院没有后门，院子里也没有什么值得怀疑的线索。

"另外一个现场怎么去？"我走出现场，换了副手套和鞋套。为了不对现场造成交叉污染，在勘查两个关联现场的时候，我们会换掉一些容易把证据转移的隔离装备。

"跟我来。"棉北县公安局的仇法医说。

占理想家和占魁家只有一墙之隔，位于占魁家的西面。占理想家的房屋因为没有前院和后院，房子显得比占魁家的房屋单薄得多。推开占理想家的大门，悬吊在房屋中央梁上的占理想的尸体赫然映入眼帘，着实把我们吓了一跳。因为开门导致空气的流动，占理想的尸体在半空中晃了一晃，转过来一点儿，露出他苍白的面孔和吐出口外的鲜红的舌头。

林涛打了个踉跄，问："这，这尸体的脸怎么这么白啊。"

"哦。"我说，"与掐扼颈部或者勒死不同，缢死的尸体因为自身重量较重，所以绳索施加在颈部的力量也很大，这样的力量就可以导致颈部的动静脉同时被压闭，头颅的供血就停止了，所以会显得比较白。如果施加于颈部的力量不够大，只压闭了位于浅层的颈静脉，而没有压闭深层的颈动脉，那么血液还会往颅面部流，但回流受阻，这时候尸体的面部就会显得比较青紫。从某种程度上看，这具尸体死于缢死而不是勒死的可能性大一些。"

缢死一般都是自杀，极少见到他杀缢死。因为能把对方缢死必须具备很多条件，比如被害人处于昏迷状态。不然，他缢会遭到被害人的反抗，从而形成相应的约束伤和抵抗伤。如果用"套白狼"[①]的办法缢死他人，死者的背后也会出现相应的受力损伤。尤其像占理想这种人高马大、体形魁梧的人，想要在

---

① "套白狼"是一种杀人手法，凶手将被害者的脖子上套上绳索，然后反身一背，导致其缢死。

其清醒状态下，用缢死的手段来杀他，几乎不可能。

　　我的意思也很清楚，如果一个下午，同时死了四个人，即便其他三个人是他杀，只要其中一个人是自杀，那么因为几个人死亡的关联度很高，也可以提示案件为自产自销的可能性很大。

　　占理想家的客厅很整齐，不像是一个不到三十岁的单身汉居住的地方，说明这是个挺讲究的男人。占理想尸体的下方，有一个倒伏的凳子，林涛带着技术员正在固定凳子面上的足迹。客厅里有一张方桌和几把椅子，方桌上放着一个用铁罐白酒包装盒自制的烟灰缸。烟灰缸里有七八枚烟蒂。在大宝和林涛对客厅进行搜索的时候，我仔细观察着这些烟蒂。

　　"客厅里没啥，一切正常。"大宝忍着寒冷说道，透过口罩的声音瓮声瓮气，还有些颤抖。

　　我点点头，指着烟灰缸对身后的仇法医说："全部提取吧。"

　　我们顺着勘查踏板，穿过了客厅，又通过房屋虚掩着的后门，走到了占理想家的屋后。屋后是一片水泥地面，估计是占理想用作晒茶叶的场所。水泥地面周围没有围墙，和后面的灌木丛相接。灌木丛的另一侧有一条小路，自占理想家屋后绕出，穿过两家屋间的空隙，笔直地通往两家屋前的大道。

　　水泥地面上躺着两具小孩的尸体，因为屋外几乎没有光线，勘查灯照射到的尸体看不真切。但是可以看到两个小孩的颈部都有绳索，周围都没血迹。两个孩子多半是被勒死的。水泥地面的西侧，有一个沙堆，沙堆的一角有两个玩具塑料铲和一个小塑料桶。通过这几个物件，基本可以断定案发的时候，两个小孩正在占理想的屋后玩沙。他们怎么也不会想得到自己会突然遭受侵害。

　　我走到两个小孩的尸体一侧，用勘查灯照射了一下尸体的面孔。大一些的小孩是个女孩，满脸灰尘，但是可以清楚地看到脸颊两侧有两条清晰的泪痕。

　　"她是经历了多大的惊恐啊。"陈诗羽叹了口气，说。

　　"她叫占丽丽，六岁半还不到，还没上学。"仇法医说，"小小孩叫占为武，不到两岁。"

　　我掉转勘查灯的光束照射到了占为武的面孔，青紫而稚嫩。两个孩子的舌尖都顶在牙齿齿列之间，这更加印证了我对他们系被勒死的判断。

　　小男孩长长的睫毛下，没有泪痕，像睡着了一样。

我简单地看了一眼两个孩子颈部的绳索后，问林涛："你们痕迹检验部门，到现在为止，有没有什么有价值的发现？"

林涛说："没有。三个现场感觉都很简单干净，而且农村的土房子，地面也没有什么好的条件。第一现场地面的血痕周围，仿佛可以看到血足迹，但是看不到花纹，没有鉴定价值。我们准备等天亮了，光线好一些的时候，再仔细看看。"

我点点头，又问彭科长说："尸体可以运走了吗？现场简单，留给林涛他们进行吧，我们要赶紧去检验尸体。"

彭科长看看我，说："棉北是土葬区，没有殡仪馆。我们现在有两个选择，一个是把尸体运到市里的殡仪馆进行检验。第二是就地检验。"

此时已经凌晨五点多了，天边开始泛起了鱼肚样的白色。勘查了近两个小时，我们刚爬上山来的热乎劲儿已经全部散去。我们一个个瑟瑟发抖，想到一会儿要露天解剖，都显得有些畏难。

我说："去市里，有多远？"

彭科长说："两个半小时山路，然后半个小时高速。"

"那还好。"我说，"尸体怎么运？"

"是啊，还是要去解剖室检验，不然很多重要物证都容易丧失。公安部也要求了，除非情非得已，必须在解剖室内进行解剖。"大宝给自己找理由。

"其实我觉得吧，反正是自产自销，我们能确定占理想是自缢的，其他人是他缢的不就行了？"仇法医说。他已经习惯在这种通宵、寒冷的情况下检验尸体，不愿意千里迢迢地跑去市里。

"尸体怎么运？"我又问了一遍。

彭科长说："我们来的时候，带了运尸车。"

"好。"我点头，开始张罗着大伙儿铺平四个裹尸袋，逐个把尸体装进去。

使用裹尸袋绝不仅仅是为了掩盖死者，尊重死者。这个干净的袋子可以把尸体身上、手上的所有物证完整地保留下来，不至于在运送尸体的时候造成物证的流失。

卢桂花和占理想的尸体，都是用绳索固定在窗栏或房梁上的，所以必须剪开才能将他们的尸体和固定的物体分离开来。

绳结是重要的物证，所以我们必须避开绳结来剪断绳索。剪开缢吊的绳索后，卢桂花的尸体被我们轻轻地仰面放在地上。此时她的上臂仍然上举着，膝盖微曲，像一具僵尸一样。

我觉得"僵尸姿态"的传说，是可以用法医学来解释的。很多人说看到从水里捞上来的尸体，就是像僵尸那样平举着双手，显得阴森恐怖。其实原理是这样的：尸体在死亡后，会出现肌肉松弛的状况，尸体的双臂也就自然下垂。如果这个时候，尸体是俯卧向前的，比如卢桂花这样上身俯卧悬空，或者俯卧浮在水面的尸体，手臂就会和上身垂直。保持这种状态的尸体，一旦发生尸僵，就会把这种双臂平举的姿势保存下来，像是电视中的僵尸一样。

我们决定破坏她的尸僵，这样才方便装进尸袋，可是尸僵异常坚硬，尸体就像是想抓住前面的人一样，平举着双手，不愿放下。费了半天力气，才把尸体上臂的尸僵破坏了一些，勉强装进尸袋，拉起拉链。即便是这样，尸袋的中央还是高高隆起，看起来怪怪的。

占理想的尸体则更伤脑筋，这个一米八几、身材魁梧的大个子，吊在房梁之上，还真不太容易放下来。大宝爬上了人字梯，在反复确认后，剪断了绳索。下面的几个特警穿着隔离服把尸体稳稳地扶住，然后尸体就这样直挺挺地被装进了尸袋。

"尸僵是最硬的时候，一般在死后十七八个小时，现在是五点半。"我说，"运走尸体前，你们测一下尸体的温度，死亡时间应该是在昨天下午两点多的样子。"

● 3

昨晚一夜没睡，即便山路再颠簸，今天在车上我们还是睡着了。一路无话。

到达市局法医学解剖室的时候，已经接近九点，阳光普照。在车里坐了三个多小时，我们身上已经坐暖和了，但是对昨晚山里的寒风凛冽还是记忆犹新。

绵山市是大市，即便有两个山区小县当累赘，经济发展水平仍是省内前茅。绵山市公安局法医学尸体解剖室也是省内数一数二的解剖室，可以同时进行两具尸体的解剖。我们到达解剖室后，顾不上舟车劳顿，立即分组开始检验。彭科长带着一个助手一组，大宝和仇法医一组，而我则在两台解剖之间跑来跑去，保持他们的信息互通。

最先开始的是对占理想的尸体解剖。占理想周身的尸僵很硬，加之其体形魁梧，我们费了不少力气，才破坏了尸体的尸僵，进行全面的尸表检验。可以看得出来，不吐出舌头的占理想还是很帅的。虽然面容可能由于绳索缢吊的缘故变得煞白，但是其身上的皮肤也同样白皙，和一般的黝黑的山里人形成了鲜明的对比。尸体上很干净，衣服也很干净。尤其是一双手，很细腻，不像是山里人的手，没有老茧，白皙、修长而干净。我把尸体内外的衣服一件件地铺在操作台上，逐一审视，丝毫没有异常的线索。

而正在进行尸表检验的彭科长，逐一报出的检验结果，也都是阴性的。最后，我们的焦点都集中在他颈部的绳索和索沟上。

我们小心地把绕在占理想颈部的绳索剪断、取下，暴露出颈部深褐色的索沟。因为颈部皮肤比较薄，如果表面有绳索压迫导致皮肤擦伤，就很容易在索沟处形成皮革样化。皮革样化会把最初的索沟的形态完完整整保存下来，而且更加清晰。索沟周围很整齐，没有任何挣扎的痕迹。

取下的绳结，我们又用宽胶带把断段黏合在一起。这是用双股线，线头从另一端穿出形成的一个绳套，绳套里套着死者的颈部，穿出的线头在房梁上打了个结。

尸体的尸斑都位于死者的臀部和双下肢，符合缢死的尸斑所在。尸体还有指甲青紫、大便失禁和精液排出的现象，也符合机械性窒息的征象。经过解剖，尸体全身器官淤血，心血不凝，颞骨岩部出血，这些征象都证明死者死于机械性窒息。而死者四肢没有任何抵抗伤和约束伤，除了指甲里有一些泥沙以外，没有任何异常迹象。

最关键的是，死者颈部的绳索在脑后提空。这是缢死的特征。典型缢死，绳索都会在一侧提空，这是绳索四周受力不均匀的征象，也是和勒死做区别的征象。当然，非典型缢死可以不提空，但是一旦看到提空，则可以判断属于缢死无疑。

　　尸体的胃内容物没有什么异常，不像有中毒的征象；他的颅脑也没有任何损伤，基本可以排除他会处于昏迷状态。所以，经过法医检验，可以判断死者占理想是自缢死亡。

　　整个解剖室的气氛一下子轻松下来，因为可以确定一个人自杀，整个案子就明朗化了。只要能找到关联物证，证明其他三名死者是他所杀就可以了。加之调查情况，占理想有杀人的动机，现场位置封闭，也可以排除外人的进入。

　　在轻松的气氛中，彭科长对占理想的死亡时间进行了综合判断。根据尸体的尸体温度，结合胃肠内容物的情况，基本可以判断，死者是下午四点到五点左右死亡的。

　　大宝这边的进展要慢许多。因为卢桂花身上有开放性创口，大宝对死者的衣着进行了仔细检验。不过，因为她头部出血不多，加之有长发阻隔，死者身上的血迹并不太多。只有领口处可以看到一些滴落的小片血迹。

　　"她的衣着蛮奇怪的。"大宝说，"棉毛衫外面直接穿了个小外套，里面的胸罩也没有扣上。不过下身衣着基本正常。"

　　我和仇法医一人站在尸体的一边，用力掰开死者的两条大腿。陈诗羽有些害羞，扭过头去。

　　仇法医说："会阴部没有损伤，闭合正常，也没有异常分泌物。应该是没有受到性侵。"

　　我说："山里人，自己在家，衣着有点儿异常也属于正常情况，不能作为依据。再说了，搬动尸体时，也有可能导致内衣松散。"

　　导致这边一组尸检工作慢的原因，还有卢桂花的颈部绳索比较复杂。虽然复杂，但是一眼就能看得出来，绳索没有提空，而是交叉。虽然她也是吊在窗框上，但是和占理想不同，她是死于勒死的。

　　在剪下电话线一样的绳索之前，我们必须要搞清楚绳索的层次和次序，这样才能分辨得出勒的先后顺序。绳索有头发和血迹的干扰，分辨工作比较困难。但最终我们还是搞清楚了，卢桂花的脖子上，有两条绳索。第一条绳索是单股线，在颈部交叉打个活结。这条绳索剪下后，暴露出来的索沟有明显的生活反应，而且索沟周围擦伤明显，说明死者当时有明显的挣扎迹象。这条索沟，也是导致死者死亡的直接原因。第二条绳索压在第一条上面，其下索沟没有生活反应，说明这是凶手等死者死亡后，又在其脖子上勒上一根绳索。这根绳索也是单股线，在颈部打了个活结，绳头系在了窗框上，让死者处于一种上半身悬吊的姿态。

"这是什么意思？"大宝说。

我说："说明凶手杀死卢桂花后，还有别的事情要做，比如杀小孩。那么他害怕卢桂花没死，又活过来，所以给她加了一道绳子，吊起来，加固她的死亡。"

这一组进展慢的原因，还在于卢桂花的尸体上损伤不少。

除了颈部复杂的索沟和绳索以外，卢桂花的头上、双臂和背部都有很多损伤，有些损伤很有特征性。

比如她头部有三条创口，是呈条形的，条形的一端有分叉，这种损伤提示致伤工具是一个条形的钝器。经过头颅解剖，死者头部的创口下方并没有颅骨骨折，说明工具不是金属质地的，那么极有可能是木质或者竹质的。

比如她背部的损伤，除了有凶手在勒死她的时候挤压她的背部造成的损伤外，还发现了几处"竹打中空"的现象。所谓"竹打中空"，又叫铁轨样挫伤或中空性挫伤，是指圆形棍棒状致伤物垂直打击在软组织丰富的部位形成的一种特征性挫伤。表现为两条平行的带状出血，中间夹一条苍白出血区。这种挫伤能清楚地反映致伤棍棒的宽窄、直径或形态特征。原理主要是棍棒打击在平坦位置后，受力部位的毛细血管内的血液迅速向两边堆积，导致接触面两边软组织内毛细血管爆裂，形成两条平行的皮下出血。根据这一特征，说明凶器可能是一根圆柱形的棍棒，或者说，至少有一个圆弧面的棍棒。

在我们就快确定致伤工具的形态的时候，又在她上臂上发现了直角状的挫伤。这是抵抗伤，说明凶器是有一个直角棱边的棍棒。

那么，什么工具既是条形的，又有圆弧面，还有直角棱边呢？

我们一时没了答案。

但就在这个时候，另一台上的解剖已结束，确定死者死于自缢。这个问题暂时因为气氛瞬间轻松，而放了下来。

经过对卢桂花的解剖检验，确定她的头部损伤只导致少量出血，没有颅脑损伤。死者的死因是勒死。死亡时间是下午两点半左右。

因为卢桂花的死亡在占理想之前，这更加印证了占理想杀死卢桂花后自杀的推测。

轻松的气氛并没有维持多久。因为随着两个孩子的尸体被抬上解剖台，整个解剖室里的气氛突然又凝固了。刚刚还在谈笑风生的技术员们，现在一个个唉声叹气。

"太残忍了，杀孩子干吗？多可怜啊？"

"是啊，我最看不得小孩子被杀了。"

"你看他哪儿像死了？明明就像是睡着了。"

确实，小孩子的皮肤嫩，有光泽，即便是死后也是这样。而且小孩子死亡后，尸斑一般都不太明显，所以看起来就像是睡着了，和成年人的尸体一眼看上去就是不一样。

听他们这样一说，我手中的手术刀都开始微微发抖，不忍落下。

再一次确定两个孩子的尸斑和尸僵状态，确定了两个孩子真的死亡了，尸体检验工作才继续开始。

两个孩子都是死于勒死。女孩子占丽丽颈部的绳索和占理想自缢的绳索一致，麻绳；绳结在颈侧，是两股绳子，在一端形成绳套，套住颈部勒死的，这和占理想自缢的绳结是一样的。男孩子占为武颈部的绳索是塑料绳，在颈部交叉打活结勒死的。塑料绳很光滑，我甚至在活结末端看到了一丝丝血迹。

其他三名死者没有流血，那么这个血迹肯定是卢桂花的。

凶手杀死卢桂花后，又用沾有鲜血的手勒死了两个可怜的孩子。

"你说，女孩子颈部的绳子为啥没血迹？"解剖完毕后，大宝又看了看有一丝丝血迹的塑料绳，说，"这根绳子是勒男孩子的吧？"

我点点头，说："不知道，我猜有可能是因为麻绳不容易沾血，或者这个时候凶手手上的血迹已经干了，毕竟塑料绳上的血迹本身也就非常少，而且死者流出来的血液很少嘛。"

解剖工作进行了整整六个小时，缝合前的最后一项工作是确定两个孩子的死亡时间大概是下午三点到四点之间。

大家在解剖前都没有吃多少东西，而此时已经是下午三点了。大宝有些低血糖，但仍虚弱地说："卢桂花两点半死，两个小孩三点多死，占理想四点多死。完全吻合。"

"说是这样说，但我们还是没有找到其他三人是占理想杀死的直接证据啊。"我说。

彭科长点点头，说："根据林涛那边反映回来的情况，最要命的是，现场搜索完毕，并没有发现带血的致伤工具。"

"我们太困了、太累了，脑子也迷糊了。"我说，"我们现在还是赶回山里的指挥部吧。一来可以在车上好好思考一下、休息一下，二来指挥部的信息量最多，三来离现场近，可以再看看现场。"

仵法医打了个哈欠，伸了个懒腰，说："秦科长，你真是拼命三郎。"

我坚持要回指挥部，而不是就地在市里找个宾馆休息，是因为我心里有无数疑问得不到解答，心里乱得很，想去看看调查和DNA检验到底有没有什么消息。毕竟信息量掌握最多的是指挥部，而不是市局实验室。

彭科长打电话找市局车队调了两个驾驶员，把熬了一夜的驾驶员和我们的驾驶员韩亮换了。两个驾驶员开着两辆车开过高速路，向山里进发。

我也很快就睡着了。经过这一次经历，我仿佛可以轻易地在山路颠簸的情况下睡着，这倒不是一件坏事。

不知道什么时候，我突然被一阵剧烈的摇晃惊醒了。我们的车子不知为何在盘山公路上失去了方向。我惊恐地看着身侧的驾驶员，驾驶员也是一脸惊恐。车辆在公路上剧烈摇晃，仿佛几次都要冲破道旁的保护墩，冲下万丈悬崖。

在几次剧烈摇晃后，车辆终于在一个急弯处刹住了，车头几乎紧贴住隔离墩。如果再往前一点儿，我们可能就真的要葬身山谷了。

我们几人纷纷下车，脸色煞白。

"天哪，真是捡了一条命。"我看了看爆掉的车胎，惊出了一身冷汗，说，"一般这样的情况，说明案件有冤情哦。"

我不是迷信，而是在刚才的睡梦中，有了一些想法，想借此事故来让大家不要先入为主，冷静地思考一下案件。

大家都没说话，默不作声地互相帮忙换上备胎。

　　换完备胎后，大宝拉着我躲去拐角一旁"接接地气"，也就是去一旁僻静处撒尿。随地小便对于我们这些经常去荒山野岭出现场的人来说，是常事。

　　解完手，我突然看见不远处的路边放着一捆柴火，可能是哪个山里人临时放在这里的。我着了魔似的走到柴火旁边，从中抽出一根，细细地看。这是一根把圆形木棒四等分劈开后的柴火，横截面是一个扇形。

　　大宝说："条形、木质、有弧面、有直角棱边，全部符合啊！"

● 4

　　当我和大宝拿着一根柴火重新回到车里的时候，大家都明白了我们的意思。

　　"可是，这样的柴火到处都是啊。"彭科长发现致伤工具并不特殊，有些失望，他说，"山里人烧锅灶，全用这种柴火。"

　　"没关系。"我笑了笑，说，"至少我们知道了致伤工具大概是什么。你看，让我们在这个有捆柴火的地方爆胎，冤魂们是有意图的。"

　　大宝看了一眼陈诗羽，哈哈大笑，说："林涛又不在，你是想吓唬小羽毛吗？"

　　陈诗羽说："我还真不怕。"

　　我们赶到专案指挥部的时候，夜幕已经降临，各工作组都已经完成了任务。除了专案联络员在不断地和市局DNA、毒化、微量物证实验室频繁联系以外，其他人都是一脸轻松。

　　调查组最先汇报。经过侦查发现，村子里确实有关于占理想和卢桂花的风言风语，甚至有传言说占为武长得白白净净，就是像占理想，而不像他的爸爸占魁。占理想和卢桂花到底有什么关系，倒是没人说得清楚，毕竟住得零散，不是很了解。而占魁则一直处于极度悲伤当中，对于侦查员的询问，极不配合。

　　另外，调查组还摸清了占魁的活动轨迹。占魁当天中午一点多就背着茶篓去大山南侧的茶园里采茶，在路上的时候和二组的占虎碰上了，占虎说二组占先进家里摆了场子，玩炸机（一种赌博方式），让占魁采完茶就去玩。占魁很爽快地答应了。可能是下午五六点，具体时间几个参与赌博的人说得有些出入，占魁到了占先进家里，加入了炸机赌博。大约八点，占魁输光了身上的钱，悻悻地离开。这些情况很多人都可以证实。

"那占魁到占先进家里的时候，有没有带什么东西呢？"我问。

侦查员摇摇头，说："几个人都说了，他是晃着膀子进来的，手上肯定没拿东西。"

我没再发问。

棉兆县公安局李局长说："也就是说，占魁没有作案时间？"

我说："有人看见占魁下午一点多去采茶，但是他究竟有没有去采茶、采了多久茶没人知道。一点多到下午五六点，他没有不在场证据。"

大家虽然还是认为这件事情和占魁没有多大关系，但是无法反驳我，所以默不作声。

接下来是痕迹组汇报。

林涛说："整个现场，除了四名死者及报案人留下的足迹、指纹以外，没有再发现第六个人的足迹。基本可以肯定，现场保护措施良好，也可以肯定，没有外人进入的可能。第一现场有部分血泊，有血足迹，但是血足迹没有鉴定价值。另外，后院墙上有踩踏攀爬的痕迹，痕迹来源于死者占理想。"

"也就是说，占理想真的爬进了占魁家里！"李局长叫道，"你们法医不也看到他指甲里有泥沙吗？那肯定是翻墙的时候留下的。"

林涛不置可否，说："第二现场客厅板凳上有占理想的足迹，应该是他自己踩踏着自缢的垫脚物。客厅门口、客厅方桌边缘有少量擦拭状血迹，应该是死者卢桂花的。另外，两个现场之间的通道的足迹无法辨认。"

"痕迹部门的结论，就是占理想的死亡现场有多处卢桂花的血迹。"李局长说，"而且板凳上的痕迹可以证实占理想是自己主动站到板凳上的。这很有用。"

"你说的墙壁上的踩踏痕迹在哪里？"我问。

林涛说："有点儿奇怪，在院墙内侧。"

我对林涛的疑问没做回应，直接说："那么，我来介绍法医检验的情况。

卢桂花、占为武、占丽丽死于勒死，他杀。占理想死于缢死，自杀。"

我刚说完，全场"哗"的一声，仿佛都放松了下来，大家交头接耳，窃窃私语，但脸上都洋溢着胜利的笑容和对立即结案回家睡觉的渴望。

就在这个时候，专案联络员走进会议室，说："现场多处血迹为卢桂花的血迹，占理想家里的几处擦拭血迹和勒死占为武的绳索上的血迹都是卢桂花的血迹。最好的消息是，死者占理想裤子上检见卢桂花的血迹，血迹很淡，是DNA检验部门利用多波段光源发现的。"

原来在我们进行后续尸体检验以及赶往现场指挥部的这几个小时里，DNA检验部门对生物检材进行了检验，已经得出了相应的结果。

全场的气氛更加热烈了，仿佛案情已经明了了。占理想翻墙到卢桂花家，和卢桂花有一些身体接触，然后用柴火打击卢桂花导致其倒地，这时候占理想身上沾染了少量卢桂花的血迹。随后占理想勒死了卢桂花，恐其不死，又用绳子把她的上半身吊在窗框。紧接着，占理想杀死两个小孩后，回到自家客厅，在他自己家的地面和桌沿留下了擦拭状血迹。最后，他畏罪上吊自杀了。

我高声地咳嗽了一声，打断了现场的热烈气氛。我说："我有几个疑点。"

李局长说："说。"

我说："第一，林涛发现的踩踏痕迹在卢桂花家院墙的内侧，这不合理。如果从外面翻墙进来，应该在外墙上有踩踏。踩踏在内侧，说明是从里往外翻。既然人都已经杀死了，为啥不走大门，而要翻墙出去？"

林涛随声附和。

李局长说："这个可就说不清了，犯罪分子在杀人的时候，心理是很复杂多样的，我觉得可能是思维定式吧，翻墙进来于是翻墙出去。"

我不置可否，接着说："第二点，占理想杀完卢桂花后，身上沾到了血迹，这个已经得到了证实，但是为什么他拿凶器的、也是最容易沾到血迹的双手，却没有丝毫血迹呢？"

李局长说："杀完人洗手，很正常吧。"

我说："那第三点，林涛说现场有血足迹，但是无法分辨花纹。如果这些足迹是凶手留下的，凶手的鞋底应该沾了血迹，可是占理想的鞋底却没有血迹，如何解释呢？"

一名侦查员说："这个不能排除是事后勘查员戴着鞋套进入现场，形成的类似血足迹的痕迹，让大家误认为是凶手留下的血足迹。"

一名勘查员马上接着说："不可能，我们使用的是勘查踏板。"

那名侦查员说："那就是占魁回家后进入现场，对现场造成了污染。"

大家都在凝眉思考。

我说："第四点，如果凶手是占理想，那么他杀人所用的柴火到哪里去了呢？都动用警犬了，仍没在现场附近找到带血的柴火，这合理吗？"

陈诗羽说："会不会是扔远了？"

大宝说："都决定自杀的人了，有必要把杀人工具扔那么远吗？"

我打断了大宝的话，仿佛自说自话一样，接着说："第五点，也是最让我起疑的一点，现场死亡四人，全部死于绳索锁喉，但是打结方式却不一样。占理想和占丽丽的绳结是一种，而卢桂花和占为武的绳结是另一种。一般在那种紧张的气氛下，凶手是会用自己最为熟知的方式打结的，这是潜意识支配，难以伪装。"

李局长说："那总不能是两人作案吧？而且你刚才不是说了，占理想是自杀吗？"

我没有回答，接着说："第六点，可能大家都没有注意，占理想家客厅的方桌上有个烟灰缸，里面有几个烟头，烟头拧灭的痕迹不一样。一种是直接按灭的，另一种是扭动烟头压灭的。有研究证明，每个吸烟者按灭烟头的姿势不尽相同，这是一种习惯。"

"你说的一二三四五六，意思都一样，凶手另有其人？"陈诗羽皱起她的柳叶眉想了想，说，"可是林涛刚才说了，除了四个死者和报案人，不可能有第六个人进入现场。啊！你是说，占魁才是作案凶手？"

我笑着说："我接下来要说第七点，调查确定占魁是空手去赌场的。按照我们之前说的他的不在场证据，应该是采完茶没有回家，直接去的赌场，那么他的那个茶篓去哪里了？"

原本热闹的会议室，重新恢复了沉寂。

"当然，很多细节我还没有想明白，也不敢确定占魁在本案中担当的角色。比如占理想为什么会自杀，为什么占理想身上和家里有卢桂花的血迹，为什么两个孩子颈部的绳索和绳结都不一样，这些我一时都不能解释。"我接着说，"但是我觉得这么多疑点纠结在一起，这个案子肯定有蹊跷。而这个蹊跷肯定和报案人占魁有着很重要的关联。"

"我们现在没有丝毫证据，难道让占魁脱下衣服检验吗？检验也不行啊，他到过现场，沾染死者的血迹也是正常的啊。"李局长说，"下一步我们该怎么办？"

"烟头的DNA检验要继续进行。"我说，"另外，我们得从致伤工具的寻找上下手。"

"怎么找？"

"不是有警犬吗？血迹追踪犬。"我说。

警犬驯导员马上说："不行。没有目标怎么找？山区范围这么大，奔驰受不了的。它也是血肉之躯，不是机器狗！更何况奔驰这几天辗转山路，又吐了，状态不好。"

很显然，奔驰就是警犬的名字。

大宝看了一眼林涛。

林涛说："你看我干吗？"

"我也是爱狗之人。"我笑着说，"我们赌一把吧。你让奔驰去凹山村第二组的占先进家的柴火堆里搜一搜。"

大家都明白我的意思，如果凶手真的是占魁，那么他最有可能把带血的柴火带到了占先进家里，在参与赌博前，先隐藏了凶器。

所以没人多话，马上徒步出发。

奔驰的状态其实很好。

因为它刚刚走近占先进家，就开始表现出一种兴奋的状态，拉着驯导员直接扑向了占先进家门口的柴火堆。

占先进看到这么多警察晃着许许多多灯束，还带着一条警犬向他家里扑来，顿时有些发蒙。

很快，奔驰在柴火堆的一旁坐了下来，那就表示，这里有血！驯导员和林涛迅速对柴火堆进行了搜查，在十几台勘查灯的照射下，林涛果真找到了一根带血的柴火。

占先进当时就吓傻了，跪在地上说："政府饶命！政府冤枉！我是冤枉的！我没杀人！"

当一直跪在地上的占先进发现警察们如获至宝一般对柴火拍照、装袋后，便兴高采烈地离开，并没有对他说什么话、采取什么行动时，一脸迷惑。

其实我们这帮人，根本没有谁注意到占先进。

审讯室里的占魁已经被脱去了衣服和鞋子。因为衣服、鞋子要送往DNA室进行证据固定。

占魁脸上的表情已经不再是悲伤，而是一脸悔恨。

侦查员还没有怎么发问，占魁就溃不成军，交代了。

昨天下午，占魁像往常一样到茶园采茶，遇见了正在往占先进家里赶的占虎。赌瘾很大的占魁在和占虎分手后，左思右想，决定还是明天再去茶园采茶，毕竟这么好的赌博场，怎么能少了他占魁呢？所以他背着茶篓返回家中，准备拿点儿钱去试试手气。

他把茶篓放到院子里的一刹那，就听见了异响。据他判断，那是有人从墙头上跳下去时发出的脚步声。随后，他看见妻子衣衫不整地从里屋跑出来，一脸慌张地迎接他。

"你怎么又回来了？"妻子问。

占魁黑着脸问："孩子呢？"

妻子说："在隔壁家后屋玩儿呢。"

占魁直接走回家里，看到出门时叠好的被褥，现在已经凌乱不堪。他翻动枕头，发现枕头下面居然有一只避孕套！这个东西一般都是放在床头柜里的，怎么会大白天的自己跑到枕头下面呢？

很显然，妻子正准备偷人呢，说不定是和别人正在亲热的时候，听见他开门的声音，男人落荒而逃，而妻子则出来应付。在这个深山山坳里，去哪里找人偷？不用说，肯定是隔壁占理想。顿时，以前听说的种种传言重新涌入了他的大脑。占理想和卢桂花有私情，你不在家的时候他们经常乱搞，你没觉得你家儿子和占理想长得一模一样吗？这些事情占魁曾逼问过卢桂花，卢桂花指着月亮、拿自己和父母孩子发过毒誓。所以占魁也就暂且存疑不究了。这次算是抓到了个现行！

在占魁的一再逼问下，卢桂花无从抵赖，干脆撒起了泼，哭着喊着说占魁没用，不知道怎么疼爱女人，还有早泄的毛病。自己不行，还不让别人快活。占魁猜得不错，为武就是占理想的孩子。

占魁一声不吭等卢桂花撒完泼，默默地走出房门，在柴火堆里捡起一根柴火重新回到了屋内。在杀死卢桂花后，占魁又来到两个孩子身后，孩子们玩沙玩得正开心，都没有注意到父亲高大的身影投射下来。占魁拿出口袋里准备系茶篓的塑料绳，勒死了占为武。在一旁的占丽丽亲眼看见自己的父亲把自己的弟弟勒死，看着弟弟两条不断挣扎的小腿，完全吓傻了，不敢跑，不敢哭，两行眼泪哗哗地流。

杀人杀红了眼的占魁完全想不起来顾及占丽丽的感受，捡起一旁的柴火去找占理想拼命。其实这个时候的占理想惊魂未定，躲上了屋后的山林。占魁见占理想不在家，就提着棍子沿着山路一路寻去。

占理想在林里蹲了半天，见没什么动静，壮起胆子重新回来。而走到屋后的他，看到的是已死的占为武，和坐在占为武尸体旁边已经被吓傻了的占丽丽。

他早就知道，为武是他的孩子。

此时的占理想也红了眼，进屋找了根麻绳，把占丽丽残忍勒死，作为对占魁的报复，然后回到自己家里痛苦地吸了几根烟，最终决定自杀，和自己深爱的卢桂花共赴天堂。

在外面跑了一圈的占魁已经冷静了许多，等他重新回到占理想家的时候，突然看见了悬吊在房梁上的占理想的尸体。

他吓得一屁股坐在地上，这时候他身上的血迹留在了客厅门口的地面上。足足坐了十几分钟，他才缓过劲儿来，慢慢地挪到占理想的尸体下面，拽了拽他的裤腿，确定占理想真的已经死亡。占魁又慢慢挪到方桌旁坐下，在桌沿留下了血迹。

　　他盯着悬在半空的占理想的尸体，默默地抽了两根烟。他认为他自己是赢家，因为他可以把所有的罪责都推到占理想身上。这是最好的结局：卢桂花保住了宁死不屈的"贞洁"，他也可以获得万般同情以及所有的家产。而且，他可以开始新的生活，生个儿子，生个自己的儿子。

　　为了制造不在场证据，占魁重整衣衫，拿着柴火赶到占先进家。藏匿了柴火后，加入了赌局。赌局不顺，是因为他根本没有在赌局上花心思。他说他自己也搞不清楚，当时到底是在想念自己和卢桂花美好的过去，是在想念两个已故的孩子曾经给他带来的快乐，还是在幻想自己即将开始的新生活。

　　"占理想和卢桂花偷情作孽，占魁却不念旧情，都很可恶，死有余辜。"林涛说。

　　"可惜了两个可怜无辜的孩子啊。"大宝补充道。

　　"可是你说过，失血死亡是有个过程的，而且中刀后很痛苦，怎么会就这样一动不动地死去呢？"陈诗羽不知道什么时候已经穿戴好勘查装备，站在了我的身后。

● 1

　　"对了，你上次说，小羽毛喜欢韩亮，是吗？"大宝说，"你说韩亮那个花花公子，怎么会招女孩喜欢？他没咱林涛个子高，也没咱林涛长得帅，这不科学啊。"

　　"我可没说啊。"我一边在电脑前敲打着鉴定书，一边说，"你八卦就八卦，别把我给拉上。"

"哎？你说你，堂堂一个大法师①，怎么说完就赖账呢？"大宝指着我说。

"我说，你们是不是这两个星期闲得啊？"林涛说，"大清早就讨论花前月下的事情。"

"花前月下是两相情愿吧？"大宝说，"用在这里不合适。"

林涛听完一愣，微微一笑说："你这么说，倒是也有道理。"

林涛的话音刚落，陈诗羽走进了办公室。她把双肩包挂在衣架上，捋了捋头发，坐在办公桌前打开电脑，淡淡地问："你们在说什么呢？什么月下？"

林涛责怪地看着大宝。

大宝脸一红，结结巴巴地说："啊？什么？那个……没……没有啊。"

我的视线仍没有离开电脑显示屏上的鉴定书，说："我们在讨论鬼故事，说是七月半的月光下，总有灵异事件发生。"

我的本意是用鬼故事打消陈诗羽对我们话题的追问，谁知道陈诗羽的两只大眼睛顿时一亮，说："有鬼故事听吗？也说给我听听啊。"

"呃……"我顿时语塞。

林涛则脸色惨白地说："你们能不能别动不动就说鬼啊神啊什么的？怪吓人的。"

陈诗羽捂嘴笑道："你说你一个大男人，大白天的，怎么就怕这些东西呢？真丢人。"

"他就是这样的。"我也嘲笑道。

突然，电话响了起来。陈诗羽一把抓起听筒。

听了一会儿，陈诗羽挂断了电话，静静说道："陈总来指令了，说是……"

"叫师父。"我打断了陈诗羽的话，摆出科长的架子，说，"我们都叫陈总师父，你是我们组的成员，这个称谓你必须也要沿袭。"

"就不。"陈诗羽歪着脑袋，说，"他是法医，我是侦查，侦查方面说不

---

① 法师，是老秦的绰号之一，第二季《无声的证词》中，因为被人误将"法医"喊为"法师"，这个绰号也就被传开了。

定我还是他师父呢。"

"他在侦查专业也很突出的好吧？"我被拒绝后，有些丢面子，涨红了脸，"你必须要尊重他，必须叫他师父！"

"我叫他陈总也是尊重他，为什么必须叫师父，我又不是八戒。"陈诗羽挑衅地微笑着说。

一向骄傲的林涛最近总当和事佬，说："嘿嘿，小羽毛，即便咱们是西游记，你也是那匹白龙马。"

大宝左看看，右看看，说："没搞错吧？有案子了，你们还在这里争论什么称谓？"

我没吱声。

陈诗羽说："陈总说，汀棠市一个什么花圃附近发现一具裸体女尸，目前判断是他杀。当地法医要求省厅给予支援。"

陈诗羽故意把"陈总"两个字加重了一下。

看着我开始整理勘查箱，大宝又做出了标志性的表情，竖起了两根手指。

"打住，出发吧！"我把大宝即将脱口而出的那八个字硬生生地堵了回去。

对于陈诗羽的专业素养，我已经表示了认可，但她这种毫不尊老爱幼的精神，我依旧不能接纳。所以，一路上，我都没有和她说话。她倒是不顾林涛的目光，一路上没话找话地和韩亮说个不停。

警车驶下汀棠高速路口的时候，我们就看见年支队长和赵永站在一辆闪烁着警灯的警车前等待着我们。

我下了车，热情地和他们握手，说："永哥，好久没见了，怎么，你在省厅的技术培训结束了？"

赵永摇摇头，说："提前结束了，家里就三四个法医，现场都跑不过来，更别说一年七八百起伤情鉴定了。"

"好在你们命案不多。"我笑着说。

赵永说："幸亏这是发了命案，你才这样说。不然，你的乌鸦嘴又该在汀棠这里传为'佳话'了。"

"这案子是什么情况呢？有头绪吗？"我问。

赵永摇摇头，说："我们先去现场，再细说吧。"

汀棠市是一个如花般美丽的城市，一路上都可以看到正在盛放的鲜花。鲜花总要有生长的地方，所以，汀棠市周围的土地几乎都被花圃占据。当地的老百姓靠养花、卖花过着殷实的生活。

警车驶过汀棠大学的西大门后，车窗外熙熙攘攘的景象瞬间消失了，取而代之的是一望无际的成片花圃。此时正值春夏之交，满花圃的春色让人流连忘返。

女人总是喜欢花的，陈诗羽扒在车窗上，一脸陶醉。林涛则看着扒在车窗上的陈诗羽，一脸陶醉。

警车在距离汀棠大学西大门大约三公里以外的一条大路的路边停了下来，路的两侧，依旧是一望无际的鲜花美景，花香四溢。从和大路垂直的一条向西延伸的小路可以走进花圃中央，在花圃中央，有很多穿着制服的警察在忙忙碌碌。好在这是一个很偏僻的地方，路边几乎没有围观群众。

警戒带设在路口。因为这条小路是唯一可以通向大路的通道，花圃里的花又没有明显踩踏的痕迹，所以，凶手很有可能在小路和路口留下痕迹。于是，警戒范围延伸到了我们下车的地方。

陈诗羽一下车就蹲在路边，伸长了脖子去嗅。

"干活挺爷们儿的，其实还是个娘儿们啊。"韩亮一脸坏笑地蹲在她旁边，顺手从花圃中采了一朵，递给陈诗羽，说，"来，送给你的。"

陈诗羽双颊绯红。

林涛拍了一下韩亮的后脑勺说："你是来干活的，还是来搞破坏的？文明做人，文明做事。"

我穿起勘查装备，拎着勘查箱，随永哥一起顺着花圃间的小路往花圃深处走去，大约走了五百米后，看到了第二层警戒带。

"这就是中心现场了。"永哥指着小路的一旁，说，"在两个大棚基线的中央，有一具裸体女尸，喏，在那里。"

冬季的时候，花圃是由许多平行排列的大棚组成的。天气转暖，大棚的塑料布被拆除，但是还可以看到每个大棚之间的基线。在许许多多红红黄黄的鲜花之中，一具尸体仰面躺在地上，白皙的胸腹部皮肤上，沾染着些许泥土。

我回头看了看我们下车的地方，韩亮仍陪着陈诗羽蹲在路边欣赏着无边的鲜花，林涛则已经穿戴齐全，沿着小路一点点地向我的方向靠近，他正在和技术员们寻找硬泥土地面上可能遗留下来的足迹。

我慢慢靠近尸体，防止踩坏美丽的鲜花，蹲在尸体的旁边，拿起尸体的一只手臂，试了试尸体上臂的尸僵，说："大关节尸僵完全形成。"

说完，又试了试尸体的踝关节和膝关节的尸僵，说："应该是尸僵最坚硬的时候了。现在距离死亡应该至少有十二个小时了。"

大宝抬腕看了看手表，说："现在是上午十点，那就是昨晚十点之前死亡的了。"

赵永说："我们早上八点整接到这个花圃的主人的报案来到这里，就对尸体进行了尸温检测。肛温是二十六点五摄氏度，根据死亡后前十个小时每个小时下降一度，十小时后每小时下降零点五度的规律进行推算，死者应该是死了十一个小时了。也就是说，是五月二十日，昨天晚上九点钟左右死亡的。"

我点点头，开始对尸体进行表面检查。死者十八九岁的样子，除了一双袜子和右脚上的一只运动鞋，其余一丝不挂。从其暴露在鲜花中央的胸腹部和四肢皮肤看，没有任何损伤的痕迹。

我看了看尸体的腰背部，尸斑也不是很明显，双手的指甲和口唇也没有发绀①。

"如果不是尸僵形成，我真的会以为这是一个睡美人。"我说，"尸斑为何如此不明显？"

赵永扶住尸体的一侧，用力把尸体翻成侧卧位，说："你看看。"

这时我才大吃一惊，说："原来伤在背后！"

女尸的左侧背部有一个不小的创口，创口周围的血痂已经凝固，在白皙的背部皮肤上形成了一个血腥的图案。我趁着赵永扶住尸体的机会，拨弄了一下

---

① 发绀，是指人体缺氧时，血液中还原血红蛋白增多而使皮肤和黏膜呈青紫色改变的一种表现。

尸体下方的泥土。因为这里是种花的泥土，所以都被翻过，很松软。尸体下方的泥土有一大块都被血液所浸染，任凭我挖开一个又一个小小的土坑，都可以在土坑周围的泥土上看到血染的痕迹。

"周围泥土发现血迹了吗？"我问。

赵永摇摇头，说："你们来之前，我们重点对尸体周围花根附近的泥土以及花的叶子进行了勘查，想找到一些血液，可是没有，甚至连滴落状的血迹都没有发现。"

"很好。"我说，"如果是我，我也会最先对尸体周围进行勘查，去寻找一些可以提示死者受伤后运动轨迹的血迹。"

"可是没有发现任何血迹，所有的血迹都局限于死者身下的泥土，你不觉得有些奇怪吗？"赵永说。

我微微一笑，说："不奇怪，结合死者是在小路旁边倒伏，周围的鲜花又没有明显而多余的踩踏痕迹，说明她中刀后直接倒地，没有再动弹过。仅此而已。"

"可是你说过，失血死亡是有个过程的，而且中刀后很痛苦，怎么会就这样一动不动地死去呢？"陈诗羽不知道什么时候已经穿戴好勘查装备，站在了我的身后。

这是早上我们发生争执后，陈诗羽主动找我说的第一句话，看得出来，她很好学。

大宝怕我不理睬她，引起尴尬，抢着说道："哦，是这样的，你看见她的损伤部位了吗？大约是在左侧背部第四根肋骨周围，这个位置是心脏所在的位置。人的心脏被刺破裂后，不同的人会有极大的个体差异。"

"个体差异？"陈诗羽问道，"什么是个体差异？"

"个体差异就是每个人体质不同，在同样损伤或同样环境下，会引起不同的反应。"我为了缓解气氛，在大宝回答之前说道，"心脏破裂后，大部分人不会马上死去，但会很快死去；有少数人可以狂奔数百米才死去；还有少数人可能出现心跳骤停，立即死去。"

"哦，"陈诗羽点点头，说，"她就是最后一种情况。"

"凶手下刀稳、准、狠啊。"大宝说。

我摇摇头，说："也有可能就是瞎猫遇见死耗子，在大半夜的，一刀就可以让一个运动中的人直接丧命，职业杀手也不敢保证百分之百吧。"

"昨天是阴历十三，天气大好，月朗星稀。"赵永说，"我们已经调取了气象资料，昨天晚上九点多钟的时候，这个区域是一轮明月当空照，能见度很高。"

"嚯，那可真是花前月下了。"林涛此时已经勘查到我们的背后，他直起身子扭了扭腰，说道。

对地面的现场勘查是很辛苦的，因为勘查员要不断地弓着腰，寻找地面的痕迹。时间长了，什么腰肌劳损、椎间盘突出之类的毛病，就成了现场勘查员们的顽疾。

"我说你的小学语文是体育老师教的吧。"大宝奚落道，"花前月下是形容两个恩爱的人好吧？这儿就一个人，一个女人，还是一个裸体死了的女人，哪儿来的花前月下？"

"你怎么知道周围没有一个裸体男人的尸体？"林涛戴着口罩，但是我能想象得出他口罩后面龇着牙的表情。

"拜托，林大科长。"赵永说，"我们这里治安稳定，一具尸体的压力就够大了，来两具，我们可就喘不过气来了。这明显是一个性侵害的现场嘛。"

"我也觉得是。"大宝说，"凶手即便是个男人，也是个凶神恶煞的男人，美女和野兽，哪儿来的花前月下？"

我见他们把早晨的话题拿出来欢快地讨论，偷偷看了一眼陈诗羽。而此时陈诗羽也在看我，一脸疑惑。

"你们说是性侵害，有依据吗？"我干咳了两声缓解尴尬，转脸问赵永。

赵永摇摇头，说："在测量肛门温度的时候，我们检查了死者的会阴部，没有损伤，阴道擦拭物做了精斑预实验①，也是阴性的。"

---

① 精斑预实验，是利用酶反应原理，测试目标检测物里是否含有人的精斑。阳性说明有精斑，阴性则相反。

● 2

"哦，我以为你们确认这是个性侵害的现场呢。"我说。

赵永瞪着眼睛说："裸体女尸啊，难道不是性侵害吗？难道在这个气温都有十七八度的晚上，还会冻死？反常脱衣？周围也没有发现衣物啊。"

"脱衣服不一定就是性侵害，我们不能根据尸体有没有穿衣服来判断案件性质。"我说，"对了，你刚才说周围没有衣服？外围搜索进行了吗？"

赵永说："还没。我说的是，尸体的旁边没有衣服。"

我点点头，对林涛说："你们勘查得怎么样？"

林涛说："什么足迹都没有发现。"

"啊？"陈诗羽叫道，"怎么会呢？我刚才听侦查员说，这条小路的一头连接大路，另一头是死路。花圃没有踩踏的痕迹，小路上没有足迹，那凶手是飞出去的？"

"你的思路不对。"林涛纠正陈诗羽的观点，"现场勘查的原则，就是发现什么，然后验证什么；而不是根据一些简单的案情就判断一定能发现什么。比如，这条小路虽然是土路，但是因为很久没有下雨，灌溉也灌溉不到路上，所以土质很坚硬。我们都知道，在光滑的地面上，可以寻找到灰尘加层足迹[1]，在土路上只能找到立体足迹。那么在不可能有凹陷的土路上，灰尘加层足迹和立体足迹都找不到，也是很正常的情况。"

陈诗羽转了转黑黑的大眼珠，仿佛没听懂。

林涛微微一笑，温柔地说："有空我再细细教你。"

"现场啥也没有，我们是不是要去尸检了？"陈诗羽问道。

我摇摇头，说："现场勘查结束的标准是能勘查的地方都勘查完毕了，没有发现什么其他的疑点。这个现场远远达不到现场勘查结束的标准，因为死者的衣服和一只鞋子还没有找到。"

---

[1] 足迹有很多种。比如一脚踩在烂泥里，那么足迹是凹陷进泥巴的，这样的足迹呈立体状。而有的时候，是鞋底黏附了灰尘或者血迹，然后经过踩踏而黏附在地板上，这样等于是在地板上加了一层鞋印形状的其他物质。如果是灰尘，则叫灰尘加层足迹。

"那要怎么办？"陈诗羽接着问。

我转头对身后一言未发的年支队长说："年支队长，你可以通知殡仪馆来车了，把尸体先运去解剖室吧。这具尸体周围确实没有什么好寻找发现的了。我们接下来的工作，是配合你们汀棠市的刑警同事，对外围现场进行搜寻。"

年支队长话少内向，只是微微点头，便去一旁拿出手机布置工作了。

我站起身来，拍了拍手套上的泥土，说："我们顺着小路走，一边赏花，一边进行外围搜索。搜索的重点是死者可能丢弃在花圃中的衣物，还有就是花圃中可能存在的踩踏痕迹。"

几个人点点头，顺着这条可以通过一辆汽车的道路，向西边一望无际的花圃深处走去。

我们几个技术员一边走一边仔细寻找花圃中的可疑迹象，陈诗羽一个人捏着一朵花，低头漫步。

大宝用胳膊肘捅了捅林涛，说："看见没，她捏的那朵花，是刚才韩亮给她的。"

林涛回头看了一眼，瞪了瞪大宝说："你真是跟娘儿们似的，八卦，变态，死变态！"

大宝哈哈大笑，说："你别朝我撒气啊。"

我正色道："认真找，别分心。"

才走出一百米，我们就发现小路的南侧，在一堆拆下来、叠整齐的大棚塑料布的中央，有些深色的东西。

"找到了！"我欣喜道，"我看见了一只运动鞋！"

衣服并不是刻意地隐藏在塑料布的中央，而是凌乱地散落在这里。不过，塑料布堆起来有半人高，而且面积不小，所以，散落在这里的衣服并没有被初步勘查的民警所发现。

大宝蹲在路边，捡起离路边最近的一条内裤，左右看了看。

我从勘查箱里拿出几个物证袋，说："先别看，照相固定好，然后放进物证袋里，回去慢慢看，别在这里给泥土污染了。"

林涛从勘查箱里拿出一沓号码牌，对塑料布堆中散落的衣物进行编号；陈诗羽则抄起相机，对衣物进行拍照。经过了几起案件的磨炼，两人的配合十分默契。

很快，衣物都被拍照固定，然后被提取到物证袋中。

"我继续往前走走看。"林涛说，"小羽毛，你和我一起吧。"

我点点头，仍然蹲在塑料布的旁边，看着地面泥土的情况。

大宝说："衣服周围的鲜花没有踩踏的痕迹，泥土上也没有足迹。"

我说："是啊，我也是在看这些问题。现在问题就来了：死者为什么在这里脱衣服，而且脱到一丝不挂，然后又死在一百米开外呢？从死者脱落一只运动鞋的迹象看，她脱衣服的时候应该很慌张，而不是很从容。脱衣服导致了鞋子的脱落，另一只鞋子又没脱，脱落的鞋子又没有穿上。关键是，这个地方看起来很平静，没有任何抵抗、打斗的痕迹。是什么力量，让一个女孩子在荒郊野外，乖乖地脱掉了衣服呢？"

我和大宝都没有吱声，蹲在塑料布堆旁边发愣。

突然，远处传来林涛的一声叫喊，打断了我们的思绪。

我站起身来，朝西方望去。此时，林涛和陈诗羽已经在三四百米开外了。因为地处空旷，而且周围非常安静，所以，林涛的声音才破空传到了我们的耳中。

我和大宝快步跑到了林涛旁边，顺着林涛的手指，我们看到了路北侧二十米处，有一个砖砌的洞口，黑洞洞的，看不到里面。

"什么情况？"我浑身肌肉一紧。

此时林涛脸色煞白，嘴唇正在微微发抖。

见林涛一时接不上话，陈诗羽淡定地说："我们刚才走到离这里二十米左右的地方的时候，看到路北侧的鲜花中央有被踩踏的痕迹。顺着踩踏的痕迹，我们走了二十多米，就看到了这个洞口。踩踏痕迹就是在洞口消失的。"

"洞口有什么好怕的？大白天的。"我疑惑地看着林涛。

林涛仍在瑟瑟发抖，没有答话。

我在路上，顺着这个离路边大约三米的踩踏痕迹，往回走。踩踏痕迹很明显，大约有一个人的肩膀那么宽。

我重新走回林涛的旁边，说："别在这里发愣了，快去看看踩踏痕迹里，有没有可以作为证据使用的足迹。花圃里面的土和路上的土不一样，是松软的，有可能会留下立体足迹。"

林涛这才回过神，走进花圃，蹲在地上看痕迹。

听见林涛叫喊声的年支队长和辖区的派出所所长此时也跑到了我们的身边，年支队长说："怎么了？发生什么事情了？"

我笑了笑，说："林涛就喜欢大惊小怪，没什么，就在这里发现了踩踏痕迹，还不知道能不能和本案扯上关系。"

"还有，我们发现了一个洞口，不知道那是什么。"陈诗羽指了指砖砌的洞口。

派出所所长说："哦，那是一个防空洞。解放前遗留下来的，老百姓自己挖的一个土洞。后来这个花圃的主人又给它修葺了一下，作为一个地窖吧。我们也问了，他们平时用不到这个地窖。"

林涛此时从鲜花丛中小心翼翼地走了出来，仍然是煞白的脸，说："看了，没有足迹。"

"怎么又没有足迹？"陈诗羽问道，"这次不会是地面质地的问题了吧？"

林涛说："花种得太密了，踩踏上去的时候，全部踩在倒伏的花上，土地上顶多只能看到足迹的轮廓，看不到鞋底花纹，所以没有任何鉴定价值，就连是几个人留下的，都不能判断。"

和我预想的差不多，所以我也没有做出质疑。我和年支队长说："踩踏痕迹就是在洞口消失的，我们想进洞看看。"

"不不不，要进你们进，我不进。"林涛叫道。

陈诗羽鄙视地说："真是的，一个大男人，怕什么黑洞啊。我本来不怕，你这一惊一乍的，都快被吓死了。"

年支队长则警惕地摸出手枪，说："什么？在洞口消失的？凶手会不会就藏在洞里？"

年支队长这么一说，体现出他老刑警丰富的实战经验。确实有很多凶手在杀完人后，就藏匿在现场周围，甚至有可能对勘查的警察造成伤害。

听到年支队长提醒，我的心脏都紧了一下，背后有些发凉。我看陈诗羽也露出了紧张的表情。

派出所所长也掏出手枪，说："我进去看看。"

年支队长点点头，和他并排靠近洞口，把手枪上膛后，另一只手打着手电筒，慢慢地从延伸到洞口的水泥台阶向下移动。

我们几个人因为没有武器，只有提心吊胆地在洞口守候着。

大约过了十五分钟，在没有听见枪声响起的情况下，年支队长和派出所所长重新走出了洞口。

我们几个人都长舒了一口气。

年支队长收起手枪，淡淡地说了一句："下面有一具男尸。"

"啊？"我们几个人同时叫了出来。

"什么男尸？和这个女尸案有关系吗？"大宝叫道。

年支队长点点头，说："我觉得应该有关系。"

"我们下去看看。"我整理了一下手套和勘查帽，说。

"不不不，我不下。"林涛惨白着脸，哆嗦着嘴唇。

我没吱声，和大宝、赵永、陈诗羽一起走进了洞口。

洞口向下是后来修葺而成的水泥台阶，台阶的每一级都很窄，而且有些凹凸不平。顺着台阶往下走了十几级后，台阶的表面就看见了一些擦拭状的血迹，几乎每一级都有。再沿着台阶走二十几级，就来到了洞的底部。洞的底部很狭小，也就是可以容纳三四个人的样子。洞底的中央，趴着一具男尸。

因为林涛不敢下来，所以我们带了汀棠市的一名痕检员下到洞底。经过勘查，痕检员果断判断，洞底没有任何新鲜的足迹。这次不是因为地面结构的问题，是肯定除了死者，没有其他人下到洞底。

"是被人抛尸到这里的？"大宝说。

赵永摇摇头，说："踩踏痕迹上没有血迹，也不是拖拽的痕迹，我觉得死者应该是自己走到洞里的。"

"是啊。"我说，"你们别忘了台阶上的血迹，是从台阶的一半开始有的，而且是擦拭状的血迹。这说明，死者很有可能是滚落到洞里的。"

"有道理。"赵永说，"不过这需要尸检作为印证。这里太黑了，看不清，赶紧把尸体运走吧，我们要尽快尸检，查明真相。"

我点点头，沿着洞底转了一圈，确定洞里没有任何东西或者痕迹后，重新走上洞口。

林涛正站在鲜花丛中发愣。

我脱下手套，拍了拍林涛的肩膀，说："乌鸦嘴这个名号，以后可以转交给你了。"

林涛的脸色好了许多，说："什么？真被我说中了？里面有个裸体男尸？真的花前月下了？"

我摇摇头，说："不是裸体的，但确实是个男尸啊。"

"那我不能算是乌鸦嘴。"

"这还不算乌鸦嘴？那要怎么才算乌鸦嘴？"

我和林涛拌着嘴，一起快步走回大路，坐上警车向殡仪馆进发。

我们到达汀棠市公安局尸体解剖室的时候，女尸已经被放在解剖台上，一袋袋衣物也被放在一旁的物证室里。男尸倒是还没有运来。

"我们先开始吧。"我一边说，一边穿上一次性解剖服，开始对女尸进行尸检。

因为尸体上的损伤很少，所以，解剖工作显得很简单。死者背部的那一刀，就是她的致命伤。这一刀正好从三、四肋骨的间隙进入了胸腔，穿过肺脏，刺破了心脏。因为刀是横着进入胸腔的，所以没有在肋骨上留下痕迹。

死者的胸腔内积血不多，一方面是因为有不少血迹流进了土壤，另一方面是因为心脏破裂导致心跳骤停。死亡过程迅速的尸体，都会有出血少的情况。比如高坠死亡的尸体，在骨折断端和内脏破裂的部位，都只有少量的出血。

这一发现，也解释了为什么现场没有挣扎的痕迹，验证了我的推断。

"死者的处女膜完整。"大宝说，"肯定是没有遭受过性侵害了。"

"所以说，我们不能把这起案件定性为性侵案件。"我说。

赵永说："那可不一定，也许是因为凶手一刀就把死者扎倒了，就没有继续实施性侵害的动作了？"

"凶手之所以能够扎倒死者，是因为死者死亡迅速，所以不具备专业知识的人，不一定会意识到死者已经死亡。"我说，"如果是性侵目的明确的凶手，可能会继续实施行为。"

● 3

大家没有继续争论这个问题。

大宝默默地按照解剖程序，对死者的头颅进行解剖。赵永说："那我们要不要取出死者的耻骨联合，为下一步查找尸源做铺垫呢？"

我摇摇头，说："不急，死者的衣物还没有检查，我们尽量给死者留个全尸吧。毕竟，她生前是个爱美的小姑娘。"

大宝和赵永正在配合着锯开死者的颅骨，我走到一旁的物证室，检验死者的衣物。

死者全部的衣物都被我一字排开，放在物证检验台上。一只旅游鞋、一条黑色蕾丝边内裤、一条牛仔裤、一件文胸和一件薄质长袖的羊毛衫。

几件衣服都是完好无损的，羊毛衫的背侧也完好无缺。几件衣服都呈自然翻卷状态，和自行脱下衣服的形态一致。牛仔裤的前面口袋有些被翻出来的迹象，后面口袋放着一个学生证。

我翻开学生证，照片里的人笑颜如花。

"牛青岚，1994年5月20日出生，共青团员，汀棠大学外语系大一。"我默默地念道。

心情沉重的我，把衣物全部收回物证袋，走回到解剖区。

"这个可怜的女孩。"我说，"在她十八周岁生日的这天，命丧月下。"

"啊？"大家一起看着我。

我拿起一个装着学生证的物证袋，说："有身份证明，通知侦查部门进行外围调查吧。女孩是外语系大一的学生，昨天是她十八周岁的生日。"

大家的心情瞬间也都沉重下来，解剖室里鸦雀无声。

我接着说："我看了衣服，都是自然翻卷状态，像是自己脱下来的一样。上衣背部没有创口和血迹，排除杀人后脱衣。是先脱了衣服，再被袭击的。"

"怎么能看出来是自己脱的？"赵永问。

我说："第一，死者全身的四肢关节我们都打开了，没有发现威逼伤和抵抗伤；第二，衣服都是自然翻卷状态，没有任何撕裂；第三，衣服没有锐器割裂的迹象。你想，凶手有刀，如果衣服不是死者自己脱下来的，凶手可能会强行撕裂，或者用刀割开。"

大家又默不作声。只有大宝和赵永缝合尸体的时候，持针钳夹住钢针发出的声音。

我们都没有擅下结论，因为解剖室外，还有一具男尸正在等着我们。

时针已经指向十二点，我们并没有丝毫饥饿感，于是决定继续对男尸进行解剖检验。

男性死者也是个十八九岁的男孩，衣着完整。

死者上身穿着一件衬衫，下身穿着一条休闲西裤和一条内裤，脚上一双皮鞋的底部沾满了泥巴。

我们逐渐脱去死者的衣服，大宝和赵永对死者进行尸表检验的时候，我仔细看了看死者的每一件衣服。发现死者身穿的休闲西裤的口袋里，有些许泥土和一张学生证，还有七八十块钱。

"这也是个学生。"我叫道，"卢华，1992年12月1日出生，共青团员，汀棠大学中文系大二。"

"哟，这两个人不会是在谈恋爱吧？"林涛说，"这次还真的是花前月下了？"

我没吱声，加入了尸表检验的行列。

死者的尸僵也很硬，看强度，和牛青岚的差不多，他们俩的死亡时间也很相近。死者的面部有大片擦伤，都有着很明显的生活反应。触摸死者的颅骨，可以感觉到骨擦音。

"他可能是颅脑损伤死亡的。"大宝说。

我没搭话，正在看着卢华尸体颈部的几条平行的表皮剥脱。

大宝和赵永很快检验完了卢华的胸腹腔，说："胸腹腔没有损伤，四肢没有骨折，只有两个手掌和手背有一些擦伤。"

我点点头，打开了死者的头皮，启动了电动开颅锯。

"死者的致命伤确实在头部。"我说，"钝器损伤，额部这一处小的破裂口下面，是一片凹陷性骨折。骨折下面有大块硬脑膜下血肿和大片蛛网膜下腔出血，脑组织也有挫伤。这伤可不轻啊。"

我一边说，一边取下了死者的脑组织。

"哟，枕叶脑组织也有挫伤和少量出血！"我一边说，一边翻看死者的枕部头皮。

"枕部头皮我刚才看了，没有损伤。"大宝说，"这肯定是一个对冲伤。"

大家又沉默不语，各自在心里把两具尸体上的损伤结合起来，分析着案件可能存在的经过。

"我知道了。"大宝最先发言，"牛青岚是被一刀捅死的，卢华是经过奔跑，误入一个防空洞，一脚踏空摔死的！"

"我同意。"陈诗羽说，"首先，小路的出口没有足迹，说不定就是没人再出去过；其次，当天晚上有月亮，而根据防空洞的坡度来看，月亮只能照得到防空洞口十几级台阶的位置，血迹也是从那里开始的，说明死者进入防空洞后，开始有月光照明，后来因为没有月光了，所以一脚踏空，摔下去了。"

赵永说："分析得有道理，毕竟卢华身上没有损伤，头部的损伤也是个对冲伤，说明他自己摔跌形成的可能性比较大。支持这个观点的，还有防空洞底没有其他人的足迹，至少卢华可以排除他杀。"

我说："那卢华为什么要杀牛青岚？性侵吗？"

"不排除这样的可能啊。"赵永说，"可能他也是无意杀牛青岚，在杀人后，才会那么惊恐，狂奔出去几百米，最终命丧洞底。"

我的脑子里突然有些乱，没有继续说话。

"你们快点儿吧，我饿了。"陈诗羽突然说。可能她觉得案件出现了曙光，可能她认准了这是一起自产自销的案件，所以精神有些放松，这一放松，最先表现出来的就是饥饿，毕竟我们一早出来，已经工作了五个小时。

"你真行。"林涛说，"看尸体解剖，居然能看得有饥饿感！"

"去你的。"陈诗羽嗔斥。

大宝看看墙上的挂钟已经将要指向两点钟，便抓紧了手上的缝合动作。

我一直没有吱声，默默地配合大宝把尸体缝合好，然后放进冷库冷冻，和大家一起去吃了份简餐，然后直接赶往位于汀棠市公安局大楼顶层的指挥中心。专案组设在那里。

调查工作仿佛开展得很顺利，侦查员正在向专案组介绍已经掌握了的情况。

"根据从法医那里得来的身份信息，我们开展了调查。"侦查员说，"首先，通过照片比对，可以判断两名死者是牛青岚和卢华，两人都是汀棠大学的学生。经过调查，两个人是在今年校园歌手大奖赛上认识的，卢华当时拿了第一名，牛青岚拿了第三名。根据周围同学们的反映，两人从那次大奖赛后，就开始频繁接触。牛青岚的室友反映，卢华对牛青岚疯狂追求，牛青岚一直没有明确两人的关系。昨天晚上，室友们准备给牛青岚过生日，牛青岚说出去和卢华一起过。两人大约五点半在食堂吃完饭，就一起出去了，一整夜没有回来。现在大学生都很开放，所以室友们也没有在意牛青岚整夜未归这件事，两人上午也没来上课。"

"根据汀棠大学西大门监控显示，"另一名侦查员说，"两个人昨天下午六点左右，从西大门出学校，向案发现场方向走。还有，因为西大门外就是花圃，所以很多谈恋爱的大学生喜欢选择在这地方缠绵。西大门门卫反映，必须有本校的学生证，他才放学生出门、允许学生进门。所以两名死者的身上都携带了学生证。"

"法医这边，"我低声说道，"我还没有完全想好。客观介绍一下尸检状况吧。根据尸体检验还原现场。死者牛青岚是在塑料布附近自行脱去了衣服，然后在一百米开外的花圃里被刺身亡。这一刀在背后，自己不能形成，肯定是他杀。这一刀直接刺破心脏，导致心跳骤停，死者没有挣扎直接倒地死亡。死者在生前和死后都没有遭受过性侵害。死者卢华，损伤主要是头面部和双手的擦伤，致死原因是颅脑损伤。这个颅脑损伤是对冲伤，结合现场情况，他应该是在进入防空洞后，因为光线陡暗，一脚踏空形成的。这个过程，结合花圃里的踩踏痕迹，可以反映出他当时的惊恐心情。"

"那就很明确了。"年支队长舒一口气，说，"两名死者在现场附近谈恋爱，然后牛青岚自行脱去了衣服。可能在缠绵的过程中，不知道发生了什么口角，所以卢华一时冲动杀死了牛青岚。因为惊恐，他没有跑回学校，而是往反方向跑去，结果误入防空洞，摔死了。"

会议室里议论纷纷。

我愣了一会儿，说："怕是没有这么简单。"

大家迅速安静下来，听我发言。

我说："年支队长的说法，可能是大多数人的想法，也可以解释两名死者的不同死因。但是这种想法中，还存在着很多疑点。"

"哦？"年支队长说。

我说："第一，牛青岚还是个处女，这么容易就在荒郊野外，在男朋友面前脱衣服？不合常理。第二，如果二人是在缠绵，哪有女孩脱光了衣服，男孩衣着完整的道理？第三，牛青岚只穿了一只鞋子，感觉这个脱衣服的过程也是很慌乱的，不像是在谈恋爱。第四，如果是卢华杀了牛青岚，那么凶器去哪儿了？第五，一般人杀完人后，即便是激情杀人，杀人后惊恐，第一反应也应该是往熟悉的地方逃窜，哪里有往不熟悉的野外逃窜的道理？"

年支队长默默地点点头，说："确实，你这五点都很合理。尤其是凶器，应该是个单刃的宽匕首。这样的凶器，谈恋爱的时候不会带着，更不会无缘无故地消失。"

"那这个现场，能告诉我们什么呢？"赵永沉思道。

我打开投影仪，慢慢地翻动着尸检照片，最后停在卢华尸体颈部的一张照片上，说："还有，这一处损伤大家可以看看。"

这处损伤就是我在尸检前仔细观察的损伤。这处损伤是由七八条细条形的划痕组成的，生活反应明显，和面部的擦伤有些相连。

"这处损伤，乍一看是面部擦伤的延伸。"我说，"但有两个问题。第一，这是颈部，没有骨骼的衬垫，不应该形成这么规则的擦伤。第二，这几处损伤的周边明显要比面部擦伤整齐许多。所以，我认为这不是摔跌时形成的梳状擦伤，而是锐器刃边形成的小划痕。"

"你是说，这几条是损伤，是威逼伤？"赵永说。

我点了点头，说："鉴于这些疑点，加之现场的特殊和死者衣着的特殊，我一时半会儿还没有想好如何进行下一步分析。"

"那就不强人所难。"年支队长说，"现在是三点多，你们回去休息一下，我们继续调查。晚上九点钟的专案会，再碰头吧。"

案件过于复杂，所以我也没心思休息。整个下午，我都在电脑前面翻看着死者的衣着照片和尸检照片，脑子里则努力地想把这些奇怪的迹象给串联起来。

晚上六点，我抱着方便面正在吃的时候，看见一张卢华上衣衬衫的照片。我停下咀嚼，把照片逐渐放大，然后拍了一下桌子，说："走！再去解剖室！"

● 4

卢华的尸体从冰柜中再次被我们拖了出来。

尸体因为冰冻的原因，更加僵硬，而且全身的皮肤都湿漉漉的。

"你们要看什么啊？"殡仪馆的工作人员有些不耐烦，说，"你们上午解剖完，下午死者家里人又来认尸，晚上你们又来解剖。这样一会儿冻、一会儿化冻，会加速腐败的。"

我笑了笑，没答话，拿起死者的右臂看了起来。

"看见了吗？"我说，"死者的右臂上，有一个椭圆形的皮下出血！"

陈诗羽的表情最为惊讶，说："哎呀，中午尸检的时候没有看到这儿有皮下出血啊！怎么死了以后，还会有皮下出血啊？"

"很好。"我微笑着说，"皮下出血是生活反应，死后不会再形成，小羽毛已经有了这方面的意识。"

"那就奇怪了。"陈诗羽说，"尸检的时候，我明明看到你们检查过死者的关节的，绝对没有这一处皮下出血！难道是闹鬼了？"

"瞎说什么啊？"林涛看看窗外逐渐降临的夜幕，说。

我说："皮下出血这个东西很奇怪，如果程度较轻，在初次尸体检验的时候经常有发现不了的情况。尸体经过冷冻，皮肤失水变薄，通透性也就增加了，这时候浅淡的皮下出血就会出现在可视程度内了。"

"原来冷冻也可以帮助尸检啊。"陈诗羽恍然大悟。

"这是咬痕啊。"赵永说。

我点点头，说："我是看照片的时候，发现卢华的衬衫袖口有个很微小的撕裂痕迹，就想到了这一点。这是卢华穿着衣服被人咬了一口。"

"齿列很特殊。"大宝说，"中切牙是歪的，右侧侧切牙缺失，尖牙非常尖。我们检验过两名死者的牙齿，这样的齿列，肯定不是卢华自己或者是牛青岚的齿列。"

"这样的齿列，有一点好处。"我说，"特异性非常强，可以做出牙齿模型，来和嫌疑人的牙齿进行比对，这是个很好的证据。"

"我这就把压痕固定下来，安排法医人类学专业的同事去做牙模。"赵永兴奋地说。

"这还提示了一个问题。"我说，"在案发现场，除了两名死者，还有第三个人存在，而这第三个人，很有可能就是凶手。"

"可是牛青岚为什么裸体，卢华为什么被咬，为什么会摔死，还是一个谜啊。"林涛说。

我没有说话，因为我的脑子里思潮翻滚，我感觉到自己就快要找到问题的答案了。

在晚上九点钟准时开始的专案碰头会之前，答案已经逐渐清晰。

"怎么样？"年支队长在会议开始时说，"听说法医又去复检了尸体，有什么新的发现吗？"

赵永说："有发现，我们发现卢华被人咬了一口，这个人在卢华尸体上留下的咬痕，可以制作成牙齿模型，作为证据使用。"

"也就是说，你们确定这是一起命案了？"年支队长有些担忧。

我点点头，说："中午开会的时候我就提出过几个疑点，结合这个属于第三人的咬痕来看，这无疑是一起命案。"

"那我们下一步，应该往哪个方向开展侦查工作呢？"年支队长问。

我说："且听我慢慢说来。首先，我们来分析一下踩踏痕迹为何和牛青岚脱衣服的地方相距三四百米。这说明两名死者在生前，应该是被人为地分开了。"

"分开了？"年支队长说，"不是一个人所为？"

"嗯。"我点点头，说，"我认为凶手至少有三个人。牛青岚为何会乖乖地脱衣服？而且是自行脱衣服。肯定不会是她觉得很热，而是因为有人命令她脱衣服。在没有发生肢体接触的情况下，就能让她乖乖脱衣服的，肯定是个持刀的凶手。"

"她是一个十八岁的女孩子，而且是处女，就是有人持刀，在没有伤害到她之前，也不会乖乖就范吧？"年支队长说。

我点点头，说："是的，女孩子都有害羞心理，脱得一丝不挂这种事，不是轻易可以做得出来的。除非威逼她的，也是个女性，而且这周围，只有她们两个女性。"

大家都在点头。

我说："这也是为什么卢华被隔离到几百米之外的原因。"

"那这个女凶手，为何要她脱衣服？"年支队长问。

我摇摇头，说："牛青岚的牛仔裤口袋有被翻出来的痕迹，而且卢华的裤子口袋里有一些泥土，说明有人手上沾着泥土想去掏口袋。所以我也分析出，这应该是一起劫财案件。只是劫财并不成功，卢华身上的几十块钱都在。但是抢劫只需要掏口袋就行了，为什么还要死者脱衣服，这个我还是没能想清楚，破案后才会知道吧。"

"你接着说。"年支队长说。

我说："其次，我认为把卢华控制到几百米之外的人，应该有两个人。"

"为什么？"

"第一，卢华的颈部有威逼伤，说明有一个人有刀可以控制他。但是卢华手臂上又有一个咬痕。试想卢华和凶手发生了搏斗，凶手肯定会用刀来攻击他，但是为什么要用咬人这种下三滥的手段呢？只有一种解释。就是卢华挣脱了持刀歹徒的控制，在和另外一名没有持刀的歹徒进行搏斗的时候，被歹徒咬了一口。"

"这两个持刀的歹徒会不会是一个人？"年支队长问。

我摇摇头，说："对两个人的控制是同时的，所以应该是由两个人持刀。"

我喝了口水，接着说："再次，从这个咬痕来看，我认为凶手应该年龄偏小。我也有依据。第一，既然有人持刀，居然还能让卢华挣脱控制，说明凶手的控制力很弱；第二，卢华长得瘦弱得很，和这样一个男孩子搏斗，还需要咬人的，肯定不会是个强壮的青年。"

"有道理。"赵永说,"我们处置的伤害案件,咬人的一般都是妇女和孩子。像泰森那样的,确实是少数。"

我说:"最后,我总结一下,我认为两名死者是在五月二十日晚上,去案发现场赏花,在缠绵的时候,遇见了至少三名犯罪分子。凶手的目的很明确,就是劫财。分工也很明确,由一名女凶手控制牛青岚,由两名男凶手控制卢华。他们把两名死者分开数百米远,采用威逼的手段进行劫财。女凶手这边不知道出于什么原因,让死者脱光了衣服,在没有抢劫到钱财后,将其一刀杀死。两名男凶手对于卢华的控制突然失效,并没有成功劫财,卢华和其中一名发生了搏斗,然后在仓皇逃窜的时候,误入防空洞,在光线陡暗的情况下一脚踩空,从而摔死。凶手见状,一起沿大路离开现场。只有这样,才能全部解释现场的情况。"

"有一些道理。"年支队长说,"也就是说,下一步,我们就重点查找至少一女两男的抢劫犯罪团伙?"

"持刀抢劫,可能有犯罪前科。"我说,"而且凶手很年轻,如果再大胆点儿,可以推断至少两个男凶手都是未成年人。"

年支队长点点头。

我接着说:"还有一点,不是很确定,但是必须考虑。就是你们发现没有,整个抢劫、打斗过程中,凶手并没有踩踏花圃。就连卢华都在逃跑中踩踏了一大片花苗,可是并没有发现凶手刻意踩踏花苗的迹象。从这一点心理特征,我觉得凶手可能就是当地人,家里面可能就是种花的,所以他们有不踩踏花苗的潜意识。这不是说他们道德品质高尚,而是一种从小培养的潜意识。即便道德再败坏,这种潜意识还是可以发挥作用的。"

年支队长又点了点头。

我笑了笑,说:"能做的就这么多了。我们做出的牙齿模型,可以和你们排查出来的嫌疑人进行比对,作为摸排的依据。这个凶手的牙齿很特殊,比对起来并不困难。"

从专案组回到宾馆,疲惫的我一头扎在床上呼呼大睡了起来。

梦中,我看见一个白衣女子拿着一把手术刀,正在慢慢地向我靠近。

第二天，不知道是不是因为大家都太累了，当我醒来的时候，已经上午十点了，居然几个人都没有起床。我拿起床头柜上的手机，就看见年支队长发来的短信。短信是上午八点二十发来的，内容是："案件已破，等你来局再向你汇报。"

我一蹦三尺高，叫上大家一起，赶到了汀棠市局年支队长的办公室。

此时年支队长正在自己办公室的小板床上睡觉，被我们叫醒后，睡眼惺忪地向我们介绍了破案的经过。

根据我们提供的推断，刑警们对案发现场周边乡镇和汀棠大学学生曾经报案未破的几起抢劫案件进行了分析研判。果真发现有一个犯罪团伙，由两男一女组成，经常在周边干些偷鸡摸狗的勾当，还抢劫学生。

专案组对周边乡镇所有种花的人家进行了调查，发现一个叫作李玉的二十岁无业女子有重大犯罪嫌疑。通过对李玉经常联络的人进行调查后，又发现了一名十七岁的无业辍学男子方林，他是李玉的男朋友。这个十七岁的男孩有个十三岁的弟弟方舒，几个人经常混在一起。

专案组决定从方舒入手调查。在方舒到达学校后，警方在学校老师在场的情况下，询问了方舒。方舒毕竟还是个孩子，看见几个警察后，腿都吓软了。

敏锐的侦查员观察了方舒的牙齿，中切牙是歪的，右侧侧切牙缺失，尖牙非常尖。在和牙模比对一致后，另两组侦查员立即对李玉和方林采取了抓捕行动。三个人在被带进刑警队后不到十分钟，就纷纷交代了自己的罪行。

五月二十日晚上，三个人因为没钱上网，决定去花圃附近抢劫。他们知道这里经常会有一些大学生来谈恋爱，他们每次抢劫，大学生们都会给他们一些钱，报案的也很少。即便报了案，因为有夜幕的掩护，警察也没那么容易破案。这一次，他们依旧像往常那样去花圃抢劫，看到了正在花圃边亲吻的牛青岚和卢华。虽然李玉他们拿着匕首，但是牛青岚和卢华都称自己没钱。此时卢华丢下牛青岚迅速逃窜，但是在几百米外被方林按倒。

李玉把牛青岚控制在路上，见方林重新控制了卢华，她稍缓了一口气。但是李玉怕牛青岚也会逃跑，所以要求牛青岚把衣服脱光。"反正那几个男人离那么远，这里就我们两个女人，你也不用害羞。"李玉这样半说服、半威逼地让牛青岚脱了衣服。这个要求的目的很明确：第一，牛青岚脱下来的衣服李玉可以进行仔细的搜查；第二，牛青岚脱光了衣服，自然就要考虑到逃跑的时候遇见别人是一件很羞耻的事情，所以会不好意思再逃跑。

在确认过牛青岚身上真的身无分文后，李玉控制着牛青岚向大路方向移动，目的在于让其远离衣物，彻底放弃逃跑的想法。

而卢华为了保住自己口袋里的几十块钱，依旧没有放弃抵抗。他在佯装掏钱的时候，一脚踩在方林的脚上，方林顿时失去了奔跑的能力，大喊着让方舒抓住卢华，不然他一定会跑去报警。此时卢华想继续逃跑，而十三岁的方舒则死死抱住卢华的大腿。卢华撕扯方舒的头发想摆脱控制，方舒就在卢华的胳膊上狠狠地咬了一口。

毕竟方舒只有十三岁，他最终没能在方林重新站起来之前控制住卢华，让卢华跑进了花圃。方林一瘸一拐地看着卢华跑进了防空洞，然后就听见了卢华的惨叫声和头部撞地的声音。

方林走到防空洞口，看见了月光照射下的台阶上有大片的血迹，顿时吓昏了头。脚上的疼痛也不记得了，带着方舒向李玉方向跑去，还高声叫着，那男的摔死了。

听到这一句，李玉也慌了神，牛青岚更是惊恐无比地叫了起来。李玉见牛青岚叫了起来，下意识地一刀捅了上去，哪知道这一刀居然直接插进了牛青岚的后背。刀子再拔出来的时候，牛青岚直接倒地不动了。

原来只想抢几十块钱上网，却闹出了两条人命。三个人都跑回家躲了一整天，见警方并没有找上门来，才放心。

所以五月二十二日一早，方舒又背起了书包去上学，却被警察拦在了学校里。

"所以说啊，谈恋爱的时候，别傻乎乎地往没人的地方跑。"大宝坐在我们返程的车上，说，"没人的地方说不准就是犯罪的地方哦。"

林涛点头，说："本来还准备花前月下的，结果月下消魂了。"

"我说你的语文是体育老师教的你还不信。"大宝笑着说，"知道销魂是什么意思吗？销魂是指因过度刺激而神思茫然，仿佛魂将离体。形容悲伤愁苦或性感极致。"

"我说的是'消'魂，消灭的消，消失的消。"林涛辩解道。

● 5

我们回到省城的时候，已经是下午了，由陈诗羽提议，大家表决通过，翘班两小时，回家休息，等第二天再去上班。

结果翘班的报应来得很快，当天夜里两点钟，我放在床头柜上的手机就响了起来。午夜凶铃的厉害，没有人比刑警体会得更深了。我在睡梦中挣扎着爬起身来，看见手机屏幕上的"师父"二字。

我见铃铛仍在睡着，没有动，悄悄地下床走到客厅接通了电话。

师父在电话那头说："刚才清洁工人在城东垃圾场清理垃圾的时候，发现垃圾场旁边有一具尸体，你赶紧去看看吧。"

"哦。"我老大不情愿。

师父说："我知道你们刚出差回来，很辛苦，但是这个案子肯定得你去。"

"为啥？"我低声说道。

师父说："因为尸体旁边的垃圾箱上，写着'清道夫'三个字。"

刚才的睡意突然不知道哪里去了，我瞪着眼睛挂断了电话，快速地穿上衣服，轻吻了一下铃铛的额头后，飞奔下楼。

我家距离现场最远，所以当我抵达现场的时候，大宝、林涛、陈诗羽一干人等都已经围在了警戒带外。

我走到胡科长身边，说："怎么？又来一起？"

胡科长沮丧地点点头，说："这是'清道夫'系列案件的第三起了，三起有两起在我们龙番，而且这两起都正好在我值班的时候发。真是倒霉！"

我笑了笑，说："这次又是什么情况？"

"还能是什么情况？"胡科长说，"和前面的情况完全一致。死者是智障人员，流浪汉，平时就在这里的垃圾场附近活动，住在那边一排垃圾箱后面，吃的就靠在垃圾堆里面找。没名字，因为天天穿着一件不知道哪里捡来的红褂子，所以周围的人都叫他'红褂孬子'。一个小时前，往这里送垃圾的清洁工人发现垃圾箱上有大量血迹，红褂孬子就死在几个垃圾箱之间的夹缝中，所以报警了。"

我点点头，穿戴好勘查装备，走进警戒带。

死者上半身靠在垃圾箱的一侧，敞着怀，露出黑色的胸部皮肤，裤子脱到了膝盖处。整个头面部已经被血染，血液的喷溅延续到了垃圾箱的箱壁上。垃圾箱上赫然写着几个血字："清道夫。"

在陈诗羽走近拍照的时候，我仔细看了看那个"道"字。果然，和前两起一样，这次也写了个错字。看来吴老大判断得没有错，这个凶手在写这个字的时候，习惯性错字。

林涛从技术员那里问来了消息，说："哎，这里的地面更脏，更没办法看足迹了。但是从垃圾箱上的那几个字来看，凶手依旧是戴着一副乳胶手套写的，由此可以判断，他肯定也是穿着鞋套来的。"

"你们不觉得这个死者的衣着很奇怪吗？"大宝说，"裤子都脱掉了。"

"不奇怪。"我说，"前面两个案子，两个死者都有明显的脱衣现象。当然，这个统统存在的脱衣现象究竟提示了什么问题，我也不知道。"

"那就赶紧检验尸体吧。"胡科长说，"市长都惊动了，坐在局里的会议室等报告呢。"

尸体检验很简单，和我预想的也一样。

死者红褂孬子，左侧颈动脉被一把刃很薄的刀割开了。全身除了这一处致命损伤，没有其他任何约束伤、抵抗伤和威逼伤。

"又是一刀致命。"大宝说，"又是类似手术刀的工具。"

"对了，"我说，"上次你说，你在现场闻见一股香水味，这次闻见了没有？"

大宝摇摇头，说："没有，这次是垃圾场，味道太重了，分辨不出来。"

"就是，他又不是警犬。"林涛嬉笑道。他终于找到了报复大宝的机会，上次在山里办案时，大宝曾经拿林涛晕车和警犬晕车相提并论。

我说：“看来这次尸检，和这个系列案件的前面两起一样，我们找不到任何线索、依据和证据，我们的分析依旧等于零。”

“是啊，除了可以准确判断死者是在晚上十点钟左右死亡的，死亡原因是失血性休克以外，我们几乎找不到其他可以作为分析判断的依据。”大宝说，“我们只做了法医应该做的最基本的工作，几乎无法再向行为心理分析方向迈进。”

尸检后，无任何突破性发现的挫败感，让我们几个人沮丧万分。我们拖着疲惫的身躯来到专案组，向市长、局长汇报尸检情况。

分管刑侦的赵其国副局长说：“和我们想象的一样，凶手继续用强烈的反侦查能力作案，规避了一切可能被我们发现的线索。这说明凶手非常了解我们的现场勘查手段，所以才能逃避打击、连续作案。最关键的，是凶手还频频留下字迹，挑衅我们警方。”

我无奈地叹了口气，说：“唉，真不知道怎么才能抓到凶手。”

我的话音刚落，一名侦查员闯进了专案组。

“有什么事情慢慢说，怎么冒冒失失的？”赵局长看了一眼市长，不满地责怪道。

侦查员说：“报……报告领导，调查有重大发现。通过对垃圾场周围的工人进行了解，有一个工人称，他看见一个白衣女子，戴着一副乳胶手套，昨晚九点多出现在垃圾场附近。”

我突然想起前天晚上的噩梦，浑身的汗毛瞬间立了起来。

“白衣？女人？”赵局长大吃一惊。

我平复了一下心情，说：“根据尸体检验，红褂孬子的死亡时间应该是在晚上十点钟左右。这个女子九点多出现在垃圾场附近，具备作案时间和作案条件。我们之前也考虑到了凶手可能是女人。首先，大宝曾经在现场闻见过香水味，但是没有引起我们的注意。其次，文件检验方面分析凶手的身高在一米七以下，身材比较矮小。最后，三具尸体都有不同程度的脱衣现象，所以我怀疑凶手利用色相接近被害人，因为被害人都是智障人员或者流浪汉，并没有注意到她戴手套、鞋套这一反常迹象，都以为天上掉下来馅饼，所以才会在毫无防备、抵抗的情况下被杀。也正是因为凶手是女性，才能具备这一让被害人丧失警惕性的条件。"

整个会议室的人都在思考。

我接着说："鉴于凶手具备医学知识和法医学知识，建议下一步在公安、检察、法院、司法、卫生、高校方面排查可能具备这些知识的女性法医和医生。同时，请我们总队的画像专家强松，对目击者进行一次谈话，并且对这个嫌疑女人进行模拟画像，依据这个模拟画像进行更进一步的摸排。我们还有文件检验专业的支持，也有可以作为甄别的字迹依据。我就不相信了，找不出这个凶手！"

赵局长说："秦科长分析得很有道理。现在我们有充分的依据证明凶手是个女性，而且很有可能就是垃圾场工人见到的这个女人。至于这个女人为什么要去杀流浪汉，还要挑衅警方，现在我们不得而知，但是有了模拟画像和职业心理特征，我相信我们还是有破案的希望的。下一步，我们准备按照秦科长刚才说的步骤进行侦查工作，妥否，请市长指示。"

差不多熬了一夜的市长此时打起了瞌睡，听见赵局长这么一说，连忙点头说："好，很好，按照局党委的要求，立即部署侦查，要求务必落实到位，迅速破案。如果有摸排工作不细致，造成案件久侦不破的，必须启动倒查机制，给责任民警严厉处分。"

"没有奖励，只有鞭挞。"大宝不满地嘟囔了一句。

林涛捅了捅大宝，让他闭嘴。

等市长和局长相继离开专案指挥室后，我伸了个懒腰，说："赶紧回去补个觉吧，现在我们也没有什么其他能做的了，只有静静地等待消息，看看侦查部门能不能在几天内，给我们一个惊喜。"

一直未发一言的陈诗羽，抬了抬她那长长的睫毛，说："好吧，睡觉。"

第七案　古墓戾影

棺材内的泥土里，可以看到一个干尸化的头颅，这个头颅的下方，可以看到一个只剩半边完整的褐色颅骨。果然，在这个棺材里，有两具不同尸体现象的尸体。

1

"清道夫专案"的侦破工作完全没有我们想象中那么简单。从红褂孬子被杀害后开始的一个星期，大宝每天都会打电话给胡科长，询问专案的进展情况，而每次得到的答案都令人失望。

专案组按照部署的侦查范围，对全市范围内的女性医生进行了排查。首先，并没有发现和模拟画像极为相似的人。其次，从作案时间上看，至少有三分之一的人不能排除。对女法医的排查倒是很简单，全市从事法医工作的公安、检察、司法、法院、高校系统中，女性法医屈指可数，很快就做出了全面排除。

因为侦查工作受挫，专案组试图调整侦查范围，但是却没有任何线索和指向，只有继续对那三分之一的女医生进行外围调查。

"奇怪了，我的直觉一直很准的。"大宝说，"我觉得应该要破了啊。"

"我看没那么简单。"我用办公协同系统给陈总发了件信封报告，说，"就是电视剧、小说，也不会那么平铺直叙，发了案直接破案吧。何况，还是这么复杂的案件。"

大宝说："没有完美犯罪，再缜密的犯罪活动，也会有百密一疏的时候。这次不就有目击群众看到了关键线索吗？"

"你指的是白衣长发女？"陈诗羽说，"为什么模拟画像都做了，还是找不到凶手啊？"

我摇摇头，说："模拟画像这个东西，只能作为排查的参考。仁者见仁、智者见智，有些人可能觉得画得很像，有些人就会觉得不像。更何况，画得像不像不是画像者本身的技术可以决定的，还得考虑目击者的记忆力水平和描述能力。"

大家都沉默不语。

我接着说："我总有一种感觉，这次被目击，不会是案件突破的关键点。大宝说得没错，再狡猾的狐狸，也逃不过猎人的眼睛。但百密一疏的疏，不是在这里。"

"你说会不会是排查方向的问题啊？"林涛说，"现在的侦查重点是女法医和女医生，这个群体说大不大，说小也不小。而且，我觉得这个群体框定得还是有些狭隘了。"

我皱着眉头点点头，说："侦查方向的制定，不可能面面俱到，如果运气好，很小的侦查范围都能抓住凶手；但如果运气不好，你框定得再大，凶手也会是漏网之鱼。林涛说得对，如果凶手是热衷于刑侦剧的护士呢？如果是热衷于刑侦和医学的其他职业的从业者呢？这都是有可能的，但是我们总不能在全市上千万人口中逐一寻找吧？"

"大海捞针啊，唉。"大宝叹道。

"凶手肯定会有什么疏忽，但是我们还没有发现。"我说，"要坚定信心，在这一轮摸排结束后，看看有没有什么发现或是什么启发。"

"我们老师说得没错，没有最完美的犯罪，也没有最完美的侦查。我们做不到破解全部的命案，但是没破的案子永远是我们的心结。"陈诗羽托着腮，闪着大眼睛，说，"我不会在实习阶段就系上个心结吧？"

"别那么悲观。"林涛柔声说道，"案子不破可能是因为我们的勘查检验有漏洞，也可能是诸多不巧的因素结合在一起，让我们无法破案。我们要做的，就是杜绝出现差池，那样也就问心无……"

林涛的话还没有落音，桌上的电话铃声骤然响起。

"喂？几具？"大宝叫道，"一具？一具也要我们去？什么？考古？古墓？尸体？"

挂了电话，大宝一脸兴奋，说："他们说凉村考古现场发现一具尸体，考古学家说有疑点，当地法医不敢下结论，请求我们的支援。"

"古墓？"我打了个哈哈，说，"这有意思了，收拾东西出发吧。"

林涛没有动，刚才和陈诗羽没有说完的话也没有续上。他脸色煞白，坐在座位上，有些坐不太稳的样子。

"你怎么了？"陈诗羽好奇地问。

"给吓得。"大宝笑道。

"没……没，"林涛回过神来，说，"那……那就出发吧。"

林涛的状态显然有些异样，我知道他比较相信鬼神之说，但没有想到他会被吓成这样。我关切地问道："你没事吧？不行，我们叫勘察二组的小赵和我们一起去？"

林涛看了一眼陈诗羽，咽了口唾沫，说："没事，我……我能行。"

"啊？怕鬼？"韩亮叫了一声，吓了副驾驶座位上的陈诗羽一跳。

"讨厌，一惊一乍的。"陈诗羽说。

韩亮微微一笑，说："林涛怎么会怕鬼？在我的印象中，去年的那起鬼打墙的案件[①]，林涛不是发挥得很不错吗？"

"那你是没看过林涛是怎么战战兢兢地看现场的。"我笑着说。

---

① 见第三季《第十一根手指》中，"恶鬼打墙"一案。

"林涛，我和你说啊。这事儿可不能透露出去，不然严重影响你的男神形象。"韩亮说。

"我男神？我都没谈过恋爱——哪儿像你，天天谈恋爱，谈的对象还都不一样。"林涛说完，瞄了一眼陈诗羽，接着说，"我不是怕鬼，我就是比较害怕古墓什么的。"

"古墓？"我说，"那去年那个吊在墓碑上的女尸案，记得吧？也没见你害怕成这个样子啊。"

"那可是古墓啊，重点在古！"林涛说，"不是那种坟堆，就是那种带坑道之类的墓穴。"

"哦。"我想起了几天前在防空洞前时，林涛畏惧的表情。

"为什么呢？"韩亮说，"其实我分析过所有的鬼故事，无外乎四种情况：第一，就是鬼打墙。一个人走到坟堆里什么的，然后怎么走都是在绕圈子，就是走不出去；第二，是鬼上身。一个人像是中了邪一样疯疯癫癫的；第三，是鬼压床。早上起不了床的时候，感觉有个人压在身上似的；第四就是活见鬼，自己亲眼看见了鬼。"

"不错。"我点点头，说，"不愧是'活百度'，总结得非常好。即使是坚信没有鬼神之说的人，一旦经历了这样的事，肯定也是心存惧怕的。所以，我们不要嘲笑林涛，要从心理根源上拯救他。"

韩亮哈哈一笑，说："我看过一些文献，对这四种情况都进行了解释。鬼打墙咱不说了，通过去年鬼打墙的案子，大家都能从科学层面解释这种客观存在的现象了。"

"我不知道啊，说说看。"陈诗羽盯着韩亮说。

韩亮扭头看了一眼陈诗羽，又转过头去开车，说："想听啊？什么时候请我吃牛排，我私底下告诉你。"

"哼。"林涛嗤之以鼻，"就知道蒙女孩子。小羽毛，我不仅请你吃牛排，而且还私下告诉你。"

韩亮接着说："鬼压床嘛，堂兄①你来从法医学角度解释一下。"

---

① 堂兄，是老秦的绰号之一，出处见第二季《无声的证词》。

我说："那是一种病，睡眠障碍。就是在睡眠中，意识恢复清醒，但是肌张力仍然很低的情况。这种睡眠瘫痪症，可以让人想动不能动，像是被人压住了一样。一般人出现这种情况，都会非常恐惧，从而就有了鬼压床之说。"

韩亮点点头，说："至于鬼上身嘛，通常都是一些精神方面的疾病，或者是一些人在装神弄鬼罢了。就活见鬼最有技术含量了。我看过许多活见鬼的报道，但归根结底，要么就是看见的东西因为光学或者其他各种原因的作用，发生了变形；要么就是见鬼的人产生了幻觉。"

"对。"我说，"其实并不是只有精神病患者才会有幻觉的。如果相信鬼神学说或者在极度恐惧的情况下，人也会出现幻觉。"

"我觉得我就是你说的这种情况。"林涛说，"我们老家那边，有一些清朝时候的古墓，后来被盗了，留下了一个很黑的坑洞。我们小的时候不像现在的小孩有这么多可以玩的东西，就天天在外面混。后来就有几个小伙伴非要拉我去坑道里玩。我小时候就挺怕黑的，但是碍于面子，就跟他们去'探险'。开始点着蜡烛走，倒是没觉得有什么好怕的。后来进了墓穴，有一个不小的平台，我们就看见墓穴的中央，停着一口棺材。突然，棺材的那一面，冒出来一个白色的影子，看不清形状，但确实是一个人形。所有的小伙伴都吓得往外跑，我也就从那一次开始，看到坑道这样的地方就害怕。可能这算是一个心理阴影吧。"

陈诗羽一脸兴奋，说："真的吗？有这样的地方？带我去看看啊。"

林涛说："那是十几年前的事情了，现在那地方早就变成高楼大厦了。"

"既然所有的小伙伴都看到了，肯定不会是幻觉了。"韩亮分析道，"说不定是你们的蜡烛在墓穴里产生了光学作用，生成了一个阴影罢了。或者，根本就是有人在里面装神弄鬼。"

"可能是吧。"林涛耸了耸肩膀。

我说："小时候留下的心理阴影可以理解，但是细想一下，在一个地下墓穴探险还是很有风险的。如果墓穴里二氧化碳滞留，很容易导致你们窒息死亡的。"

"你真是三句不离本行。"大宝挖着鼻孔，说，"在说鬼故事呢，你来做法医学科普，还能愉快地聊天不？"

我哈哈一笑，说："我有一次值班，碰见了一个奇葩。大概深夜两点半的时候，一个电话把我闹醒了，我还以为有现场呢，结果是一个人来报案，说是自己楼上住着一只鬼，让我们去抓。我当时也好奇，就问她怎么知道自己楼上有鬼。她说每天晚上两点半的时候，都能听见楼上有鬼在敲地板，咚咚咚的。然后我就笑了，我觉得自己得尽自己所能为老百姓释疑啊，就告诉她，那肯定是她家楼上的人走路的脚步声。然后她就说，她住在六楼，她那栋楼只有六楼。我当时就晕了，既然住顶楼，那怎么还有楼上之说啊？然后我就说，肯定是屋顶上有老鼠什么的。她就说不可能是老鼠，哪有老鼠会哭啊？"

"哭？"陈诗羽干脆将整个身子都扭转过来，趴在副驾驶的椅背上，问道。

我点点头，说："那人就说了，鬼不仅敲楼板，而且还整晚地哭。她还分析，肯定是有个人冤死在楼顶了，没人帮他伸冤，只有找她了。我当时很无语，就不知道该怎么答了。那人然后还学那'鬼'哭的声音，呜呜呜呜的。把我着实吓了一跳。"

"你心理真强大。"陈诗羽笑得前仰后合，说，"大白天都说得人发毛，别说你一个人在漆黑的值班室里听见这一通电话的感觉了。"

我接着说："挂断了电话，我就琢磨了，这不会真有什么冤情吧。于是，我就转移了值班室的电话，去了那报案人所在的那一栋楼。废了半天劲儿，爬上了六楼的楼顶。"

"啊？不会真有冤魂吧？"陈诗羽的眼睛瞪得老大。

我笑了笑，说："房顶上，除了太阳能热水器，什么都没有。"

"哼……"陈诗羽转回身去，说，"那你还弄得神秘兮兮的。"

"现实，哪有小说、电视里那么刺激。"我笑着说。

"我能不能和陈总申请一下，不参加值夜班？"林涛的脸色红一阵白一阵。

"你都快三十了。"我笑着说，"总不能以后结了婚，还怕黑吧？我上次和一个心理治疗师聊天，提到过鬼神恐惧症的人群。大部分人都有这毛病，但是严重的不多。林涛你就算是比较严重了。治疗这毛病，就得解开你的心结。"

"解开心结？"林涛说，"怎么解开？"

我说："从哪里跌倒，就从哪里爬起来。你不是在古墓里看见了'鬼'吗？那我们就得再进一次古墓，告诉你并没有鬼神的存在。"

"今天这个现场，就是为你准备的。"大宝说，"这可是真正意义上的古墓，据说是汉代的哦。"

● 2

一个月前，考古队在我省边界的森原市发现了成片的汉代古墓，连央视都参与了初期勘测。经过勘测得知，这一片古墓均已被盗过。全国考古界都为这片稀世珍宝遭人践踏而扼腕叹息。根据初步勘测得出的结论，盗墓行为应该就发生在几年之内，省公安厅刑警总队的侵财案件侦查科也介入了调查。可惜时间久远，此次专案行动毫无头绪可言，经过一个月的摸排，丝毫没有取得突破性进展。

国家文物局经过讨论研究，决定依旧对这片古墓进行挖掘，以期找到被盗墓贼遗弃或者盗墓贼无法偷盗搬运的珍贵文物。

当我们驱车抵达考古现场的时候，惊讶和失落参半。

惊讶的是，考古行动比我们酷多了，几亩地的范围内，多层警戒带围绕，外围武警荷枪实弹，中心的考古专家们身着白大褂忙忙碌碌。失落的是，这里原来没有什么坑道，这让我们对这次出勘现场工作臆想出来的神秘感瞬间消散，同时，我们想借此培养林涛胆量，让林涛克服心理阴影的计划也随即泡汤。

从高处看，这一小片古墓的地下雏形已经被挖掘出来，盗墓贼可能遗留下来的坑道荡然无存。林涛长舒了一口气，说："谢天谢地，挖得好啊。"

他的话音还没落，我们就被两名武警挡住了去路。我拿出手提包翻来翻去找警官证的时候，森原市公安局刑警支队肖剑支队长"呼哧呼哧"地跑了过来，说："欸，欸，自己人，自己人。"

我微微一笑，和肖支队长简单寒暄之后，几人越过警戒线，走到了这一片被挖掘过的古墓之前。

"我的天，好深。"大宝伸头看了看眼前的"悬崖峭壁"，缩回了身子，说。

"这位是国家文物局的赵巡视员，这几位是我们省公安厅的法医、痕检专家。"肖支队长这一说话，我们才注意到他的身后有一个鹤发童颜的老头儿。老头儿友好地一笑，主动伸出手来，说："我们考古，和你们法医有相通的地方，比如人类学，我们都是要涉足的。"

我赶紧放下勘查箱，双手握了过去，说："我很喜欢看关于考古探秘的小说和纪录片，你们比我们还刺激。"

"但你们对社会更有贡献。"这个一看上去就学识渊博的前辈，很是谦虚。

寒暄过后，赵巡视员指了指不远处的一个帐篷，说："我们在工作的时候，发现了一个被盗过的汉代棺材，可是里面有两具尸体。"

"呃，那需要我们做什么呢？"我问道。这个情况和我预估的不太一样，一个在考古工作中发现的情况，需要我们法医来解决什么呢？

赵巡视员说："我觉得有疑点，就请相关部门通知了公安机关前来协助，森原市的王法医和我的认知相同，所以请你们前来协助。"

"疑点？"我是丈二和尚——摸不着头脑，问道。

赵巡视员娓娓道来："如果我把整个汉代的殡葬制度慢慢跟你们解释一遍，不知道你们有兴趣听吗？"

"没。"陈诗羽说道。

我没有惊讶她的没大没小，以微笑缓解气氛的尴尬，说："赵老师不如直接和我们说说疑点吧，您要是说起考古理论，我们这些大老粗还真听不懂。"

"我可不是大老粗，我也听不懂。"陈诗羽可能有些着急。

赵巡视员没有生气，哈哈一笑，说："简单说吧，依照我的经验，这种普通的平民墓，虽有夫妻同葬一穴的可能，但没见过两人合葬一棺的情况，更没见过两个女性合葬一棺的先例。这就是我的疑点。"

"这，几千年前的事情，不能依据经验来判断吧？"我一时仍找不到重点，不知道赵巡视员的疑点究竟是什么。

"当然，我们考古的也学过一点点法医学。"赵巡视员说，"我看棺中的两具尸体，尸体现象完全不同：下面的一具白骨化，而上面的一具是木乃伊。白骨化的尸体骨质变脆，经过上面尸体的压力作用，很多部位已经粉化。"

赵巡视员说到了重点，而且说到了法医学术语，我顿时亲切感油然而生。考古学中经常说的木乃伊，在法医学中称之为干尸。尸体在干燥的环境中，体内水分迅速丧失，从而终止腐败活动的发生，最终软组织干缩形成的晚期尸体现象，称之为干尸。

我点点头，说："那王法医又有什么疑点呢？"

赵巡视员指了指正在帐篷边的王峰，说："我们对这个盖板破碎的棺材进行了外包装的保护，王法医在帐篷边等你们呢。"

我一脸羡慕，心想如果我们也装备了这种帐篷，对于野外现场，就不用担心雨水破坏而拼了命地抓紧时间勘查了。

跟随着赵巡视员，我们顺着小路走到帐篷旁边，王峰开门见山，说："秦科长，你看看里面的两具尸体，肯定有问题。"

我进入帐篷，探头进棺材内，看到里面尽是泥土。棺材的盖板已经被取下了，放在一旁。盖板大面积缺失，可能是年代久远腐朽而成，加之盗墓贼人为破坏，几乎只剩下了一个长方形的边框。

棺材内的泥土里，可以看到一个干尸化的头颅，这个头颅的下方，可以看到一个只剩半边完整的褐色颅骨。果然，在这个棺材里，有两具不同尸体现象的尸体。

"除非是盗墓贼在这里自杀，不然肯定是一起命案。"王峰说。

我说："为何这么肯定？因为赵老师的学术研究吗？"

王峰微微一笑，说："不。"

说完，他把手伸进棺材，拿起干尸的一只手掌，指着干尸的手指说："你看看就明白了。"

我顺着王峰的指尖看去，只见那一只灰黄色的皱巴巴的手掌上的五个蜷曲指头末端，是五个惨白色背景的指甲，指甲上有一些星星点点的红色。

"哦，果真死了没多久啊。"我恍然大悟。

"啊？为什么？"大宝一脸茫然。

"你傻啊。"我笑着拍了一下大宝的后脑勺，说，"汉代，怎么会有美甲？"

"嘿！你手套都没摘！"大宝瞪着我说，"别弄脏我的脑袋！"

我哈哈笑道："我还没碰尸体呢，手套是干净的。"

我钻出帐篷，对赵巡视员说："赵老师，我们看了，您的感觉非常对。如果这不是一起自杀事件，就应该是一起命案了。感谢您为公安机关提供了这一线索，让我们发现了一桩案件。"

"应该的。"赵巡视员一脸自豪，说，"最好别是命案，如果是命案，也希望你们能在我停留森原的这几天内破案，让我也在有生之年感受一下破案的快乐。"

"一定！"我说道。说完，我回头看见靠在帐篷壁上的林涛，脸色惨白。

"你没事吧？"我关心地问道，"你不进去看看痕迹物证？"

"没啥痕迹。"王峰说，"我们的技术员已经看了，目前根据调查情况，这里只有一条坑道，说明尸体是从这个盗墓坑道里进入墓穴和棺材的。因为挖掘工作，整个坑道不复存在，也就没有什么痕迹可言了。"

刚被我一句话吓了一跳的林涛，此时又平静下来。

我笑了笑，对赵巡视员说："赵老师，因为涉及排查死者是否中毒的问题，我们必须提取干尸的尸体以及尸体下方的部分泥土，不知道可以不可以？"

中毒的尸体，随着尸体的腐败或者风干，一些性质稳定的有毒成分就会沉降到尸体下方的泥土里。所以，对于疑似中毒的尸体，尤其是已经腐败或风干的尸体，必须要提取尸体下方的泥土进行毒物化验以确定或排除。

赵巡视员点点头，说："这个墓穴已经完全被掏空了，前期我们都看过了，除了还比较完整的棺材，已经被压碎一半的尸骨，其他就没啥有价值的东西了。泥土不值钱，你们尽管提。"

"泥土里还有不少毛发。"王峰一边往物证袋里扒拉泥土，一边说。

我说："毛发都一起提取，我们回去看看是否有用得着的地方。"

重新走回挖掘现场的边缘，我环顾了四周，看了看现场环境，说："走，去殡仪馆吧。"

肖支队长探过头来，说："啊？现在去啊？现在都十二点了，你们不吃饭啊？"

因为森原市在我省边界地区，所以我们驱车赶来，就花了整整三个多小时的时间。不知不觉，太阳已经当头而照。我擦了擦额头上的汗，说："也行，我们找个牛肉面馆随便吃一点儿，就抓紧干活。"

"今天咱们去土菜馆吃个土菜吧。"肖支队长笑道。

"不不不。"我摆摆手，说，"一来太浪费时间，二来浪费纳税人的钱。"

"我自己私人请客。"肖支队长说，"我请了别的客人，也是你们同行，说不定你们还认识，所以你们帮我撑撑面子吧。"

肖支队长请的客人是龙番市汉明司法鉴定所的两名法医。

根据人大决议，从2005年开始，全国各地社会司法鉴定机构如雨后春笋般冒了出来。这些司法鉴定机构的管辖范围，是一些涉及民事诉讼的鉴定，包括法医学鉴定、痕迹检验鉴定、文件检验鉴定等。因为涉及民事诉讼，这些社会司法鉴定机构的鉴定会向被鉴定人收取费用，有了原始资本积累，就吸引了大批退休公安技术人员加入。在退休后，去司法鉴定所打打工，赚些小钱，也不至于退休后心情失落，实在是公安技术人员的一个福音。

肖支队长的弟弟前几天被一辆醉酒人驾驶的豪车撞倒，导致脑部受伤，按照程序，应该由社会司法鉴定机构对伤者的伤残等级进行评定。这份伤残等级鉴定书，就是法院判定赔偿数额的一个重要依据。

因为森原市没有社会司法鉴定机构，交警部门委托省城最大的司法鉴定机构——汉明司法鉴定所进行鉴定。汉明派出的两名法医，领头的齐升是龙番市公安局的退休老法医、老前辈，于公于私肖支队长都必须请吃一顿了。

我当初在龙番市实习的时候，齐老师还没有退休，所以，看到数年没见的前辈，我显得很兴奋。

齐老师看到我们也很兴奋，愉快地喝了几杯白酒。齐老师指着身边的助手，说："他叫步兵，是我的徒弟，去年底应聘来我们所工作的。皖南医学院法医学院的研究生。"

这个叫作步兵的男人个子不高，瘦瘦的，白白净净，戴着一副金丝眼镜。

"啊哈哈哈，还有姓步的啊？我叫炮兵，幸会幸会。"大宝大笑，说，"不过，我们学校的研究生去社会司法鉴定机构啊？那不是大材小用了吗？"

"什么话啊！"我瞪了一眼大宝，说，"行行出状元，司法鉴定所的法医也很重要。"

"他说得对。"步兵淡淡地说，"我也觉得在司法鉴定所里当法医太浪费青春了，还是你们公安带劲儿。"

我见步兵有些不快，连忙打圆场，说："也不是，至少你比我们有钱多了。"

"钱有什么用？"步兵夹了口菜，说，"钱比理想还重要？"

"那你怎么不考公务员呢？"我问道。

步兵微微一笑，摇了摇头，没再说话。

我觉得自己的问题有些冒失，人家说不定有难言之隐，于是赶紧转移了话题，对齐老师说："齐老师，我们来是为了一桩案子，现在尸体还没有检验，我先把前期情况和你说说呗？你帮我们指导指导。"

齐老师点点头，兴致盎然地说："好啊！好几年没碰命案了，手确实很痒。"

于是，我把现场发现和前期勘查的情况介绍了一遍，说："我觉得这个案子很难。尸体已经完全干尸化了，死亡原因、死亡时间、案件性质、尸源寻找、因果排查、凶手刻画都是大难题，我现在心里很忐忑，不知道从哪里下手。"

齐老师喝得有些高了，他摸了摸下巴上的胡须，眯着眼睛说："听你说了这么多，我脑子也乱了，看来长时间不用，真的生锈了。我指点不了你什么，但我觉得，你们是不是应该考虑一下，死者为什么是全身裸体？"

● **3**

坐在赶往殡仪馆的车上，齐老师的话在我脑中萦绕。是啊，在古墓中勘查现场，让我有了先入为主的思维，这种思维支配着我，我居然没有注意到这一明显的异常。因为年代久远，大多数古墓中尸体的衣着都因为腐败风干而消失殆尽。但是这一具死亡时间应该不是很长的尸体，应该有衣着啊！为什么她是裸着的呢？

殡仪馆里，一具干尸被放置在解剖台上。

这具干尸就像是穿了一件格子状的衣服，整个身体都呈现出规则的细树条交叉状。我们知道，这是"人体织布"。尸体在迅速丢失水分的时候，软组织失水萎缩，尤其是在尸体皮肤变得很薄的时候，肌纤维细化，从而形成了尸体表面像织布一样的外观。

林涛还是第一次见到这样的人体织布，居然戴上手套摸了摸，说："这个有意思啊。我看咱们刚开始没注意到尸体是全裸的，这个人体织布鱼目混珠也是有原因的，这也太像是穿了一件粗布衣服了。"

我没吱声，开始了尸体检验。干尸是一种有利于法医工作的尸体现象，它不像腐败巨人观那样恶臭难忍，也不像白骨化那样毫无依据可寻。干尸的尸体，因为自然风干，所以一切线索和证据都被固定了下来。

死者的全身，除了一枚铜质的戒指，以及那十枚很长却阴森森的红点白底指甲，几乎没有再发现任何随身物品。死者的全身，也没有看到明显的伤痕。

我们依照解剖顺序打开了死者的胸腹腔、颅腔和后背。死者的内脏已经因为失水而萎缩，因为自溶而只剩下一层包膜。检查完这一具人形的躯壳，我们没有发现任何可以致其死亡的损伤，于是，大家的目光都集中到了死者的口鼻部和颈部。

肌肉的萎缩，使之变薄，但是依旧无法隐藏血迹浸染后的颜色。我们在尸体的颈部肌肉发现了几处小片状的出血痕迹。我连忙分离出死者的舌骨和甲状软骨，果然，甲状软骨的右侧上角骨折了。

"甲状软骨右侧上角骨折，符合行凶者右利手，用右手拇指掐扼形成。"我说，"致伤方式都分析出来了，死因也就迎刃而解。"

"是啊。"大宝掏出了死者完全液化的脑组织，剥离开颅底的硬脑膜，说，"颞骨岩部出血，窒息征象是存在的。"

"你们是说，死者是被掐扼颈部，导致机械性窒息死亡的？"林涛说。

我点了点头，说："刚才我在拔死者指甲的时候，看见她的甲床也是发黑的，而不是干尸表面的灰黄色。这也是一项窒息征象，我们的依据应该很充足。"

"你拔她指甲做什么？"陈诗羽一惊一乍，"好变态。"

我一脸黑线，说："怎……怎么是变态？这是常规工作好吧！"

"啊……"陈诗羽说，"想想心里都发毛。"

"看来每个人都是有弱点的，连我们无所不能的小羽毛，也是这样。"韩亮靠在解剖室的通道门口说。

"死因和致伤方式明确了。"我说，"那么死亡时间怎么判断？你们看见的干尸也不多吧？根据这种干尸化的程度来判断死亡时间也太不靠谱了。"

"我觉得，我们法医能判断多少就判断多少吧。"王峰在一旁说道，"至少我们明确了她的死亡原因，肯定不是什么服毒自杀了，这是一起他杀案件，杀后移尸。"

"那看来你们提取回来的泥土是没什么用了。"林涛说。

我突然抬起头，说："呀！你不说我都把那堆泥土忘记了！怎么会没用？泥土在哪里？在哪里？"

韩亮走进解剖室说："喏，在我车里，我刚才拿下来了。"

"大宝你看看死者的后背和四肢，有没有什么损伤。王法医你取死者的牙齿和耻骨联合，判断一下尸源信息。"我一边微笑着安排工作，一边打开装满泥土的物证袋，细细地看了起来。

韩亮蹲在我旁边，说："泥巴，有啥好看的？汉代的泥巴也值钱吗？"

我嘿嘿一笑，从泥巴中挑出几缕头发，说："可不要小看这堆泥巴，关键这里面有重要的东西啊！"

"头发？头发怎么了？"韩亮问。

我说："头发是角质蛋白，不易腐败，当然汉代保存到今天还能有如此柔韧是不太可能的，所以这些头发应该都是这名死者的。你看，我们可以根据死者的头发来推测她的发型、发色，从而找到她的尸源啊。软组织干尸化了，DNA也比较难做，但是头发下面有毛囊，做起来也很容易，同样，DNA也可以帮助我们找到她的尸源。"

韩亮若有所思地点点头。

"不过，"我把手套上的泥土掸掉，捻起一缕头发说，"你有没有觉得这个人的头发有些奇怪啊，都是一缕一缕的，不会散开？"

"这是因为尸体干尸化，头发自然脱落的，对吧？"韩亮问。

我点点头。

韩亮接着说："我觉得啊，头发一缕一缕成形，很有可能是因为她接过头发。"

说完，他戴上一副手套，把一缕头发慢慢分开，果真，在一缕头发的中央，他解下了一根极细小的皮筋。

"这你也懂！"我惊讶道，拿过皮筋细细地看着。

"后背和四肢关节处均没有发现损伤。"大宝说，"这耻骨联合也不用煮了，软组织一剥即脱，入口即化。"

"你会不会用成语啊？"陈诗羽说，"太恶心了。"

"死者的年龄，你们看大约是多少？"我仍看着皮筋，头也没回地说。

大宝说："嗯，估计也就二十出头，骨化结节还在嘛。"

"可惜了，一个爱美的姑娘，英年早逝。"我说。

"不知道死了几年了。"王峰说，"死的时候是二十出头，如果死了二十年，那么她活到现在也是个妇女了。"

"二十年倒是不至于，但我们只知道她死的时候二十出头，如果不能大体判断死者的死亡时间，那么她的出生年份我们也就估算不出来，那么依旧不能为尸源查找提供线索。"大宝说。

我点点头，说："死者有接头发、美甲，这是很好的尸源查找方向，可惜不知道年份的话，侦查员也没办法查啊。"

"那，能不能从这枚戒指入手呢？"韩亮戴着手套，摆弄着刚刚从尸体上取下来的铜质戒指，说道。

"什么意思？"我眼睛一亮。

韩亮笑着说："你看，这戒指很劣质，一看就是地摊货。就是那种非主流小姑娘喜欢戴的大个儿戒指。不过这戒指的造型很眼熟啊。"

"阿凡达！"陈诗羽和林涛异口同声地叫道。

林涛脸颊一红，而陈诗羽则看了一眼韩亮说："你厉害。"

"这电影什么时候上映的？"我忙问道。

"2010年1月在中国上映的。""活百度"韩亮说，"离现在两年多了。"

"差不多，差不多。"我说，"一般电影上映后几个月内，会有相应的周边产品出来，这个时间段也是电影人物造型最流行的时候。我看，尸体干尸化程度比较厉害了，至少已经死亡一年半以上了。这样，时间差不多就卡死了。"

"你的意思是说死者是2010年死亡的？"大宝说。

我点点头，说："具体在哪个季节，因为死者没有衣服，所以我们也不好判断，但是大体死亡时间判断出来了，给予侦查一道重要的曙光。韩亮，你立大功了。"

这是我走进专案组时，心里最没有底的一次。虽然这次工作有很多发现，但同样也有很多疑惑。

我忐忑地坐在专案组会议桌的一角，说："钱局长，我们经过现场勘查和尸体检验，有一些发现，但是下一步工作还是需要依托侦查部门来进行。"

"没关系，你说。"钱立业局长看透了我的不安，柔声说道。

我点点头，整理了一下思路，说："根据我们的尸体检验，可以肯定死者是被一个右利手的凶手掐压颈部，导致机械性窒息死亡的。死亡时间是2010年左右，具体时间不太好判断。"

"这一整年，确实不太好排查。"钱局长说。

我继续说："死者全身赤裸，只有一枚劣质戒指。可以看出死者并非有钱人，所以这不太像是劫财杀人。"

"全裸？"钱局长说，"你的意思是性侵？"

"也不像。"我说，"第一，死者的后背部和四肢没有约束性或者挤压性损伤，只有颈部有掐痕。因此，我觉得凶手是突然掐压死者颈部导致其死亡的，犯罪动作非常简单，不像是有性侵的目的。第二，如果是性侵后抛尸，没必要把死者的衣服脱得这么干净吧？连袜子都没留。第三，死者呈现干尸状，如果有损伤可以保留外伤痕迹，但死者的会阴部完全没有发现损伤。所以，我们不能根据死者有没有衣服来判断案件性质。"

"那她为什么会全裸？"肖支队长说，"衣服呢？"

我摇摇头，说："这个我也没有想明白。"

大家凝思了一会儿，钱局长说："秦科长你接着说。"

我点点头，说："死者有着明确的身份特征，我觉得查找尸源并不难。第一，死者的年龄大约二十岁，身高一米六六，既然形成干尸，皮下脂肪应该不厚，所以我判断死者偏瘦。第二，死者有一个特征性的阿凡达戒指。第三，死者接过头发、染过指甲，照片我这里都有，你们可以根据皮筋和美甲的特征来进行排查。在2010年失踪的女性，具备上述特征，就可以找她的父母来进行DNA比对。"

"不管怎么样，先找尸源吧。"钱局长说，"线索不少了，大家抓紧时间。"

"那我们回宾馆了？"我问道。

钱局长点点头，说："不过，我希望等到破案之后你们再回去，等找到尸源，还不知道能不能有相关证据来破案呢，到时候还需要你们的指导。"

我点头应允。

钱局长接着说："对了，你们回宾馆后，别忘记去6019房间，找一下赵巡视员，他对法医专业的好奇好像已经超过了本职的考古工作。"

我哈哈一笑，答应了下来。

我们一行几人简单地吃了晚饭，回到宾馆后，直奔赵巡视员的房间。

"怎么样？破案了吗？"赵巡视员好奇道。

我摇摇头，笑着说："破案哪有那么快，早得很呢。"

"你说，凶手会不会是盗墓贼呢？"赵巡视员问道。

原来如此。赵巡视员关心的并不是这起单纯的命案，而是希望我们能从破一起命案的基础上，找出盗墓贼，从而追回国家的损失。

不过，赵巡视员的话倒是提醒了我。

"对啊。"我叫了一声，说，"现场发现的盗墓坑道有几条？"

赵巡视员说："一条。"

"那么进入墓穴，必须走这条道吗？"我问。

赵巡视员点点头。

我拍了下大腿，说："我都没有想到！如果不是盗墓贼，怎么会知道这条隐蔽的坑道？"

"有道理啊。"大宝说，"那我们有没有必要让总队侵财案件科派员协助调查？"

我摇摇头，说："别急，等我们抓住了这个杀人凶手，再说。"

"你们接下来要做什么呢？"赵巡视员说，"这一大片墓穴，其实分两个区，我们这些天挖掘的是其中之一，另外还有一个区，也有一条盗墓坑道。"

我仍在思考赵巡视员刚才给我的提示，听他这么一说，一时还没有反应过来。沉默了一会儿，我说："啊？还有没挖掘的？那您能不能带我们去看看？"

赵巡视员眯起眼睛，说："那个区有武警把守，能不能进，我还得请示一下领导。这么麻烦，你们觉得有必要吗？"

"有必要，当然有必要！"我说。

"好。"赵巡视员说完走进卫生间打起电话。

"真的……要去吗？"林涛颤抖着问道。

我笑着点头，说："主要目的是去看看会不会有什么关联现场，次要目的是去长长见识，看看盗墓坑道到底是什么样的。"

"我知道，你还有个最主要的目的。"韩亮笑着说，"就是要兑现你的诺言，帮助林涛克服心理阴影。"

话音刚落，赵巡视员从卫生间走了出来，说："瞧我这三寸不烂之舌，领导同意了！"

● 4

"这批盗墓贼应该是有组织的，而且是老手了。"赵巡视员拿着灯走在前面，"这一条坑道，直接进入椁室，然后贯穿了区域内这几个墓穴。从之前我们挖掘的那个古墓看，小件古董几乎全部被拿走了。"

我在赵巡视员身后扶住林涛，慢慢地沿着陡峭的坑道往下移动。

"这个坑道应该打到了地下四五米的距离。"赵巡视员洪亮的声音等于是在帮我们壮胆。

"看到没，前面就是棺材了，哪里有什么鬼怪？"我大声说道。

黑暗中，看不清林涛的表情，但是从他瑟瑟发抖的上臂来看，我知道他正在和自己的恐惧做斗争。

"这是什么？"大宝叫道。

几束灯光同时指向了大宝的脚边。

"衣服！"林涛居然可以说出话来。

光束的照射下，我们看到了几件被灰尘和泥土覆盖的布质物体，从正反射着灯光的纽扣来看，这果真是几件衣服。

"别动，别动，我看看附近有没有足迹。"林涛仿佛完全忘记了恐惧。他的表现告诉我们，如果你热爱你的职业，便可以用专心致志来克服任何恐惧。

林涛戴起鞋套，用足迹灯照射坑道的地面，一点点地接近那堆衣物。

"可惜，看来是时间太久了，地面都是灰土，完全看不出足迹了。"林涛弓着腰，慢慢地走到了衣物的旁边，说，"一双旅游鞋，一件丝质的短袖上衣，牛仔裤，袜子，嗯，还有文胸，内裤。"

我从身后递过几个物证袋，说："我预感，这案子要破了。"

森原市公安局物证室里，我一边把衣物逐件摊在物证台上，一边说："林涛，我觉得你的心理阴影可能被克服了。"

林涛摇摇头说："谁知道呢？不过至少我现在是没那么怕坑洞之类的东西了。"

"显然，这是夏天的衣物。"我话锋一转，说，"给这些衣物打个侧光。"

因为有两年的时间了，衣服的表面几乎被泥土覆盖满了。我们寄希望于在这些衣服上找到一些生物检材，所以没敢对衣服进行清理。侧光可以帮助我们看到衣服上的可疑斑迹，事实上，通过侧光检验，我们在死者的蓝色牛仔裤上，发现了一处血痕。

"血痕！"大宝叫道，"擦拭状血痕！这不会是死者自己的吧？"

"第一，我们没有在死者的体表发现开放性损伤；第二，这是死者的外衣，即便她体表有伤，也很难在外衣上留下血痕；第三，这是擦拭状血痕，不是滴落状的，所以也不会是死者口鼻受伤后滴落的血痕。"我说。

"你的意思是说，这是凶手的血痕？"林涛问。

我点点头，说："很有可能，这件裤子整体提取，送到DNA室抓紧检验。"

"没想到这次'探险'，还给你们提供了这么重要的信息。"赵巡视员摸着下巴，眯着眼睛说道。

"是啊。"我说，"这个意外的发现太重要了。"

"你们怎么知道这些衣服肯定是死者的？"陈诗羽歪着头问道。

我说："死者全裸，这里有全套衣物，两者都是在墓穴中发现的。这种极端的巧合，就不再是巧合了，他们之间肯定有必然的联系。"

"如果有了DNA，我们的破案工作就会顺利许多。"林涛压抑着兴奋的声音。

"这次发现，意义不仅限于此。"我说，"DNA当然是最重要的东西，另外，通过目前的衣着情况，我们可以判断死者是死于2010年夏天。这一下就把全年的排查范围缩小到了几个月，侦查部门的调查工作就更有针对性了。还有，死者的衣物，也是寻找尸源身份的重要信息，有了这些，尸源的查找工作就更简单了。最后，我还在考虑，既然凶手把尸体和衣物分开藏匿，那么这种行为就体现出他的习惯，他知道古墓是极其隐蔽的地方，知道古墓的两个盗墓坑道的所在，那么他就肯定不会是误打误撞找到古墓的，他极有可能就是盗墓贼的团伙的一员。反过来推断，凶手知道古尸的衣物都会风化消失。他脱去死者的衣服，就是想混淆视听，想一旦发案，考古人员肯定会以为死者是一具古尸，即便发现衣物，也不会和古尸结合起来，毕竟这些场所看到一些废旧衣物也很正常。"

"真是费尽心机，不过他的美梦完全破灭了。"林涛说，"我们离找到他，已经不远了。"

电话向专案组汇报了最新进展后，我们回到宾馆美美地睡了一觉。本想一早就可以得到好消息，可是事实证明我们有些异想天开。

失踪人口很多很复杂，失踪人口的DNA信息一般都是以生身父母的DNA作为比对依据，数据库不能准确比对，必须人工比对。死者的随身物品和衣物信息也需要时间核查，所以寻找尸源的工作，经过了一夜的时间仍没有进展。

齐老师和步兵的鉴定检验工作已经完成，我们中午又和他们在一起吃了一顿午饭。在目送他们驾车驶离的时候，我接到了专案组的电话。

"尸源找到了！"钱局长见我们走进会议室，忙说道，"死者是彬源市的一个个体经营户，高林花，1989年出生，高中文化。"

"哦？这么快？"我高兴道，"怎么找到她的身份的？"

"最先是死者的衣服给了指向。"钱局长说，"我们发现她的上衣是彬源市的一个自主品牌，2010年创立的时候，主要销售渠道在本市。所以，我们把侦查视线从森原转移到了彬源。在彬源警方的协助下，很快找到了一家美容美甲店。据店老板供述，你们发现的接头发的手法和皮筋，以及死者的指甲图案，都出自他手。"

"他告知的死者身份？"我问。

钱局长摇摇头，说："我们把死者衣物给他出示后，他并不记得有这样穿着的女孩在他们的店里美发。毕竟两年多了嘛。后来还是今天上午在那家美容美发店周边进行走访的时候，一个卖戒指的人认出那枚阿凡达戒指是他所售。很巧合，这个店主认识死者高林花。"

钱局长顿了顿，说："死者是孤儿，从小在孤儿院长大。从她高中毕业一直到2010年，一直是一个人生活。2010年8月份左右，她突然消失，她的几个朋友都以为她跟她的男朋友离开了彬源，居然没有一个人报警，就连和她合伙做服装生意的'闺密'都没有报警。"

"看来她的闺密像是一个人吞了生意，这世道，唉。"我说。

钱局长说："虽然没有生身父母的DNA确认，但是从衣着和颅相复原的照片来看，死者就是高林花无疑。"

"孤儿，朋友都漠不关心，那么下一步怎么查？"我问。

钱局长摇摇头，说："目前还没法往下查。死者的男朋友杨威是我们森原市人，开始我们怀疑这个人就是凶手，不过经查，他在2010年7月份就因为故意伤害，被刑事拘留了。后来被法院判决有期徒刑三年，现在还在服刑。他没有作案时间。"

"7月刑拘，死者8月失踪。"我说，"这个有些太巧合了吧。"

"是啊。"钱局长说，"所以我们暂时也摸不清情况，一方面正在指令派出所对当年这起轻伤害案件进行卷宗翻阅，另一方面DNA检验部门正在对杨威的DNA进行确认。"

在专案会议室里苦等到晚上，DNA室主任赵琪终于推门走了进来。

大家一起用期盼的目光盯着她。

赵琪说："DNA排除了，死者衣物上的血迹不是杨威的。"

大家又一起失望地垂下了脑袋。

赵琪接着说："不过我留了个心眼。经过男性家系染色体的分析，我们认为杨威和这个血迹的主人，存在父系关系。"

"什么意思？"大家又重新燃起希望，翘首以待。

赵琪被我们逗乐了，掩口笑了笑，说："也就是说，凶手说不定是杨威的堂兄堂弟、叔叔伯伯什么的。"

话音刚落，派出所的所长也快步走进了会议室，喘着粗气说："报告钱局长，我们翻看了那起伤害案件的卷宗。2010年7月18日，杨威因为琐事和一个素不相识的人发生口角继而厮打，导致对方胫腓骨骨折，法医鉴定为轻伤。7月底，杨威被我们刑事拘留。因为轻伤可以调解嘛，所以一开始我们是主张调解的。结果伤者狮子大开口，问杨威要二十万，杨威当时还是个在校大学生，父母又早逝，一直是自己一边打工一边赚钱来养活自己。哦，可能他的女朋友也在资助他，所以他拿不出那么多钱。我们只有依法移交检察院进行公诉。因为杨威的态度强硬、恶劣，所以被判了三年，学籍也没了，挺惨的。"

"他有亲戚吗？"钱局长连忙问道。

"啊？"所长显然没有做好充分的准备，连忙拿出卷宗翻阅了一会儿，说，"有一个叔叔，两个姑姑，还有两个姨娘，不过这些人即使看到杨威有难，也都没帮助过他。"

"马上对他的叔叔和他的堂兄弟进行采血检验！"钱局长兴奋地命令道。

这一夜，无眠。

第二天一早，我瞪着两只红肿的眼睛再次走进专案组会议室的时候，省厅刑警总队侵财案件科的同志倾巢出动，他们已经抵达了森原市。

其实我这无眠的一夜发生了许多事情。

杨解放，杨威的叔叔。一个性格软弱、胆小怕事的盗墓贼。

DNA结果认定后，杨解放从自家的床上被揪了起来。带进刑警队一个小时后，就交代了他盗墓的犯罪事实，两个小时后，就交代了他杀人的事实。

杨解放和他们村里的其他几个人就是对这片汉代平民墓地实施盗墓行为的罪魁祸首。2008年，他们盗取了各类文物四十七件，并低价卖给了文物贩子。

在省厅侵财案件科的主持下，侦查人员顺藤摸瓜，很快侦破了这一起盗卖文物案，被盗的四十七件文物追回大半，余下的也正进行追查。这一起命案牵出了盗墓贼，为国家挽回了损失，这是后话。

在听完杨威和高林花的故事后，破案后的高兴情绪被深深的惋惜掩盖了。

杨威的父母在杨威十二岁的时候就双双因车祸去世了，杨威曾到自己的亲戚家里去求助，可是几个狠心的亲戚居然都将他赶出门外。十二岁的杨威就开始一边在黑煤窑里打工，一边上学。

2009年，考上大学的杨威在一次QQ聊天中，认识了高林花。同是孤儿，他们惺惺相惜，无话不说，很快就确定了恋爱关系。杨威一边上学一边勤工俭学，而高林花则拼命赚钱资助杨威。

2010年7月，杨威在暑假期间打工，因为琐事和一个客户发生了纠纷，继而厮打，把对方打成轻伤。这个客户不顾派出所的调解，毅然决然要价二十万赔偿费。高林花得知此事后，东借西凑，准备了十五万元准备调解此事。可是这个被打的客户知道杨威是大学生，一旦判刑学籍肯定就保不住了，所以坚持少一分钱都拒绝调解。

走投无路的高林花想起杨威曾经告诉她，他的叔叔是个盗墓贼，应该存有大量现金。于是，高林花只身一人来到杨解放家，请求杨解放借给她五万块钱，解救杨威。

杨解放性格懦弱，怕老婆。因为杨解放的老婆坚决反对，所以任凭高林花磕头央求、哭闹打滚，杨解放依旧坚持拒绝借钱给高林花。

眼看调解的期限将到，高林花只有以告发杨解放盗墓为要挟，逼杨解放借钱。盗卖文物是大罪，杨解放和自己的老婆商量后，决定杀掉高林花灭口。

2010年8月初，杨解放以同意借钱为借口，邀高林花来到森原，在其不备的情况下，掐死了她。为了把高林花的尸体伪装成古尸，杨解放脱光了高林花的衣服，把尸体运进了他曾经盗过的一个古墓里，从破损的棺材盖板上把尸体塞进了棺材。另一边，杨解放的老婆把高林花的衣物藏进了另一处古墓。做了亏心事，就怕鬼敲门，杨解放的老婆并没有按照既定计划，在古墓里焚烧掉衣物。她在走到一半坑道的时候，因为听见异常响声，吓得丢下衣服落荒而逃。

"这两个年轻人太可惜了。"大宝坐在返程的车上一脸惆怅，"怪谁？怪杨威太年轻气盛？怪那个得理不饶人的客户？怪杨威的叔叔冷漠无情？"

"人为财死，鸟为食亡啊。"我叹道。

"你们说，杨解放的老婆在坑道里听见的响声是什么？"林涛颤声问道。

我哈哈一笑，说："她才是真的活见鬼了。"

话音刚落，我的电话铃声响了起来。

"真是活见鬼了。"钱立业局长的声音，"你们上高速了吧？那麻烦你们在下一个出口掉头回来吧。我们这里居然又发了一起命案！"

"啊？不会吧？这么倒霉？"我说，"案子复杂吗？需要我们介入吗？"

钱局长叹了口气，说："你们肯定会感兴趣的。现场留下了三个血字，'清道夫'。"

老板娘葛凡穿着一身黑色套装，仰卧在大床的床头，像是睡着了一样。她七八岁的女儿仰卧在她身侧一米左右的位置，面部盖着一条毛巾。

● 1

听到我的复述后，韩亮一个侧打方向盘就从高速旁的一个出口驶出了高速，说："你若晚说十秒钟，我们就得跑到四十公里以外，才能找得到出口掉头。"

警车闪着警灯，从出口掉头，飞速驶回森原市。

"为啥我们在哪里，'清道夫'就到哪里？"林涛沉吟道。

我若有所思，说："你还别说，还真是这样。龙番的两起，我们都没有出差。云泰的一起，当时我们正在云泰附近的峰岭市办案。"

"可能是巧合吧。"陈诗羽头也没回。

大宝说："你们说，会不会是凶手盯着我们啊？意图就是挑战我们？"

"'云泰案'已经是这样了，现在又来一个寻仇的？一年一个？我可没有得罪那么多人。"我说。

"说不准是小羽毛得罪了人呢？"韩亮哈哈一笑。

"怎么可能?！"坐在副驾驶的陈诗羽翻了个白眼。

说话间，我们就看见了守候在路口的警车。

肖剑支队长挤上了我们的现场勘查车，说："走，韩老弟，前面直走，过五个红绿灯右转。"

"嚯，这么精确？地形好熟啊。"大宝说。

肖支队长笑了笑，说："我以前在这个辖区的派出所当所长，地形当然得烂熟于胸。咱们废话不多说，我先给你们介绍一下情况。"

我点了点头。

肖支队长说："今天早晨有几个跳广场舞的大妈，到森原市中心公园跳广场舞的时候，发现广场旁边的一个灌木丛里，有一个衣衫褴褛的死人，于是报警了。因为报警的时候语焉不详，所以110接警员以为只是一个流浪汉猝死在广场，所以也没太在意，指令当地派出所出警了。派出所出警的时候，你们正好乘车上高速。可是民警到现场后，发现有大片血迹，认为这是一起命案，等层层上报到我这里的时候，我第一时间就给你们打电话了，好在你们还没有走远。"

"'清道夫'专案组已经发布了协查令，一旦有类似的案件发生立即并案侦查。你们打电话通知龙番市公安局了吗？他们会派工作组过来的。"我说。

肖支队长点点头，说："通报过了，他们估计也在路上了。"

"这个案子我们一直在跟。"我说，"不等他们了，我们先工作吧。"

现场位于森原市中心公园正中的一个广场附近，一处黑黢黢的灌木丛中，仰卧着一具尸体。尸体的周围布满了血迹，而且仿佛有搏斗的痕迹，显然，这是一个典型的命案现场。

尸体的下身是赤裸且血染的，上身的破烂衬衫也是敞怀的。尸体周围的血迹从灌木丛旁边的一个铺盖处开始，一直延伸到了灌木丛中央。

"死者是个什么人？"我问道。

肖支队长说："目前死者的身份还没有调查清楚，应该是没有户籍的流浪人员。附近的住户认识他，说这个人自称五哥，以在公园内向游客乞讨为生，就住在公园内。夏天的时候他会随便找个地方铺上铺盖睡觉，冬天的时候，他在公园的一处假山洞里睡觉。这个人意识清醒，性格温和，从来不骚扰或伤害游人。"

"前面三起系列案件，死者或多或少有些精神上的问题，或者有一些不良行为。而五哥除了流浪、乞讨人员这个特殊的身份，其他都很正常。"我说，"这么看来，凶手的目标是明确指向流浪汉这一特殊群体的。"

"流浪汉都是在道路周围过夜、生存的。"大宝说，"这样看来，'清道夫'这个名称也就很好理解了。"

"那这周围有监控摄像头吗？"林涛四周环顾了一下，说，"毕竟这里是公园，是公共场所。"

肖支队长说："这个公园是我们市的一个公益性的公园，公园的四周不设围墙，一共有十六七条小路可以直接通到公园中心。当然，如果不走这些小路，也可以从一些树丛、灌木丛中进入公园。总之，这个公园是完全开放式的。公园周围也有大路，大路上也有交警部门安装的道路监控，我们已经派人调取，正在看。不过，凶手也完全可以绕过大路，从一些不连接大路的小路或者树丛中进入、离开公园。"

"视频侦查工作，就是死马当活马医吧。"我说，"只要凶手稍微熟悉这里的环境，就可以轻易绕过监控。我们还要按部就班地开展我们的现场勘查和尸体检验工作。"

说完，我们穿戴好现场勘查装备，开始接近血迹中心。

纵观现场的血迹，是以大圆滴状的滴落状血迹和均匀分布的擦蹭状血迹为主的。尤其是在擦蹭状血迹的中间，能看到一些皮肤纹理。显然，这是死者受伤后，脚底在地面移动而形成的血迹。血迹形态呈现特殊状的，是在死者生前睡觉的铺盖上，可以看到带有方向性的毛刺状的血迹，这是喷溅状血迹。由此判断，死者最先受伤的位置就在这里了。

死者的一条破旧不堪的裤子被扔在铺盖的旁边，朝上的一面有一些喷溅状的血迹，而朝下的一面没有任何血迹。这说明，血迹开始喷溅的时候，裤子已经是呈现这个姿态，摆放在原始位置了，后期也没有被移动过。

"显然，是先脱裤子后受伤的。"我说，"死者有裸睡的习惯吗？"

肖支队长摇摇头，说："我们调查的时候也注意到，这些跳广场舞的大妈说，每次来跳舞的时候，都可以看见他在睡觉，是和衣而睡。这个人毕竟是个思维正常的人，一般不会在公共场所裸睡吧。"

"哦。"我若有所思，说，"林涛，这里的地面不够光滑，观察痕迹的条件不好，但是你可以研究一下血迹的形态，看看血迹的中间有没有什么蹊跷。"

说完，我招招手，和大宝一起跨进灌木丛中，开始对尸体进行简单的尸表检验。

死者上半身黏附的血迹不多，还可以看到一些喷溅状血迹的存在。从死者的腰部开始，血迹沾染情况陡然加重，几乎整个下半身都是血染了。血液大量流出，在双腿上黏附，然后结成血痂。红色的双腿，还可以看到许多红色的腿毛，有些惊悚。

尸体右腿的血染程度比左腿要严重得多，整条腿几乎都已经成了红色。我蹲在尸体旁边，仔细观察他的右腿，可是仍然无法判断损伤究竟位于什么位置，一定是血痂把伤口覆盖住了。

我只有作罢，问身边的肖支队长说："哎，对了，你不是说有'清道夫'三个字吗？"

说完我环视了一下四周。四周一片空旷，没有墙壁、树木之类可以留下字迹的地方，地面上尽是血迹，也没有下"笔"的地方。

肖支队长从物证箱里，拿出一个透明的物证袋，说："你看，这次和你们之前的案件不一样了，凶手可能是在现场周围随便拿了一张废旧的报纸，在报纸上写下了这三个字，然后用石头压在了铺盖旁边。"

我蹲在地上，一眼就看见三个大字的中间，中间的"道"字，依旧是一个错字。

"确认是同一凶手无疑。"我站起身来对几米之外的林涛说："你和小羽毛留下看现场，别忘了再仔细看看那张废旧的报纸。我和大宝回去检验尸体了。"

在拍照固定完尸体上的血迹形态之后，我和大宝对尸体进行了清洗。随着血痂一点点地被清水冲掉，死者腿部的伤口逐渐暴露了出来。

大宝在伤口的一侧贴上比例尺，招呼身边的技术员来拍照。

"伤口好细啊。"我说，"怪不得有血痂附着就看不到了。"

"嗯。伤口哆开了，也就一毫米的宽度。"大宝说，"不出我们的所料，作案工具都是一样一样的。"

"手术刀。"我和身边的王峰法医异口同声。

"伤口有四五厘米长，显然远远超过了手术刀的宽度。"我说，"说明凶手在把刀刺入死者大腿以后，拔刀的时候有个切的动作。这是一处典型的刺切创。"

"死者的全身尸斑浅淡，是一个失血貌。"大宝一边解剖，一边说，"尸僵很硬。嗯，另外，胸腹腔都没有明显的损伤和出血痕迹，双上肢没有约束伤。"

我则对死者大腿的伤口部位进行了局部解剖，我说："这一刀真是稳、准、狠。一刀直接插上了死者的股动脉，可以说这一刀的解剖定位绝对是专业级的。另外，切的动作把整条股动脉完全切断，而且也可以把软组织创口扩大，保证动脉血液大量喷射，人体会迅速死亡。"

"专业级的手法。"王峰说。

我点点头，说："之前我们也判断，凶手是个医学工作者。"

"而且还是个女性。"大宝补充道，"在现场，我又闻见了那熟悉的香水味道。"

"下肢也没有约束伤。"我说，"凶手是在死者毫无防备的情况下，一刀致命的，和前面三起案件完全一致。死亡时间怎么样？"

大宝打开了死者的胃组织，指着那空荡荡的胃壁，说："胃基本排空，是在末次进餐后六小时以上死亡的。"

"结合死者的尸僵和角膜混浊的情况，基本可以确定死者死亡十二小时了。"我说，"也就是说，大约是昨天，6月2日，晚上十二点钟左右。"

"这个消息赶紧反馈给视频侦查组。"王峰说，"让他们缩短视频观测时间段。"

我们再次对尸体从头到脚进行了检验，没有新的发现，于是缝合完尸体，吃了午饭，匆匆赶往位于森原市公安局的专案指挥部。

指挥部内，省厅大案科的青亚科长已经带了龙番市公安局刑警支队的两名侦查员赶了过来。

我提纲挈领地把尸检情况介绍完毕，青亚说："看来这是一起典型的'清道夫专案'，凶手从侵害对象、作案时间和作案工具、作案手法上都保持了她的习惯。现场的情况又是怎样的呢？"

林涛清了清嗓子，说："现场的血迹看起来很复杂，其实很简单。根据我们的分析，凶手应该是在铺盖处低位下刀，刺破死者的股动脉后，因为有大量血液喷溅涌出，死者起身离开铺盖，向灌木丛逃跑，在灌木丛旁边摔倒形成一块血泊，再次爬起身后，向灌木丛中逃跑，在灌木丛中间距离边缘五米处再次摔倒后死亡。另外，我们看了留下'清道夫'三个字的报纸，是几天前的报纸，应该是死者捡来放在铺盖中间的。报纸上有血指印，但没有纹线，显然凶手戴着橡胶手套。"

"也就是说，现场没有打斗痕迹？"我问。

林涛摇摇头，说："打斗痕迹不明显，但是在铺盖处，可能死者有个强行远离凶手的动作。在这个动作过程中，导致凶手的一只鞋套脱落。"

"啊？鞋套脱落？"青亚问，"你怎么知道？"

林涛微微一笑，说："因为我们在铺盖的边缘发现了半个脚掌的血鞋印。既然凶手鞋底沾了血，说明她应该是鞋套脱落，然后踩上了血，再踩到铺盖上。可惜，因为凶手脚上的血很少，或者因为凶手重新戴上了鞋套，所以我们在附近地面上没有再发现潜血足迹了。"

"鞋印有鉴定价值吗？"我问。

林涛说："鞋底花纹没有特征，但是磨损痕迹还是有特征的。所以，只要能找到嫌疑鞋子，我们就可以进行比对。但是想通过鞋印去排查人，几乎没可能。"

"半个脚掌的鞋印是有依据的。"视频侦查组的王组长说，"我们在附近监控的视频里，发现了可疑人员。"

说完，王组长打开投影仪，幕布上开始放映一段模糊不清的视频。

王组长说："这是6月2日晚上十一点半在公园附近一个大路上发现的可疑人员。我们可以看到，她穿着鞋套。"

视频里是一个高挑的女子，一头长发，穿着白色的连衣裙，匆匆地走过一个监控范围。王组长把视频定格在最清楚的一个画面，画面中，女子的面孔一片模糊，双手因为摆动也看不清楚，只有迈出去的一只脚，可以看到是包裹着深色的鞋套。这个嫌疑人的发型、衣着和体态特征，和红褂孬子被杀案中目击者描述的完全一致。

王组长说："从我们的经验看，虽然嫌疑人的脚上有包裹物，但是足背非常高，显然是穿着一双高跟鞋。"

"如果是高跟鞋的话，那么我们只能看得到半个脚印了。"林涛说。

王组长点点头，接着说："当晚十二点一刻，这个嫌疑人再次出现在这个监控头下，行走方向正好相反。不过她的手上多了一个方便袋。"

说完，王组长播放了另一段视频。

我说："你们看，这个时候，嫌疑人的脚上已经不是深色了，而是浅色，鞋跟也若隐若现。"

王组长说："对，我们分析嫌疑人在离开中心现场后，为了不引起注意，脱去了可能沾染有血迹的鞋套和手套，用这个方便袋提着，离开了现场。"

会议室里开始议论纷纷。

我咳嗽了一声，说："现在看，凶手是一个瘦高个子的女性无疑了。凶手用色诱的方式接近被害人，然后用一系列专业的手段杀人，侵害对象是流浪汉。我怀疑这可能是个曾经被流浪汉性侵的女子，作案目的是报复流浪汉这一人群。"

"分析得很有道理。"青亚说，"几名死者都有不同程度的脱衣现象，提示了凶手接近和让对方丧失警惕、抵抗力的手段。侵害这一没钱、二没色、三没仇的特殊群体，肯定是因为凶手有什么思想根源，秦科长分析的这个根源是可能性最大的。"

"另外，我觉得凶手不是森原人。"我说，"今天上午我们还在说，只要对附近有一点点了解，都可以避开摄像头，但凶手却出现了在摄像头里。我觉得凶手对这一片几乎没有了解。她冒着被发现的危险，戴着手套和鞋套满街游荡，最后走进公园，应该是在寻找目标，防止发现目标后再穿戴手套、鞋套来不及。"

"对。"青亚说，"目前发的四起案件，两起在龙番，一起在森原，一起在云泰。所以，凶手是龙番人的可能性最大。下一步，请当地侦查部门对特定时间在森原和在云泰住宿的人员信息进行排查，找出可疑人员。要找的是女性，年龄应该不大，如果户籍上有职业信息的，从事医疗专业的人嫌疑给予相应的上升。"

"上次不是对住宿信息进行过排查了吗？"陈诗羽问，"不是没有消息吗？我觉得查住宿信息没有什么作用。"

"怎么会没有作用？"青亚自信地一笑，说，"上次是只在云泰市范围内查。你想想，一个云泰市，每天那么多流动人口，当然很难查。这一次就不一样了，4月25日住在云泰，6月2日住在森原，两条信息一碰撞，范围就小得多了。"

"但是我们森原是旅游城市，每天的住宿信息量都非常非常巨大。"肖支队长说，"要进行逐条梳理，再加上两者互相比对，工作量还是很大的。"

"工作量大没关系，只要破案就可以了。"青亚说，"给你们一个月的时间，差不多吧？"

肖支队长点了点头。

"那我们就撤离了。"青亚说，"我们还有个跨国贩毒案在办，秦科长，你们呢？"

"我们也要撤了。"我晃了晃手中的手机，说，"师父来短信了，青州市，命案。"

● 2

在从位于我省西南的森原市赶往东北的青州市的漫长路上，我给铃铛打了个电话，进行了简单的问候。

铃铛已经习惯了我长期出差的工作性质，从我们刚工作时我一出差超过三天她就沮丧哭泣，到现在我出差半个月她也只是偶尔打电话问候的现象看，她真的是从习惯到自然了。脑海里想到她每天挺着大肚子独自上下班的情景，我还是忍不住有些语塞，有些鼻酸。

不只是铃铛一个，中国许许多多的警嫂，其实都是这样，在警察们的背后，默默地奉献着。我也只有这样安慰自己。

大宝见我打了电话，也给宝嫂打了个电话。大宝三十三了，和宝嫂的婚期一拖再拖，个中原因，也只有他俩自己知道。但我想，我们这成天出差的工作性质，肯定是宝嫂延迟婚期的一个重要因素。宝嫂是个大大咧咧的女人，但是做起事情一丝不苟，在选老公这件事情上，肯定更是谨慎至极。她和铃铛经常一起逛街、交流，她知道和大宝结婚，自己就会过上和铃铛一样的日子，作为一个女人，仔细掂量掂量，也是可以理解的。

我们驶入青州市的时候，已经是晚上八点，夜幕已经笼罩了整个青州市。我们按照师父短信上的地址，驶到了位于青州市火车站附近的一个商业集中地带。

闪烁的警灯，聚集了大量的围观群众，所以我们无须寻找，就知道中心现场的位置所在。

师父的好朋友，邢斌局长，已经在现场坐镇指挥了。刚刚提拔成青州市公安局刑警支队副支队长的马天朝法医一身勘查装备，守候在警戒带外。

"什么情况？"我下车后直接问。

"哦。"马支队长说，"今天中午，有人报案，说这间旅馆的老板娘被杀害了，辖区派出所到达现场后，确认这确实是一起命案，两名死者，是这间旅馆的老板娘葛凡和她的女儿于婷婷。"

"中午才发现的？"我说，"一般发现命案的时间段都是晚上和清晨，中午发现命案确实不多见哦。"

马支队长说："是啊，这个当时我们也觉得奇怪。原来这个旅馆的尽头是一个收银的房间，这个房间里就是老板平时居住的房间。房间通向走廊有个小窗口，平时是开着的。今天早晨，旅馆的住客离开旅馆的时候，还有人看到老板娘在房间里看电视。再往后，就有人反映这个小窗口关闭了，具体关闭的时间没法了解清楚。"

"那是谁报案的呢？"我问。

"是今天中午将近一点钟，一对大学生情侣来这里开房。"马支队长说，"因为是熟客，所以知道小窗口是老板的'吧台'，于是就敲窗，没有反应，然后他们就去敲收银房间的门，结果发现房门其实是虚掩的。他们进去一看，就见两人死在房间中央的床上。"

我默默地点点头，看了看现场周围的环境。

这是位于青州市火车站以西大约两公里处的一个商业集中地带。这一片的商品房，都是联排的两层小楼。

现场位于一排门面房的二楼。从两间门面房之间的狭窄楼梯上楼，就走到了这个小旅馆的一端。二楼的第一间，就是中心现场的位置所在。这个狭小的收银房间，除了一扇绿色的防盗门可以通向走廊以外，还有一个小窗子，就像食堂的窗口一样。整个二楼的面积不小，走廊的两端都是平行排列的房间，每个房间上都贴着门牌号码。

旅馆的住客都被警方带走进行询问了，有的房门开着，有的房门关着。据马支队长介绍，警方一共带走了七个人，其中三个人是单独住的，另外四个人是两对情侣，也就是说，当天应该是开了五个房间。

我和大宝沿着旅馆的走廊走到另一端的尽头，这里是个用铁栅栏封起的阳台。栅栏没有撬压的痕迹，显然，是不可能有人从这里出入的。阳台的一侧，有一间自建的小屋，小屋里放着一台高温消毒的机器和许多条长短不一的毛巾。可见，老板娘平时就是在阳台上清洗毛巾，并用这台机器消毒的。一来，阳台比较宽敞，可以堆放毛巾，二来，这是个开放的场所，住客可以轻易看见老板娘的消毒过程，从而也可以放心地使用这里的毛巾。

阳台的另一侧，是一个简易的厨房，一张桌子上有一个电饭煲、一个电磁炉和一些锅碗瓢盆。

"凶手肯定是从楼梯口进来，又从楼梯口出去的。"我说。

"楼梯口有监控摄像头吗？"林涛问。

马支队长摇摇头，说："这一带的管理确实是不够周到，几乎没有监控摄像头，是一个监管盲点。不过也不排除这里是个藏污纳垢的地方，要是装了摄像头，不是自找没趣吗？"

"那是不是住宿信息也不会登记？"我问。

"这个，我就不确定了。"马支队长说，"总之有人报案后，我们就把住宿在这里的人全部控制起来了。"

"听你说是老板娘和她女儿死了？"我问，"有老板娘就有老板吧，老板呢？"

"哦，老板平时在龙番经商，只有周末才会回来。"马支队长说，"这个我们已经确认过了，老板没有作案时间。"

我点点头，说："行，那我们进中心现场看看吧。"

中心现场，也就是那个收银房间，是个很狭小的房间。从绿色的防盗门进去后，看到的是一个放在门口的矮柜，矮柜上方放着一盘水果和一把水果刀。

"凶手好像没用它，不过还是把这把水果刀提取了吧。"我小心地捏起水果刀左右看了看，没见什么异常。

矮柜上下放着脸盆、刷牙缸、毛巾等一些生活用品，从数量上看，应该只有一个大人和一个小孩住在这里。矮柜的旁边放着两个热水瓶。矮柜紧挨着一张大床的床尾，大床的一侧靠房间内墙，另一个侧面摆放着一张办公桌，办公桌上方，就是那扇通往走廊的小窗户。可想而知，老板娘平时就是坐在床上，趴在办公桌上做生意的。

办公桌上、小窗户的旁边，摆放着一台电脑，屏幕是黑的。在拍照固定完成后，我动了动鼠标，桌面显现出来，是一个播放器的界面，正在播放这个时间段全国都在热播的《甄嬛传》，不过播放器被点击了暂停。再次拍照固定后，我把播放器最小化，发现电脑桌面很干净，几乎没有安装任何软件。我在控制面板里找了找，没有发现安装住宿信息登记软件。这是一台新电脑。

床头是一个书柜，书柜上倒着一块木板，上面钉着几排平行排列的钉子，木板附近凌乱地掉着一堆钥匙。显然，这是个挂房间钥匙的木板，因为搏斗，导致木板倒伏，钥匙也就散落在床头了。

书柜没有翻动的迹象，里面的杂志书刊摆放得还算整齐。整个房间也就这些摆设了。

从收银房间外面看，小窗是被一个窗帘遮住的，看不到里面。但从里面看，才知道窗帘并没有被拉起来，而是因为有打斗现象的存在，窗帘上方的罗马杆被拉断，一端吊在屋顶，一端垂在半空，窗帘滑落在罗马杆一端，正好遮住了小窗。

"哦，原来是因为窗帘杆断了啊。"马支队长说，"摸排的时候，有人反映，老板娘只在晚上十二点钟以后，才会拉上窗帘睡觉，平时都是开着的。"

"这个现象解释很重要。"我说，"如果凶手杀人后或杀人时知道把窗帘拉上，那就是有反侦查能力了。"

我顺手拉开了办公桌的抽屉，抽屉里整齐地放着几沓写满了字的公文纸，没有翻动的痕迹。这时候，我才发现办公桌上放着一个文件夹，文件夹里夹着一沓空白的公文纸，看纸质，和抽屉里的一样。

我招呼大宝拿来物证袋，把公文纸都放了进去。

两具尸体平行躺在大床上。老板娘葛凡穿着一穿黑色套装，仰卧在大床的床头，像是睡着了一样。她七八岁的女儿仰卧在她身侧一米左右的位置，面部盖着一条毛巾。

现场狭小，而且显然死者没有明显的出血，所以现场勘查工作也显得简单许多。林涛依旧拿着足迹灯在现场狭小的地面和床面上观察着，陈诗羽拿着刷指纹器具候在一旁。现在的陈诗羽，不仅仅是一名侦查员，更像是林涛的一个小助手了。

我东看看西看看，见房间里并没有多少异常现象。办公桌的侧面柜子上，还挂着一把钥匙。我转动钥匙，打开了柜子，见柜子里是一个小小的保险柜。可想而知，旅馆的日常营业额就在这里了。

我招呼了一名技术开锁的痕检员，用了十几分钟的时间，打开了这个小保险柜，里面有两捆百元大钞，还有一些零散的百元大钞和一些零钱。可见，葛凡把所有的现金都放置在这个保险柜里，保险柜并没有被人动过。

"你说会不会是凶手打不开保险柜，所以没有劫财的迹象啊？"大宝知道我看这个保险柜的意图，是想对案件性质有个初步的判断，所以问道。

我摇摇头，说："第一，保险柜外面的柜门是关好的，我认为凶手没有动过。"

"等等，那为什么会有钥匙挂在柜门上呢？"大宝问。

"你想想啊，如果死者把钥匙都收起来的话，每次来人结账，她要先拿出钥匙开柜门，再打开保险柜，多麻烦啊。里面既然有保险柜，屋里又有人，外面柜门的钥匙没有必要拿下来啊。"我说，"这样，她就可以直接按密码打开保险柜，这才符合常理。"

大宝点了点头。

我接着说："第二，如果是抢劫杀人的话，那么凶手在杀完人后，即使打不开保险柜，难道还不能把保险柜抱走吗？"

说完，我尝试了一下。这个小保险柜也就四五十斤重，我这个并不强壮的人，也可以把保险柜从办公桌侧柜里搬出来。

"我看两名死者的衣着都很完整。"大宝翻动了一下死者的衣着，说，"尤其是老板娘的套装，甚至连衬衫都还掖在裤腰里，肯定不会是事后伪装。也就是说，这个案子也没有性侵的迹象。难道是寻仇？"

我抿着嘴思考了一阵，抬头说："现在下结论为时过早，不如先进行尸检，看看有没有什么发现。"

"把小女孩面部盖毛巾这一特征给固定好。"大宝对陈诗羽说道。

在等待殡仪馆的车辆来拉尸体的同时，我和大宝走出旅馆，来到位于旅馆对面的一个被临时征用为专案指挥部的门面。我戴起手套，用干净的物证袋铺满了办公桌，然后从物证袋里拿出一沓写满字的公文纸。

"这就是办公桌抽屉里的公文纸吗？"马支队长问道。

我点点头，说："虽然这个小旅馆没有按要求在电脑系统里录入旅客住宿信息，但她倒是用公文纸一笔一笔都记下来了。"

"应该是换了新电脑，住宿信息登记软件还没有来得及安装吧。"大宝说。

"有可能。"我点点头，说，"这些撕下来的公文纸上记载了半个月之内的住宿记录。几乎每两天，住客信息就可以写满一张公文纸。"

"可惜，这些记录只记到了两天前。"马支队长说，"这两天的记录就没有了。桌上的那个文件夹里，不也是夹着空白的记录纸吗？"

我点点头，微微一笑，说："按照老板娘的习惯，这两天的信息她不可能不记。那么，最大的可能，就是凶手把记录了这两天住宿信息的纸给带走了！"

● 3

青州市殡仪馆内，一座两层小楼还在此时此刻的深夜闪烁着灯光。青州市公安局法医学尸体解剖室的排气扇和空调全开，轰鸣声不绝于耳。

死者葛凡生前一定是一个很爱干净的少妇，即使死去，也还是那么干净整洁。死者的衣服很完整，衣服上也没有明显的搏斗或者污染的痕迹。在拍照固定后，我们依次脱去了死者的衣服。

衣服一脱，少了衬衫领口的遮挡，死者裸露的颈部可以看到几处黝黑的皮下出血。

"死因出来了。"大宝说，"尸体的窒息征象还是很明显的，现在看又有颈部损伤，死因基本明确了。"

我点头认可，按照常规检验了死者的尸表。除了颈部的损伤，其他部位没有发现明显的损伤。

我拿起手术刀，静静地打开了死者的胸腹腔。死者的胸骨正中间，有一块显眼的皮下出血，呈圆形，直径大约五厘米。

"这里有个挫伤，看看致伤方式是什么？"我问大宝。

大宝摇摇头，说："现场有搏斗的迹象存在，是不是拳击伤或磕碰伤，不好确定。"

"我看都不像。"我说，"这个损伤太规则了。现场那么狭小，怕是施展不开拳脚，而且现场也没有能够磕碰形成圆形皮下出血的物体啊。"

"那你说是怎么形成的？"大宝问道。

我摇摇头，说："不着急，先按规矩来。"

死者的内脏颜色很深，这是一种淤血现象。内脏淤血，是窒息死亡的一个征象。打开死者的胃，胃内还比较充盈，食物形态还可以分辨，看起来是稀饭、油条和咸鸭蛋。

"死者的早餐时间，调查了吗？"我问马支队长。

马支队长虽然已经是副支队长了，但是法医的活儿还是继续在干。穿着解剖服的马支队长点头说："这个很明确，楼下的小店我们走访了，反映死者在今天早晨七点半左右下楼买了油条和咸鸭蛋。从胃内容物来看，应该和调查的情况相符。"

关系到死亡时间的推断，侦查员已经养成了调查死者末次进餐的习惯。

我说："食物还没有进入十二指肠，食糜形态也清晰可辨，说明死者是末次进餐后两小时之内死亡的。既然清楚了死者大约七点半到八点吃了早餐，那么她的死亡肯定是上午十点钟之前了。"

"这个时间还是比较合理的。"马支队长说，"一般住客要么就是早晨离开旅馆各干各事，要么就是这个时间还在睡觉。所以这个时间段，还是相对比较冷清的。"

我见胸腹腔解剖也没有什么新的发现，在大宝缝合尸体的时候，打开了死者四肢关节的皮肤。皮肤下面是纹理清晰的肌肉组织和肌腱，没有发现皮下出血或肌肉内出血。

"居然没有约束伤！"马支队长说，"一般扼颈杀人，都会有或多或少的约束伤，防止死者的抵抗。"

"说明这个凶手的控制力很强。"我说，"因为体力悬殊，他可以轻易控制被害人。而且，别忘了，死者这边还有个小帮手。"

我指了指停尸在一旁的孩子的尸体。

"可是，他是怎么控制被害人的？"马支队长问。

我沉吟了一会儿，突然想到死者胸口的一块出血，说："把尸体翻过来，我们检验一下尸体的背部。"

和我猜想的一样，死者的双侧肩胛窝内，都有明确的出血痕迹。肩胛窝位于肩胛骨和后肋骨之间，不可能直接受力。只有在身体被力量压迫的情况下，因为肩胛骨的上下活动、摩擦，引起这里的出血。

"可见，"我眯着眼睛说，"死者是被人用膝盖顶住了胸口，然后扼死的。肩胛窝的出血提示死者有过剧烈的挣扎，但是因为这一顶一扼，几乎没有反抗的能力。说明两人体力的悬殊是非常巨大的。"

"有一点我就不明白了。"大宝说，"既然体力悬殊，为什么现场还有打斗的痕迹？按理说，凶手可以一招克敌，没必要打斗吧。"

"现场的现象很有可能只是表象。"我说，"尸体说出来的话才是真话。现场好像看起来有些凌乱，像是打斗，但是为什么我们在尸体上，没有发现这几处控制伤以外的损伤？按理说，既然有打斗，就会有损伤啊。"

"难道你是说，打斗是伪装的？"马支队长问。

我摇摇头，说："不像是伪装的。如果伪装的话，他完全可以把柜子抽屉都给翻乱。我们觉得现场凌乱，主要是因为窗帘掉下来了，还有那一板钥匙散落了。除此之外，再无打斗的痕迹。那么，我们就不能说这一定是打斗痕迹，说不准有其他的原因。"

"回头再考虑吧，凌晨了，我们赶紧检验小孩子的尸体。"大宝打断了我的思路。

我点点头，和大宝一起把于婷婷的尸体搬上了解剖台。

每次检验小孩子的尸体，都是对法医心理的一种挑战。尤其是对马支队长这种有孩子的法医和我们这种即将有孩子的法医来说，给孩子做尸检会很压抑。

整个尸检过程在沉寂中进行，虽然沉寂，但是大家心里都有数，按照既定方针对尸体进行了检验。和葛凡的尸体一样，于婷婷的损伤也集中在颈部，尤其是颈部舌骨、甲状软骨的粉碎性骨折，更加确信凶手是一个力量很大的男人。

于婷婷全身也没有任何约束伤，这个八岁的女孩肯定不是凶手的对手。

"你们看她的双手！"在尸体解剖即将结束的时候，我突然发现了死者双手的异常。

死者的几个乌黑甲床的指甲中间，有白色的横线，这显然不是正常的现象。这是指甲有翻折的迹象。

"死者的指甲为什么会翻折？"我问。

"说明她在用力抓什么东西。"大宝说，"甚至都忘记了疼痛！"

"能抓什么东西呢？"我接着问。

"还能抓什么，"马支队长说，"凶手呗！"

"对！"我说，"小女孩是有反抗动作的。说明凶手在杀害其母亲的时候，她进行了反抗。只不过她幼小的手臂，根本不可能阻止得住凶手的攻击。"

"这能说明什么？"大宝说。

我说："这个现象明确提示我们，凶手只有一个人，他杀害葛凡的时候，于婷婷是没有人控制的。"

"刚才经过现场勘查，我们别忘记一个很重要的信息。"大宝说，"小女孩的脸上是盖着一条毛巾的！这用行为心理分析的理论来解释，是一种愧疚心理，说明凶手很有可能认识死者！"

"我不赞同你的观点。"我说，"如果是认识小女孩，就一定会认识女孩的母亲。那么他为什么对小女孩愧疚，而不对她的母亲愧疚呢？我觉得行为心理分析的理论不错，这是一种愧疚心理，但是愧疚心理并不表示只有熟人才能有。我们解剖小孩尸体的时候，都会觉得很沉重，如果不是个穷凶极恶的凶手，他杀了小孩，也一样会很难受。所以他因为愧疚，而在小孩的脸上盖毛巾就可以解释过去了。"

"说得有道理！"马支队长站在了我这边，"我也不认为这是一起熟人作案。"

"尸检结束了。"我长舒了一口气，说，"发现了一些线索，但也没有特别有效的收获。已经深夜两点多了，我们是现在就去专案组汇报呢，还是睡一觉捋一捋思路？"

"现在就去吧。"马支队长说，"邢斌局长还在等我们呢！"

我一边点击着鼠标，播放着尸检的照片，一边提纲挈领地向专案组介绍了尸检的发现和我们相应的分析内容。

"死因和死亡时间都很明确了。"邢斌局长对着主办侦查员说，"你们调查，在这个时间段，那五个屋子的住客，都去哪儿了？"

"我们也问了这七名人员。"侦查员说，"三个独住的人，和一对情侣，都称自己早晨就离开旅馆了，到中午时分才回来，都没有注意到收银房间的异常，直到警察来。但是这些人的证词都是孤证，无法进行印证。另外一对情侣称在房间里睡觉，一直睡到警察来都不知道。"

"他们没有听见什么异常响动吗？"我问。

主办侦查员摇摇头，说："我们做了侦查实验，因为这种旅馆主要是、主要是干那事儿的嘛，所以隔音都做得比较好，在收银房间大声叫喊，别的房间也听不见。"

我接着问："那这七个人，你们是怎么控制的？"

主办侦查员说："我们到现场的时候，这七个人就在旅馆里。我们和他们介绍了情况，他们就都很配合地跟我们到派出所了。"

"那会不会还有其他人住宿，还没有回来呢？"邢斌局长问。

主办侦查员说："我们派人在旅馆蹲守了，如果有人回来，就会带回来的。不过到现在也没有人进入旅馆。"

"没事儿，这个我有办法。"我自信地说道。

"现场是不是有激烈搏斗的痕迹？"邢斌局长问。

我喝了口水，慢慢地说："我们进入现场的时候，会觉得现场有打斗的痕迹，其实再次仔细看一看现场的情况，现场根本就没有打斗。你们看，收银房间的窗户是有防盗窗的，只有一个小窗户可以互通内外。但是这个小窗户是肯定不能钻个人进来的，那么凶手肯定是从门进来的。从门进来，最先看见的是矮柜。矮柜上面有这么多乱七八糟的东西，都没有被打翻，尤其是矮柜旁边的热水瓶都没有倾覆，说明现场根本就没有打斗。"

"那窗帘和钥匙板怎么解释？"邢斌局长问。

我说："我也不敢做明确的解释，只能说，凶手弄坏这两个东西，是有指向性的。也就是说，他是为了弄坏这两个东西而弄坏的。"

大家都歪着头听，显然没有听懂。其实我也被自己绕进去了，自己也不确定凶手为什么会弄坏这两个东西。

"总之，凶手一进门应该就很轻易地控制了老板娘。"我说，"所以根本就没有什么打斗。"

"我支持老秦的观点。"林涛说，"我们通过现场勘查，现场的鞋印很简单，不复杂，不符合有打斗的痕迹。而且我们在床上的席子上，找到了几枚残缺的鞋印，可惜没有鉴定价值。"

"这个痕迹不是没有用。"我说，"这就印证了我们法医的观点，凶手踩上了床，用膝盖顶住死者，掐死了她。"

"动作干净利落，不拖泥带水。"大宝说，"这个人当时的情绪应该非常激动，所以才会有这么心狠手辣的动作。"

我点头认可。

"那你们觉得，这一起案件的性质应该是什么呢？"邢斌局长问道，"听说谋财和谋性都不太像，现在我们主张是因仇，不知道对不对？"

"不对。"我斩钉截铁地说。

"啊？"邢斌局长有些意外。

● 4

"既然已经排除了谋性和谋财，那不就是谋人了吗？"邢斌局长说，"谋人不就是因仇吗？"

"我同意谋人的观点，但是不同意因仇的观点。"我说，"首先，凶手选择杀人的时间是上午，光天化日，不是寻仇的好时间。其次，凶手没有携带任何作案工具，难道他就这么自信可以杀死两人？再次，现场一进门，就可以看到矮柜上的一把水果刀，这是一个杀人的利器，但他为什么不用刀，而选择了徒手？别忘了，当时旅馆里还有人，他这样杀人，是有风险的。最后，他一个人杀两人，而且在杀害葛凡的时候还遭到了于婷婷的抵抗。于婷婷是个小孩，她可以抵抗，也可以逃跑呼救，凶手当时并没有控制她，这是冒着很大的风险的。说明凶手对于杀人的实施，并没有做好充分的预案，他的谋人，是没有准备的。"

"师父说过，排除了谋性和谋财，没有准备的谋人，就是激情杀人。"大宝补充道。

邢斌局长若有所思地点点头。

"谁会激情杀害一个旅馆老板娘呢？"我自问自答，"只有房客！"

大家都在点头。

我说："当然，我们还有别的依据。比如，老板娘的电脑桌面上，正在播放《甄嬛传》。我们知道一般的播放器不会自己暂停的，但是为什么现场电脑的播放器暂停了？那么，只有老板娘自己点击了暂停。众所周知，一个人正在看电视剧，突然遇到了危险，怎么可能还来得及去点击播放器上的暂停？而如果是有人来找的话，就会下意识地先点暂停，再和别人说话。在这么个时间段，怕是只有房客才会和老板娘说话吧。"

"也就是说，凶手和老板娘其实开始是和平谈话的。"主办侦查员说。

我点点头，说："凶手的情绪是有个渐进的过程的，先是平稳，后来不知道为什么被激怒，从而杀人。"

"可是房客我们都控制了啊。"主办侦查员说，"不过话说回来了，既然杀人了，他肯定不会再在宾馆傻待着了。肯定早已经跑了。"

"对。"我说，"这些房客都是无辜的，你们可以停止审查了。"

"火车站旁边的小旅馆，客流量这么大，又不是熟人，而且老板娘还没有登记旅客住宿信息。"邢斌局长说，"这可就不好找人了。"

"我说过，按照老板娘的习惯，她不可能单单不记录这两天的住宿信息。"我说，"桌上的文件夹就是记录这两天的信息的。只不过被人撕下、带走了。"

"那和没记是一样的。"邢斌局长说。

林涛微微一笑，说："这个事情，老秦早就安排好了。"

"安排什么了？"马支队长问。

林涛说："我们在现场发现的公文夹里有一沓公文纸，上面一张是被撕掉的。但是别忘记了，它们原来是一个整体。在第一张纸上写字，不仅会在第一张纸上留下笔迹，同时会在第二张、第三张乃至后面数张上留下笔迹压痕。"

"所以我已经让韩亮和陈诗羽同志，连夜带着那本文件夹，赶往省厅。"我说，"文件检验科的吴科长此时已经把压痕还原出来了。可惜，因为是一沓公文纸写完一张撕一张，所以后面的纸张上，有着前面数张纸的压痕，很难清晰反映被撕掉带走的那张纸上写的是什么。"

"唉，我还激动了一下。"邢斌局长说。

"不过，如果我们能搞得清楚凶手住哪个房间，还是有希望还原出信息的。"我说。

"这是个希望。"主办侦查员说，"真希望你们直接把凶手的身份证号码给我，哈哈。"

"不是没可能哦。"我说，"我们把房间一一打开，整齐的是没有人住的，凌乱的是有人住的。"

"可是如果凶手是还没有开房正准备开房，或者几天都没有回来，当天回来的，因为老板娘每天都整理房间，怕是就不好分辨了。"侦查员说。

我点点头，说："谋事在人，成事在天。我算是没力气了，忙了一整天。反正你们已经封存现场了，这样，我们调整一下，明天早晨八点钟，在旅馆门口碰面。"

实际上，我们只睡了四个小时。

到达现场的时候，我们几个人依旧睡眼惺忪。

"这些房间怎么打开啊？"我问。

主办侦查员说："这个我们调查了，毕竟这只是个小旅馆，采用的方式是，来人的时候老板娘帮助开门，钥匙不交给房客。因为小旅馆不收押金，这样做可以有效防止房客拖欠房费。"

"也就是说，平时所有的钥匙都挂在这块木板上？"我指着现场倒伏的木板，说，"来人的时候，老板娘就从木板上取下钥匙开门？"

"对。"

"还记得吗？"我有些兴奋，说，"我之前说过，现场没有打斗的痕迹，窗帘和钥匙板的变动，是因为凶手有针对性。如果我没有猜错的话，这一堆钥匙里少了一把，而那一把，就是凶手所住的房间！"

大家可能觉得我说得有道理，于是拿起那一堆没有标注房间号的钥匙，开始从第一个房间一把钥匙一把钥匙地试。

整整花了半个多小时，大家终于把每把钥匙对应的房门都找清楚了，唯独少了213房门的钥匙。

"凶手就住这里！打开它！"我高声叫道。

林涛从勘查箱里拿出一个小包，说："我来，我来。"

我知道他又要开始炫耀自己的开锁技术了。

可惜，没等他话音落下，主办侦查员已经一脚踹开了213房间的房门。

"你，你能别这么粗鲁吗？"林涛拿着一个耳朵扒似的工具，愣在那里。

和我们想象的完全不一样，房间里非常整洁，显然已经经过了老板娘的精心打扫。

"没住？还是住在这里几天没有回来？"侦查员问，"要是没住的话，就不会有信息登记，那么笔迹压痕就失去了意义。"

我说："显然是住了几天没回来，不然他为什么不拿别的房间的钥匙，偏偏拿这个房间的钥匙？给小羽毛打电话，让吴老大赶紧分析压痕，看看213房间，有没有住客登记房间。"

说完，我突然想起了什么，接着说："不对，如果他住了两天以上，他的信息就应该登记在抽屉里的公文纸上。"

"抽屉里的公文纸，时间都接得上，到事发两天前，不可能少。也就是说，抽屉里的公文纸记录到5月31日，6月1日就没有了。"林涛说。

我说："他没有拿走抽屉里的公文纸，而是撕走了桌面上的，说明他肯定是两天之内住进来的，也就是说，他顶多就前天晚上一晚上没回来。"

"大前天或者前天住宿，前天晚上也就是6月2日晚上未归，房间被老板娘收拾过，第二天早晨又回来杀人。"大宝捋了一捋时间线，说，"这能说明什么呢？"

"不知道。"我低头沉思。

"我有个问题。"侦查员说，"即便咱们能还原出213房客的信息，抓到了他，怎么能证明他就是犯罪嫌疑人呢？"

"这个案子，确实没有什么好的证据。"大宝沮丧地说道。

"不一定！"我突然想起了什么，说，"大家看看，每个房间，有没有哪个房间少了毛巾。"

"对啊。"大宝说，"中心现场于婷婷面部盖着一条毛巾，白色的毛巾。显然不是中心现场房间里的毛巾，而是宾馆常用的毛巾。"

"你这样一说，我就有个问题出来了。"在大家分头在每个房间检查的时候，我说，"中心现场就有毛巾，他可以随便拿一条就给于婷婷盖上，为什么要舍近求远，去房间里拿毛巾？这不合常理啊。"

"都检查过了，房间的毛巾一条也没有少。"林涛说。

大家都愣在原地，思考问题出现在什么地方。

"难道是凶手自己带来的毛巾？"大宝自言自语，"那也不对啊，自己带来的毛巾，怎么会和这个旅馆的毛巾一模一样呢？"

"会不会，老板娘就是拿了一条多余的毛巾，放在中心现场的？"马支队长插话道。

"多余的毛巾。"我说，"现场矮柜只能挂四条毛巾，都挂满了，不应该再拿一条过来的。对了！多余的毛巾！"

我转身跑向走廊尽头的阳台。

这和提笔忘字是一个道理，当我们的思维定在房间里的毛巾时，就忘了阳台上有个清洗房，那里面，尽是毛巾。

"既然知道凶手从哪里拿毛巾就可以了啊。"大宝说，"毛巾都拿走了，你在这里面找，又能找到什么呢？"

我没有答话，把消毒柜里堆放的一堆毛巾全部搬了出来，然后一条一条地仔细观察。果然被我找到了！那是一条有一些浅淡红色血迹的毛巾。

"我们在尸检的时候，知道小女孩用指甲去抓凶手，对吧？连指甲都翻折了，还能不把凶手抓伤？现在是夏天，暴露皮肤多啊。"我高兴地说，"在看现场的时候，我们又疑问，为什么凶手舍近求远，不拿中心现场的毛巾，而跑到远处拿毛巾？原因就在这里。凶手从中心现场离开的时候，并没有想用毛巾盖住小女孩的脸，只是想找个毛巾擦一下自己还在流血的抓伤。于是，他来到了阳台消毒房，拿了一条毛巾擦血，然后丢进了消毒柜。"

"你怎么知道这条带血的毛巾和本案有关系？"侦查员问。

我说："消毒柜，是毛巾水洗晒干后再消毒的地方，里面都是干净的毛巾，怎么会有新鲜的血迹呢？"

侦查员点点头。

我接着说："可能是抓伤表面的血迹没有完全止住，也可能出于其他原因，凶手带了一条毛巾走，走到现场时，可能看见了小孩的尸体，心有不忍，给她盖住了颜面。"

"分析得很有道理。"主办侦查员说，"可是这条带血的毛巾，证明力还是不足。"

"但是这条推断，告诉我们两个讯息。"我说，"第一，如果是为了继续擦血，那么盖住小孩面部的毛巾上，很有可能还能检测到潜血痕迹。第二，凶手知道阳台上有毛巾，那么他一定不是第一次入住这个旅馆，他对这个旅馆的结构应该挺熟悉。"

林涛从远处走回，说："我接到了吴老大的电话，他说信息可以还原一部分，但是污损了一部分，不能恢复完全。"

"足够了。"我自信地笑着，说，"我们刚说到，凶手以前可能也住过这个宾馆，可能还不止一次两次，那么，我们只需要拿吴老大还原出来的残缺信息，和这个旅馆以前的住宿登记记录比对，很快就能找出犯罪嫌疑人了！"

"而且我们还有DNA可以作为甄别。"大宝说。

"这次，还真被你们说中了。"我笑着对马支队长说，"我们可以把嫌疑人的身份证号告诉你们了！"

"很精彩啊。"马支队长说，"现场所有奇怪的现象已经全部被解释了，唯独那个窗帘，不好解释。你不是说凶手是有针对性的吗？那么他针对一个窗帘做什么？"

"已经不重要了。"我说，"你们直接问嫌疑人好了。"

省厅法医有很多附加的工作，就是在出勘命案现场的时候，当地公安机关会利用空余时间，邀请省厅法医对辖区内疑难伤情鉴定进行会诊。

在青州市这个伤情鉴定大市更不可能例外，我们"买一送十"地帮青州市法医会诊了整整十起疑难伤情鉴定。

夜幕降临的时候，就是好运来临的时候，我们几乎同时得到了四个好消息：第一，盖住于婷婷面部的毛巾上，果真发现了潜血痕迹，并且检出了一个男子的DNA基因型，和阳台消毒柜里带血毛巾的DNA一致。第二，通过吴老大那边的讯息，会同旅馆之前的住宿信息，侦查员很快排查出一个名叫黄旗亚的男子，连身份证号都清清楚楚。第三，黄旗亚在青州市一个网吧上网时，被登记系统识别，很快落网。第四，黄旗亚就是两条毛巾上血迹的主人。

黄旗亚是青州市人，按理说，他不应该住旅馆，他住旅馆的唯一理由就是嫖娼。2012年6月1日，黄旗亚中午就来到熟悉的旅馆开好了房间，把他事先为嫖娼准备好的一些性感内衣、性爱用具等物件放在房间内，下午在火车站附近寻找卖淫窝点。下午时分，他找到了一个卖淫小姐，谈好价钱后，小姐以最近治安不好，怕被绑票抢劫为由，拒绝跟黄旗亚到他开的房间交易。

无奈之下，黄旗亚只有跟着卖淫小姐到她的住处进行了交易。6月2日中午，自认为和卖淫小姐相谈甚欢、性格相投的黄旗亚请卖淫小姐上了一下午的网，晚上继续留宿在卖淫小姐家里。

6月3日上午，黄旗亚想起自己还有好些物件留在旅馆，于是返回旅馆，要求老板娘开门取物件。老板娘说他1日开房，3日才退房，要付两天房费，但是之前他只付了一天的，要求补付一天的房费。黄旗亚则认为虽然开了房，但是他没有在这里住，不让老板娘退钱就好了，怎么可能还补付一天的房费？

既然没有谈拢，老板娘就拒绝为黄旗亚开房。黄旗亚一气之下，把手伸进了小窗户，想通过拽窗帘的方式泄愤，没想到窗帘质量不佳，仅轻轻一拽，窗帘杆就断裂了，窗帘立即垂下了半边。

不仅不补付房费，而且还损坏了窗帘，老板娘一气之下什么话都骂了出来。黄旗亚见自己理亏，决定一走了之，那些物件也不要了。但老板娘不依不饶，打开房间门，高声喊叫抓贼。

这一举动也激怒了黄旗亚，他冲上前去，掐住老板娘的脖子，把她推进屋里，按在床上直到老板娘一动不动。杀人杀红眼的黄旗亚此时也感觉到了于婷婷对他的抓打和哭喊，于是反手把婷婷按在床上掐死。

杀完人后的黄旗亚看到了钥匙板上的钥匙，因为不知道取下钥匙的技巧，所以在取钥匙的时候带倒了钥匙板。好在没有把213房间的钥匙和其他钥匙混淆，他费劲儿地取下钥匙，打开房门，拿出了自己的东西。

走出房间，冷静下来的黄旗亚感觉到了自己胳膊上火辣辣的疼痛，一眼看去，才发现自己的胳膊在流血。为了走出旅馆时不引起别人的注意，他走到阳台拿了条毛巾擦拭后，扔进了消毒柜。

　　胳膊上的血止住了，但还是很疼，他下意识地又取了条毛巾，一边逃离现场，一边准备包扎。可是走到房门大开的收银房间门口时，他看到了躺在床外侧的于婷婷的尸体，两条耷拉下来的小腿触目惊心。这一刻，黄旗亚动了恻隐之心。于是，他把毛巾从胳膊上解了下来，盖在了于婷婷的脸上。这个动作让他看到了办公桌上的登记本，于是，他撕下了写有他名字的那一页，虚掩了收银房的大门，逃离了现场。

　　黄旗亚一直在安慰着自己，自己和老板娘非亲非故，自己又没有劫财，自己是青州人，看起来和住旅馆没有丝毫关系，所以警察绝对不可能怀疑到自己。可他万万没有想到，那把被他下意识揣进兜里的钥匙出卖了他。

　　"别想做到完美犯罪。"林涛说，"即便摆出的嘴脸是那么的无辜，也依旧逃脱不了法网。"

　　"今天四号了吧？"大宝痴痴地说，"再过四天，欧洲杯咧。"

　　"别想着足球了，赶紧想着怎么求婚吧！"我笑着说。

　　"早求好了，你们都不知道吧？"大宝依旧保持着一副痴痴的嘴脸，说，"欧洲杯那天，我们去拍婚纱照！"

第九案　死不瞑目

这只会在恐怖片中出现的情景，真实地出现在了我们的面前。死者的眼睑翻开后，整个眼囊都是黑色的，看不到白色的结膜。

● 1

很多人羡慕的公务员年休假，在公安机关却很稀罕。在过去，民警几乎不知道自己每年都应该拥有这种按照工作年限不等而日期不等的年休假。

近年来，公务员系统尤其是警察队伍中经常会出现过劳死的案例，虽然领导不会像法医那样直观地感受到自己的战友挺尸面前的痛苦，但是领导们还是体会到保障民警合法年休的重要性。然而，即便是上级领导三令五申，基层领导依然无法解决极端的人少事多的矛盾，所以总会以"最近太忙，不然，你的年休再往后推推？"的理由来拒绝民警的年休申请。当然，更多的情况下，是民警自知不能离开岗位，不能给战友增添负担，而主动放弃休假。

大宝为了准备拍结婚照，请了三天年休假。虽然一年五天的年休假，大宝只请了三天，但是他仍然专门花了半天时间，满怀负疚地和我们交接了工作。

"这是青乡的一个伤情鉴定，伤情检验是我和肖科长一起做的。"大宝递给我一本鉴定卷宗，说，"这是一个被人打伤的小孩子，颅骨骨折，青乡市局法医按照标准评定为轻伤。但是在病程中，孩子的家长发现孩子抽搐了两下，认为孩子是外伤性癫痫，应该定重伤，所以到处状告青乡市局的法医，纪委、督察都去查了两三回了。总是无缘无故接受调查，当地法医很无助，只有请求我们进行重新鉴定。"

"外伤性癫痫？"我问，"有病理基础吗？"

"没。"大宝说，"脑组织没有损伤。"

"症状体征呢？"我问。

大宝说："除了家属，没人反映有癫痫症状，二十四小时脑电图监测也未见异常。"

"那不就是个诈伤吗？还需要我们做什么鉴定？"我问。

大宝摇摇头没说话。

很多纠纷当事人都会担心法医被对方的"诈伤"（诈伤和造作伤的区别：造作伤是指当事人自己制造损伤，诬陷对方；诈伤是没有损伤而伪装出来的损伤）所欺骗。其实，法医鉴定首先要明确伤者的病理基础，然后再分析病理基础和症状体征的关系，最后再根据伤者的一些症状体征做出鉴定。

"另外，省立医院耳鼻喉科，除了老孙，你还认识其他人吗？"大宝问。

我一边看刚才那本案卷，一边说："有啊，沙僧。"

"什么和什么啊。"大宝没听懂我的幽默，说，"这儿还有一个案件，需要专家会诊。"

"那你找老孙帮你介绍其他专家啊。"我说。

大宝说："我要是能联系得上老孙，就不问你这个问题了。老孙不知哪儿去了。"

我说："被妖怪抓去了吧。"

"正经点儿好吧。"大宝说，"说正事儿呢！"

我哦了一声，说："这事儿你别管了，交给我吧，八戒，我去找如来。"

陈诗羽"噗"的一声把一口水喷在了电脑屏幕上，连忙找餐巾纸去擦，说："讨厌不讨厌啊。"

大宝休息的这三天，一点儿也不太平。复核鉴定收了一大堆，还组织了两次专家会诊。

法医等于是一个通科医师，对每一个科室的专业知识都必须掌握基础，但是对于临床医学的专业，却很难有一个很精的。所以，遇见了疑难的伤情鉴定，法医最常用的办法就是组织医院的相关专业专家进行会诊。这样可以学习更多的科室专业知识，而且可以保证鉴定结论的客观、准确。

除了伤情鉴定，我们还会接到"命案"。

这天早晨，龙番市某建筑工地的沙场，发现了一具尸体。尸体是被埋在沙堆中间的。既然是埋尸案件，我们应龙番市公安局的邀请，赶到现场进行了处置。

林涛是最先发现现场异常的。因为经过对沙场的仔细排查，除了运沙的两个工人的脚印和死者本身的脚印以外，没有再发现第四个人的脚印，那么，除了这两名工人，不会再有第四个人到达过现场。可是这两名工人被作为嫌疑人带回刑警队的时候都是呼天抢地，直呼冤枉。

法医对尸体进行检验后，发现死者的食管、气管里，都是沙子。可以肯定，死者是在沙堆里被人活埋的。那么，谁会选择用这种方式杀人呢？用这种根本很难操作的方法，去杀死一个正值壮年、身体强壮的男人？

好在视频侦查部门发现了端倪。工地为了防小偷，在大门口安装了一个视频监控摄像头，而这个监控摄像头的一个角落正好可以拍摄到沙堆所在的位置，案件的真相也就突然明朗了起来。原来死者酒后游荡，走到工地的时候，在沙场的沙堆旁边小便。他并没有注意到此时沙场的大卡车正在卸沙，大卡车的驾驶员也万万没有想到车屁股后面会有一个人。于是，一车沙子倾盆而下，把死者活活埋了进去。

"如果不是有摄像头，我怎么也不会想到会是这个结果。"林涛看着眼前反复播放的监控录像。

我点点头，说："世界上没有什么不可能的事情，这件事提醒我们，以后分析案件的思路还是要开阔些。不然那两个运沙的工人，该是有多冤枉啊。"

我们科里都是正儿八经的伪球迷，所以，星期五深夜的欧洲杯揭幕战自然不能落下。在答应铃铛星期六上午陪她去看婴儿用品后，我顺利获假。我们勘察组的几个人，甚至也叫上了陈诗羽，一起深夜围坐大排档的圆桌前，一边喝啤酒，一边吃龙虾，一边对着大屏幕里的球员评头论足。

"哟，现在已经是6月9日了，大宝是今天去拍结婚照吧？"林涛说。

"是啊。"我摆出一副过来人的样子，说，"所以，他才不来参加我们的聚会，他要起早，累一天呢。"

"这个土人，选的什么日子啊，还69呢！"韩亮一脸猥琐。

"什么意思啊？日子怎么不好了？"陈诗羽捏着餐巾纸擦了擦嘴角。

林涛说："流氓。"

聚餐进行到深夜，我们各自回家，想必都是立即昏睡不醒。直到第二天一早，我被床头柜上的电话铃声惊醒。我一跃而起，拿起电话一看，是大宝。

"大星期六的，不好好拍照，给我打什么电话。"我一边嘟囔着，一边接通了电话。

"完蛋了，你宝嫂跑了，她不和我结婚了。"大宝是带着哭腔说出这句话的。

一句话说得我丈二和尚摸不着头脑，还没来得及细问，师父的电话很有侵略性地打了进来。

"你别急啊，回头我们再细聊。"我简单安慰了一下大宝，切换通了师父的电话。

"龙番城市公园，中间的那个鸳鸯湖，一具女尸，怀疑他杀。"师父很简洁地概括了时间、地点、人物，"你们马上出发给予支援。"

听见有命案，我连忙开始穿起衣服，一边满怀爽约的愧疚安慰着铃铛，一边拿起手机打通了韩亮、林涛和陈诗羽的电话。

此时此刻，我已经把大宝的那个惊天坏消息忘得一干二净。

我们几个人都是睡眼惺忪的状态，一路拉着警报驾车赶往位于龙番市新区的城市公园。

城市公园是龙番市大建设以后，在新区建设的一个开放式公园。公园是绿洲式的，没有围墙，景色别致，市民可以驾车自由进出，也可以在景点附近停车逗留。当然，这块宝地也成为先行一步移居新居的一些老年人散步、锻炼的好场所。

公园的中心是一个人造湖，面积不大，但是和周围的景观相得益彰。中心现场便是那里了。我们驾车直接开到了鸳鸯湖的一侧，此处现场已经拉起了警戒带，先行到达的民警正在给几名群众做笔录。

我一跳下车，就看见了坐在警戒带外的石凳上发呆的大宝。

"哎？你怎么来了？"我惊讶地笑道，"刚刚经历了感情打击，这么快就能恢复状态投入工作？为了不长痔疮，这种时候都能来出勘现场？"

"对啊，我刚才还在说，这么好的现场，怎么能不喊大宝呢？他怎么了？"韩亮坐到大宝身边，问道。

"你问他。"我指了指大宝，问道，"究竟是怎么回事？"

"我发现了一具尸体，然后梦涵就跑了，说不和我结婚了。"大宝一脸委屈地说。

宝嫂叫作赵梦涵，有着一个她引以为豪的洋气名字。自从她的这个名字被我们果断弃用，而用"宝嫂"这个乡土气息浓烈的外号代替以后，她就经常埋怨大宝，说是大宝连累了她。

"弄了半天，你是这个案子的报案人啊。"我说，"我说怎么事情都掐一起来了呢。"

"你是法医，宝嫂也知道，你发现一具尸体怎么了？"林涛诧异道，"这对你来说，太正常不过了。"

"你别急，让大宝复述一下案发的经过。"我说。

大宝咽了咽口水，说："这家挨千刀的婚庆公司，非要拉我们大清早来这里拍婚纱照，说是新景点，容易出效果。"

"宝嫂倒是可以出效果，你嘛，哪里拍都一样。"韩亮嬉笑道。

大宝白了韩亮一眼，接着说："来这里拍就来这里拍吧，还非要让我们来水边拍。这种风景区的水，我是最怕的，我们总是在这种水里发现尸体嘛。所以，我今天就有种不祥的预感。"

"没想到你的预感成真了？"我问。

大宝点点头，指了指远处正在做笔录的一个长头发的文艺青年，说："那个挨千刀的摄影师，还非要我俩蹲在水边，让我用手划拉水。划拉一下就算了呗，结果还总划拉，划拉划拉，我就划拉出来一只人手。"

大宝顿了顿，我问："然后呢？"

"然后？"大宝翻了翻眼睛，说，"然后我就发现了水里的浮尸啊，然后梦涵就说，婚纱照也别拍了，我俩也别结婚了，然后她就穿着婚纱打了个车跑了。"

"你肯定有没说的。"我说，"她穿个婚纱，你还能跑不过她？拦住她哄哄不就好了？"

大宝又咽了口唾沫说："关键我在保护现场，我听见她说这句话的时候，她已经跑远了。"

"我说吧。"我说，"肯定没你说的那么简单。"

"其实也没啥。"大宝说，"当时我感觉到水里有东西，用力划拉了一下，就看见一只人手，然后我啥也没说，抓住袖子就把尸体给拎上来了。"

"啊？宝嫂在旁边吗？"韩亮问。

大宝又翻了翻眼睛，说："忘了。"

大家一起叹息了一声。

大宝接着说："我拉上来一看，是一具女尸，就听到周围全是尖叫声。我怕大家破坏了现场，一方面让摄影师、化妆师他们几个别乱跑，等着做笔录，一方面就张罗着保护现场了。"

"换我也要跑啊。在你眼中，尸体比老婆还重要，换谁谁不跑？"陈诗羽说。

"确实，你是一个法医，但在这个事件中，你就是一个普通的群众。你的第一反应，应该是保护、安慰你的未婚妻！"我也着急了，"像你这样不知道角色转换的人，活该一辈子单身！"

大宝沮丧地低下头，说："我知道错了。"

"下一步怎么办？"看到大宝的沮丧，我有些不忍，毕竟从这一点上可以看出他有多爱他的职业。

"我得想办法把老婆追回来。"大宝说。

陈诗羽纠正道："是前女友。"

大宝又沮丧地低下头。

我挥手让陈诗羽打住，然后说："这样吧，这个案子你别管了，交给我们。说不定是个自杀呢？"

"不会。"大宝说，"颈部有伤。"

"真有你的！"我顿时不知道该说什么好，我说，"你到底是来拍婚纱照的，还是来验尸的？别让你的职业侵略你的生活好不好？"

"难道我们的职业没有侵略我们的生活吗？"林涛有些伤感，看了看陈诗羽，说，"我们这样的，只配找同行做伴侣。"

我说："不管怎么样，这个案子我们来处理就好了，大宝就去哄哄宝嫂吧，我可以理解她的心情。你毫无征兆突然就拖了一具尸体到她身边，然后又不顾她的感受去安排工作，过度惊吓引起过度失望，你要费点儿工夫了。"

"你别用分析犯罪嫌疑人心理的路子来分析我老婆的心理好不好？"大宝说。

"是前女友。"陈诗羽说。

我第一次发现这个傲傲的小女孩，嘴巴也挺毒。

大宝垂下眼帘，说："我要和你们一起办这个案子，我要抓住这个害得我感情受挫的王八蛋。破案后你们帮我一起去哄，行不？"

我看了看大宝，心想还真没法少了这个默契的助手，说："好吧。"

● 2

我直起身来，环视了一下现场。因为这里是一个公共场所，所以估计也不可能在地面上获取什么痕迹物证。

"水面太大了，不可能抽干。"胡科长在一旁说，"不知道这水底还会有什么东西。"

"是啊，看起来这个女人的衣着还是比较完整的。"我看了看平躺在地面的尸体，说，"说不定水底就会有随身物品。"

"我打电话请蛙人①吧。"胡科长说。

我点了点头，看周围围观的群众越来越多，说："先把尸体拖走吧，照片什么的传出去不好。"

尸体被殡仪馆的车拖走不久，消防支队派来的两名蛙人就相继下水。现场没有什么可勘查的，我们只有坐在岸边焦急地等待蛙人的消息。

死者的随身物品对于案件侦破来说非常重要，一般都可以在随身物品中找到证明死者身份的东西，这样就省去了法医很多麻烦。比如，就不需要通过取下耻骨联合来进行年龄推断了。

鸳鸯湖的水域不大，但也不小，好在这是一个人工湖，建成时间也不长，湖底淤泥不多。大约半个小时的时间，一个蛙人从水面上冒出了脑袋，同时扬了扬手。我们看清，他的手中拿着一个女士皮包。

我们几个不约而同地欢呼了一声，耐心地等待蛙人游到水边。我戴上手套，接过了水里的皮包，林涛麻利地贴上比例尺照相。

这是一个看起来做工挺精细，但是并不昂贵的普通皮包，整体还很新，包的拉链呈现出锁闭的状态。我怀着刮彩票一样的心态，轻轻拉开了包的拉链。

包里进了不少水，我在地面上垫上一层塑料布，然后将包里的物件连同水一起倒了出来。有化妆包、有钥匙包，还有一些零碎的物件，可惜没有钱包、手机和卡包，没有任何可以直接证明死者身份的证件和物品。

"钱包、手机都没有。"大宝说，"死者的包里携带了这么多东西，肯定也会有钱包和手机呀。"

"你是说，这是一起侵财杀人的案件吗？"林涛脑洞大开，"先劫财，再劫色，最后杀人！"

"我可没说啊。"大宝很谨慎，"但是唯独钱包、手机丢失，多多少少还是有些侵财指向的。"

"虽然包的拉链是拉着的，里面的物体不可能因为水的浮力而离开包

---

① 蛙人，这里指接受过特别训练的特种警察部队的水底行动人员。

体。"我对趴在岸边的蛙人说，"但不排除犯罪分子把钱包、手机、卡包和皮包分别丢弃。所以请你们帮帮忙，能再找一会儿吗？"

蛙人点点头，一头返回水中。

此时，我已经对这条确认死者身份的捷径不抱希望了，招手和他们几个人说："驾车赶往殡仪馆，先把尸体的基本情况搞清楚再说。"

殡仪馆解剖室是一个很阴森的地方。一般情况下，殡仪馆都设在离市区比较远的郊区，加之这边的习俗是上午举行遗体告别仪式，所以在临近中午的殡仪馆中，只能听得见树上知了的叫声。

以往，我们这个工作组一旦进了解剖室，这个阴森沉寂的场所会立即热闹起来。因为有李大宝这个活宝，这么肃穆的地方，也会变得很不严肃。我们都刻意地在检验尸体的时候保持沉默，但是呆萌的大宝，总让人忍俊不禁。

今天不同。

大宝刚刚承受了感情的打击，显得比我们任何人都沉默，所以在这个空旷的房屋之内，只能听得见不锈钢器械碰撞的声音。

"死者上身着白色短袖衬衫，粉红色内衣；下身着牛仔裙，粉红色三角内裤；赤足，脚上穿一双网兜式运动鞋。"我一边和大宝一起逐件脱下死者的衣服，一边故意大声地报出检验情况，为了打破这让人很不习惯的沉寂。陈诗羽在一旁很快地记录着。

"衣着很完整，纽扣没有丢失，衣服没有破损。"胡科长在一旁接过我脱下的死者的衣服，一边检查着说。

"尸体轻度腐败，腹部出现尸绿。"我说。

"你看这个死者大概死了多久？"大宝终于开口说话了。

我说："刚才从你说的情况看，死者应该是在水中悬浮着的。"

大宝点点头。

我接着说："死者没有完全上浮，但是处于上浮状态，尸体上尸绿形成，这样的情况，在这种天气里，估计至少死亡四十八个小时了。"

"那就是……7日早晨之前。"大宝沉吟道。

死者的衣服一被脱去，我们就看到了她在自己腰骶部文着的一只红色蝴蝶。蝴蝶翅膀上的花纹很复杂，但是整只蝴蝶看上去栩栩如生。

"这个文身的水平可不低啊。"韩亮仍然是一副闲人的模样靠在解剖室门口，说，"这老远我都能看出3D的效果。"

"管它水平高不高，这是辨明死者身份的最好标志。"我说，"至少我们不需要再那么麻烦地锯、煮耻骨联合了，还可以给死者留个全尸。"

对死者的文身拍照记录后，尸表检验正式展开。

"死者尸僵已经缓解。"我说，"尸斑呈现暗紫红色。"

"啊！"大宝突然大叫了一声，把几个人全都吓了一跳。

"怎么了？"我说，"别一惊一乍的。"

大宝指了指死者微睁的双眼，说："你自己看，吓死人了。"

从古代开始，民间就有"死不瞑目"的说法。老百姓总认为死者死亡的时候，没有闭上眼睛，就是有冤情，或者有未了的心事。其实从法医学上讲，这种理论是没有什么依据的。眼睑位于眼球的前方，构成保护眼球的屏障。眼睑的皮肤和皮下组织层以下是肌层，主要是眼轮匝肌和提上睑肌。肌肉的收缩，控制了眼睑的开闭。一般情况下，人体死亡后，会立即进入肌肉松弛阶段，眼睑的开闭状态受死亡当时眼睑的状态的影响，可能是开的，也可能是闭的。随着尸僵的形成，眼睑大多出现微微张开的状态，此时可能不能轻易人为控制眼睑的开闭。待尸僵缓解，眼睑又可以受到人为作用而开闭。在小概率情况下，死后立即出现肌肉痉挛，也可能会导致眼睑的张开。

大宝正在按照常规尸检顺序，对死者的头面部进行检查，不知道死者的眼睛为什么吓着了他。

"怎么了？这不是正常的吗？"我走到尸体的旁边，看看死者微张的眼睑，顺手拿起止血钳，夹起死者的上睑翻了开来。

"我的天。"着实吓了我一跳。

"怎么了？我不敢看。"陈诗羽可能注意到我和大宝的表情，环抱着记录本，站在一边不敢靠近。

"她为什么没有白眼珠[1]？"大宝说。

---

[1] 白眼珠，就是眼球上白色的部分。

"啊？"林涛的脸色有些发白。

我鼓起勇气，重新用两只止血钳分别夹开死者的上、下睑，对林涛说："拍照。"

林涛犹豫了一下，但还是不愿意在陈诗羽面前表现出胆怯，拿起相机走了过来。

"我的妈呀，真的没白眼珠，整个眼球都是黑的！"林涛"咔嚓"一下拍完，吓得风一样逃远了。

这只有在恐怖片中出现的情景，真实地出现在了我们的面前。死者的眼睑翻开后，整个眼囊内是黑色的，看不到白色的结膜。

"这尸体还算新鲜啊。"大宝抬起前臂擦了擦额头上的冷汗，说，"怎么会这样？"

各种法医学冷知识在我的脑海里剧烈翻滚，我说："腐败也不会出现这样的情况……嗯，我知道了，这是巩膜黑斑。"

"这个名词好像似曾相识。"突然的惊吓，仿佛让大宝进入了工作状态。

我说："如果我没有记错的话，这种巩膜黑斑是极少会出现的。主要原理是：人体死亡后，因为眼睑没有闭合，环境干燥，造成眼部巩膜水分迅速丧失，丧失水分的巩膜会变得很薄，巩膜下方的脉络膜的色素就会显现。其实不是没有白眼珠，而是白眼珠下面的色素暴露出来，看起来整个眼球都是黑色的。"

"这样可以反推出，死者就是死不瞑目啊。"大宝说。

"死亡时候眼睛正好是睁开的，死后眼睑也可能是睁开的。这个我听老秦说过，不代表什么。"林涛说，"不过，你刚才说，巩膜黑斑的形成原理是因为环境干燥。可是这是一具水中的尸体啊！水中怎么能叫作环境干燥？"

"问得好！"我说，"我一直在思考这个问题！我们先看看尸斑。"

我和大宝合力，把尸体翻来翻去，观察尸体上主要集中在腰部以下的尸斑。

"我听你说过，水中尸体的尸斑不能说明什么啊。"陈诗羽说，"这个尸体不就是水中尸体吗？"

"水中尸体尸斑浅淡的主要原理是因为流水中尸体不停翻滚，红细胞不能在固定的位置沉积，所以尸斑不清。"我说，"但是鸳鸯湖是个不大的人造湖，最近几天天气晴好，几乎无风，水流的速度是可以忽略不计的。那么，鸳鸯湖中的尸体，其实就是和平地上的尸体差不多了，不能用水中尸体的思维来考虑尸斑。而且，死者应该是窒息死亡的，所以尸斑会比其他死因的尸斑要重得多，更能说明问题了。"

"那这个尸斑说明了什么问题呢？"陈诗羽说。

我沉思了一会儿，说："死者的尸斑集中在下半身，这个倒是可以解释。因为人体的四肢是实的，而躯干是腔体，所以躯干肯定比四肢的浮力大。平躺在水中的尸体，躯干可以悬浮，但是四肢一般都会下垂。下肢比躯干位置低，那么尸斑就会主要沉积在下肢。"

"研究这个，好像没什么意义吧？"林涛说。

胡科长在一边微微一笑，说："我理解老秦的意思了。你们看，死者的两条大腿，全都是暗紫红色的。按理说，虽然尸斑主要沉积在下肢，但是作为单独的下肢，也有位置高低之说。大宝，你看到尸体的时候，是仰面的，还是俯卧的？"

"仰面的，这个我可以确认。"大宝说。

胡科长说："既然是仰面的，尸斑的堆积应该主要集中在大腿后侧。但是这具尸体的大腿全是尸斑。"

"而且，"我接着说，"下肢下垂，最低点应该是脚。但是我感觉死者的双足和小腿的尸斑并不是最重的，最重的部位在膝盖。"

"那说明什么问题呢？"陈诗羽歪着脑袋问。

"这个我也需要想一想。"我低着头说，"继续尸检吧。"

死者的眼睑出血、口唇青紫、四肢指甲青紫，都提示死者是死于机械性窒息。而死者颈部触目惊心的损伤，告诉我们她就是死于颈部压迫而导致的机械性窒息。

死者的颈部很白净，所以那一道青紫的痕迹特别醒目。

"把尸体刚捞出水的时候，我还以为颈部是掐痕呢。"大宝说，"现在看起来是勒痕啊。"

我点点头，说："死者颈部的皮下出血呈现出很强的规律性。你看，损伤是围绕颈部的，上缘和下巴接触，所以看不清晰，但是下缘很整齐。上、下缘之间有几厘米的宽度，说明不是徒手，而是有带状物勒颈的。"

"那可就不好说了。"陈诗羽说，"不会是上吊自杀吧？"

"上吊自杀，然后再掉湖里？"负责联络的一名年轻侦查员突然插嘴道。

我摇摇头，说："死亡性质和尸体状态是不能挂钩的。假如这个女的是某个男人的情妇，因为逼婚不成，上吊自杀。男人怕担当责任，把尸体抛弃，不就完全有可能吗？"

"哦，对。"侦查员说。

"不过，这案子不是自杀，是他杀。"我说。

● 3

"我知道了。"陈诗羽说，"这是你们区分勒死和缢死的原因。"

我满意地点点头。陈诗羽最近一直正在恶补法医学教材，对法医学的推理判断，有了一些认识。尤其是经历了山坳里的命案，她更是对颈部受力窒息死亡的尸体现象有了一些直观的了解。

法医对于勒死和缢死的区分主要是看索沟的形态。缢死是用自身重力作用于颈部的，所以颈部的索沟自然有重有轻，有提空；而勒死是用外界机械力来作用于颈部的，颈部是类圆形的，所以受的力比较均匀，索沟也会比较均匀，而且绝大多数勒死的索沟都是有相交的。缢死一般多见于自杀，但勒死则多见于他杀。

"死者颈部的索沟很宽，表皮剥脱不明显。说明凶器绳索是一个很柔软、很宽的物体。"我说，"这凶手为什么不用更细、更容易勒死人的绳索来杀人呢？"

"没有准备？临时起意？"林涛说。

我点点头，说："只有这样解释了。"

对于女性尸体，法医会常规对乳头、口腔、肛门、阴道进行拭子①提取。我们对死者的阴道擦拭物还进行了精斑预实验。

结果令我们惊奇。

"弱阳性？"大宝说，"有精斑哎！这会是最有力的证据！"

"奇怪了，被水泡了两天，怎么可能还检验得出精斑呢？"陈诗羽说，"还有，弱阳性的精斑，能检验得出DNA吗？"

我笑了笑，说："这个我得纠正你的思路。很多人，包括很多领导，总会认为某些案例肯定会提取到DNA，某些案例肯定不会提取到DNA。其实这样的思路是错的。能不能提取到DNA，都是概率性问题，而不是必然性问题。比如，一起强奸案件，尸体新鲜，环境干燥，那么提取到DNA的概率就非常大，但也不是必然能提取到的，会受到很多因素的影响，比如你没来之前的'云泰案'，就是这样。再比如，一起勒死的案件，现场遗留绳索，很多人认为不可能有什么证据，但是有小概率可以在绳索上找到凶手的脱落DNA。所以，提取生物检材必须要细致地进行，再不可能的事情，都要去试一试，说不准就有发现。这具水里的尸体，若不是我们试一试，也不会发现精斑预实验竟然是阳性！这就是小概率事件。"

"那么，很多案件的破获都是巧合，对吗？"陈诗羽又歪起了脑袋，一脸天真烂漫。

我点点头，说："我曾经说过，很多案件的破获都有巧合，但是没有认真、严谨的态度，就没有巧合。"

"看来内裤也要一并送去DNA检验室了。"胡科长说。

我点点头，说："成败在此一举。"

"虽然有精斑，但是性侵迹象不明显啊。"大宝说，"死者的衣着那么整齐，而且会阴部也没有看到损伤。"

"衣着完整、会阴部没有损伤不能代表就不是性侵。"我说，"可以是在性侵后被害人自己穿好衣服又被杀害，也可以是凶手杀完人，又给被害人穿了衣服。有损伤可以提示有可能是强奸，但是没损伤不能代表死者自愿。反正有

---

① 拭子，就是绕在小棍一端的一小团有吸收能力的材料，如棉花。

线索就要继续查下去。"

大宝点点头，尸检工作继续往下进行。

虽然凶器是不太顺手的杀人工具，但是凶手的力量还是很大的。

我们解剖死者的颈部皮肤，发现死者颈部肌肉有大面积的出血，这提示凶手心狠手辣，也提示因为工具不利而导致死者从窒息到死亡的过程很漫长。

"死者是经历了一个很痛苦的过程才死去的。"我惋惜地说。

"死者的舌骨、甲状软骨、环状软骨都骨折了。"大宝用止血钳复位了已经碎裂、变形的死者喉部。

我摇摇头，用剪刀剪开死者的气管和食管，说："死者的气管和食管内没有水中异物，没有溺液，没有呛咳的气泡。说明死者是死后被抛尸的。她入水后，就已经没有了呼吸活动。"

"死者的胃里也没有溺液。"大宝打开死者的胃，说，"食糜形态已经不完整，食物已经进入十二指肠和小肠，估计死者是末次进餐后三到四小时死亡的。"

"死者的四肢关节有散在性①的约束伤和抵抗伤。"我指着死者关节处皮下的一些片状出血，说，"虽然有反抗，但是反抗不明显，说明凶手和死者的体力悬殊还是很大的。"

"尸体检验完了，你们觉得案件性质大概是什么？"胡科长问。

我摇摇头，说："这个不好说。凶手看起来没有预谋，不像是因仇预谋杀人。但是性侵和侵财的迹象都是存在的，所以现在也不能判断是侵财、性侵还是激情，或许都有因素吧。"

"既然凶手抛尸，就有可能是熟人，所以还是先查尸源吧。"林涛说。

我点点头，说："情况简单回复专案组。今天是大周末呢，我们回去休息一下，大宝你也回去思考一下怎么哄老婆。晚上八点钟的专案碰头会上见。"

"是前女友。"陈诗羽说。

_____

① 散在性，指的是散发存在的特性。

我是为了不爽约,才决定让大伙休息一下午的。当我在婴儿用品商店找到铃铛的时候,发现是宝嫂正在陪着她。

宝嫂已经换下了婚纱,卸掉了妆容,挽着铃铛的胳膊,走马观花。

为了避免尴尬,大宝的事情我只字未提,默默地跟在她俩后面,帮忙提手提袋。

走了一个多小时后,我们来到一家婴儿服装商铺,商铺门口的几个小孩模特引起了我的注意。这是四个塑料的模特,造型都是一样的。模特平举着双手,做出跳起悬空的姿势。因为模特的一双小腿都向后屈曲,模特是依靠一根钢杆支撑在地面上的。

我绕着模特看了几圈,蹲在模特的身旁想了良久,感觉脑袋里火花闪烁。

我兴奋地站起身来,把手提袋交到铃铛的手里,对铃铛说:"一会儿你们打车回家,我得先走了。"

"你们男人怎么都这样?!"宝嫂义愤填膺地说道。

铃铛扶了扶腰,摸了摸宝嫂的后背,安慰似的说:"没事的,工作嘛,我们得支持。"

我感激地对铃铛笑了笑,转身跑走。

在接到我的电话后,大宝和林涛先行赶到了专案组。从林涛打来的电话中,我知道专案会议提前召开了。既然是提前召开,就应该是有特殊原因,我怀着忐忑的心情,一路飙车赶到了市局。

当我推开专案组的大门,就知道案件果真已经有了突破性的进展。而这个进展,又是刑侦撒手锏——DNA检验取得的突破。

"死者的阴道擦拭物和内裤,我们都检出了基因型。"从市局被遴选到省厅后不久就担任省厅DNA实验室主任的郑宏,也参加了此案的DNA检验和比对工作,她说,"经过两者的比对,我们确定是混合型DNA。"

所谓的混合型DNA,说明留下的精斑不是一个人的。

"两个人?轮奸吗?"我说,"给人感觉真的有点儿像是性侵案件了。"

郑姐接着说:"然后,我们把这两个人的DNA放在前科人员DNA库里进行了比对,结果很意外,居然比出了一个前科人员。"

　　DNA检验果真是撒手锏，比我们现场法医推断来、推断去要直接多了，这就已经直接锁定了犯罪嫌疑人。

　　"根据DNA实验室的比对结果，我们对这个前科人员进行了身份确定。"侦查员接过郑姐的话茬儿，说，"这个人叫作房三水，曾经就读于龙番大学美术系，是艺术特招生。在大一的时候，就因为和人打架，把对方打成轻伤，没钱赔偿，坐了三年牢，学籍也因此被注销。他的父亲早逝，母亲在家种地，在他坐牢后，就很少联系他。根据系统记载，这个人至少有十次被治安拘留的记录，案由都是斗殴。"

　　"就是一个地痞流氓啊。"我笑了笑，说，"嫌疑上升了。他平时就是混事儿吗？"

　　"不，开了家文身店，做文身师。"侦查员说。

　　我顿时想到了死者腰部的3D蝴蝶文身，说："熟人作案吗？嫌疑进一步上升。"

　　"那下一步怎么办？"林涛说。

　　"我们已经派人去抓了，估计现在已经抓到了。"侦查员说。

　　"那我们就在这里等结果吧。"我说。

　　"对了，你们没接通知就提前到专案组来，是有什么发现吗？"陈张宏副局长对我说。

　　我摇摇头，说："既然有了突破性进展，我的那个可能性分析也没多大用处了。"

　　我的话音刚落，楼道里就传来一些嘈杂的声音，我起身探头去看，见两个民警扭着一个男子走进了专案组隔壁的审讯室。

　　"打开监控摄像头，我们就在这里看审讯监控。"陈局长说。

　　"抓我干吗？"被抓的男子一身文身，想必就是房三水。

　　"你心里清楚。"侦查员上来探了探虚实。

　　"我不清楚！我好久没打过架了，我跟女朋友保证过的。"

　　"你女朋友叫什么名字？"侦查员问。

　　"倪妙妙。"房三水挣扎了一下，"手铐能拿掉吗？我得靠这双手吃饭！"

"这个，你认识吗？"侦查员开门见山，举起了死者的腰部文身和死者的面部照片。

房三水突然停止了挣扎，怔怔地盯着照片。良久，他突然像疯了一样从审讯椅上跳了起来，大叫道："她怎么了？你们对妙妙怎么了！"

从房三水的泪水喷涌而出时，我的心里就开始怀疑之前的观点，那种表情实在不像是装出来的。于是，我的脑子又开始飞速转了起来，为下一步的分析整理思路。

侦查员对房三水做了许久的工作，房三水的情绪才稍微稳定一些。

"6日晚上大约六点钟，妙妙来找我，我们刚在一起不到一年，但已经决定结婚了。"房三水说，"我们一起吃的饭。"

"吃的什么？"

"我做了几个菜，西红柿炒蛋、排骨，好像还有木耳炒肉丝。"房三水垂着脑袋，视频影像看不清他的表情。

我翻了翻尸检笔录，死者的胃内容物和他所述的一致。

"吃完饭，我们那个了。"房三水以前经常进出局子，他很快就知道公安局为什么会找到他，"然后我要打游戏，她说要回家，我就让她自己打车回家了。"

"那时候是几点？"

"八点。"

"你怎么记得那么清楚？"

"因为我们八点钟有游戏的公会活动，公会活动刚开始，她说明早要赶火车，要回家早点儿休息，我就说你打车走吧。"

网监支队的一名侦查员转身离开会议室。

"倪妙妙是做什么的？以前有什么仇人吗？"侦查员问。

"没有，她很内向的，也很少和别人有交集。"房三水说，"更谈不上什么仇人了。她是兴化IT的技术部主管。"

"嚯，一个外企高管爱上一个社会混混，多么悲壮的爱情故事。"大宝显然不太相信这个男人，阴阳怪气地说。

"再悲壮，能有你悲壮吗？"陈诗羽说。

"我们是玩魔兽世界认识的，感情一直很好。"房三水说。

"她消失两三天，你都不找？"侦查员问。

房三水说："她不让我随便给她打电话的，她经常加班，她说她有空就会给我打电话的。而且她从我家离开的时候，说是要出差一星期的。"

"那你这两天在做什么？"

"白天照顾店里生意，晚上玩魔兽世界。"房三水说。

"你们不是游戏里认识的吗？游戏里看不到她你也不奇怪？"

"她好久都没玩了。"

"倪妙妙的公司也没有报失踪？"我问。

侦查员说："刚刚了解的情况，倪妙妙这次是去云泰的分公司突击检查技术指标。总公司以为她走了，分公司不知道她要来。所以，一直没有人报失踪。"

"房三水租住房的网络活动我们调查了，他6月6日晚上七点半上线，一直玩网络游戏玩到十二点。"网监部门的侦查员走回会议室，说。

"他没有作案时间。"我说，"根据房三水对他们晚餐的供述，死者应该是当天晚上八点到十点之间死亡的。"

● 4

"没想到，这个突破性进展，不是个进展。"胡科长说。

我摇摇头，说："不，依旧是个进展，至少我们现在搞清楚死者的身份了。"

"既然是抛尸，有可能是熟人作案吗？"大宝问。

"死者的家，住在哪里？"我转头问主办侦查员。

侦查员用投影仪放出一张龙番市地图，用激光笔指着说："这个位置是房三水的家，倪妙妙的住处在新区。"

"也就是说，如果死者打车回家，应该是走这条路。"陈局长用激光笔指着一条大路，慢慢南移，红点最终停留在"龙番城市公园"几个字上。

"如果死者是在车上遇害的，凶手有可能沿途找个地方丢弃。"我说，"那就不是熟人作案了。因为凶手的行为是毁证行为，而不是藏匿行为。"

"房三水现在没有嫌疑了吗？"林涛说。

我说："现在嫌疑很小了。第一，作案时间排除了。如果房三水是有准备作案，在作案的时候利用其他手段造成自己不在场证据的话，那么他杀人就应该选用一个顺手的工具。第二，从房三水被抓后的表现看，如果他真的是在演戏，那么也太逼真了，毫无破绽可寻。第三，如果是房三水作案，那么他抛尸的目的就是延长发案时间。而他被抓后，直接主动提出了死者的存在，这不符合一个存心隐瞒的人的心态。第四……"

"你们别忘了，混合DNA的意思是说，除了房三水，还有个人和死者发生过关系。"郑宏打断了我的话，说。

我点点头，说："从尸检上看，死者应该遭受过约束，但是会阴部没有损伤，不排除是杀人后强奸。这个另外出现的DNA，嫌疑现在是最大的。城市公园这个地方，附近有没有什么特别隐蔽的所在？"

"这需要我们去考察一下。"侦查员说，"毕竟是新区，人也不是特别多，但有没有适合作案的地方，还需要实地去看。"

"那就去看啊。"陈局长说。

"可是，法医能确定死者是在什么环境里，怎么死亡的吗？"侦查员仍有困惑。

我说："这就是我刚才没有说完的第四点，可以证明凶手不是房三水的依据。房三水没有车，而死者是在车里被人勒死的。"

"有依据吗？"侦查员问。

我点点头，说："这事儿得从死者的眼睛说起。死者的眼睛出现了巩膜黑斑，是一种在干燥环境下才会出现的情况，我一直都搞不清楚为什么。尸体是在水里的，而且现在的空气湿度也不小，为什么会出现黑斑呢？后来看了尸斑我就明白了。"

"为什么？"大宝急着问。

"死者的尸斑和她平躺在水中的姿势不符。"我说，"按照她现在的姿势，尸斑应该集中在她的大腿后侧以及小腿、脚。但是我们看到的尸斑，是在大腿前面后面都有，最重的地方是膝盖，小腿和脚反而较轻。结合巩膜黑斑，可以肯定，死者是在死亡后，保持一个特别的姿势至少十个小时，然后被抛尸水中的。简单地说，死者是在死亡很长时间后，被人移动尸体、改变尸体姿势的。"

"为什么至少十个小时？"侦查员问。

我说："机体死亡后十到十二个小时之内会形成固定的尸斑，这个时候翻动尸体，会在新的低下部位形成尸斑，而老的低下部位尸斑不会消失，依然存在。死者的大腿前、后都有尸斑，说明死者先处于一个类似俯卧位，大腿前面较低，形成大腿前面的尸斑，在保持这个姿势十到二十四个小时之间的某个时间点，又被更改为仰卧——也就是我们发现尸体时候的姿势，所以才会在仰卧时候较低的大腿后侧形成尸斑。"

"水中尸体不会移动吗？"

"不会。"我说，"我查了气象资料，那几天天气很好，现场的水也是不流动的，尸体不会自己翻转。"

"你接着说。"陈局长说，"我还是不知道这个移尸的依据是怎么推理出死者是在车里死亡的。"

我笑了笑，说："开始我就发现死者死后被人移尸，但是具体有什么作用，我也没有想清楚。甚至连死者死亡后到底保持一个什么姿势，才能让尸斑集中在大腿前侧和膝盖，我都没有想明白。今天逛街的时候，我看见一个模特，我就突然想明白了。"

"什么样的？"陈局长问。

我把手机中的照片拷贝到电脑里，投影在幕布上，说："死者应该和模特的姿势是一致的，上身以及大腿应该是基本直立的，朝前方倾斜，所以尸斑在大腿前侧；双臂应该有东西架住，所以双臂也没有尸斑。死者的膝盖着地，所以尸斑最重；小腿和脚向后翘起，所以没有尸斑。也就是说，尸体是以膝盖为底点，呈现一个"V"字型的姿势直立在那里。"

"说得好恐怖。"林涛嘀咕了一句。

我接着说："被害人死亡后，肌肉会松弛，肯定不会自己保持这个姿势。

那么肯定是周围的物体把她挤压成这样的姿势。那么，什么地方会有这样的物体，可以把一个尸体摆成V字形直立，双臂架起呢？而且，关键的疑点是，死者全身都没有擦伤，生前伤和死后伤都没有，那么说明把尸体架起来的物体，表面是光滑、柔韧的，不可能是墙壁、床沿之类的东西。那么，这是个什么东西呢？"

"什么？"几个人异口同声地问道。

我说："开始我也想不出来，后来我结合死者的巩膜黑斑和死者的颈部损伤，终于想明白了，只有在车里！第一，这种天，如果凶手也在车里陪着尸体待十几个小时，肯定要开空调，那么车内空气就会非常干燥，符合巩膜黑斑的形成环境。第二，凶手的杀人凶器是一个几厘米宽的绳索，显然不顺手，是临时起意、就地取材的。车里就有这样的绳索。"

"安全带！"陈诗羽说。

我微笑着点点头，说："第三，如果被害人死亡后，尸体在后排。上半身紧贴着前排座椅，双手搭在前排座椅的头枕两侧，膝盖着地，身体前倾，小腿和脚反翘架在后排座椅上，完全可以形成我说的那种形态的尸斑！"

"座椅都是软的！"大宝说。

我接着说："依据以上的推论，我断定死者是在一辆汽车中被害的，案件性质很有可能是临时起意的性侵。至于死者的钱包手机丢失，肯定是凶手顺手牵羊而已。结合房三水的供述，死者原本是要打车回家的，死者既然是死在车里，那么，很有可能是出租车司机临时起意，谋性杀人！"

"这太好办了，调查全市出租车的GPS信息，迅速进行研判。"陈局长说。

我说："我觉得一辆出租车不可能载着一具尸体到处跑，而且尸体的抛尸地点也就在死者回家的路线上。所以我分析，死者在车里的这十来个小时，车应该是停着的，而且应该是停在一个隐蔽的地方。"

满怀着破案的信心，看着铃铛买回来的婴儿衣物，我睡得很香，一觉醒来已经八点多了。我慌慌张张地洗漱完毕，开车赶往市局专案组。

林涛、大宝和我几乎是同时到达专案组的。林涛和我一样满面红光，而大宝则带着一对黑眼圈，一脸灰暗。

"一个好消息，一个坏消息，你们先听哪个？"这句有些戏谑的话，从满面严肃的陈局长嘴里说出，显得很不相宜。

"先听坏消息吧。"我说。

陈局长说："经过研判，全市所有的出租车，都被排除了。"

"什么？"我有些惊讶，这个坏消息远远坏过了我的想象，"那……那下一步岂不是没得查了？我的推断有错误吗？那好消息呢？"

"好消息是我们在房三水家去鸳鸯湖的路上，找到了一处比较符合推断的隐蔽地点。"陈局长说，"这是一处绿化带，一般不会有车开上去。但是我们在这个地方发现了汽车的轮胎印痕。"

"也就是说，有车辆反常开上去了？会不会和本案无关？"我说。

"不管有没有关系，都要当线索去查。"陈局长说，"而且，从这处轮胎的新鲜程度判断，车辆轧出轮胎痕之后，已经过了三四天；这个地点，也是这条路线上独一无二的隐蔽地点，绝对不会有人去注意。"

"那通过一个轮胎印痕，怎么去开展下一步工作？"我问。

陈局长笑了笑，说："我们找了个专家，确定了这个品牌的轮胎，只用于三个品牌的车辆。于是，我们就在这条路上所有的监控里，寻找这三个品牌的车辆。"

"对呀！"我拍了下桌子，说，"时间很紧张。死者是晚上八点从房三水家出来的，十点之前就遇害。从房三水家出来，如果立即乘车，开到这里也就八点半的样子，那么只要找八点半到十点之间，路过这里的这三个品牌的车子就可以了。"

"是的。经过一夜的调查，监控显示只有七辆符合条件的车辆经过。"陈局长说，"这七个车主的信息，我们也就很快掌握了。"

"难道要一个个抓来抽血检查DNA吗？"大宝问。

陈局长摇摇头，说："你们有没有想过，死者倪妙妙是一个性格比较内向的女孩，平时也很谨慎，那么她为什么会上别人的车呢？"

"熟人？"我问。

陈局长摇摇头，说："七个人和倪妙妙都没有关系，这一点，调查可以确定。"

"那你描述的这种性格的女孩，怎么会随便上一个陌生人的车？"我反问道。

陈局长微笑着看着我们，提示性地说："别忘了，倪妙妙的目的，是打车回家，而全市所有的出租车都被排除了。"

"黑车！"我和林涛同时叫道。

"对，黑车。"大宝的反应慢了半拍。

陈局长哈哈一笑，点头说："据了解，这七辆车中，就有一辆是跑黑车的。"

"晚上八点，在外聚餐的市民都散场了。"我说，"这个时间点，省城的出租车是很难打到的，所以倪妙妙上了一辆黑车！"

黑车司机牛强被抓捕归案后，还没等民警采血，就交代了自己的罪行。

牛强因为赌博被处罚后，就被原来所在的工厂辞退了。除了驾驶没有别的本事的他，买不起被炒得昂贵的出租车营运证，只有开起了黑车。

6月6日晚，牛强和往常一样，驾驶着他的黑车，来到了房三水家附近。远远的，他看到一个年轻貌美的女子在伸手打车。于是他驾车靠近，拉起了生意。

省城的黑车很多，运管处因为种种原因，无法深入治理。所以在上下班高峰以及很晚的时候，市民们都会选择乘坐黑车。

倪妙妙自然也不例外。

忙碌了一天，又和房三水云雨了许久，刚刚洗完澡的倪妙妙困意上涌，巴不得马上回到自己家中柔软的床上。所以她连价格也没问，就上了牛强驾驶的黑车。

倪妙妙的家离房三水的家有十几公里的路程，而且市区的路有些堵，倪妙妙很快靠在副驾驶的位置上就睡着了。

而一旁的牛强，被倪妙妙出水芙蓉般的睡姿和她诱人的体香诱惑得天旋地转，顿时心生歹意。

车子开出市区后，驶入大路，不一会儿就来到了那一片隐蔽的绿化带。牛强看看后视镜，发现周围竟然没有一辆车，索性把车开进了绿化带。

车辆轧上绿化带时的颠簸，依旧没有让沉睡中的倪妙妙醒来。牛强停好车后，悄悄放倒了倪妙妙的座位，开始抚摸倪妙妙的全身。这时，倪妙妙骤然醒来，开始剧烈反抗。

汽车的空间毕竟还是狭小的，在倪妙妙的反抗下，想要顺利得手，也不是一件容易的事情，牛强甚至被倪妙妙抓破了脸颊。为了不让倪妙妙高声呼喊，牛强顺手拉过倪妙妙身旁的安全带，绕在了倪妙妙的颈部，并且用力去勒。这一招果然让倪妙妙的反抗减轻了不少，牛强开始一边勒颈，一边伸手去脱倪妙妙的内裤。倪妙妙的反抗越来越无力，在牛强得逞后，才发现倪妙妙已经断气。

牛强把倪妙妙的内裤重新穿好，把尸体放进后排，让尸体呈现直立的体态。据他说，他要思考怎么处理尸体，而在这思考的期间，万一有路人经过，可能会发现倪妙妙的异常。让倪妙妙直立在后座，经过的路人也不会起疑。

后来，思考中的牛强居然在车里睡着了。这一睡就是一夜，直到第二天早晨将近七点，才陡然醒来。

原来梦里的杀人，不只是梦，现实中的他，也确实杀了个人。

色心平静后，恐惧顿起。车窗外的天已大亮，好在新区早晨的人也不多。尸体是必须要处理的，而且要尽快处理，不然大白天载着个尸体到处跑，风险实在巨大。

牛强开着车慢慢沿路边行驶，径直驶入了城市公园中央的鸳鸯湖边。公园偶有几个晨练的老人，但都相距甚远。牛强壮着胆子从后座把倪妙妙的尸体架下车来，小心翼翼地走到湖边。从远处看来，不过是一对男女，清早在湖边并肩而坐谈恋爱而已。

反复确认四周没有人注意后，牛强把尸体顺着岸边放到了水下，甚至没有激起一点儿水声。回到车里，牛强看到掉落在副驾驶座位下方的死者的皮包。他打开发现里面的钱包里居然还有三四千块钱，甚至还有一个苹果手机，这真是意外的惊喜！

留下了死者的钱包，牛强把皮包扔进了湖里，驾车逃离了现场。

不知道他是运气太好，没有被一个人发现异常；还是运气太不好，因为一个轮胎印痕而被抓住了尾巴。

"看起来黑车还真是不能坐。"陈诗羽的表情告诉我们，她有些后怕，"我要攒钱买车！"

"你还是个学生呢，就有这么远大的理想！"林涛嬉笑道，"我们每个月工资只有三千块！"

"还是找个有钱的老公比较靠谱。"韩亮点燃一根熊猫牌香烟。

陈诗羽瞥了他一眼，说："我以后即便是嫁了个有钱人，也是看中他这个人，而不是看中他的钱。"

"我说，你们还帮不帮我追回我老婆？"大宝一脸无助。

"是前女友。"陈诗羽还是不依不饶。

"你不是情圣吗？"林涛对韩亮说，"帮帮大宝。"

"很简单好吧，一束玫瑰，一个一克拉钻戒。"韩亮说。

大宝露出更加无助的表情说："买不起。"

"和你的那些女朋友都不一样，宝嫂不是拜金女。"我说，"你们说，宝嫂那么漂亮，她看上大宝哪一点了？换一句话说，大宝哪方面是最有特点的？"

"大宝有特点吗？"韩亮笑着说。

我说："虽然大部分女人都喜欢浪漫、喜欢鲜花，但是这些招平时用用还可以，在宝嫂放下狠话要分手的时候，还用这种烂大街的办法，估计是不行的。"

"同意。"林涛说，"宝嫂太有个性了，她不是一般女人。"

我说："从心理学角度看，宝嫂性格比较直，疾恶如仇，做事比较干净利索，这样的女人控制欲比较强，眼睛里揉不进沙子，而且非常要面子。据铃铛的消息，宝嫂平时最喜欢看的是综艺节目，这样的女人爱幽默。而我们大宝最大的特点就是听话、呆萌，完全符合宝嫂的择偶条件。"

"然后呢？"陈诗羽饶有兴趣地问。

我趴在大宝的耳朵上耳语了几句。

"啊？太贱了！这不行！"大宝说。

我哈哈一笑，拍拍大宝的肩膀说："没什么行不行的，看你愿不愿意了。宝嫂是个好女人，不要放弃她！加油！"

第十案　车尾游魂

黑米脸色苍白，大脑也是一片空白，她下意识地往后退了两步，一屁股跌坐在柏油路上。"报警吧，姑娘，你轧死人了。"那人同情地说道。

● 1

黑米热爱自己的工作，因为"名主播"的称号给予了她极大的成就感。她喜欢做一名娱乐主播，比如她和阿木主持的"嘻哈二人行"，就是她心仪的节目。可是，既然是台里的"名主播"，台长不可能只让她主持一档节目，所以深夜的那一档情感类节目，也交给了黑米。

对黑米来说，每天晚上十点到十二点，不断接着叽叽歪歪的热线电话，还要温柔耐心地劝说，实在是受够了。最要命的是，没有了下午和晚上的时间，也就没有了谈恋爱的时间，黑米渐渐成了一个别人口中的大龄单身女青年。每当想到这里，工作带来的成就感瞬间荡然无存。

广播电台为了扩建，在城市偏僻的新区圈了块地。新楼的环境没有改善多少，倒是让员工们上班的距离增加了不少。虽然黑米选了离台里最近的小区租了套房子，住得并不算很远，但是这个距离靠步行回家依旧是不可能的事情。为了每天不必深更半夜瑟瑟发抖地站在偏僻的路边找出租车，黑米拿出全部的积蓄买了辆车，用她那蹩脚的技术开车上下班了。

七月初，天气已经非常炎热。夏天的夜晚，大伙儿都快活地躲在自家的空调房里避暑，而黑米还要提心吊胆地跑进阴森的地下车库里，一头扎进汽车，关上车门，按下中央门锁，开车去上班。这也成了黑米每天的例行流程，胆小的她总是担心会在地下车库里遇见什么奇怪的东西。

新广播电台所在的位置在龙番市新区的一个角落里，虽然这里有不少新建的公园什么的，路也修得不错，但路灯等配套设施还没有完全到位。

下班路上，从台里到新区中心这一段黑灯瞎火的公路，总是让黑米提心吊胆。路上没车，她加足了马力想尽快从这里开出去。在一个弯道处，黑米忽然感觉车子侧面有一个黑乎乎的影子闪了一下，她吓得闭起眼睛惊呼了一声。不知道是轧上了马路牙子，还是纯属幻觉，黑米感觉车身仿佛颠簸了一下，很快就平稳了。当她重新睁开眼睛时，发现并没有撞上什么东西。

"肯定是我太紧张了吧，过于担心了。"黑米停住车，从后视镜里观察车侧和后面的路面，没有任何可疑的地方。为了以防万一，黑米把车子往前挪动了一段，又看了看后视镜。刹车灯照亮了后面的路面，一样没有任何异常。

总算是长舒了一口气，黑米踩着油门，往自己家的小区驶去。

到了小区门口，路边的景象完全更换了。小区附近有一串大排档，这又是一个吃小龙虾的季节，所以，即便已经临近深夜一点钟，但小区门口这个"龙虾一条街"依旧是一派熙熙攘攘的景象。

开到这里，黑米稍感安心。

但是，很快，黑米发现了异常。

在吃大排档的人，纷纷向她的方向看过来，有人指指点点，有人甚至露出了惊恐的表情。黑米放慢车速，向车身四周看了看，没有什么问题啊，而且附近也就她这一辆车啊，怎么了这是？

大排档上，有几个壮汉起身离座，朝黑米跑了过来。

黑米一脸茫然，把车停了下来。

"姑娘，下来看看吧。"其中一个人敲了敲黑米的车窗，急促地说。

黑米环顾四周，不少人离得远远的，朝她的方向望着。

"这么多人，他应该也不会把我怎么样。不过，今天到底是怎么了？"黑米犹犹豫豫地打开车门，走下了汽车。

另外几个壮汉正蹲在她汽车的尾后紧张地说着什么。

黑米绕到车后，几名壮汉自动向两侧闪开，同情地看着她。

这一看，差点儿没把黑米给活活吓死。她的汽车尾部，居然有两条人腿露在外面！显然，这个人的上半身都在她的车底下方。两条人腿上附着的牛仔裤的残片边缘都是焦黑的痕迹，人腿软软地拖在车尾后面，着地的一面已经血肉模糊。这一走近，仿佛就能闻见一股肉被烧焦后的味道。这味道与这血腥的场面混在一起，令人作呕。

黑米脸色苍白，大脑也是一片空白，她下意识地往后退了两步，一屁股跌坐在柏油路上。

"报警吧，姑娘，你轧死人了。"那人同情地说道。

虽然师父总是会"残忍"地剥夺我们的假期，但是真的遇上了大事儿，他的心思也比我们想象得更为体贴细腻。他主动给大宝开了整整一个月的假期，以一年一次的年休假加上四年一次的探亲假的名义。

恰逢六月毕业季，在我们勘查组实习的陈诗羽也返回了公安大学。她要完成一系列毕业、派遣的手续，顺利通过政审后，还要接受组织谈话，才能重新回到我们勘查组继续工作。这个过程，最起码要一个月的时间。

作为只有两个勘查组的省厅法医科来说，这无疑是一个"噩耗"，我少了大宝和小羽毛的协助，还真是有些转不开自己的工作。整天起早贪黑，身心疲惫。

从来没有哪一个月像这次一样，过得如此慢、如此艰难。这一个月里，我和林涛、韩亮坐在空荡荡的车里，都感觉心里失落落的。尤其是林涛，居然被我发现他没事会去偷看陈诗羽电脑里的自拍照！

这一个月的几次出差，几乎都是为了复核信访事项，复核来复核去，也并没有发现一桩冤案。对于我们这些需要用成就感来支持工作的人来说，实在是枯燥无比的一个月。

好在到了7月9日，大宝终于回来了。

大宝肯定是被我和林涛的热情吓着了，当他出现在办公室门口的时候，我们扑上去对他进行了一顿轮番式啃咬。

"知道吗？我和你们宝嫂养了一只金毛。"大宝笑眯眯地说，"我每次看到它，它都会热情地迎接我，迎接的方式和刚才你们俩迎接我的方式一模一样。"

"去你的。"林涛"呸"了一声，说，"你真的用师父给你的一个月假期，把宝嫂给追回来了？"

大宝微笑着点了点头。

"什么方法？"林涛急着问道，"究竟是用了什么方法？"

"老秦教我的。"大宝指了指我。

林涛又把疑惑的目光转向了我。

"怎么？想学吗？"我嬉笑着说，"想用来追小羽毛？"

林涛的脸颊红了一阵，说："别卖关子，说啊。"

我和大宝会心地一笑，异口同声地说："这是个秘密！"

"好吧，我就不相信大宝这直肠子的性格，能憋多久。你没听说过一个笑话吗？"林涛接着就模仿起来，"'帮个忙呗，射手座。''求我啊。''哦，那算了。''别别别，什么事啊。''你求我我就告诉你。''好，算我求你。'"

大宝就是射手座。

听林涛有模有样地演完这个笑话，我们都哈哈大笑起来。

"放心，这次我绝对不告诉你。"大宝甜蜜地说，"这个故事，我要留在我们的婚礼上说。"

"要结婚了？"林涛瞪着眼睛问。

大宝点点头。

桌上的电话突然响了起来。

"真有你的，估计你天天在家里享福，痔疮又出来了吧？"我按住话筒说，"你这一回来，就有现场！"

"秦明，新区分局有个现场，你们去协助一下。"师父依旧言简意赅。

"省城的案子啊？什么案子呢？"我问。

"可能……可能是个交通事故吧。"师父说，"现在还不好确定，可能牵涉到案件定性的问题。"

"交通事故？那市局解决不就完了吗？"

"当事人是电台的名主播。"师父说，"社会影响比较大，为确保万无一失，你去负责本案的现场勘查工作。"

我悻悻地挂了电话，说："这个月仿佛着了魔一样，全是信访案件，要么就是些无关痛痒的案件，总之是没有什么好的案子。"

"人命大于天，百姓无小事。"大宝咧着嘴说，"赶紧出发吧。"

"哟？"我说，"一个月不见，政治觉悟高了不少啊。"

"师父说的。"大宝拎起了勘查箱。

"你一个月没工作了，手生了吧？"我笑着说。

大宝说："解剖尸体哎，又不是什么细活，还有什么手生手熟的？"

按照市局胡科长的要求，我们的车直接开到了市公安局新区分局交警大队的院子内。市局的现场勘查员和法医们早已在此等候。

"胡科长，'清道夫专案'还没头绪吗？"大宝下车就问。

"真是哪壶不开提哪壶。"我说。

胡科长笑了笑，说："挺奇怪的，按照划定的范围，我们对所有的人都进行了排查，居然全部排除作案嫌疑！可能是我们划定的范围有问题，也可能是排查工作不细致。现在市局正在部署重新进行一轮排查。"

"第一时间排查不清楚，再排查，难度更大了。"我有些沮丧，"回头我们也再研究一下之前划定的排查范围有没有问题。"

"好的。"胡科长说，"这次又麻烦你们过来，是我们市广播电台的一个著名女主播的案子。"

"是被撞死了，还是撞死别人了？"大宝开门见山。

胡科长说："是这样的。今天深夜一点多，我们接到报警，说广播电台著名主播黑米回到自家小区后，发现自己的车后面有一具尸体，所以交警就第一时间赶到现场了。"

"车后面有一具尸体？"我打岔道，"那不就是藏尸？抛尸？"

胡科长摇摇头，说："黑米自己应该是完全不知情的，尸体的腰带挂在车子的底盘上，也就是说车子拖着一个尸体跑了好远，才被发现。"

"真有她的。"我说，"那死者是交通事故致死吗？"

"尸体还没有检验。"胡科长说，"但是据交警部门的同事说，黑米自己否认撞到别人。"

"那她人呢？"我问。

胡科长说："现在黑米因为涉嫌交通肇事被控制在交警大队了，两个民警正在做她的思想工作，她的情绪很不稳定。"

"那你们呢？"我问。

"交警同志也没把这个交通肇事案件当成一回事。"胡科长说，"他们今天早晨才通知我们来验尸。因为涉及公众人物，我就向陈总请示，邀请你们来一同侦办。"

我点点头，绕着停在大院里的一辆沃尔沃轿车看了一圈，问："车辆你们都看过了吗？"

"看过了。"技术员说，"没有明显碰撞的痕迹，轮胎上也没有明显的人体组织，轮胎花纹我们都已经拓下来了，以备比对。"

"尸体是被车辆拖到小区门口的。"林涛问，"也就是说，肇事现场在哪里并不明确喽？"

技术员摇摇头，说："那就不知道了。不过，交警的工程师检测了车辆的刹车系统和轮胎，并没有紧急刹车的痕迹。"

"车都没刹，直接轧了。"大宝说，"也真是够菜的。"

"是啊。她的驾照刚拿到不满半年。"一名交警同事说。

"不管是不是交通肇事，我们还是要认真去查的。"我说，"关键是尸体上的痕迹了。不过，现在我要见见黑米，问一些情况。"

"问她干吗？不如直接尸检了。"大宝说。

我哈哈一笑，说："我是她的粉丝，天天听她的节目。是不是今天就没的听了？"

　　"嘿！老秦！"大宝说，"这可不是索要签名的地方！"

● 2

　　黑米坐在交警队的谈话室里，低着头，长长的睫毛在微微扇动。

　　经过了一夜的谈话，她的情绪还是没有稳定，肩膀仍在微微发抖。

　　"黑米吗？"我坐到她的对面，说，"我是你的粉丝。"

　　这一句话明显缓解了黑米的紧张情绪，她的肩膀停止了发抖。黑米慢慢抬起头来，看了我一眼，勉强露出了一个微笑。我看见她的一双大眼睛里充满了血丝。

　　"这里有休息的地方，我觉得你可以去休息一下。"我说，"但是，在事情没有查清楚之前，可能交警不会放你回家。"

　　黑米点了点头。

　　我清了清嗓子，说："你现在方便告诉我，你究竟撞没撞到人？"

　　"没有。"黑米用一口标准的普通话说，"昨晚我从台里回来，好像是看到有个黑影，但是肯定没有撞到，我确定。"

　　"那轧到了吗？"

　　"这我就不确定了，我也没开车轧过什么，不知道会是什么感觉。但那个黑影闪了一下后，我好像确实感觉到了颠簸。当时我以为是我太害怕了，自己吓自己，吓出幻觉了。从后视镜看了，也没问题，所以没在意。"

　　"别紧张，事情已经发生了，坦然面对吧。"我微微一笑，说，"我会把事情查清楚的，你放心休息。"

　　黑米感激地回敬了一个微笑。

　　还没有检验尸体，我就发现了案件存在的疑点。

　　"要签名了吗？"林涛见我从谈话室里出来，笑嘻嘻地说。

　　我没搭话茬儿，说："去殡仪馆吧，我现在很急切地想要检验尸体！"

　　"我也是。"大宝说，"一个月没动刀了。"

"死变态。"林涛说。

很多交通事故的尸体都是非常残忍血腥的，有被大卡车轧扁了脑袋的，有在高速公路上被撞成尸块的，这些对法医来说都已经见怪不怪了。

但是，这一具被车辆拖擦出数公里的男性尸体，倒是让人看着更加不舒服。按照交警对原始现场拍摄的照片来看，死者是处于俯卧位的，因为腰带挂在了底盘上，所以被车子高速拖擦，整个正面的衣着已经被与地面摩擦产生的高温烧尽了，剩余的衣物残片周边还有烧焦的痕迹。尸体的面部、胸腹部、会阴部、四肢前侧的皮肤几乎都已经摩擦殆尽，皮下组织和肌肉也有被高温烤焦的痕迹。

换句话说，解剖台上的这具尸体，因为开始是被俯卧放置的，我们并没有感觉到明显的异常，但是合力把尸体翻过来的时候，着实被"震撼"了一把。

这具男尸最可怕的不是那血肉模糊的躯干，而是那张血淋淋的脸。这张恐怖的脸上，没有鼻子，没有眼睑，两个眼球也爆裂了一个，另一个眼球白森森的，耷拉在眼眶里。嘴唇已经磨得焦黑，露出两排白森森的牙齿。幸好下颌两侧的皮肤还存在，否则露出两侧咬肌怕是会更显恐怖。

看着正、背两侧强烈反差的尸体，大宝说："和现场状况很吻合，应该没什么问题吧？"

"吻合不吻合，可不是看表面。"我一边给手术刀柄装上刀片，一边说。

"尸体整个正面都已经血肉模糊了，连有没有生活反应都看不出来了。"大宝用止血钳夹起尸体正面所剩无几的皮肤，看了看边缘，也已烧焦。确实无法从表面来判断这些拖擦伤是死者生前形成的，还是死后形成的。

"说得挺恐怖的。"林涛说，"如果拖擦的时候死者还没有死，那该是多么恐怖的一件事情啊？"

"黑米在感觉自己疑似轧到东西的时候，处于停车状态。"我说，"如果这时候死者还有意识，会大声喊叫的。在那种僻静的地方，又在自己的车底，黑米应该不会听不到。"

"如果是听到了，仍不愿意下车呢？"大宝说。

交通事故发生后，肇事司机抱有侥幸心理仍继续开车，导致受害人死亡的事件也确实不少见。不过，如果我们还原出这样的情节，那么黑米所犯的就不是交通肇事罪了，而是故意杀人罪。

大宝的提醒让我觉得有些惊悚。如果我面前躺着的这个人，真的还在叫喊，而黑米踩下了油门。这个画面让我不寒而栗。

我咬着下唇，慢慢地把尸体上附着的衣物残片从血肉模糊的尸体上剥离下来，一块块地摊在操作台上。

"可以排除是一起侵财案件了。"我说，"死者牛仔裤后面的口袋里揣着一千多块钱，还有一张身份证。"

说完，我把身份证递给侦查员。死者叫作焦林，三十一岁，本市人。这一发现，给法医省了很多事情，至少可以不需要推断死者特征以寻找尸源了。

"交通事故，还排除什么侵财案件啊？"大宝说，"你可不能因为你是黑米的粉丝，就处处想给她洗脱罪责啊。"

"我是那种人吗？"我白了大宝一眼。

"看这里。"大宝从尸体的头部开始往下检查，检查到死者会阴部的时候，说，"咦？相比尸体其他位置，会阴部的拖擦伤要轻许多啊。那个啥都还在。"

"废话。"我说，"死者被车底挂住的是腰带，也就是会阴部的背面。被挂住的地方总是要相对高一些，所以摩擦也就轻一些。"

"有道理。"大宝说，"从这里看，皮肤摩擦的损伤面是黄白色的。也就是说，没有生活反应。"

"是死后拖擦。"我检查了死者胸腹部残留的皮肤，说，"胸腹部的皮肤残片也可以看出来损伤边缘没有生活反应。"

"那就好。"大宝说，"总算这个名主播没有干恶事。"

"现在我们就面临一个问题了。"我说，"如果死者有这么大面积的损伤，首先要考虑创伤性休克死亡。但是死者的损伤面没有生活反应，也就是死后才造成拖擦伤的，那么，他的死因应该是什么呢？"

"交通事故嘛，多见是内出血、颅脑损伤死亡什么的。"大宝说，"我们解剖开来看看再说吧。"

"怕是黑米难逃罪责了。"戴着手套的林涛说。

林涛冷不丁来这么一句，我和大宝一起走到了林涛身后。

林涛指着刚才被我从尸体上剥下来的衣服残片说："死者的衣服破损挺厉害的，但是后背部几乎保存完好。刚才我用多波段光源看了死者后背的衣服，在左侧上臂和肩胛部的位置，有一条轮胎印。"

"你看了，是黑米的车的轮胎印？"我问。

林涛点点头，一脸遗憾。

我没有吭声，走到手术台前，示意大宝把尸体翻转了过来，对尸体的背部进行了解剖。很快，我们就发现死者的上臂、背部后侧肋骨、肩胛骨和脊柱都是完好无损的。

我微微一笑，说："你说的难逃罪责也未必正确，轮胎印所对应的位置，并没有软组织挫碎和骨折。显然，黑米并没有轧到他，顶多是轮胎碰到了那里。"

"别太早下结论。"大宝说，"如果轧在前面呢？前面的衣服都没有了，即便有轮胎印也找不到了。"

确实，死者被碾轧后，发生尸体翻转的案例也不少见。我赶紧和大宝又把尸体翻转了过来，对尸体进行常规解剖。

手术刀划开胸腹腔的肌肉，分离，骨锯打开胸腔……

死者的胸腹腔很干净，甚至没有脏器破裂、出血的痕迹！

"奇怪了。"大宝仍不放弃，沿着死者的每一根肋骨慢慢地摸，说，"连肋骨都没有骨折，脏器也是正常的。"

我没有吭声，打开死者的头皮，锯开颅骨，果不其然，颅脑也是正常的，没有任何挫裂、出血的迹象。

我仍不放弃，把死者的四肢肌肉都划开了，肌肉除了和地面接触的一面被烤焦以外，其他部位都是正常的，长骨也都没有骨折。死者甚至连窒息的征象都没有！

"这是一具找不到死因的尸体！"大宝瞪着眼睛说。

"先别这样说。"我说，"首先，我们得肯定死者正面的挫擦伤肯定是死后的。如果是生前的，就有可能是创伤性休克死亡。"

"可是会阴部的皮肤应该很明确是死后损伤啊。"大宝说。

我皱起眉头思索了一阵，说："现在只有两种可能。一，死者是创伤性休克死亡，我们之所以觉得皮肤周围没有生活反应，有可能是我们的主观情绪在作祟。生活反应这个东西，肉眼有的时候还是会判断错的。二，死者在黑米的车挂上他的时候，就已经死亡了。这倒是验证了我之前发现的一个疑点。"

"之前发现的疑点？"林涛问。

我点点头，说："我在交警队看到黑米的车的时候就很奇怪，整辆车没有碰撞的痕迹。也就是说，车辆没有碰撞人，人就被挂到车底了。这不正常，除非这个人原来就趴在路上，黑米的车直接开上去挂上了，要么就是这个人正好滚进了黑米的车底。总之，在没有碰撞的情况下，车底拖上了人，黑米应该是不知情的。"

我说完划开死者的胃部，闻了闻气味，说："胃内没有酒味，说明不是醉汉。那么，死者最大的可能是疾病突发致死，或者中毒致死。死亡地点在黑米发觉车辆异常的地方，那个时候，她的车正好开到了尸体上，把尸体挂住了。"

"你说的可能性确实大，但是也不能排除黑米正好轧到了一个人，然后把他拖死了。"大宝说。

"尸体上的情况和车辆的情况相符，没有碰撞伤。"我说，"难道这个人是活着趴在地上等碰瓷的？"

"你不能排除这种可能。"大宝说，"不过现在的情况看，黑米几乎是没有什么罪责了，可以通知交警队放人了。"

我说："我们上面说的几种可能都存在。一来，通知理化科齐科长马上就死者的胃内容物进行毒化检验，排除死者中毒死亡；二来，通知我们组织病理学实验室的方科长，对死者的组织脏器进行病理检验，看看死者有没有可以导致猝死的疾病。另外，请方科长对尸体创面周围的皮肤进行病理检验，看看这些拖擦伤究竟是生前的，还是死后的。"

尸体没有了皮肤，已经无法缝合。我们只有把尸体用尸袋裹好，送到殡仪馆的冰棺内。

"我已经告诉交警队，这个交通事故另有说法了。"林涛挂断了电话，说，"最好的结果是死者是猝死的，不小心被黑米的车拖住了。"

"最不好的结果是，死者被毒死，然后凶手想伪造交通事故现场。"大宝挖着鼻孔说。

"总之，目前看，黑米算是清白了。不过，你得告诉交警同事，暂时别让黑米回家。"我说，"我找她有事。"

"我已经说过了。"林涛会心一笑，说，"我就知道你想找黑米带你去看看她觉得轧到人的可疑现场。"

"还是你懂我。"我哈哈大笑。

说话间，我们的车就开进了交警队。没想到我们刚离开三个小时，这里就发生了变化。交警队的门口堵满了人，隐约可以听见院子里有嘈杂声。

"你们这些浑蛋！"一个女人的尖叫声，"你们就不怕报应吗？你们就不怕恶鬼来找你们吗？"

● 3

"不怕！"我推开人群，走到了大院里，高声说，"我们客观公正，遵循科学。我们不做亏心事，不怕鬼敲门！"

人们的目光都集中在我身上，我甚至看到几个壮汉开始目露凶光。

几名交警围到了我身边，做出一副合围保护之势。一个交警同事低声耳语："死者家属，来闹事了。"

"怎么着？"那个女人高声叫道，"别和我说这些官话！不就是因为黑米是个名人吗？你们就想包庇她？门儿都没有！叫黑米给我出来！"

我低声问刚才那名交警，说："这是什么人？黑米呢？"

交警说："这是死者焦林的老婆，薛齐，是广播电台的一个编导。你们找到身份证后，我们就通知薛齐了。刚才接到林科长的电话，我们正准备让黑米先回家休息休息，薛齐就带着一大帮人赶到了，说什么要给自己的丈夫伸冤。"

"她丈夫失踪这么久，她没报案吗？"我问。

交警说："刚才听刑警部门的同事说，薛齐和焦林分居很久了，一直因为财产问题没能离婚。"

"呵呵,现在人死了,她开始来蹦跶了。"大宝嘟囔道,"不就是想要赔偿吗?"

"是啊。"交警说,"这样的事情我们也见怪不怪了。刚才我们派了几个人把黑米保护在休息室了。"

"不过这事情也挺巧的。"我说,"薛齐和黑米居然是一个单位的,她的丈夫居然又挂在了黑米的车下,这里面怕是有什么弯弯绕吧。"

"听说薛齐平时和黑米关系很不好。"交警说,"正好出了这事儿,同事情面也就荡然无存了。"

"薛齐的老公和黑米,会不会有什么……"我心里有些担忧,不自觉就说了出来。

"没有。"交警说,"刑警部门的同事做了调查,还调了话单,两人之间完全没有瓜葛。"

"那我就放心多了。"我说。

"嘀嘀咕咕什么呢?"薛齐叫道,"你们有头儿在吗?谁出来给我个说法?"

我清了清嗓子,高声说道:"我来给你说法吧。"

"你说话有用吗?"一个小伙子跳出来说,"我姐夫可是正儿八经的公司高管,是有身份的人。我姐姐是电台的,说出来吓死你,省城所有的媒体老总我姐都认识。你信不信我们组织媒体曝光?扒了你的狗皮!"

林涛放下勘查箱,捏了拳头就朝小伙子冲了过去,被我一把拉住。

我微微一笑,对小伙子说:"小孩儿,不要满嘴乱喷,我的制服是国家给我的,不是媒体给我的。我行得正,站得直,谁也没那么容易脱我衣服。倒是你们,现在已经触犯了治安处罚法,我可以随时通知特警支队来抓人。"

小伙子有些胆怯,张了张嘴没说出话来。

薛齐说:"那你说,这事儿该怎么解决?"

我"嘿"了一声,说:"死者的死因还没有鉴定出来,还需要几天的时间。在此之前,奉劝你们少安毋躁。"

"还要鉴定什么死因?"薛齐脸上红一阵白一阵,说,"就是被黑米撞死的！你们想保护她逃走吗？"

"不管明显不明显，死因鉴定都是必须的法律手续，在死因鉴定出具前，如果做出任何行动都是违法的。我用我的人格担保。"我说，"我保证这件事情会秉公处理。如果是黑米的责任，黑米必须承担责任，但如果不是黑米的责任，谁也别想给她乱戴帽子。"

"回去吧，回去吧。"几个交警在劝人群散开。

薛齐还想说些什么，但是也找不出更好的理由，于是向人群使了个眼色，人们纷纷离开。

"你们脾气真好，我真想揍他丫的。"林涛说。

"揍了他，你的衣服就真的被扒了。"我拍了拍林涛的肩膀，说，"当警察，必须受得了委屈、扛得住非议。"

黑米肯定是得知了我们的初步结论，再次见到她时，脸色已经有了红润。只是被刚才一吓唬，嘴唇还是有些发紫。

"黑米，你带我们去看看现场好不好？"为了减轻她的紧张情绪，我尽可能地舒缓自己的语气。

"还……还去那里？"黑米心有余悸。

我笑了笑，说："好几个大男人陪着你呢，而且现在是艳阳高照。"

黑米点头同意了，我们驱车向新广播电台的方向开去。

车子越走越偏僻，走到了一处两侧全是绿地的弯道处。

"就是这里了。"黑米坐在车上指着那条刚修成的柏油马路中间的黄线，说道。

我点点头，跳下了警车。

这里是一个急弯，角度大约有八十度。

黑米随我们一起走下车，说："昨天晚上，啊不，应该是昨天深夜，我开到这里的时候，好像感觉有一个黑影一闪，车子都仿佛颠簸了一下，我以为是轧到什么东西了。"

"反正你没有轧到人，放心吧。"我安慰她说。

"你确定是这里吗？"我蹲在马路上，说。

黑米使劲儿点了点头。

我向林涛招招手，带着他沿着马路的黄线，往广播电台的方向漫步。

"你们去哪里？"黑米见我们越走越远，不知道该跟着我们，还是留在原地，有些无所适从。

我喊道："你去车上等我们吧，车上凉快，而且那个叫作韩亮的家伙，也是你的粉丝。"

我和林涛走了大约三百米，我猛地停下脚步，指着马路上的一个碎片说："林涛，你看！果真不出我的意料！快照相！"

那是一块牛仔碎片，甚至还黏附着一些血迹。

"和死者身上的牛仔裤应该是一种料子。"林涛兴奋地照相后，提取了碎片，说，"你怎么知道这里会有碎片的？"

"你想想看，"我说，"如果是在弯道处挂上死者，那么在弯道处开始拖擦的时候，那里的血迹和组织碎片应该是最多的。然而，在弯道处几乎没有看到血迹和组织碎片，这说明车子把尸体挂到弯道的时候，尸体上的创面血迹几乎都流完了，而且创面也被烧焦了。"

"也就是说，尸体不是在弯道处被挂上车的。"林涛说。

我点点头，说："这里出现了衣物碎片，那么我们继续往广播电台的方向走，就会看到越来越多的碎片和血迹，如果我没有猜错的话。"

这是一条几乎不会有多少人来的地方，而且今天又是广播电台交接旧楼的日子，台里员工都去老台参加活动了，更是人迹罕至。正因为这样，这些痕迹物证还没有被破坏。

我和林涛顺着大路走了大约两公里，终于看到了位于广播电台大楼侧面的地下车库入口。这一路上，我们果真发现了更多的衣物、组织碎片和血迹。

广播电台的地下车库的地面是磨砂塑胶的地面，暗红色。虽然表面上看不出来有多少血迹，但是我们知道这里才应该是血迹最多的地方。

好在我的勘查箱里有四甲基联苯胺试剂，我们每隔几米进行一次实验，实验结果一直保持阳性，直到车库里的一个车位中间。

我给韩亮打了个电话，招呼他把车开过来。

不一会儿，韩亮和黑米、大宝一起下了警车。

"你还记得昨天晚上你的车停在哪个车位吗？"我问。

"A-023号，"黑米说，"那是我的固定车位。"

我看了看刚才我们检出血迹的车位，果真就是A-023号。我和林涛相视一笑。

黑米说："怎么了？有什么问题吗？"

大宝也投来疑问的目光。

我说："我们追踪那些和死者身上一致的衣物碎片、组织碎片以及血迹，一直追踪到地下车库。准确地说，是一直追踪到黑米的车位上。"

"啊？我是冤枉的！"黑米没有理解我的意思，叫道，"我真的不知道我车下面有个人！我真的不知道！"

我哈哈一笑，说："我们现在的发现，恰好就是证明了你的清白。你上车的时候，是不是没有关注到车子下面？"

"我为什么要关注车子下面？"黑米说，"地下车库那么阴森，我直接躲上车了。"

大宝摸着下巴，说："黑米，秦科长的这一发现，说明你上车的时候，尸体就已经在你的车下被挂着了。你没有撞到人，更没有轧着人，你是不知情的，没有责任。"

"谢谢，谢谢你们。"黑米的眼睛中充满了泪水。

"好啦，任务完成。"我说，"我们回去静静地等待病理和毒化的结果就好了。"

"可是你还没有解释，为什么在弯道处我会看到一个黑影？为什么会感觉到有点儿颠簸？"黑米突然露出一脸恐惧，说，"难道我真的遇见鬼了吗？那个死了的人会不会变成鬼了？他不会来索我的命吧？"

"哈哈。"我被黑米的表情逗乐了，说，"放心吧，他就是索，也不会索你的。你要记住，你是无辜的。"

"不过，黑米说得对啊，为什么她会恰巧有那样的幻觉？"大宝问。

我说："不是幻觉，她的感觉是真实存在的。"

"哦？"大宝瞪起了眼睛，黑米则躲到了韩亮的身后。

我拿出一包香烟和一个打火机，用香烟当成车辆，用打火机当成尸体，比划道："在黑米开车之前，尸体就被挂在了车底。我和林涛走过，从这里到弯道处，一直是一条直路，所以黑米并没有发觉。在弯道处，因为车辆的突然转弯，车底的尸体因为惯性发生了转动，偏离了原来平行于车底的位置。尸体的一端从车侧露了出来，这时候正在开车的黑米，余光会从后视镜中看到一个黑影晃动。因为害怕，黑米肯定踩了刹车，这个时候，车辆的轮胎和因为惯性转过来的尸体发生碰撞，尸体因为轮胎的碰撞力重新回位到和车底平行的位置。因为轮胎碰了尸体，所以黑米感觉到了颠簸。这也解释了为什么尸体的肩背部有轮胎印但是没有碾轧痕。"

"非常有道理！"大宝说，"确实没有其他可能来科学地解释这一切了。"

"可是尸体为什么会挂到我的车上？"黑米心有余悸。

我低头思索了一下，说："最大的可能是他在钻你的车底，突然疾病发作死亡了。你一开车，车底就恰巧挂上了死者的腰带。"

"可他为什么要钻我的车？"黑米说，"他会不会是被别人害死的？"

我摇摇头，说："我们排除了死者是外伤、窒息死亡的可能性，刚才我也接到了毒化实验室的电话，排除了他是中毒死亡。应该不是他杀，而是意外。至于他为什么要钻你车底，我猜会不会是想躲避一些什么？"

黑米环顾四周，说："以后我再也不把车子停到下面来了。"

"你们地库这不是有监控吗？"我指着墙角的摄像头问黑米。

黑米摇摇头，说："地库的监控因为招标受质疑的问题，一直都没能通过验收，所以一直还没有开启。很多人都和台领导提意见，说车子被划了也不知道是谁划的。可是台领导也没办法。"

"哦。"我沉吟道，"我们回去吧。你需要休息，我们也需要时间来等待组织病理学做出的结果。"

● 4

法医组织病理学是需要一个烦琐的检验流程的。从解剖取下的人体组织的取材、固定，到脱水、包埋、切片、染色、制片，最后到阅片、诊断，少说也要一星期多的时间。

在这一星期时间里，我天天到组织病理学实验室里催方俊杰干活，甚至把他的头发都逼白了两根。

7月16日，星期一，我早早地跑到了组织病理学实验室。

"我现在看见你就害怕。"方俊杰笑着说，"你真是快把我给逼疯了！昨天我加了一天班，把切片都看完了。"

"什么结果？"我急着问。

方俊杰不慌不忙地说："从皮肤的病理切片看，没有炎症反应，说明死者的拖擦伤应该是死后损伤，死得透透的之后形成的。"

"这个我基本心里有数了，就是验证一下。"我说，"你就别卖关子了，告诉我，死者是不是潜在性心脏疾病突然发作导致猝死的？"

"啊？"方俊杰说，"你怎么会这样认为？我看了所有的片子，心脏完全正常啊。冠状动脉也不狭窄，心肌也没问题，传导系统也没问题。你等等啊，我再看看片子。"

"没病？"我吃了一惊，"那不是心脏疾病，会不会是其他疾病？"

方俊杰熟练地更换着切片，眼睛没有离开显微镜，说："心脏肯定是没问题，其他切片看，也没任何问题。这个人很健康。"

"什么？"我叫道，"那他是怎么死的？"

"我怎么知道？"方俊杰说，"又不是我解剖的。"

我说："可是我们解剖排除了外伤、窒息和中毒致死，现在你又给我排除了疾病致死，那他是怎么死的？"

"听起来有点儿恐怖啊。"方俊杰说，"难道是鬼上身？"

我的脑子有点儿蒙，赶紧拨通了赵其国副局长的电话。

"赵局长，你那边调查有什么进展吗？"我说，"焦林死亡的案子。"

赵局长说："案子交给交警在办，刑警配合。目前调查，死者是一个企业的高管，但是性格软弱，在家里很受欺负。妻子薛齐有外遇的可能，但是目前还没有找到相关证据。焦林和薛齐关系一直不好，处于分居状态，因为财产官司还没有离婚。7月8日晚上薛齐给焦林打过一个电话，据薛齐说，是她提出离婚，但焦林还是不同意。"

"也就是说，那个时候焦林有可能去找薛齐？"我问，"当时薛齐在哪里？"

"薛齐说是在自己买的房子里。"赵局长说，"但我们觉得有问题，因为在地下车库，我们发现了死者焦林的汽车。焦林应该是驾车去广播电台，至于干什么，不得而知。"

我追问道："那电台里总有监控摄像头吧？有异常情况吗？"

赵局长说："8日是星期天，薛齐不上班，我们从电梯、楼道的监控摄像头里确实没有看到薛齐、焦林和可疑人员。只有黑米9日凌晨下了电梯，她的节目编导住在台里，也没有下到地库。地库的监控摄像头没有启动，所以下面发生了什么也不知道。你们死因查清了吗？"

我有些哑口无言，从牙缝里挤出几个字："我要重新验尸。"

回到办公室里的时候，办公室里正一片欢腾。

小羽毛回来了。

小羽毛给大家带回来许多北京特产。林涛斜坐在小羽毛的桌边和她亲热地说着话，大宝则躲在办公室的角落里大快朵颐。

小羽毛见我黑着脸走进办公室，说："怎么，看到我就这么不高兴啊？你看看，我现在戴一杠一星了！我是正式民警了！你不能歧视我！"

我应付道："啥时候回来的？"

小羽毛说："其实昨天早上就到了，但是星期日嘛，我就在家赖了一天。"

我拍了拍手，话锋一转，说："大伙儿听着，上个星期的焦林死亡案，病理方面没有查出问题。也就是说，我们没有找到死者的死因。现在案件存在诸多疑问，我们必须马上检验尸体！"

欢腾的景象立即收归严肃，林涛和大宝马上开始收拾各自的勘查箱。我打通了韩亮的电话，说："又迟到！马上到单位，去殡仪馆！"

经过了一星期的冷冻，又没有及时化冻，尸体硬邦邦地躺在解剖台上。

我问赶过来工作的魏法医，说："胡科长和韩科长呢？不是应该由他们俩负责这个案子吗？"

魏法医点点头，说："他俩今早就接到指令，去西郊一个现场了。"

"两个科长一起去的？"我问道，"命案吗？"

"不清楚。"魏法医说，"但看他们的脸色，怕是不太乐观。如果是疑难命案，他们会打电话向你求援的。"

我"哦"了一声，默默地穿上了解剖服。

尸体经过冷冻，皮肤和暴露软组织的水分已经损失殆尽，组织暴露面呈现出皮革样化的表现。我掰了掰尸体的肌肉组织，完全掰不动。

"哎，是需要等解冻吗？"大宝问。

我说："冷冻完再解冻，加之这样的天气，腐败会加剧。我怕我们就这样弄了一个阴性解剖，没法给专案组交代，没法给死者家属交代，没法给黑米交代。"

"那怎么办？"大宝深深地忧虑起来。

"咦？"我正在触摸尸体的手突然停了下来，继而又在死者的颈部两侧细细地触摸起来。

"发现什么了？"大宝凑过头来。

"快拿放大镜！"我叫道。

大宝手套都来不及脱，打开了自己的勘查箱，翻找出放大镜递给我。

我拿着放大镜在死者的颈部细细观察了起来。因为颈部是凹陷部位，所以在整个拖擦的过程中，颈部始终没有长时间着地，所以也没有严重受伤。我们在初步检验的时候，对颈部的皮肤和肌肉进行了检查，并没有发现什么可疑的地方。但是尸体脱水、皮肤皮革样化后，颈部的两处损伤就明显了起来。虽然从表面上看，损伤和周围皮肤一样，都是黄褐色的改变，但是用手指触摸，就能感觉到这两个直径大约一毫米的损伤是明显突出皮面的。

"我们在初检的时候遗漏了损伤！"我说。

大宝说："这么小的损伤，又没有肌肉出血，被遗漏也很正常啊。这小小的损伤，有什么说法吗？有什么意义吗？"

我说："不，这次遗漏，直接让我们搞不清死因了！这两处损伤就是死因。"

"啊？"大宝从我手上接过放大镜，看了起来。

"电流斑，又称电流印记，其形成是由于带电导体与皮肤接触，电流通过完整皮肤时，在接触处产生的焦耳热及电解作用所造成的一种特殊皮肤损伤。皮肤的高电阻作用使电流在穿过皮肤通过人体时产生高温作用，电击伤遂会在皮肤上留下电流斑。典型的电流斑外观呈口小底大、中央凹陷、边缘隆起的火山口样圆形或椭圆形损伤。凹陷处为炭化区，周围凝固样坏死。显微镜下观察更方便确诊。电流斑是法医诊断电击死的重要依据。"我见林涛和陈诗羽不明所以，所以背教科书似的解说道。

"口小底大、中央凹陷、边缘隆起的火山口样。"大宝复述道，"无疑，这是两处典型特征的电流斑。"

"显然，这两处电流斑，一处是入口，一处是出口。"我说，"死者死于电击，接触导线位置是颈部两侧。"

"现场是新建成的，会不会是意外？"林涛说，"也不对，尸体是钻在汽车底下的，怎么会被电击？汽车漏电？"

"汽车检测工作，保险公司早就做了，肯定没问题。"我说，"而且，颈部两侧这个凹陷的位置，怎么会同时接触到电流进入和出去的两个导线？"

"你是说，他杀？"大宝说，"电击杀人还真不多见。"

我点点头，说："根据现场环境，不具备电击条件。这应该是一起人为的电击事件。"

我小心翼翼地把颈部皮肤切割下来，装进一个物证保管瓶内，递给韩亮，说："你把这个送去方俊杰那里，让他进行病理学检验。只有病理学检验，才能作为确证电流斑的呈堂证供。这对后期起诉审判很有用。"

"还没嫌疑人呢，就想到起诉审判啦？"韩亮做出一副嫌弃的表情，把瓶子装进了一个黑塑料袋。

"有嫌疑人！"我说。

"谁？"大宝说。

我看了一眼林涛，和林涛异口同声："薛齐。"

"死者妻子？"

"是的。"我说，"第一，薛齐为了财产和焦林拉拉扯扯好几年没能离婚，她又有外遇，那么她应该有杀死焦林，获取所有财产的杀人动机；第二，薛齐是广播电台内部人，只有内部人才敢明目张胆地把尸体弄到那个有监控摄像头但没有启用的地库里，外人并不知道地库的监控摄像头是聋子的耳朵——摆设；第三，薛齐和黑米一直有过节，她有嫁祸给黑米的动机。一个不为既得利益而杀人的人，必然是死者死亡后获取利益最大的人。"

"可是电梯、楼道监控摄像头显示薛齐当天并没有来台里啊。"大宝说。

我说："如果是薛齐和她的姘夫在外面杀了人，然后开了死者的车直接到地库呢？"

"对啊！"大宝说，"不过，我们现在没有掌握任何薛齐杀人的证据。"

"那我们就去她家里找！"我说。

● 5

专案组里，一大拨侦查员都用疑惑的目光看着我们。显然，这一起要么交通事故、要么猝死的案件，怎么会调动这么多刑警来参与？这是前所未有的事情。

我用幻灯片简要介绍了死者的死因，以及我们推断嫌疑人的依据。

赵局长思忖片刻，下达指令说："目前，死者焦林的妻子薛齐有重大作案嫌疑。我们已经对死者焦林遗留在现场的车辆进行了全面采样，希望能找到一些DNA物质，作为证据。但是破案不能等DNA结果，现在我们必须用最短的时间，找出和薛齐交往的男人中，有没有精通电工的人。一旦找出这样的人，无须向专案组汇报，直接通知提前守候在薛齐家附近的同志，同时对两家进行搜查。搜查的目标，是可以电死人的装置。"

几组侦查员应声站起，准备离开专案组。

赵局长补充道："我在这里在线等！"

等到侦查员们纷纷离去，我问道："赵局长，怎么没见胡科长、韩科长他们啊？"

"他们刚才接到指挥中心指令，赶赴西郊的一个死亡现场。"胡局长说，"那个位置路不好走，估计他们现在还不一定到了呢。"

"是命案吗？"我问。

赵局长摇摇头，说："当地派出所接警后就到现场了，确实看到血了，但是没敢进一步靠近，怕破坏现场，所以具体情况，还要等胡科长他们看过了，传回来消息才知道。"

我点点头，打开焦林的尸检照片，一张一张慢慢看，希望能再找出一些线索，以防调查出现问题。

事实证明，调查并不会出现任何问题。

侦查部门运用了多种手段，锁定了一名叫作林华强的人。这个人是电工出身，后来参加成人自考，考入了龙番大学物理系，学电气化工程。毕业后，在广播电台担任技术主管。林华强和薛齐十年前就认识，在三年前开始保持不正当男女关系。

因为薛齐和焦林一直不能离婚，林华强就出了主意，唆使薛齐杀掉焦林。经过精心的准备，他们制造了这一起杀人后伪装交通事故嫁祸他人的案件。

2012年7月8日晚间，林华强携带自己制作的电击装置，驾车到广播电台的地下车库等候。这是一个经过精心设计的电击装置。林华强采用了普通蓄电池加上升压器的方法，制作出一个能够达到数百伏特电压、数安培电流的装置。他自己戴上肉色绝缘手套，把装置固定在自己身后，然后用两根长导线连接电击装置。导线从林华强的长袖衬衫里穿出，在他的绝缘手套的手心部位露出金属线。

薛齐则骗焦林说自己单位的主管要和他谈一笔生意，可能关系到广播电台和焦林所在企业的长期合作。

焦林驾车带着薛齐一起到达了广播电台的地下车库，并且和装作刚刚到达的林华强在地下车库"偶遇"。林华强热情地上前打招呼。虽然在炎热夏天穿着长袖衬衣很可疑，打招呼的动作也很可疑，但焦林并没有因为这一疑点而引起警惕。

林华强走近焦林后，突然打开身后的电源，伸出双手接触了焦林的颈部两侧。"啪"的一声，焦林直接倒地，心跳骤停而死亡。

林华强的这个设计，即便地库有其他人，也只是看到林华强和焦林拥抱了一下，焦林就突然倒地了，并无其他疑点。

焦林死亡后，薛齐和林华强迅速确定了地库没有其他人的存在，把尸体拖到了一直和薛齐合不来的黑米的车旁。考虑到把尸体放在车前必然会被黑米发现，他们便把尸体塞到了黑米的车底下，把尸体的腰带挂在了车底的凸出物上。

事后，林华强驾驶自己的车带着薛齐离开了现场。薛齐也做出一副死者家属的冤屈样子，带了一帮亲戚到警局贼喊抓贼。一来可以转移警方视线，二来可以再索要一笔赔偿，治一治那个比她漂亮、比她能力强、比她出名的黑米。

事发七天，警方还在把案件当成交通事故在办，林华强对自己的"聪明才智"自豪不已，把自己制作的电击装置藏在了衣柜深处。谁知七天之后，十余名警察从天而降，直接把这个带着罪恶的电击装置从衣柜里找了出来。

装置的导线上有焦林的DNA，焦林的车里有薛齐的新鲜指纹。在这些证据面前，林华强和薛齐不得不低下他们罪恶的头颅。

从开始调查嫌疑人到抓获嫌疑人、嫌疑人供述，不过只用了区区两个小时。他们自以为是的"完美犯罪"，因为两个小小的电流斑而被一举揭露。

一心不能二用，我一直在会议室里如坐针毡。

待到案件破获的消息一从审讯室里传出，我拉上林涛、大宝和陈诗羽奔向停在市局门口的警车。

因为，一个小时之前，胡科长反馈回现场消息。

那是一个命案现场，死者被人一刀致命。

现场有无数只蚂蚁组成的三个字："清道夫。"

第十一案　命丧风尘

"清道夫专案"在一星期之前发生了第五起。这一起与以往不同，有一个目击证人目睹了凶手杀死被害人的全过程。

● 1

"天气热，大伙儿都不住在这里了。大伙儿住在这里的主要原因是这里原来是个小电站，有不少屋子可以挡风遮雨。但是老黑不管天气有多热，蚊子有多少，隔壁垃圾场有多大的气味，他都不愿意离开。因为他把这里当成自己的家了。"小男孩抱着膝盖坐在地上，瑟瑟发抖，"这一片蚊子太多了，所以我们大家都移居到两里地之外的天桥下面了。"

"你多大了？"陈诗羽柔声问道。

"十三。"

"你不用上学吗？"

"我爸妈都死了，家里没人了，只好跟着叔叔来城里捡破烂。"小男孩看了一眼穿着制服的陈诗羽，仿佛有些畏惧。

"你说你看到了，你都看到了什么？"陈诗羽接着问道。

"别问了。"我打断了陈诗羽，说，"他都被问过多少遍了。每问一次，就会伤害他一次。我觉得他应该受到政府的帮扶。"

陈诗羽看了看我，把追问的话咽进了肚子。

"你别着急，着急也没用。"林涛安慰道，"这案子已经拖了这么久。还没破案的主要原因就是凶手经过了精心策划，而且我们还没有完全吃透凶手的动机。"

"谁着急了？我没着急。"陈诗羽说，"这是我参加工作后接触的第一个案子，我这不是想早一点儿破吗？不然给我的同学们知道，我多没面子啊！"

我笑了笑，挥手让他们走出了房间。

"男孩子叫狗蛋。他和他的叔叔以及村里的十多个人都在城里靠拾荒为生。"我一边看侦查部门的笔录，一边对他们说道，"他们平时就住在这一片小房子里，但是夏天一到，因为这儿附近的垃圾场腐臭味极浓，所以就移居到附近的天桥底下。只有死者老黑仍住在小房子里。7月15日晚，狗蛋遵从自己叔叔的命令，到他们之前住的小房子里取东西。因为当时天已经比较黑了，所以狗蛋有些害怕。摸到房子附近的时候，狗蛋想喊老黑帮他照明。但是走到老黑房间的时候，他仿佛听见了女人的声音。"

"女人的声音？"大家都在安静地听故事，只有大宝时不时会表示一下他的惊讶。

"有什么好奇怪的？"林涛说，"难道你是第一天知道'清道夫'系列案件的嫌疑人是个女性吗？"

"狗蛋说感觉是个女人的声音，但具体在说什么就听不清了。"我接着说，"狗蛋长期和这些拾荒者在一起，这些拾荒者闲来也会说一些男女之事，所以狗蛋对这些事情也很好奇。于是狗蛋就爬到老黑的窗下，想从破旧的窗帘缝儿里窥视。"

我翻了一页卷宗，接着说："狗蛋看到的是老黑全身赤裸地躺在地上，一个白衣女子骑在老黑的身上。看上去，老黑是想脱去白衣女子的连衣裙。掀的这个过程，可以看到白衣女子穿着一双蓝色的鞋子，很奇怪。"

"蓝色的鞋子？"林涛摸了摸下巴，说，"应该是鞋子外面套了一层鞋套。如果屋子里光线不足，可能会误认为是一双蓝色的鞋子。"

我点头表示认可，说："突然，老黑闷哼了一声，两只腿不断地踢。白衣女子就那样坐在老黑身上，也不动。过了一会儿，老黑的腿就不动了。白衣女子这个时候站了起来，转过了身。"

我抬头环视了一周。大宝的两只眼睛瞪着我，期待着我赶紧说下去；林涛则是一脸恐惧；小羽毛低垂着睫毛，一如既往地冷酷。

"据狗蛋说，那女子不是一个人，是一个鬼。"我接着说。

"我就说嘛，如果是人干的，早就被我们抓到了。"林涛的嘴唇都在发抖，"只有鬼干的，我们才抓不到，要不然怎么会一点儿痕迹都不留下？"

"喂，你是个警察！又不是大神！"大宝拍了一下林涛的肩膀，说，"不留下痕迹是因为凶手在刻意抹去，而不是因为她有什么超能力好不好？唯物一点儿，好不好？"

"我觉得狗蛋当时的情况是极度恐惧，所以可能会对自己看到的一些东西有精神性的夸大。"我说，"他说，这个白衣女子是没有脸的，一头黑色长发，垂下来。"

"这个好解释，头发那么长，往前一披，就基本把脸盖住了。"大宝看着林涛在发抖，一脸不屑地说，"如果真的没有长脸，那个老黑还敢想着和她干好事儿？"

我点点头，说："狗蛋说，这个女人胸前的白衣服上，全是血。这个女人杀完人后，在尸体的旁边不知道摆弄什么，摆弄了很久。狗蛋在窗外实在蹲不住了，就想悄悄逃走，然后报警。没想到不小心踢翻了旁边的一块瓦片。这个女人突然就转过身来，身手非常敏捷，往屋外冲了出来。狗蛋拔腿就跑，跑到垃圾场附近，才把一直追在后面的白衣女子甩掉。他躲在垃圾堆里，不敢出来，直到天亮后，才跑了出来，找到了拾荒者大部队，报了警。"

"你们说，狗蛋说的，那个女人在尸体旁边不知道干什么。"林涛躲在陈诗羽背后，说，"会不会是在——食尸？"

"你有没有搞错？"大宝哈哈大笑，"她是在用蜂蜜写'清道夫'三个字，好吧？"

"当年，韩信用蜂蜜在江边写下'霸王自刎乌江'，骗得项羽奉从'天意'，在乌江自刎。"我说，"如今这个女人，却用这种方式来完成了她的杀人标志。虽然因为听见窗外的声音，没有把'夫'字写完，但是现场写上了这三个字，依旧是一个人所为。"我说。

"凶手用这种方式完成标记行为，是出于什么目的？"林涛问。

"两种可能。第一，是对警方的挑衅。第二，可能是她自己察觉了笔迹的问题，不想再过多暴露，所以用蚂蚁来组字。虽然是用蜜糖在地上写字，但是蚂蚁并没有把字组得那么完美。大概一眼看上去，仿佛能看出来'清道夫'这三个字，但是细看每个字的细节，就看不清了。就连我们之前认定的错字，在这里也没有完全表现出来。凶手可能是想到了这一点，用蚂蚁组成字的轮廓，但我们却看不出来字的细节。"

"可是她已经在前面四起案件中留下笔迹了啊！"大宝问。

我摇摇头，说："可能是出于侥幸心理吧。可能她发现了自己的错字，又想继续在接下来的案件中标记自己，所以用了这种模糊的方式，以防我们在后续的案件中发现这一蛛丝马迹。"

"确实。"林涛说，"这恐怕是唯一一个能够识别凶手的蛛丝马迹了。"

"即使我们已经找到了这一蛛丝马迹，但我们还是没有找出凶手。"大宝沮丧地说。

"叔叔，我可以回家了吗？"我们聊得太投入，没想到狗蛋此时已经站在了我们的身后。

"最后一个问题。"我问，"你能再仔细回忆一下白衣女子的相貌吗？"

"她没有脸！"狗蛋的脸上浮现出恐惧的表情。

"那身材呢？胖？还是瘦？你可以形容一下吗？"我问。

狗蛋抬起头来，看了看我们，指着陈诗羽说："和这个姐姐差不多。"

我们一起看向陈诗羽。

陈诗羽有些惊慌，说："啊？我？我躺着也中枪啊。"

专案组里，新发的命案让每个专案民警都眉头紧锁。"清道夫专案"是由省城刑警支队牵头组建的，云泰市和森原市公安局负责本案的刑警们也专程赶来省城参加专案会议。

"这个系列专案已经发了五起了。"赵其国副局长说，"虽然死者都是拾荒者或者精神障碍患者，但也是一条条活生生的生命啊！如果再不破案，没有办法给老百姓交代！可是我们呢？四个月了！四个月了！居然没有查到任何有价值的线索？这还能说我们是个优秀的集体吗？是个攻无不克的集体吗？"

大家都低头不语。

"废话我不想多说了，我希望大家都打起精神来。"赵局长说，"在座这几十个弟兄，从今天开始，放下手头所有工作，停止休假，全力侦破本案。从今天开始，没有节假日，没有周末，直到破案为止！就今天发的这起案件，技术部门先汇报具体情况。"

会场沉默了一会儿，省城市局痕迹检验科科长谢明说："现场勘查工作完成后，除了在尸体附近地面上出现的、用蜂蜜倾倒出的'清道夫'三字以外，没有发现任何有价值的线索。"

胡科长接着说："经过法医对尸体的检验，没有发现任何有价值的线索。凶手的作案手段和之前发的四起案件完全一致，是用手术刀之类较为轻薄的道具，一刀刺入心脏，导致失血性休克死亡。死亡时间，是昨天夜里十一点半左右，和目击证人所述的时间一致。"

"又是戴手套、鞋套作案？"我问。

谢明点点头，说："现场可以看到常见的鞋套印记，没有任何鞋底花纹。因为凶手在现场停留的时间不长，没有证据证明她戴了手套，但是她也没有在现场留下指纹。"

"侦查部门汇报进展。"赵局长说。

"经过对现场四周的侦查，发现现场周围没有监控录像。"侦查员说，"也没有第二个目击者发现这个白衣女子。"

"对现场周围扩大搜索范围了吗？"我说，"凶手有血衣，有鞋套，离开现场，总要丢弃这些东西吧？"

"可以清洗，也可以焚烧。"侦查员说，"总之，附近没有发现明显的可疑物品。你知道的，附近就是那么大一个垃圾场，想去细细搜索也不太可能。"

"也就是说，系列案件第五起发生了，我们依旧没有任何抓手？"赵局长瞪着眼睛问。

大家都低头不语。

"之前的摸排仍没有进展吗？"我问。

胡科长点点头，说："当时我们对案发时龙番、云泰、森原的住宿记录进行了分析，符合条件的着实有不少人。对女性，可能从事涉法、涉医、有前科的人员进行逐个摸排，都觉得不太像。因为没有甄别依据，所以也没法肯定或排除。"

"现在大家畅所欲言吧，我要下一步的工作思路。"赵局长说。

我清了清嗓子，说："我觉得下一步工作，需要围绕三个方面进行。第一，继续对胡科长说的这个范围内的人员进行排查。三个市不进行身份登记的黑旅馆也要逐一询问、排查，防止有所疏漏。如果凶手刻意去外地作案，是不会去正规旅馆用真的身份证登记的。除去没有作案时间的，其他人都必须进行笔迹鉴定。虽然现在凶手很有可能发现了自己的习惯性错字，或许会在接受审查的时候进行伪装，但是咱们也不能放弃这一条路。第二，对周边监控录像进行地毯式检查，所有出现在监控录像里的白衣、长发女子都要进行辨别，争取搞清楚特定时间下、出现在周边的这些女人都是什么人。第三，我觉得可以对'出台'的卖淫女进行一轮排查。"

"你是怀疑，是卖淫女作案？"赵局长问。

我说："用色相让比自己强的对手放松警惕，这最先让我想到风尘女。既然没有丝毫抓手，不如就死马当成活马医，碰碰运气好了。"

"也就是说，你现在对'涉法、涉医'这个条件开始质疑了？"赵局长说。

我点点头，说："既然排查无效，就要考虑范围定得不对。"

"那，现在从哪个范围下手呢？"赵局长问。

我摇摇头，说："我也不知道。像陈诗羽这种身材的长发女子，仅此而已。"

"连年龄都没有。"赵局长说，"三个市，符合这种条件的女人有好几百万，大海捞针啊。"

"另外，我需要全部五起案件资料的复印件。"我说，"回去后，我们也认真研究，看能不能有什么新的发现。"

● 2

这一星期过得特别快，我、大宝、林涛、陈诗羽，甚至包括韩亮，每天都在办公室细细地阅读五起案件的卷宗，想找出一些被我们遗漏的地方。

卷宗很详细，但是却没有什么有嚼劲儿的地方，凶手的手段极其高明，以至于我们根本无缝插针。

"难道真的有完美犯罪吗？"大宝慢慢开始怀疑自己一直信奉的理念。

与此同时，专案组展开的调查工作也在紧锣密鼓地进行，但是毫无成效。

7月24日早晨，我们正在继续翻阅卷宗的时候，师父打来了电话："丽桥市公安局刚才发来邀请电函，要求我们尽快派出痕检、法医专家赶赴丽桥支援。"

"丽桥？"我说，"那里命案不多，信访倒是不少。不会又是信访案件吧？"

我们正在"清道夫专案"上进行冲刺，平时热衷于出勘现场的我，此时有些懈怠。

"不，这次是命案。"师父说，"一个年轻女人被杀死在自己家中。从初步的勘查结果来看，凶手对现场进行了打扫和清理。"

我默默点了点头，虽然积案要抓紧时间清理，但是现发的案件也要确保赶紧破掉，绝不欠账。

我挂断了电话，环视了一下办公室里的同事们，说："丽桥命案，马上出发。"

大伙儿都站起身来准备东西，只有大宝仍坐在座位上，一边翻着卷宗，一边扳着自己的手指像是在算什么。

"喂，命案现场哎，不去会长痔疮的。"韩亮调笑道。

我抬抬手，用征求意见的语气问大宝，说："不如这样，丽桥的这个现场我们几个去，让大宝留下来继续看卷宗，如果有必要的话，组织市局法医复检尸体，怎么样？"

大宝点点头。我们几个人都非常惊讶，这个平时不出现场就睡不着觉的法医，怎么会放着一个现发命案不去，而愿意守在家里啃那块难啃的骨头？

"我看大宝是和宝嫂刚稳定下来，所以想减少出差吧？"林涛坐在车里问道。

我摇摇头，说："看宝嫂的性格，之前和大宝闹分手并不是不支持他的工作，而是觉得大宝不在意她。宝嫂何其贤惠，才不会阻拦大宝出差。"

"如果大宝都不出差了，那'出勤现场，不长痔疮'的典故可就不复存在了。"韩亮笑道。

我低头想了想，说："我总觉得，大宝好像发现了点儿什么，只是他可能还没有做好和我们说的准备。"

"不管怎么样，赶紧清扫现行命案吧。"副驾驶座上的陈诗羽冷冷地说道。

应丽桥市公安局的要求，我们的警车开进了丽桥市的老城区，那里的建筑都被保护成原始古民居的样子，里面有七弯八拐的小巷子。警车在一条巷子口处停住，因为丽桥市公安局的吴响法医正在巷子口等我们。

"我最讨厌这些小巷子了。"林涛跳下车来，说，"蛮恐怖的。"

陈诗羽捂嘴笑了一下，说："你是我见过的最胆小的警察。"

林涛硬了硬脖子，说："我胆小？什么样的尸体我都见过好不好？除了法医，还有人敢说比我胆大吗？我不过就是有些怕鬼罢了。"

我们在吴响的引导下，穿过迷宫似的巷子，来到了其中一个较小的门脸。

门口的巷子被两条平行的警戒带切断，十几个警察挤在警戒带两侧，要求住在附近、需要穿过此巷子的居民绕道走。

"我讨厌这样的巷子，还有别的原因。"林涛试图挽回一些面子，补充道，"这么窄的巷子，门口的痕迹几乎是不复存在了。"

"现场就是这里了。"吴响说，"像林科长说的那样，我们到达的时候，就对这门口的巷子地面进行了勘查，可惜，新鲜痕迹太多，无法分辨哪些才和犯罪有关。"

我扭头看看四周，说："既然门口没有痕迹，不如就把警戒带拉在门口吧，现在这样会严重影响四周居民的出行和生活。"

"不行。"吴响摇摇头，说，"这四周都是些古建筑，一般都是一家一个小院子。但现场不是，现场这扇门进去就是一个套间，在门口就能直接看到现场里的情况。历史上，这是一个大户人家的惩戒房，是个大户人家在自己的院落后侧建起来的一个独立的小房间。犯了错误的用人，会在这里面壁思过。后来解放了，这一片房子都被分割成数个独立小院，分给老百姓了，这一间和隔壁那个小院子是属于一个房东的。房东在龙番市住，每年回来一次收取房租。"

"这两间，都是租给什么人住？"我转头看了看隔壁门口正在接受民警询问的一对中年夫妇。

"隔壁那间，是一家卖夜宵的主儿。"吴响说，"一家四口，夫妻俩和两个孩子。据说，昨天晚上十一点钟，他们全家就去市里步行街那一边摆夜宵摊子了，一直到早晨六点多才回来睡觉。我们找到他们家的时候，确实都在睡觉。"

"这个我听说过，丽桥的夜宵也算是全省有名了。"林涛舔舔嘴唇说。

"死者呢？"我说，"租住这么一个小屋子，条件也应该很差吧？"

我看了看现场紧闭的大门，问道。

吴响摇摇头，说："根据对死者的身份核实，死者是丽桥周边农村的女孩，两年前就到丽桥了，一直租住在这里。女孩叫杨燕，二十四岁，未婚。据隔壁吕氏夫妇说，女孩性格非常内向，做了两年邻居都没说过几句话。女孩上午出门，下午回来，不知道从事什么工作。有的时候，晚上会有男人过来。"

"男人？卖淫女？"林涛问。

吴响摇摇头，说："这个，不敢确定。隔壁吕氏夫妇也说不好，他们看过几次，究竟是不是一个男人，也没在意。但从女孩平时的为人和打扮看，很清纯，不像是卖淫女。"

"目前，我们正在组织力量，对杨燕的谋生手段进行调查。"一名侦查员说。

我穿戴好勘查装备，推开大门走进了屋内。和从外面看迥然不同，房间里一派温馨的装饰，还很凉快。

我抬头看看墙壁上开着的空调，说："现场的空调不能随便乱开的！"

吴响点点头，声音从口罩后面传出来有些减弱，说："我们进来的时候，灯、空调、电视都是开着的，电脑是屏保状态。"

房屋是一个套房结构。从大门进来后，是一个狭小的走廊，走廊的一侧是卫生间，卫生间的门口是一个简易的灶台，放着一些锅碗瓢盆。狭小的走廊尽头，是一个房间，摆着一张大床、一个床头柜、一个写字台和一个电视柜。麻雀虽小，五脏俱全。房间到处挂着卡通公仔，床单也是粉红色的，让人感觉很温馨。

正对走廊和大门的一面墙是整幅粉红色的窗帘，窗帘上挂着一个相框。相框里的女孩子穿着一身校服，对着镜头痴痴地笑。虽然照片中女孩子的打扮很是过时，但是也掩饰不了她秀美的脸庞和迷人的微笑。

照片中的这个女孩子现在全身赤裸着，趴在电视柜的旁边。

"地面有大量拖擦痕迹。"吴响说，"潜血实验都是阳性的。我们跟着拖擦痕迹的方向，找到了卫生间的拖把，拖把上也是有血的。"

"死者有出血？"我看了看趴在电视柜下方的赤裸的女尸。

"是。"吴响说，"我刚才初步看了看，应该是颈静脉破裂。"

"那这个现场打扫得还真挺干净的。"我蹲在地上，看了看地面。如果不仔细观察，根本看不出地板上曾有过大量出血的痕迹。既然连血迹都被完全打扫干净了，更不可能在现场地面上找到什么足迹了。

"那现场有什么翻动的迹象吗？"林涛问。

吴响摇摇头，说："这完全就是一个性侵害的现场，没有任何侵财迹象。"

"性侵害？"我皱起眉头问道，"死亡时间你们可有判断？"

"室内开着空调，设定温度是二十六摄氏度。"吴响说，"考虑到空调温度不恒定，而且尸体直接位于空调出风口下方，我们认为尸温下降得要比一般情况快。结合尸僵和角膜混浊的情况，我们初步分析死者是在昨天晚上十二点之后死亡的。"

"也就是说，是午夜之后？"我问。

吴响点了点头，说："这个时间，隔壁的吕氏夫妇都不在家。最近的邻居也在数十米开外了，所以附近居民都没有听到搏斗和呼救声。"

"那凶手是怎么进入现场的呢？"我走到位于大门对侧的窗户旁，掀开厚重的粉色的窗帘，看到窗户是紧闭的，窗户外的金属护栏也是完好无损的。

"调查看，死者性格内向，不与人交往。"吴响说，"窗户那边也没有任何撬压、破坏的痕迹。所以，凶手的出入口应该是大门。"

"我看过了，大门外侧是一个普通的木门，但内侧有个加厚的防盗门。"林涛扒在防盗门锁眼处看了看，说，"大门没有撬压、破坏的痕迹。外面的木门也是正常状况。"

"是谁报案的？你们最初到达现场的时候，现场是什么情况？"我问。

吴响说："是住在距现场大约一百米处的一个叫作包林傲的中年男子报案的。他说今天早晨七点钟，他经过这个巷口，发现房门大开，从门口就能看到房间电视柜下的女尸。所以就报案了。派出所到达现场的时候，就只有报案人一个人对里面探头探脑的。"

"七点多了，这里还没人经过？"我看了看大门外。

"南方的居民，生活比较安逸。"吴响笑了笑，说，"九点才上班，八点钟我们的大街上还不堵呢。七点钟，那算是非常早了。而且，这个地方比较偏僻，一般也只有住在附近的人才会经过。巷子错综复杂，即便住在附近，也未必就从这个小巷子经过。"

"那凶手是怎么进入现场的呢？"我又问起这个问题。

"毫无疑问，和平进入。"吴响说。

"一个性格内向的女孩子，午夜时分，会随便让人进入她的闺房？"我问。

"而且是个男人。"吴响没有回答我的问题，反而补充道，"死者的阴道内，精斑预实验阳性。"

"你说，会不会是吕氏夫妇看到的那个男人？"我问。

"你的意思是说，熟人？"吴响说，"你这么一说我就放心了，我们开始也认为这是一起典型的熟人作案的杀人案。毕竟，独居女子，半夜开门，一般人想骗也是骗不开的。"

我沿着房间走了一圈，现场很狭小，也没有什么特别需要勘查的。我走到那床粉色床单前，看见床单还算是整齐，床单上堆放着一床薄薄的被子，被套也是配套的粉红色。

"现在的年轻人都流行开空调、盖被子了吗？"吴响老气横秋地说了一句。

我把被子拖到床的一角，见床单很干净，当然，也很整齐。

"强奸没有发生在床上？"我问。

吴响摇摇头，说："垫被和床单我们都仔细看了，好像确实像仔细铺过一样。我们分析死者应该就是在电视柜附近被性侵的，因为她的睡衣散落在那儿附近，睡衣上还沾了血迹。血迹不多，是喷溅状的，分析应该是睡衣先被脱下来丢在那儿附近，死者再被刀刺入颈部的。可惜，尸体附近已经被打扫过了，没有痕迹。"

"也就是说，不管是性侵，还是杀人，这些动作都是远离床铺的？"我问。

吴响点点头。

"那，这上面为什么会有血？"我把薄被提了起来，看见被子的一条边被血染红了。

"哟，这个我还真没注意到。"吴响说"这被子的原始位置在床上，而床上是干净的，所以我们也没有仔细去看。来，赶紧把被子提取了。"

"不碍事。熟人作案，现场又遗留DNA，我觉得这案子不难破吧？"我笑了笑，说，"侦查已经开始调查了，DNA也在加班加点，估计三五个小时就出结果了。我们得抓紧做尸体解剖了，争取在他们工作完成前完成。"

● 3

我和吴响合力把尸体抬到了解剖台上，尸体这么一翻转，就看见尸体身上到处都是损伤。

"哟,在现场的时候,只看到死者的背部倒是完好的。"吴响说,"这么一看,全身都是伤啊。"

死者的损伤遍布全身多处,都是以皮下出血和擦伤为主。由此可以看出,死者生前经过了剧烈的搏斗。我们逐个对损伤进行测量、拍照和记录,仅仅尸表检验工作就进行了一个多小时。

"死者身上的擦伤主要是在搏斗中与家具剐蹭形成的,而皮下出血,我们可以看到,除了一些磕碰以外,其他的都集中在四肢,这属于典型的约束伤。"我说。

"曾经听过你讲的课,你认为约束伤多而且明显,可能提示凶手的约束能力不强,和死者势均力敌,对吗?"吴响问道。

我默默地点点头,用棉球把死者的颈部擦拭干净。随着颈部的附着血迹被慢慢清理后,颈部皮肤也就逐渐暴露出来了。除了颈部右侧一处哆开的创口之外,颈部前侧还有不少皮肤擦伤。

我翻开死者的眼睑,见眼睑内有不少出血点,说:"死者是存在窒息征象的,你们看,出血点很明显。这说明两个问题,第一,结合颈部损伤,凶手对死者有一个掐扼颈部的过程,导致死者出现了机械性窒息死亡。"

"啊?不是失血死亡吗?"林涛说。

"死者尸斑浅淡,眼睑和甲床苍白,是一个失血貌。"我说,"说明死者血管被割断之前,还是有生命体征的。这个掐扼颈部的动作,也只是导致死者出现窒息征象,最多就是昏迷。"

"第二个问题呢?"吴响问。

我说:"第二,凶手对死者的掐扼,并没有导致死者的死亡,同样也说明了凶手的身体素质并不是很强悍,他的控制力有限。"

"颈部的这些擦伤也可以说明这个问题。"吴响说。

死者颈部的擦伤,分布非常凌乱,擦伤明显的部位主要位于颈部的左侧。颈部左侧的擦伤呈现片状,而右侧有多个半月形的擦伤,显然是指甲印。

"你们看,死者肚子上亮晶晶的是什么?"林涛说。

我看了看死者的腹部皮肤,并没有发现什么异常。于是,我走到林涛的角度去看,果然可以看到一小片亮晶晶的区域。林涛的位置站得比较靠后,所以朝尸体方向看去的时候，等于是打了一个侧光，可以看到一些光反射和皮肤差异较小的位置。

我用棉签沾了沾亮晶晶的区域，取出精斑预实验的试纸条，经过检测，这里果真是一片精斑。

"可是，在死者阴道里已经取过精斑了，再提取还有意义吗？"吴响说。

我说："毕竟是两处比较独立的精斑，所以我觉得取下来会比较稳当。如果有那么个万一呢？"

死者的会阴部没有明显的外伤，处女膜陈旧性破裂。

我拿起刀，对死者的颈部进行了解剖。死者的颈部肌肉大片出血，右侧胸锁乳突肌已经断裂，结合皮肤看，这里并没有试切创，也没有拖擦痕，这应该是因为死者处于固定体位下，被凶手用单刃刺器刺破血管的。

"死者和凶手有这么大范围的搏斗痕迹，但是这一刀却孤立存在，而且是在固定体位下形成的。这一点，可以还原出杀人的动作。"我说，"凶手先是经过掐扼，让死者晕厥，然后再用刀刺破了死者的颈静脉。"

"加固行为？"吴响问。

我点点头。

吴响说："这个凶手还蛮老道的。"

"确实，加固死者死亡，打扫现场。"我说，"这一方面说明凶手和死者很有可能是熟人，一方面说明凶手的反侦查意识很强，很有可能有前科劣迹。"

经过尸体检验，死者的全身脏器都呈贫血貌，血管内也较为空虚，这些都是典型的失血貌。通过胃内容物检验，验证了死者是23日午夜死亡的。

"我现在有一些疑问。"我说，"不如我们先去现场看看，再到专案组碰头吧？"

林涛有些奇怪，说："现场经过了反复拖擦，地面上的大部分血迹都被擦拭干净了。"

"从尸体损失的血量看，现场确实应该有大量的血迹。"吴响说，"人体内大约有4000毫升血，我看至少有1000毫升流到了现场。但是现场却没有看到明显的血迹，即使我们通过潜血实验检测到了血迹，也是微量的。这说明凶手是经过精心打扫，多次拖地，才会把这么多血液都弄干净的。"

"真是个心思缜密的凶手。"陈诗羽说。

我摇摇头，说："可能是心思缜密，也可能就是照搬照抄。"

"什么叫照搬照抄？"陈诗羽问。

我摇摇头，说："还不敢确定，我们再去现场看看吧。"

重新回到现场。因为尸体已经被运走，为了方便附近居民的进出，警戒范围已经缩小到现场的大门口。一条松垮垮的警戒带围着大门，两个民警搬了凳子坐在门口。

我走上前出示了现场勘查证后，掀起警戒带走进了现场。

"现场一点儿血迹都没有，对吗？"我问吴响。

吴响点点头。

我说："死者的颈部有破口，那么就会有大量的血迹在颈部周围堆积成血泊。而且死者颈部附近的电视柜上应该有大量的喷溅状血迹。但是我们在现场却看不到血泊和喷溅状血迹，说明了什么问题？"

吴响说："第一，凶手应该移动了尸体，这样才能无死角地把地面拖擦干净。第二，凶手不仅拖了地，还把电视柜上沾染的喷溅状血迹进行了擦拭。"

"很好。"我竖了竖大拇指，接着问，"那这两个问题，又能反映出哪两个问题？"

吴响没明白我的意思，茫然地摇摇头。

我说："第一，尸体。如果移动了尸体，那么原始位置上，压在下面的肚皮上的精斑，其实就是有意义的。有可能是凶手在死者的肚皮上射了精，然后因为要拖地，所以把尸体翻转了。"

"对。"吴响说，"一开始我认为死者是俯卧的，肚皮上的精斑没有意义呢。"

我接着说："第二，我们知道打扫现场，主要是清理凶手留下来的痕迹，而不是清理血迹。凶手拖地的行为是在消除痕迹，但是擦桌子这个行为我就不能理解了。电视柜里也没有什么东西，按理说凶手不应该触摸，更没有必要去清理上面的喷溅状血迹了。"

吴响低头思索。

我继续说："而且，现场留下了精斑，这是比指纹、足迹更有证明意义的痕迹物证，可是凶手肆无忌惮地把它留在了现场，没有做任何掩饰。你不觉得凶手的这个低级错误和他精心打扫现场这一行为是非常不吻合的吗？"

"您是想说什么呢？"陈诗羽等不及了，问道。

我微微笑了一下，并没有作答，径直走到床边，把薄被铺开，对薄被一边的浸染血迹进行了仔细的观察，并用手摸了摸，发现血迹已经彻底干透了。

我更换了手套，把薄被放到桌上，对粉红色的床单进行了仔细的观察。床单上很干净，没有灰尘、没有毛发、没有血迹。

我直起身来，环视四周的环境，最后目光定格在办公桌上的电脑上。

"电脑，你们动过吗？"我问。

吴响摇摇头，说："我们有一个勘查员看了，就是一个简单的桌面状态，没有打开什么程序。"

"那看电脑之前，有对鼠标、键盘进行痕迹检验吗？"我问。

吴响摇了摇头，说："好像没有。"

说话间，林涛已经拎起多波段光源，开始对鼠标和键盘进行检验。我在一旁静静地等着。

吴响说："这个没有多大意义吧？你看，凶手进来强奸、杀人，然后又花费了那么大心思去打扫现场，他哪还有时间去上网？"

我没有搭话。不一会儿，林涛抬起头来，一脸沮丧，说："可以看到是有新鲜指纹的，不过已经被纱布手套抹去了特征点，已无鉴定价值。"

"那指纹也应该是死者的吧？"吴响说，"纱布手套？是我们勘查员做的吗？"

"是。"林涛说，"很有可能是我们勘查员把指纹抹掉了，但是指纹究竟是死者的，还是凶手的，现在不得而知了。"

我皱着眉头思考着，不一会儿，眼前一亮，说："快，主机电源按钮，指纹检验。"

"不是，我有个疑问。"吴响说，"你们这样急巴巴地找指纹是什么意思？"

"没什么意思，竭尽一切寻找证据。"我说。

吴响说："现场有精斑啊！还有什么比精斑的证明力更好的吗？"

"有的时候不好说。"我说，"比如，死者若是卖淫女，那么精斑还有什么价值吗？"

"可是，为什么你们就对这台电脑感兴趣呢？"吴响问。

我说："我开始就觉得奇怪，为什么现场会是电脑和电视同时开着？"

"现在的年轻人，一边看电视一边玩电脑很正常啊？"吴响说。

我说："如果真是这样，那么她完全可以把办公桌转一个方向，更方便。但是这个现场，若坐在办公桌旁玩电脑，则是背对着电视，这样不累吗？而且，午夜时分，说是看电视的时候睡着了，没关电视可以解释，但是电脑和电视都不关，都在使用，可就不好解释了。尤其是刚才你说电脑没有打开任何程序，那么她为什么不关电脑，而让电脑处于屏保状态？这不正常，是一个疑点。"

"你的意思是说，电脑其实是凶手打开的？"吴响说，"使用完电脑后，凶手又把所有的程序都关掉了？这个凶手杀完人还这么悠闲自得？"

"提取到一枚食指指纹。"林涛直起身来，说，"死者指纹我已经仔细研究过了，目前看，这枚食指指纹不是死者的。"

"干得漂亮。"我笑了笑，转头对吴响说，"其实，凶手并不是悠闲自得。不如这样，我们两个来打一个赌。"

"打什么赌？"陈诗羽插话道。

我说："我赌，电脑里浏览器的浏览记录并没有被删除，而最近被关掉的网页，应该是搜索毁尸灭迹的办法。"

吴响满脸狐疑地晃动鼠标，打开了浏览器的浏览记录。

"如何清理血迹？""杀完人后应该做些什么？"……

"真是神了。"吴响叫了一声，说，"你是怎么知道的？难道就是仅仅凭电视、电脑同时开启这一点？"

"当然不止这些。"我说，"最重要的疑点，还得从尸体检验说起。"

● 4

"最初的疑点，是从尸体上产生的。"我坐在专案组宽大的会议桌旁，说，"尸体的损伤分布非常广，说明凶手的控制力很弱。那么我们就要考虑老人、未成年人和女人。从作案动机看，既然是性侵害，就可以排除是女人作案。那么，凶手究竟是老人还是未成年人？午夜时分，死者会让一个老年男人进入现场吗？"

"不排除会。"强局长说，"经过前期调查，死者是个暗娼。"

"暗娼？"我有些意外。窗帘上挂着的那张纯洁的照片，实在难以和"暗娼"这个刺耳的词汇结合在一起。

"死者杨燕生前在一家所谓的'模特儿公司'上班，其职责，就是卖淫。"强局长说，"杨燕是农村人，从小丧父，母亲独自把她养大。但是两年前，母亲得了风湿性心脏病，生命垂危。为了赚钱给母亲治病，杨燕被人骗进了一个卖淫团伙，进行卖淫活动。因为面容姣好，杨燕很快就成了公司的'头牌'。不过，这个杨燕性格内向、要强，她只对一些固定的嫖客卖淫，生人一概不接待，收费很高。"

"这些顾客里有老头儿？"我问。

强局长翻了翻笔记本，说："目前调查的这些人中间，没有。不过，不排除我们的调查有遗漏的地方。"

"我觉得调查正好把嫌疑人遗漏，太过巧合。"我说，"既然侦查员掌握了全部固定嫖客的名单，我们就应该充分相信。"

侦查员点头认可。

我接着说："很快，在现场复勘工作中，我的疑点得到了印证。凶手在清理现场的时候，不仅仅清理了他可能留下的痕迹，就连一些喷溅状的血迹都清理得干干净净。这不是有反侦查能力的人所做的事情，而更像是不谙世事的未成年人效仿犯罪行为而做出的动作。"

"这也是猜测吧？"强局长说。

我微微一笑，示意强局长少安毋躁，说："在这个时候，我想到初次勘查现场的时候并没有解决的问题，就是被子上的血迹问题。被子在床上，而杀人的初始位置应该在电视柜旁边，那么被子上怎么会有浸染状的血迹形态呢？"

"移尸？"

"不。"我说，"床单没有打皱，床上不会是第一现场。既然不是尸体被从床上移下来，就应该是被子从尸体上移动到了床上。"

"你是说，之前打斗的时候死者一直披着被子？或者被子在地上？"强局长说。

我摇摇头，说："死者身上有很多擦蹭损伤，不会是披着被子。被子上没有喷溅状血迹，说明被子开始也不在地上。所以，我认为凶手在把死者的颈动脉割破后，用被子掩盖了尸体。"

"掩盖尸体？"强局长皱起眉头，说，"那他为什么还要把被子重新给拿回床上？"

"对，这就是问题的核心所在。"我说，"凶手在杀完人后，用被子掩盖尸体，在离开之前，又把被子重新放回床上。同时，不知道大家有没有注意到现场的床单。"

说完，我在幻灯机上打开了一张现场床单的照片。

"很干净。"强局长说。

我点点头，说："被子上是有血的，但是这些血却没有被沾染到床单上，这是为什么？"

"对啊！我怎么没有想到？"吴响插话道。

我说："只有一种可能，就是被子被重新放回床上的时候，血迹已经干了。"

"干了？那么多血，干了的话至少也得一个小时吧？"吴响说。

我点点头，说："差不多。现在问题来了，在这一个多小时中，凶手在做什么？"

"打扫现场。"吴响说。

我摇摇头，说："不。现场是用水冲洗地板，然后拖擦的。但是被子上并没有污水的痕迹，也没有血液被水冲淡后浸染的痕迹。说明凶手在打扫现场的时候，被子已经重新回到了床上。"

"那凶手在做什么？"强局长问。

我说："开始我也想不通，后来到了现场，看到了电视、电脑，想起之前说过，现场的电脑和电视是同时开启的状态。根据这一疑点，我认为凶手很有可能是在上网。上网做什么呢？寻找毁尸灭迹的办法！"

"强奸、杀人、掩盖尸体、上网寻找灭迹办法、把被子掀开、打扫现场。"强局长说，"你还原的这个现场过程，我很认可。可是为什么他要在打扫现场的时候把被子重新拿开呢？"

"很简单。"我说，"被子铺在地上会掩盖部分血迹，挡事儿了。"

"那么，你还原出的这个过程，又能说明什么呢？"吴响问。

我说："这个过程的关键点是上网寻找灭迹方法，然后照搬照抄地施行，以至于形成了拭去现场血迹这个没有意义的动作。这个行为，说明凶手在杀人后，不知道该怎么办，说明他没有反侦查能力，而且心智并不是非常成熟。这说明凶手应该是一个未成年人！"

"未成年人？"吴响问，"可是未成年人怎么会强奸呢？怎么会和平进入现场呢？"

"这样看，我们抓错人了？"强局长幽幽地来了一句。

"你们都抓人了？"我问。

强局长点点头，说："DNA实验室检出死者阴道内的精斑后，就上网进行了比对。很快，这个精斑和一个曾经受过打击处理的人比对同一。而这个人，就是杨燕的那些固定嫖客中的一人。很巧，这个人就是报案人包林傲。当时我们认为他之所以报案，是因为贼喊抓贼。人到公安局后，就一直在喊冤枉。他承认自己在23日晚上十一点，按照约定去杨燕家和杨燕发生了性关系，支付了两千元后就离开了。离开的时间是晚上十二点。"

"根据死亡时间，这个时间，杨燕确实还没有死。"吴响说，"目前看，应该是深夜一点到两点之间死亡的。"

"重点是这个包林傲是个有前科劣迹的人。"我说，"一来他这个年纪了，二来经过打击处理会有经验，不会出现现场这么幼稚的行为。他确实应该是被冤枉的。"

"那么，下一步我们该如何去查？"强局长问道。

我摸了摸下巴，说："未成年人，怎么会想起来做强奸案件？这让我突然想起一个星期之前，我们正在侦办的那起'清道夫专案'。"

"哦？说说看。"强局长饶有兴趣。

我说："'清道夫专案'在一星期之前发生了第五起。这一起与以往不同，有一个目击证人目睹了凶手杀死被害人的全过程。你们知道这个叫作狗蛋的孩子，为什么会目击到这一切吗？"

大家都摇摇头。

我说："他听见死者房里有女人的声音，认为死者正在嫖娼，所以想去偷窥。"

"偷窥？"强局长说，"你是说，这起案件也有可能是偷窥引发的？"

我点点头，说："我看了原始现场照片，现场那幅窗帘，并没有完全拉上。也就是说，在屋后，可以看得清楚屋内的一切。加之未成年人作案，大部分都是有特殊情况的刺激，无预谋、临时起意的。"

"我现在好像明白你为什么要坚持提取死者肚皮上的精斑的原因了。"吴响说道。

我抬腕看了看表，说："现在DNA结果也应该快出来了，不如大家就抓紧在现场周围排查十三四岁以上的未成年男性吧。既然有条件通过窗户偷窥到现场正在发生的卖淫活动，说明这个未成年人有条件经过现场窗下。这一片居民区相对封闭，所以这个嫌疑人肯定是住在现场周围不远的地方，范围不大。"

"如果这样说，我这里倒是有一条线索。"一名侦查员突然说，"现场周围最近的、最符合条件的人员，就是死者隔壁吕氏夫妇家的双胞胎儿子。据吕氏夫妇说，当天晚上从十一点开始，到第二天早晨六点，他们都在市区卖夜宵。为了核实吕氏夫妇的言辞，我们对夜宵街附近进行了走访，验证了吕氏夫妇所说，他们确实在夜宵街卖了一夜夜宵。不过，被走访的人反映，他们只看到吕氏夫妇和其中一个儿子，并没有印象双胞胎都在。当时我觉得这俩孩子就十五岁，还是比较贪玩的年纪，跑出去玩也很正常，就没有在意。"

"也就是说，不仅这两个孩子中的一个有作案时间，而且吕氏夫妇在此事上还说了谎？"强局长说，"结合秦科长刚才的分析，这两个孩子中的一个有重大作案嫌疑。抓紧时间，迅速行动，慎重审查。"

"等等。"我说，"现在看起来有个问题比较棘手。就是如果两个孩子是同卵双生的双胞胎，那他们的DNA就是一致的。"

"一致的就一起抓。"强局长说，"如果DNA比对上了，就是他们俩，还能逃得脱法律的制裁吗？"

"可不是这样说的。"我说，"即便DNA对上了，不能说清楚两个孩子谁才是凶手的话，根据无罪推定的原则，两个人都会被判无罪。"

大伙儿都闷不吭声了。

只有林涛兴高采烈地举起手中的指纹卡，说："幸亏有咱们秦科长的未雨绸缪，幸亏有我这台精密的提取仪器。我们在死者家里的电脑主机电源开关上，提取到一枚指纹。根据之前的分析，这枚指纹应该是凶手在开启电脑的时候留下的！"

全场一片沸腾。

强局长做了个安静的手势，说："第一组，马上觅取两名嫌疑人的食指指纹，进行比对。双胞胎就想逃脱法网吗？你们的指纹不能是一样的吧？"

吕文和吕武虽然是同卵双生的双胞胎，但是性格迥异。吕文性格文静，勤奋好学，而吕武生性懒惰，轻浮狂躁。从同一个班级出来，成绩却是天壤之别。同样刚刚经过中考的他们，一个考上了市里的重点高中，而另一个只有去技校学习。

在DNA比对结果出来之前，指纹已经验证了吕武是本案的凶手。虽然油嘴滑舌的吕武一直在辩解说自己曾经到杨燕姐姐家里玩过电脑，但是当杨燕腹部的精斑也和他比对一致时，他再也无话可说了。

7月23日晚，吕氏夫妇带两个儿子去摆地摊，没摆到半个小时，吕武就嫌太累，要求回家睡觉。吕氏夫妇对自己的这个小儿子没有什么办法，就让他回去早点儿睡觉，不要乱跑。

十一点三十分，吕武回家路上经过杨燕家窗口时，感觉到了窗户里有人影在闪动，于是扒在窗口偷窥。

窗内的春色，让这个刚步入青春期的少年垂涎欲滴。

在屋内的男人离开后，吕武经过了激烈的思想斗争，最后决定也去一试。为了防止被杨燕轰出屋外，他先回家找了一把匕首揣在身上。

零点已过，吕武敲响了杨燕家的房门。杨燕很警惕，没有开门，只是隔着猫眼，问这个邻家的男孩为什么深更半夜到自己家里来。

吕武则装出一副苦脸，说自己的母亲病了，父亲和哥哥不在家，请求杨燕帮忙去看看。杨燕知道平时这对夫妇对自己总是笑脸相迎，不是什么坏人，加上门外的这个半大男孩，看上去也没什么好害怕的，所以就打开了厚重的防盗门。

吕武猛地迈进屋内，反手关上房门，要求杨燕也像对待刚才那个男人一样对待自己。杨燕先是一惊，随后则恼羞成怒，说你这个半大孩子怎么这么没教养？不仅偷窥别人，还提出非分的要求。

"毛都还没长齐呢，你想些什么呢？"这一句话激怒了吕武。

随后吕武和杨燕发生了激烈的打斗，杨燕以失败告终。

在掐晕杨燕后，吕武扯开了她的衣服。因为没有经验，在反复尝试后，并没有得逞。于是他对着地板上赤裸的杨燕手淫。

完事后，杨燕仿佛还有些清醒，吕武害怕事情败露，突然想起他还带着一把匕首呢，于是掏出匕首刺到了杨燕的颈部。一刀下去，血液喷出老高，这一下把吕武吓坏了，赶紧拽过床上的被子掩盖住了尸体。

吕武去卫生间洗干净了手，有些不知所措。于是打开电脑，在网上寻找犯罪后逃避打击的办法。

最后，他按照网上教授的办法，仔细打扫干净现场的血迹后，匆匆离开。

第二天，吕氏夫妇回到家里后，发现了吕武换下来的衣物上的血迹。他们刚把衣物清洗干净，就听见门外有嘈杂声。吕氏夫妇的心里，很快就有了答案。在警察到达前，他们商量好了对策，匆匆躺上了床，假装熟睡。

"犯罪的低龄化，实在让人有些触目惊心。"我摇摇头说，"以前看过半大的男孩强奸幼女的案件，现在这直接上升到强奸、杀人的地步了。"

"我倒是一直很纳闷，同样的家庭、同样的学校，居然能教出两个完全不同性格的孩子。这两个孩子还是双胞胎，按照基因看，也应该相似才对。这让我不得不开始怀疑'人之初、性本善'的说法了。"陈诗羽也感叹道。

"不管怎么说，这个案子是破了。"林涛重重地关上警车的门，对韩亮说，"赶紧走，赶紧离开这里。丽桥市是我最不喜欢的城市，没有之一。"

"为什么？"陈诗羽问道，"我觉得这里古色古香，生活节奏又悠闲，多美好啊。我以后退休了一定要来这里定居。"

"你才多大点儿啊，就想退休的事情了？"我靠在副驾驶座位上，笑着闭上眼睛，说，"林涛讨厌这里，是因为一年前的一桩命案，迷巷鬼影①。"

"鬼影？"陈诗羽惊讶地说，"你们见着鬼了？"

"天要黑了，别说了行吗？"林涛抱了抱肩膀。

我说："是啊，是一个白衣长发的'女鬼'。"

"白衣长发？"陈诗羽思忖片刻，说，"和'清道夫专案'有关系吗？"

"对啊，我都没有想到。"我说，"'清道夫专案'也是个白衣长发的女人对吧？不过迷巷鬼影那个案子，不是真的鬼，不是女人作案，是一个人装扮的——等等，装扮……"

我正在低吟，电话铃声突然响了。

"听说破案了？效率真高。"大宝的声音，"回来了吧？回来后，直接到师父办公室。"

"师父办公室？"我说，"我们估计要晚上八九点钟才能到哦。"

"不管几点，我在师父办公室等你。"大宝急急地说。

"好，我们到达后，直接过去。"我说。

"不，不对，不是你们。"大宝说，"就你一个人来，别人都别带来，切记。"

我的心里有些不祥之兆，从后视镜看了看后排林涛和陈诗羽正在嬉笑打闹，默默地挂断了电话。

————————

① 见第三季《第十一根手指》中，"迷巷女鬼"一案。

尾声　黎明之战

　　我猛地推开门，大宝转头看着我，一脸委屈。而师父则瞪着布满血丝的双眼，站在办公桌后，双手撑着办公桌的边缘，喘着粗气。

　　一路上，我都在思前想后。

　　大宝是被我们留下来研究"清道夫专案"的，那么他这么着急召我去师父那里，最大的可能就是在"清道夫专案"中发现了什么。如果有了发现，应该是好事啊，为什么我这心里却直打鼓？如果有了发现，会是什么样的发现呢？是在照片或监控中发现了犯罪分子的直接线索？还是和我现在一样，对我们之前划定的范围有了质疑？

　　是啊，一旦质疑了我们之前划定的范围，可能案件侦破将面临新的毫无任何头绪的境地。

　　林涛和陈诗羽在后排热烈地讨论丽桥市命案中值得总结的地方，韩亮偶尔会插上两句嘴。我一个人靠在副驾驶的座位上，眯着眼睛，猜测着大宝刚才那番话中的含义。

当警车开入龙番市市区的时候，已近八点，此时，夜幕才开始降临。

"不早了，大家回去休息吧。"我说。

"你呢？"韩亮听出了蹊跷。

"我？我……我去师父那里汇报点儿事情。"我说。

"那我们一起去。"林涛说。

"不不不。"我说，"这事儿和你们关系也不大，我一个人去就好了。"

"哎哟，还有什么秘密吗？我才不稀罕呢。"陈诗羽说。

我尴尬地挠挠头，说："是我个人的一点儿私事而已。"

"哦，想起来了，铃铛姐姐要生了，你是想请假对不对？对不对？"林涛一脸喜悦。

"嘿嘿，是的，你变聪明了。"我就坡下驴。

"那好吧，为了你能顺利获取产假，我们就不去打扰啦。"林涛做了个鬼脸。

"那叫陪护假！不叫产假！"我说。

韩亮一个华丽的刹车，警车精准地停在公安厅主楼的门口。我开门下车，对着车窗说："大家伙儿都早点儿回去休息，我儿子出生的时候，你们都得抽空来帮忙！"

"好啦，放心吧！"林涛朝我挥了挥手。

我转身三步并作两步地朝师父的办公室跑去，可还是晚到了一些。还在走廊里，就听见了师父愤怒的声音。

"你放屁！"师父说。

"师父，您别动气，我是有依据的，这个依据是我思考了一个多星期才发现的！"大宝的声音。

"我不听你那狗屁依据！"师父吼道。

我猛地推开门，大宝转头看着我，一脸委屈。而师父则瞪着布满血丝的双眼，站在办公桌后，双手撑着办公桌的边缘，喘着粗气。

"怎么了这是？"我问道，"大宝，你惹师父生气了？"

"老秦回来啦，我只是在'清道夫专案'上发现了一个重要线索，完全没想到师父会……会生气。"大宝仿佛是被师父的暴怒吓着了，怯生生地说。

师父可能是连续几天没有休息好，满脸都是疲倦的神态，此时由于暴怒的原因，似乎站都站不稳了。

我示意大宝先闭嘴，走到师父旁边扶住师父，让他坐在椅子上。

师父闭上眼睛，从兜里拿出速效救心丸，含下几颗。师父的身体因为长期处于超负荷运转，在我们出勘现场的时候，他的心脏突然出现了问题。为了不打扰我们办案，师父一直没和我们说，我们破案后归来才知道这消息。这也是我们现在尽量不让师父领头出现场的原因。

"师父，不管大宝说了什么不合适的，让您不高兴了，但您还是心平气和地让他说完。"我说。

师父默默点了点头。

我抬了抬下巴，示意大宝继续说。

大宝点点头，说："我不知道师父为什么生气，我就是按照'清道夫专案'刻画的条件，问了一句陈诗羽是不是被拾荒者或者精神病人性侵过。如果她被性侵过，那么她就有可能是凶手！我怀疑陈诗羽，是有依据的。"

"陈诗羽？"我都吃了一惊，"你怀疑小羽毛？"

"你倒是说说看你有什么依据？"林涛和陈诗羽突然推门走了进来。

显然，他们俩是想在门口听一听我是如何嬉皮笑脸地向师父请假的，没想到却听见了这一句。林涛率先质疑大宝，而陈诗羽则是一脸伤心。

大宝已经被推上了悬崖，不跳显然是不行了。

大宝说："这样，我们来把'清道夫'的五起案件逐一进行剖析。"

说完，他把一张表格铺在师父的办公桌上，指指点点地说："你们还记得吗？第一起案件，傻四被杀案发案当天，陈诗羽来我们勘查组报到。也就是说，本案的作案时间，应该是前一天夜里。那个时候陈诗羽是有作案时间的。"

林涛的眼睛里开始冒火，说："有作案时间的人多了！那天晚上我们俩还不在一起呢，你怎么不怀疑我？"

大宝说："你别着急，听我慢慢说完。第二起案件，是我们在峰岭市办案的时候，附近的云泰市发的案件。当天晚上，我们都住在峰岭，小羽毛独住，她完全有时间打车去很近的云泰市作案。"

"理由依旧牵强。"我说。

"第三起案件，又是发生在龙番，城东垃圾场。那天，是我们刚刚把汀棠市的案子破获了，从汀棠赶回龙番。这起案件发生的时间比较晚，可能就是因为我们赶回来，她还需要时间去准备，所以作案晚了。第四起案件，发生在森原。你们还记得吗？我们在森原处理那起古墓里的案件，处理的过程中，我们有个夜探古墓的过程，但是小羽毛并没有和我们一起去。第二天，我们破案后离开的时候，接到了指令电话，森原市发生'清道夫专案'的第四起案件。当时，林涛还说了一句，为什么我们到哪里，'清道夫'就到哪里？"

陈诗羽和师父对视了一眼。

大宝接着说："第五起案件，发案的时候，陈诗羽正好回到我们勘查组。而此前，她应该是在公安大学准备毕业事宜。杀人的当天晚上，她应该是正好从公安大学返回。你们说，哪有这么凑巧的事情？凶手懂得反侦查的知识，而且掌握得还很全面；懂得法医学知识，能够一刀致命。这些都是在公安大学可以学到的东西。凶手每次作案，总和我们的脚步相似。"

"其实五起案件中，只有两起是在外地。"我说，"这完全有可能是巧合。"

"巧合？"大宝说，"为什么凶手不选择青乡？不选择程城？那些地方的拾荒者、精神病患者更多。为什么我们在峰岭的时候，选择在云泰作案？为什么我们在森原的时候又在森原作案？还有，你们忘记狗蛋说的话了吗？他说凶手的身材像小羽毛。"

"身材相似的人多着呢。"林涛说。

"不会是陈诗羽。"师父已经平静了下来，淡淡地说。

"师父，不能因为小羽毛是你选中的徒弟，你就先入为主了！"大宝说。

师父抬起眼帘，看了一眼陈诗羽说："她不仅是我的徒弟，还是我的女儿。"

"女儿？"我们几个人都吃了一惊。

师父居然瞒了我们这么久。

"是啊。"师父点点头，说，"你们都知道我有个女儿在上大学，但不知道我女儿上的是公安大学，分配来我们厅工作吧。我经常说，我们法医叫作'尸语者'，我想让我的女儿继承我的衣钵，所以取'尸语'的谐音，给她取名叫'诗羽'。"

"啊！怪不得她的名字这么顺口。"我说。

"诗羽爱好体育，所以考大学的时候，选择了侦查系。"师父话锋一转，说，"我这辈子做的最懊悔的一件事，就是在'六三专案'上，怀疑了秦明。虽然当刑警的，要用怀疑一切的目光看人，但是对于自己朝夕相处的战友，一定要保持高度的信任。"

大宝有些尴尬，低下了头。

师父接着说："森原案件，你们去夜探古墓，诗羽没有去，原因是我心脏病发，她和韩亮回来帮我办理住院手续。"

"韩亮知道这事儿？"我问。

师父点点头，说："为了不让你们分心，是我让韩亮和诗羽保密的。他们俩当天赶回龙番，当晚又赶回森原的。"

"这个家伙。"大宝咬牙说了一句。

"也就是说，陈诗羽，没有作案时间。"师父淡淡地说道。

大宝抬头偷偷看了一眼陈诗羽，此时她正低着头咬着嘴唇。

大宝轻声说："小羽毛，对不起。"

一向傲慢的陈诗羽此刻反而宽宏大量起来："爸爸说了，怀疑一切也没什么不对的。我也谢谢你能当面说出你的怀疑，我们以后还是好战友。"

我微笑着点点头，说："不过，我有个问题要问大宝。"

大宝疑惑地看着我。

我说："小羽毛是一头短发，但是'清道夫'却是一头长发，这个问题你注意到了吗？"

大宝不好意思地点点头，说："注意到了，我也想到你们会提这个问题。预谋杀人，对自己进行装扮，是很正常的情况嘛。"

"说得好。"我笑着说，"我要说的就是'装扮'这两个字。小羽毛能把短发装扮成长发，为什么别人就不能装扮？又比如说，一个男人也可以装扮成女人呢？"

"男人？"师父低声重复了一遍。

我说："这次去丽桥办案，让我想起了去年我们在那里办的一起迷巷鬼影的案件。"

大宝说："啊，我记得那个案子。"

我接着说："那个案子的凶手也是扮作女鬼的样子，这让我不禁和'清道夫专案'结合起来。不知道你们注意到没有，从现发的几起案件中看，结合监控录像和目击证人，'清道夫'每次出动的时候，装束是完全一样的。长发、白裙、高跟鞋。如果是个女人作案，她完全可以选择各式各样的衣服，来混淆视听，干扰警方的视线。"

"如果是男人，那么他可能就只有这么一套男扮女装的行当。"师父补充道。

我点点头，说："既然每次装束完全一样，咱们就不得不考虑到凶手有装扮的可能。"

"可以，有依据证明那是个男人吗？"林涛问。

我摇摇头，说："没有依据。但是刚才师父说了，说不定凶手就只有这么一套女人的衣服。而且，你们注意到没有，'清道夫'这三个字。"

大宝从卷宗里拿出现场拍摄的"清道夫"三个字的照片，仔细端详。

我说："'夫'这个汉字，旧时就指男子。凶手用了'夫'这个字，是不是隐含了他是个男人这一事实呢？"

"那总不能写个'清道妇'吧？"陈诗羽说。

我说："标记性犯罪行为，主要的心理特征就是标榜自己，以达到满足自己畸形心理需求的目的。这样的人，总是会选用自认为最适合自己的词语来标记。如果性别有差异，那么就不是最适合的词语，凶手完全可以选用别的标记性词语。"

"你的分析让我不得不联想到'六三专案'。"大宝说，"当时我们就因为犯罪分子的性别问题有过争执。"

"性别问题是大问题。"我说，"我们最开始框定的侦查范围是哪些？"

"在特定时间，在云泰、森原和龙番市有住宿记录的人。"林涛接过话茬儿，说，"学过医学、法律，具有反侦查意识，可能被特定人群骚扰、性侵或者侵害过的人。"

"是女人。"我说，"我们当初的侦查范围，重点就是'女人'这两个字。"

"如果凶手是男人，那么在住宿登记信息碰撞排查的时候，就有可能会被遗漏掉。"师父说，"这可能是本案一直没有突破的关键点所在。"

"所以说，即使我们现在还没有充分的依据来证明凶手究竟是女人还是男扮女装，但是我们至少可以扩大侦查范围。"我说，"扩大的这一部分，就是下一步侦查的重点。"

"看来我还是错了，犯了先入为主的错误。"大宝说。

"不仅如此，你还和去年的我一样，犯了怀疑战友的错误。"师父说。

"如果不是你犯这个错误，我们甚至也不会联想到装扮，不会联想到凶手的性别确定有失误。"我对大宝说，"你功过相抵了。"

"嗯，我现在有些迫不及待了。"陈诗羽开始摩拳擦掌。

我们一起看向师父。

师父说："我现在马上电告赵其国局长，让负责情报信息研判的同事到办公室等你们。你们马上出发，去龙番市公安局，共同对住宿信息进行进一步研判。"

"是啊。因为我们的失误，已经让系列案件发生这么多起了，这么多人冤死。"我有些沮丧，说，"不能再让'清道夫'作案了！"

"不要自责了。"师父说，"凶手在暗处，而且经过精心策划预谋，你们能想到这些，已经很不错了。加油！"

龙番市公安局情报研判中心。

半夜被人从床上叫起来的感觉很不好，负责情报研判的民警王力有些不快。他一边打着哈欠，一边用软件对符合住宿条件的人群进行碰撞比对。

"我觉得这条路不可行。"王力说，"你知道吗？云泰和森原都是旅游城市，每天入住率有多高！上次仅仅为了找出一个女性，我们就碰撞出几百条，现在性别不限了，岂不是更多？"

"破案有的时候就是要靠运气。"我说，"但是如果不努力，连碰运气的机会都没有。"

　　王力看了我一眼，点了点头，说："喏，信息出来了，一千四百五十七条。"

　　"凶手的主要作案地点是在龙番。"我说，"现在再设置两个条件，第一，居住地在龙番的；第二，另外三起案件发生时，在龙番住宿的。"

　　王力点了点头，麻利地在电脑里输入了我要求的条件设置，进行进一步筛选。很快，筛选结果出来了，剩下的结果是七百六十五条。

　　"还是有这么多。"王力的眼神黯淡下来，说，"这七百多人，光排查就要几个月的时间。"

　　"那你再试一下，加入条件，男性。"我说。

　　"你们开始不是确定了是女性吗？"王力说，"怎么又变男性了？女性结果不要了？"

　　我点点头。

　　电脑上的数据迅速翻动，最后显示出三百一十三条信息。

　　"还是很多啊。"大宝有些泄气。

　　我坐到王力的位置上，开始粗略地翻动这三百多条信息。林涛、大宝和陈诗羽在我身旁默默地站着。

　　"等会儿，等会儿。"大宝叫道，"你看这个名字，奇怪不奇怪，熟悉不熟悉？"

　　顺着大宝的指尖，我看到了"步兵"两个字。

　　"步兵？"我努力回忆着这一熟悉的名字。

　　"你忘了吗？"大宝说，"我们在森原办古墓那个案子的时候，肖支队长请我们和龙番市汉明司法鉴定所的两个法医一起吃过饭。齐老师是一个，还有一个是他的徒弟，就叫步兵。"

　　我连忙把步兵的身份证号码输入龙番市公安综合查询系统。

　　步兵，男，37岁，身高170cm，血型AB型，住龙番市城市花园小区3栋101室，皖南医学院2010届毕业生，2010年6月户籍从皖南医学院迁来本地，就职于龙番市汉明司法鉴定所。

　　"他是法医！"我和林涛同时叫道。

　　"步兵在案发的特定时间，分别在森原市和云泰市住宿过。"大宝说。

"现在的司法鉴定所，为了赚取更大的经济利益，受理业务都不仅限于本市，都会经常到外地去受理一些交通事故的伤残认定和尸表检验。"我说，"也就是说，步兵出差的次数可能比我们还频繁。这，会不会是巧合？"

"可他是法医，身材又和我们之前推断的凶手的身高相似。"林涛说，"这么多巧合都附在一个人身上，就不再是巧合了。"

"是不是巧合，我们明天去汉明司法鉴定所看看不就知道了？"大宝朝我使了个眼色。

"对啊！好主意。"我拍手道，"现在大家都回家睡觉，我留在这里清理一下情报资料系统里的交通事故案件。"

"啊？清理交通事故案件？"陈诗羽问，"什么意思？"

"你明天就知道了。"我说。

第二天一早，我、陈诗羽、林涛和大宝就坐在了齐老师的办公室里。

"怎么样？齐老师最近业务忙吗？"我翘起二郎腿，叙起了家常。

"忙啊，忙点儿好，赚得多。"齐老师毫不避讳，说，"在公安系统打拼了一辈子，家徒四壁，现在来司法所了，该赚点儿钱给后辈了。你们今天怎么有时间来我这里？"

"啊。"我说，"我最近要去母校讲课，想讲一下关于交通事故尸体检验的要点。现在大部分交通事故已经不是由公安机关的法医进行检验了嘛，我看您这儿的案件倒是挺多的，所以，想找一些案件的原始资料，用来做讲课的素材。"

"资料啊？"齐老师打开电脑上的文件夹说，"我退休后，就来这里工作了，开始的时候，交通事故的尸检还是公安机关做。后来把这些案子交给司法鉴定所后，我大概已经受理两千多起了，照片全在这里，你全部拷贝走吧。给后辈传授经验，是我们的职责。我现在退休啦，这样的工作就交给你们啦！"

"我只需要2010年之后的案件。"我说，"我来之前，也做了功课，你看，这几起交通事故尸检，我从情报系统里看到，都是你们所做的。"

"哈哈，你真是有心了。"齐老师说，"没问题，我让他们把照片和鉴定书全部拷贝给你。"

"不仅要照片和鉴定书，还要你们的尸体检验笔录。"我说。

"要那些做什么？"齐老师说，"尸检笔录都是在尸检现场手写的，不整齐，乱七八糟的。反正尸检鉴定书里把尸检笔录的内容都打印进去了，何必再要笔录？"

"这个，我们只是觉得尸检笔录才是最原始的记录状态。"我挠了挠头，说，"而且，我们想针对尸检笔录现在普遍存在的问题进行修订。所以，找你们司法鉴定部门要一些笔录作为参考。"

"好吧，虽然理由很牵强。"齐老师微微一笑，说，"我让行政秘书去把你要的这些案件的笔录复印给你。"

"齐老师，我们今天来此一行，可以帮我们保守秘密吗？"林涛说。

齐老师点点头，说："我懂的。山雨欲来风满楼啊。"

拿到了尸检笔录，我们急忙赶回了省厅文件检验科，吴老大早已候在那里了。

"不错啊，用这个办法把嫌疑人的笔迹都给骗到了。"吴老大见我们手上拿着一沓A4纸，说。

我笑了笑，说："现在都推行无纸化办公了，给文件检验工作倒是带来了不少麻烦。如果不是我们现在还通行现场手写笔录，怕是连这个东西都不好弄到呢。"

"可是，你为什么偏偏要挑那几个案子？"陈诗羽满腹疑问。

我微微一笑，说："步兵是2010年研究生毕业的，所以，我选的都是2010年以后的案子。既然步兵和齐老师一组，所以我选择了当初和齐老师关系不错的交警三大队处理的交通事故。因为这层关系，三大队的案件肯定都是交由齐老师处理。如果选今年的案件，步兵可能就会自己上解剖台了，记录就不是他了。所以我选择的都是步兵刚毕业，只能当记录员时的案件。这些案件齐老师亲自尸检，那么他肯定就是记录了。"

陈诗羽向我竖了竖大拇指。

我把A4纸都铺平在吴老大的办公桌上，说："吴老大，看看吧。"

"这还需要我看吗？"吴老大指着其中一页上的字迹说。

"'关于李臻的道路交通事故尸体检验笔录'，"吴老大说，"这一行字中间的'道'字，里面的'首'就是有三横，这和'清道夫'的错字习惯是一样的。"

我把A4纸里凡是有"道路交通事故"几个字的纸张都抽了出来，果真，凡是"记录人"一栏签署"步兵"二字的记录，"道"字都是错字。

"我们终于把这个坏蛋给找出来了！"大宝掩饰不住声音中的喜悦之情。

"可是，这个错字习惯，能作为呈堂证供吗？"我问。

吴老大努了努嘴，说："当证据使用肯定是没有问题的，但是不能作为直接证据使用。你知道的，证据要讲究排他性。有这样错字习惯的人，肯定不止步兵一个。所以想仅仅靠这个错字来定案，肯定是不行的。错字毕竟不像DNA和指纹那样具有排他性。"

我们高涨的情绪迅速低落了下来。

吴老大看看我们，哈哈一笑，说："但是别灰心。你们努力数月，终于迎来了曙光。嫌疑人就在眼前，看你们怎么让他服法了。天就要亮了，这是你们的黎明之战。"

"有了这个错字对应，我们能不能申请秘密搜查令？"我问。

吴老大说："我认为可以。"

"好！"我拍了下桌子，说，"马上请师父联络赵其国局长，申请搜查令，我们趁着步兵下午上班，去他家里看一看。"

林涛的开锁技术真是让人叹为观止。仅仅不到五分钟，步兵家那扇厚重的防盗门就被林涛打开了。

我们悄无声息地穿戴好勘查装备，架起摄像机，走进了步兵的家里。

步兵三十七岁，但是却没有结婚，一直一个人独居。可这间不大的房子，根本就不像是一个男人独居的房屋。房子里收拾得一尘不染，各种物品摆放得错落有致。整洁，又不乏品味。就连陈诗羽进到房间后，都大吃一惊，自愧不如。

"你说，这么讲究的男人，为什么就找不到老婆呢？"陈诗羽问。

大宝说："齐老师说了，不是找不到老婆，而是他不想找。所里的人经常给他介绍，可是他一概不见。开始大家都以为他心里有人了，后来都认为他是不是有什么毛病。"

"可能，他是偏执地为了自己的理想吧。"我说，"一般这样系列作案，每起案件都做得丝毫没有失误，每起案件都会留下自己独有标记的人，都是有偏执性精神问题的。尤其是这个收拾得如此整洁的家，更能证明他是个偏执狂了。"

"同意。"林涛说，"我妈都收拾不了这么干净。"

"别多说了，抓紧时间。"我看了看表，说，"我们只有两个半小时的时间。在这个时间里，我们的重点是寻找他可能装扮女人的工具、疑似血迹的可疑斑迹，并且对这些东西进行血液预实验。一旦预实验阳性，就立即提取走。翻动完后，务必把物品放回原样，不能有任何偏差。这个偏执狂，很容易就会发现自己的家里进来人了。"

时间一分一秒地过去，大家分头在寻找，却一直也没有收获。最后，大家的目光一起集中在客厅沙发旁边的一个行李箱上。

"步兵经常出差，和我们一样，他有个随提随走的行李箱。"我一边说，一边把行李箱拎出来，轻轻打开。

行李箱里整齐地摆放着一个洗漱包和几件换洗衣物，最惹人注意的，是箱子的一侧摆放着一个铁质的密码盒。

"这里面是什么？"看到密码盒，林涛的开锁瘾又发作了，准备拨动密码锁。

"等等。"我在林涛接触到密码锁的一瞬间，制止了林涛，说，"这个我见过，是德国产的全新电子密码锁。"

"哦，我知道了。"林涛说，"我说这上面的旋钮怎么会没有数字呢，其实这上面是类似于随身听音量旋钮的那种密码盒。必须把三个旋钮都旋转到之前设定的大小，才能打开密码盒。如果旋转一次错误，上面的电子记录仪就会有所记录并显示。"

"是啊。"我说，"现在不能打草惊蛇。"

"不知道这里面会不会就是我们要找的那身女人的行头！"大宝痴痴地望着密码盒。

"不重要了。"我说，"至少我们现在基本掌握了犯罪工具藏匿的地方，下面我们要做的，就是等他自己打开这个盒子了。"

"他自己会打开吗？"大宝问。

"这个交给我吧！"陈诗羽说，"我来蹲点。"

"好。"我笑了笑，说，"赵其国局长会派人手帮助你，下面的事情，就靠你了。"

陈诗羽暂时离开了我们勘查组，和四个侦查小组一起，对步兵的家里进行了日夜监视。时间一天一天地过去，坚定了信心的侦查小组没有丝毫懈怠。

在经历了一星期的艰苦等候后，终于在8月1日的凌晨，我接到了陈诗羽的电话。

"蛇出洞了。"陈诗羽气喘吁吁地说，"接到赵局长的命令，在嫌疑人打开密码盒的时候，立即破门进入现场。可是没想到他们家的门那么难破，浪费了时间。进门后，嫌疑人自杀了。唉，要是林涛在就好了。"

"什么？"我叫道，"自杀了?!"

"别着急。"陈诗羽说，"我们正在把他往医院送，现场已经有同事进行保护了，你们赶紧去现场搜索物证吧。"

"以步兵这种一刀致命的手法，送医院还有救吗？"我有些焦急，毕竟如果让他自杀成功，这场黎明之战我们也不能算是大获全胜。

"同事开枪击中了他拿刀的手，他刺自己的时候刺歪了，想重新拔刀，已经被我们按住了。"陈诗羽说，"不过，我看刀刺的位置，应该不会致命。"

看来陈诗羽跟了我们这么久，对人体结构已经了如指掌了。

我略感放心，马上拨通了大宝、林涛的电话，相约在步兵家门口集合。

再次赶到步兵家的时候，这个整洁的房屋已经完全变了模样。可以看得出，在这个狭小的客厅里，发生过非常激烈的打斗。

客厅的茶几翻倒了，对面电视柜上的花瓶已经破裂，墙壁上甚至还有些星星点点的血迹。可以想象得到，那枚关键的子弹是如何穿过步兵持刀的手，打碎了对面的花瓶。

茶几的一旁，有一摊血泊，显然，那是步兵的血泊。

客厅里，最吸引我们的，还是那个被打开的箱子。箱子里的密码箱已经被打开，一顶乌黑的假发摆放在里面。

"果真是他！"大宝叹道。

我戴好手套，把密码箱小心地捧出来拍照，然后把里面的物件一件件地拿出来，在沙发上放平。

一个假发套，一件女士内衣和两个硅胶球，一件白色连衣裙，一双高跟鞋，还有一个装着橡胶手套和鞋套的塑料袋。

"还有，一把手术刀。"大宝从血泊旁，捡起了一把锃亮的手术刀。

白色的内衣和鞋套都是被反复清洗过的，显得非常干净。

"可是如何才能把这些东西，和'清道夫专案'现场结合起来呢？"大宝问。

我说："最好的办法，还是在这些东西上，检出这些死者，哪怕是一个死者的血迹。"

"可是，这些东西都是清洗过的啊。"大宝说。

我说："确实，衣服、鞋套上看来是没法检出血迹了。现在，就要看假发怎么样了。你看，这项假发很逼真，是人造纤维制作而成的。这一种材料不耐高温，且不能经常清洗。凶手杀人都是直接找要害的，一刀下去必然有喷溅血迹，而且死者会有挣扎，凶手会有控制。那么，血迹必然会喷溅到凶手佩戴的这一头乌黑亮丽的长发。所以，我们必须在这个假发上，寻找到被害人的喷溅状血迹。"

"这不是问题。"林涛说，"之前师父带着我们研制的生物检材提取仪，终于可以派上用场了。"

在一整个假发上寻找星星点点的血迹，确实不是易事；更不能把假发直接送到DNA检验室去大海捞针。好在师父之前已经考虑过此类案件的生物检材提取办法，研究了一款生物检材提取仪。这台仪器目前还没有经过专家论证验收，处于试验阶段。

这台仪器就是利用蓝色激光激发物质上可能存在的人体生物检材荧光，检验者通过佩戴绿色的眼镜，可以看到激光照射下，那些泛着荧光的人体生物检材。

我们携带着假发，直接赶往省厅实验室，打开了生物检材提取仪。

在绿色的眼镜的折射下，这一头乌黑亮丽的长发里，藏着许许多多星星点点的荧光斑迹。

"请DNA检验科郑科长起床吧。"我看看了表，此时是深夜两点半，那个容易见鬼的时刻，果真，这个杀人的恶魔，终于要现形了。

第二天一早，我们拿着DNA检测报告走进龙番市第一人民医院ICU病房时，在门口看见了陈诗羽。

"不怕他不交代了。"我扬了扬手上的检测报告，说，"证据确凿。"

陈诗羽摇摇头，说："他已经交代了，几乎是一苏醒，就立即交代的，现在两个侦查部门的同事正在给他做笔录。"

"交代了？没做任何抵抗？"我问。

陈诗羽说："是啊，真是个怪人。昨天抓他的时候更奇怪，他在用刀刺向自己心脏的时候，居然喊了一句：'你们毁掉了我的理想！'真是搞不懂，难道他的理想就是杀人？好在咱们的神枪手一枪打中了他的胳膊。不然，他心里究竟是怎么想的，永远也不会有人知道了。"

"他所谓的理想，就是当一个'清道夫'吧。"我低下头，走进了ICU病房，坐在一旁的陪护椅上，静静地听着步兵的自白。

我叫步兵，今年三十七岁，未婚。

十四年前，当我从医学院毕业后，就一直梦想着成为一名法医，打击犯罪、保护人民，为社会清扫垃圾。可是，参加了数年的公务员考试，进入面试环节后，都因为我不是法医学专业科班生而被残忍地淘汰掉。

我感到不公！

于是我发愤学习，重新捡起书本，并且在2007年的时候考进了法医学系研究生。可万万没有想到，当我2010年毕业的时候，公务员录取居然增加了"年龄三十五周岁以下"这个苛刻的条件。当年，我即将满三十五周岁了。

换句话说吧，2010年的公务员考试，是我唯一一次可以进入公安机关当一名公安法医的机会，我无比珍惜。

三个月，我用了整整三个月的时间准备公务员考试，我的目标就是进入龙番市公安局，而且我胸有成竹！

可没有想到，我的人生理想，被一个垃圾给毁了。

那天早上，是公务员第一门《行政职业能力测试》考试日，我清早就从家里出发，赶赴考场。可是在路上，一个偏僻的小巷里，我居然看到一个衣着破烂的流浪汉正在拦一个小姑娘的路。

这就是人渣！是社会的垃圾！

我当时就怒火中烧，冲上去揍这个垃圾，直到把他打得跪地求饶。小姑娘没有留下来感谢我，甚至没有留下来帮我做证！明明是我救了她！可她为什么躲起来？反倒是警察来了，把我带进了派出所。

从那天起，当警察就不再是我的理想了。你们警察，怎么可以不分是非？就因为你们这些警察不分是非，我没能去参加考试，我丧失了唯一一次成为公安法医的机会。

为了生计，我考虑过去学校当老师，但最后还是决定去司法鉴定所谋生路。不仅仅是赚钱，更重要的是我可以通过这个职位的掩护，去实现我新的理想。

我的理想，是当一名"清道夫"，把社会上这些不该存在的垃圾，全部清除。这就是我这辈子的最高理想。我有这个能力去清理他们，也有这个能力去逃避你们这些不分是非的警察的追踪！

可是，2011年，我第一次去清理垃圾的时候，被一群流浪汉打了一顿。不得不承认，从身体素质上，我没有优势。

怎样才能悄无声息地接近这些垃圾？怎样才能让他们放松警惕？直到有一次，我看见一个流浪乞讨者居然在和一个卖淫女谈价钱！

真是垃圾！

不过，通过这件事情，我想到了一个绝佳的办法，就是男扮女装！这些流浪汉不是天天想着好事儿吗？我来满足他们。他们想要好事儿，必然不会成群结队，必然要避开众人，必然会放松警惕。为了清扫这些垃圾，我装一装卖淫女，又如何？

事实证明，我的计策是成功的！是正确的！

那个叫作什么傻四的傻子，居然在看到美女的时候，也会去脱衣服，也会去想好事儿！哈哈哈哈！太好笑了！他绝对没有想到，会有一把手术刀，切断了他的脖子。

　　我了解人体解剖学，但是没有想到，颈动脉离断之后，居然会有那么剧烈的血液喷射。我弄了一身血，好不容易才避开路人和监控摄像头，回到家里。从那以后，我决定直接把刀插进那些垃圾的心脏。

　　我从来没有想到会被你们抓住，不过，有你们这样的对手，我也值了！

　　走出ICU病房，我的情绪极其低落。毕竟，这是我们的校友，一个曾经拥有崇高理想的法医。可是他却这样，走上了不归路。

　　"你说，他若真的成了法医，会不会是一名优秀的法医？"林涛问。

　　我摇摇头，说："他的偏执狂太严重了，喜欢钻牛角尖的法医，会是个优秀的法医吗？"

　　话音刚落，我的手机突然响了。

　　"你快回来吧，我肚子痛。"铃铛的声音。

　　我有些蒙，还没有从"清道夫专案"中走出来，茫然地挂断了电话，看了看表，叫道："时间真快，不知不觉就到预产期了！我要当爸爸了！"

　　"真是双喜临门啊！"大宝拍了拍我的肩膀，说，"不，是三喜临门！你哥哥我马上就要结婚了！"

　　在儿子小小秦满月前三天，大宝终于决定和宝嫂结婚了。

　　勘查组的同事们每天欢天喜地地张罗着大宝的婚礼，出什么主意的都有。大宝则是连续几天不眠不休，过了一把"指挥官"的瘾。大宝和宝嫂都是外地人，大伙儿决定在市郊的一个宾馆里开个房间，当作宝嫂的闺房。宝嫂的父母以及宝嫂的几个闺密住在隔壁房间，准备第二天的"接亲"仪式。

　　新婚前一天，大宝和我住在一起，兴奋得整夜都没有睡觉。第二天一早，他早早地把我叫起，大伙儿洗漱完毕，开着一串长长的车队，向市郊的宾馆驶去。

　　中国有个习俗，就是新郎一方要用红包和诚意来敲开新娘的闺房大门，这样才能把新娘接走。可是，当我们到达宾馆楼下的时候，就发现居然不是由我们来敲门。娘家的人居然都扒在宝嫂所住房间的房门上敲打。

"不知道我家梦涵出什么事儿了。"宝嫂的母亲哭喊着说，"早上起来就敲不开她的门，找服务员来打开房门，没想到门里面用防盗链锁着，门缝里也看不到人啊。"

"会不会宝嫂还在和你赌气啊？"林涛转头问大宝，"你都没有告诉我，上次是怎么哄好宝嫂的？还是她一直在生气，这会儿真不开门了？"

"哪儿那么多废话。"陈诗羽上前一脚踹开了宝嫂的房门。门外的一干人等全部冲进了房间。

房间里空无一人。

"宝嫂走了？"林涛问。

"走了怎么会反锁防盗链？"我说。

"那怎么回事？"陈诗羽问。

突然，被人群挤在门口的大宝一屁股坐在了地上。摔跌的巨大响声让我们都吃了一惊，全部扭头看去。

大宝靠在玄关处的墙壁上，痴痴地望着对面的柜子。

柜子的夹缝里，露出一角婚纱，殷红的血迹在白色的婚纱上格外醒目……

（"法医秦明"系列第四季，完）

图书在版编目（CIP）数据

清道夫 / 秦明著. —长沙：湖南文艺出版社，
2015.4
ISBN 978-7-5404-7114-9

Ⅰ. ①清… Ⅱ. ①秦… Ⅲ. ①长篇小说—中国—当代
Ⅳ. ①I247.5

中国版本图书馆CIP数据核字（2015）第055480号

上架建议：小说·悬疑推理

清道夫

作　　者：秦　明
出 版 人：刘清华
责任编辑：薛　健　刘诗哲
监　　制：陈　江　毛闽峰
策划编辑：包陈斌
文字编辑：段　梅
营销编辑：张　璐
封面设计：申晓声
版式设计：利　锐
特约插画：琥　珀
出版发行：湖南文艺出版社
　　　　　（长沙市雨花区东二环一段508号　邮编：410014）
网　　址：www.hnwy.net
印　　刷：三河市中晟雅豪印务有限公司
经　　销：新华书店
开　　本：700mm×1000mm　1/16
字　　数：336千字
印　　张：20
版　　次：2015年4月第1版
印　　次：2019年2月第7次印刷
书　　号：ISBN 978-7-5404-7114-9
定　　价：36.00元

若有质量问题，请致电质量监督电话：010-59096394
团购电话：010-59320018

法医秦明系列正在更新！

无声的证词
法～医～秦～明 系列 第二季

一桩七年前的家族隐秘
牵连出一串诡秘连环奸杀案

第十一根手指
法～医～秦～明 系列 第三季

碎尸块中发现第十一根手指
深陷圈套老秦竟成嫌疑人

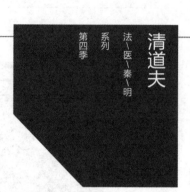

法\医\秦\明 系列 第四季

清道夫

被世界遗忘的他们
正面临一场来自"清道夫"的屠戮

敬请期待第五季

想和老秦聊聊？想了解更多法医的知识？
欢迎关注法医秦明官方微信！
搜索shiyuzheqinming，
或扫描下面的二维码，都可以关注哟！